U0643885

Ernest Hemingway

巴黎永远没有个完

[美] 海明威 著

汤永宽 译

There Is Never Any
End to Paris

上海译文出版社

图书在版编目(CIP)数据

巴黎永远没有个完/(美)海明威著;汤永宽译. —
上海:上海译文出版社,2018.8
(译文华彩·漫游)
ISBN 978 - 7 - 5327 - 7614 - 6

Ⅰ.①巴… Ⅱ.①海… ②汤… Ⅲ.①游记—作品集
—美国—现代 Ⅳ.①I712.65

中国版本图书馆 CIP 数据核字(2017)第 206566 号

Ernest Hemingway
THERE IS NEVER ANY END TO PARIS

译文华彩·漫游(全 5 册)

〔美〕海明威 等著 汤永宽 等译
责任编辑/顾 真 装帧设计/周伟伟

上海译文出版社有限公司出版、发行
网址:www. yiwen. com. cn
200001 上海福建中路 193 号 www. ewen. co
上海盛通时代印刷有限公司印刷

开本787×960 1/32 印张23.75 插页10 字数218,000
2018 年 8 月第 1 版 2018 年 8 月第 1 次印刷
印数:0,001—5,000 册

ISBN 978 - 7 - 5327 - 7614 - 6/I · 4661
定价(全 5 册):139.00 元

目录

圣米歇尔广场的一家好咖啡馆

当时有的是坏天气。秋天一过，这种天气总有一天会来临。夜间，我们[1]只得把窗子都关上，免得雨刮进来，而冷风会把壕沟外护墙广场上的树木的枯叶卷走。枯叶浸泡在雨水里，风驱赶着雨扑向停泊在终点站的巨大的绿色公共汽车，业余爱好者咖啡馆里人群拥挤，里面的热气和烟雾把窗子都弄得模糊不清。那是家可悲的经营得很差劲的咖啡馆，那个地区的酒鬼全都拥挤在里面，我是绝对不去的，因为那些人身上脏得要命，臭气难闻，酒醉后发出一股酸臭味儿。常去业余爱好者咖啡馆的男男女女始终是醉醺醺的，或者只要他们能有钱买醉，就是这样，大多喝他们半升或一升地买来的葡萄酒。有许多名字古怪的开胃酒在做着广告，但是喝得起的人不多，除非喝一点作为垫底，然后把葡萄酒喝个醉。人们管那些女酒客叫做 Poivrottes，那就是女酒鬼的意思。

业余爱好者咖啡馆是穆费塔路上的藏垢纳污之所，这条出奇地狭窄而拥挤的市场街通向壕沟外护墙广场。那些老公寓房子都装着下蹲式厕所，每层楼的楼梯旁都有一间，在蹲坑两边各有一个刻有防滑条的水泥浇成的凸起的鞋形踏脚，以防房客如厕时滑倒，这些下蹲式厕所把粪便排放入污水池，而那些污水在夜间由唧筒抽到马拉的运粪车里。每逢夏天，窗户都开着，我们会听到唧筒抽粪的声音，那股臭气真教人受不了。运粪车漆成棕色和橘黄色，当这些运粪车在勒穆瓦纳红衣主教路缓缓前进时，那些装在轮子上由马拉着的圆筒车身，在月光下看去好像布拉克[2]的油画。可是没有人给业余爱好者咖啡馆排除污秽，它张贴的禁止公众酗酒的条款和惩罚的法令已经发黄，沾满蝇屎，没人理睬，就像它的那些顾客一样，始

---

1 指作者和他的第一任妻子哈德莉·理查森（Hadley Richardson，1891—1979），她比作者大 8 岁，1920 年两人相遇，1921 年 9 月结婚，1921 年至 1926 年定居巴黎。
2 布拉克（Georges Braque，1882—1963），法国画家，立体派创始人。

终一成不变，身上气味难闻。

随着最初几场寒冷的冬雨，这座城市的一切令人沮丧的现象都突然出现了，高大的白色房子再也看不见顶端，你在街上走，看到的只是发黑的潮湿的路面，关了门的小店铺，卖草药的小贩，文具店和报亭，那个助产士——二流的——以及诗人魏尔伦[3]在那里去世的旅馆，旅馆的顶层有一间我工作的房间。

上顶层去大约要走六段或八段楼梯，屋里很冷，我知道我得去买一捆细枝条，三捆铅丝扎好的半支铅笔那么长的短松木劈柴，用来从细枝条上引火，加上一捆半干半湿的硬木才能生起火来，让房间暖和，这些要花我多少钱啊。所以我走到街对面，抬头看雨中的屋顶，

3 魏尔伦（Paul Verlaine，1844—1896），法国抒情诗人，是从浪漫主义诗人过渡到象征主义的标志。在他最优秀的作品中明确的涵义和哲理是不存在的；他的第一部诗集《感伤集》（1866），在技巧上纯熟地模仿象征派诗人波德莱尔。

看看是否有烟囱在冒烟，烟是怎样冒的。一点没有烟，我想起也许烟囱是冷的，不通风，还想起室内可能已烟雾弥漫，燃料白白浪费，钱随之付诸东流了，就冒雨继续前行。我一直走过亨利四世公立中学、那古老的圣艾蒂安山教堂、刮着大风的先贤祠广场，然后向右拐去躲避风雨，最后来到圣米歇尔林荫大道背风的一边，沿着大道继续向前经过克吕尼老教堂和圣日耳曼林荫大道，直走到圣米歇尔广场上一家我熟悉的好咖啡馆。

这是家令人惬意的咖啡馆，温暖、洁净而且友好，我把我的旧雨衣挂在衣架上晾干，并把我那顶饱受风吹雨打的旧毡帽放在长椅上方的架子上，叫了一杯牛奶咖啡。侍者端来了咖啡，我从上衣口袋里取出一本笔记簿和一支铅笔，便开始写作。我写的是密歇根州北部的故事，而那天风雨交加，天气很冷，正巧是故事里的那种日子。我历经少年、青年和刚成年的时期，早已见过这种秋天将尽的景象，而你在一个地方写这种景象能比在另一个地方写得好。那就是所谓把你自己移植到一个地方去，我想，这可能对人跟对别的不断生长的事物一样是必要的。可是在我写的小说里，那些小伙子正在喝酒，这使我感到口渴起来，就叫了一杯圣詹姆斯朗姆酒。这酒在这冷天上口真美极了，我就继续写下去，感到非常惬意，感到这上好的马提尼克[4]朗姆酒使我的身心都暖和起来。

一个姑娘走进咖啡馆，独自在一张靠窗的桌子边坐下。她非常俊俏，脸色清新，像一枚刚刚铸就的硬币，如果人们用柔滑的皮肉和被雨水滋润而显得鲜艳的肌肤来铸造硬币的话。她头发像乌鸦的翅膀那么黑，修剪得线条分明，斜斜地掠过她的面颊。

我注视着她，她扰乱了我的心神，使我非

---

4 马提尼克（Martinique）为西印度群岛中的一个岛屿，是法国的一个海外行政区，首府为法兰西堡。

常激动。我但愿能把她写进那个短篇里去，或者别的什么作品中，可是她已经把自己安置好了，这样她就能注意到街上又注意到门口，我看出她原来是在等人。于是我继续写作。

这短篇在自动发展，要赶上它的步伐，有一段时间我写得很艰苦。我又叫了一杯圣詹姆斯朗姆酒，每当我抬头观看，或者用卷笔刀削铅笔，让刨下的螺旋形碎片掉进我酒杯下的小碟子中时，我总要注意看那位姑娘。

我见到了你，美人儿，不管你是在等谁，也不管我今后再不会见到你，你现在是属于我的，我想。你是属于我的，整个巴黎也是属于我的，而我属于这本笔记簿和这支铅笔。

接着我又写起来，我深深地进入了这个短篇，迷失在其中了。现在是我在写而不是它在自动发展了，而且我不再抬头观看，一点不知道是什么时间，不去想我此时身在何处，也不再叫一杯圣詹姆斯朗姆酒了。我喝腻了圣詹姆斯朗姆酒，不再想到它了。接着这短篇完成了，我感到很累。我读了最后一段，接着抬起头来看那姑娘，可她已经走了。我希望她是跟一个好男人一起走的，我这样想。但是我感到悲伤。

我把这短篇合起在笔记簿里，把笔记簿放进上衣的暗袋，向侍者要了一打他们那儿有供应的葡萄牙牡蛎和半瓶干白葡萄酒。我每写好一篇小说，总感到空落落的，既悲伤又快活，仿佛做了一次爱似的，而我肯定这次准是一篇很好的小说，尽管还不能确切知道好到什么程度，那要到第二天我通读一遍之后才知道[5]。

我吃着那带有强烈海腥味和淡淡的金属味的牡蛎，一边呷着冰镇白葡萄酒，嘴里只留下那海腥味和多汁的蛎肉，等我从每个贝壳中吸下那冰凉的汁液，并用味道清新的葡萄酒把它灌下肚去，我不再有那种空落落的感觉，开始感到快活并着手制订计划了。

既然坏天气已经来临，我们大可以离开巴

5 作者谈到这篇小说的创作过程，指的是《在密歇根北部》。

黎一段时间，去到一个不下这种雨而会下雪的地方，那儿雪穿过松林飘落下来，把大路和高高的山坡覆盖起来，在那个高处，我们夜间走回家去的时候，会听到脚下的雪吱嘎吱嘎地响。在前锋山[6]南有一所木制农舍式的别墅，那里的膳宿条件特佳，我们可以一起住在那里，看我们的书，到夜晚暖和地一起睡在床上，敞开着窗子，只见星光灿烂。那是我们可以去的地方。乘三等车价钱并不贵。那儿的膳宿费比我们在巴黎花费的并不多多少。

　　我要把旅馆里那间我写作的房间退掉，这样就只需付勒穆瓦纳红衣主教路 74 号的房租了，那是微不足道的。我给多伦多[7]写过一些新闻报道，它们的稿费的支票该到了。在任何地方任何情况下我都能写这种报道，因此我们有钱作这次旅行。

―――――――

6　前锋山为瑞士西南部日内瓦湖东北湖滨的一小城。
7　指《多伦多星报》。海明威早年曾任该报驻巴黎记者，后来才辞职当专业作家。

也许离开了巴黎我就能写巴黎，正如在巴黎我能写密歇根一样。我不知道要这样做为时尚早，因为我对巴黎了解得还不够。但是最后巴黎却还就是这样写出来的。不管怎么说，只要我妻子想去，我们就去，于是我吃完牡蛎，喝干了葡萄酒，付了我在这咖啡馆里挂的账，便抄最近的路冒着雨——如今这只不过是当地的坏天气而已，而不是改变你生活的什么东西了——赶回圣热内维埃弗山，回到山顶上的那套房间。

"我想这该是绝妙的，塔迪[8]，"我妻子说。她长着一张线条优雅的脸，每次作出决定时，她的眼睛和她的笑容都会发亮，仿佛这些决定是珍贵的礼物似的。"我们该什么时候动身？"

"随你想什么时候走都行。"

"啊，我想马上就走。难道你不早就知道吗？"

---

8 塔迪（Tatie）是海明威给自己起的绰号。

"也许等我们回来的时候，这儿天气就晴好了。等天晴了，变冷了，就会非常好。"

　　"我看天一定会好的，"她说，"你能想到出去旅行，不也是真好吗。"

斯泰因小姐的教诲

◼

等我们回到巴黎，天气晴朗、凛冽而且美好。城市已经适应了冬季，我们街对面出售柴和煤的地方有好木柴供应，许多好咖啡馆外边生着火盆，这样你坐在平台上也能取暖。我们自己的公寓暖和而令人愉快。我们烧的是煤球，那是用煤屑压成的卵形煤团，放在木柴生的火上，而大街上冬天的阳光是美丽的。现在你已习惯于看到光秃秃的树木衬映着蓝天，你迎着清新料峭的风走在穿越卢森堡公园的刚被雨水冲洗过的砾石小径上。等你看惯了这些没有树叶的树木，它们就显得像是雕塑，而冬天的风吹过池塘的水面，喷泉在明媚的阳光中喷涌。由于我们在山里待过，现在所有的远景，看起来都变得近了。

由于海拔高度的改变，我对那些小山的坡度毫不在意，反而怀着欣快的心情，于是登上旅馆顶层我工作的那个房间也变成了一种乐趣，从这房间可以看到这地区高山上的所有屋顶和烟囱。房内的壁炉通风良好，工作时又暖和又愉快。我买了柑橘和烤栗子装在纸袋里带进房间，吃橘子的时候，剥去了皮，吃那像丹吉尔红橘那样的小橘子，把橘皮扔在火里，把核也吐在火里，等我饿了，就吃烤栗子。多走了路，加上天冷和写作，总使我感到饥饿。在顶楼房间里，我藏了一瓶我们从山区带回来的樱桃酒，每当快写成一篇小说或者快结束一天的工作时，我就喝上一杯这樱桃酒。我一做完这天的工作，就把笔记簿或者稿纸放进桌子的抽屉里，把吃剩的柑橘放进我的口袋。如果放在房间里过夜，它们就会冻结。

我知道自己干得很顺利，走下那一段段长长的楼梯时，心里乐滋滋的。我总要工作到干出了一点成绩方始罢休，我总要知道了下一步行将发生什么方始停笔。这样我才能有把握在第二天继续写下去。但有时我开始写一篇新的小说，却没法进行下去，我就会坐在炉火前，把小橘子的皮中的汁水挤在火焰的边缘，看这一来毕毕剥剥地蹿起蓝色的火焰。我会站在窗前眺望巴黎千家万户的屋顶，一面想："别着急。你以前一直这样写来着，你现在也会写下去的。你只消写出一句真实的句子来就行。写出你心目中最最真实的句子。"这样，我终于会写出一句真实的句子，然后就此写下去。这时就容易了，因为总是有一句我知道的真实的句子，或者曾经看到过或者听到有人说过。如果我煞费苦心地写起来，像是有人在介绍或者推荐什么东西，我发现就能把那种华而不实的装饰删去扔掉，用我已写下的第一句简单而真实的陈述句开始。在那间高踞顶层的房间里我决定要把我知道的每件事都写成一篇小说。我在写作时一直想这样做，这正是良好而严格的锻炼。

也是在那间房间里，我学会了在我停下笔来到第二天重新开始写作这段时间里，不去想任何有关我在写作的事情。这样做，我的潜意识就会继续活动，而在这同时我可以如我希望的那样听别人说话，注意每件事情；我可以如我所希望的那样学习；我可以读书，免得尽想起我的工作，以致使我没能力写下去。当我写作进展顺利，那是除了自我约束以外还得运气好才行，这时我就走下楼梯，感到妙不可言，自由自在，可以到巴黎的任何地方信步闲游。

如果在下午我走不同的路线到卢森堡公园去，我可以穿过这座公园，然后到卢森堡博物馆去，那里的许多名画现在大部分已转移到卢浮宫和网球场展览馆去了。我几乎每天都上那里去看塞尚，去看马奈和莫奈以及其他印象派大师的画，他们是我在芝加哥美术学院最初开始熟悉的画家。我正向塞尚的画学习一些技巧，这使我明白，写简单而真实的句子远远不足以使小说具有深度，而我正试图使我的小说具有深度。我从他那里学到很多东西，可是我不善于表达，无法向任何人解释这一点。何况这是个秘密。但如果卢森堡博物馆里灯光熄灭了，我就一直穿过公园去花园路 27 号葛特鲁德·斯泰因[1]住的那套带工作室的公寓。

我的妻子和我曾拜访过斯泰因小姐，她和跟她住在一起的朋友[2]对我们非常亲切友好，我们喜爱那挂着名画的大工作室。它正像最优良的博物馆中的一间最好的展览室，可就是没有她们那儿的暖和而舒适的大壁炉，她们招待你吃好东西，喝茶和用紫李、黄李或野覆盆子经过自然蒸馏的甜酒。这些都是气味芳香而无色的酒，从刻花玻璃瓶倒在小玻璃杯里待客的，而不论它们是否是 quetsche，mirabelle 或

1　葛特鲁德·斯泰因（Gertrude Stein，1874—1946），生于美国宾夕法尼亚州，曾就读于拉德克利夫学院和约翰斯·霍布金斯大学。1902 年前往欧洲，自 1903 年起直至去世始终蛰居巴黎。她在文学创作上是一个实验派，写作强调文字重复，讲究集中，其中极致的作品使人难以卒读。20 年代中，她的工作室成为侨居巴黎的英美作家、艺术家会聚的中心之一。

2　指艾丽斯·巴·托克拉斯（Alice B. Toklas，1877—1967），她的秘书兼女伴。两人有同性恋关系。斯泰因曾以艾丽斯的口气写成《艾丽斯·巴·托克拉斯自传》一书（1933年出版），实为她本人的自传。

者 framboise[3]，味道都像原来的那种果实，在你的舌头上变成一团有节制的火，使你感到暖烘烘的，话也多起来了。

斯泰因小姐个头很大但是身材不高，像农妇般体格魁梧。她有一对美丽的眼睛和一张坚定的德国犹太人的，也可能是弗留利人[4]的脸，而她的衣着、她的表情多变的脸以及她那好看、浓密而富有生气的移民的头发，头发的式样很可能还是大学读书时的那种，这些都使我想起一个意大利北部的农妇。她不停地讲着，起初谈的是人和地方。

她的同伴有一副非常悦耳的嗓子，人长得很小，很黑，头发修剪得像布泰·德·蒙韦尔插图中的圣女贞德，而且长着一只很尖的鹰钩鼻。我们第一次见到她们时，她正在一块针绣

---

3 即上文所指用紫李、黄李或野覆盆子制成的酒。
4 弗留利为今意大利东北部一古地区，历史上受到诸邻国入侵，一再易手，于1918年回到意大利之手，1945年，其东部被划入前南斯拉夫。

花边上绣着，她一面绣着一面照看食物和饮料并且跟我的妻子闲聊。她跟一个人交谈，同时听着两个人说话，常常会半途打断那个她没有在交谈的人。后来她向我解释，她总是跟妻子们交谈。她们对那些妻子很宽容，我的妻子和我有这种感觉。但是我们喜欢斯泰因小姐和她的朋友，尽管那个朋友叫人害怕。那些油画、蛋糕以及白兰地可真是美妙极了。她们似乎也喜欢我们，待我们就像我们是非常听话、很有礼貌而且有出息的孩子似的，我还感觉到她们是因为我们相爱着并结了婚而宽恕我们——时间将会决定这一点——所以当我的妻子请她们上我们家去喝茶时，她们接受了。

她们来到我们的套间的时候，似乎更喜欢我们了；但这也许是因为地方太小，我们挨得更近的缘故。斯泰因小姐坐在铺在地板上的床垫上，提出要看看我写的短篇小说，她说她喜欢那些短篇，除了一篇叫《在密歇根北部》的。

"写得很好，"她说，"这是一点儿没问题的。但这篇东西 inaccrochable[5]。那意思是好像一个画家画的一幅画，当他举行画展时他没法把它挂出来，也没人会买这幅画，因为他们也没法把它挂出来。"

"可要是这并不是淫秽的而不过是你试图使用人们实际上会使用的字眼呢？如果只有这些字眼才能使这篇小说显得真实，而你又必须使用它们呢？你就只能使用它们啊。"

"你根本没有听懂我的意思，"她说，"你决不能写任何无法印出来的[6]东西。那是没有意义的。那样做是错误的，也是愚蠢的。"

她本人想在《大西洋月刊》上发表作品，她告诉我，而她是会发表的。她对我说，我这作家还不够好，在那家刊物或《星期六晚邮报》上发表不了作品，但是我可能是一个具有

---

5 这是一个法语词，意为"无法挂出来的"。

6 原文仍是那个法语词 inaccrochable（无法挂出来的），这里引申为"无法印出来的"。

自己的风格的新型作家，不过第一件事要记住的是不要去写那种无法印出来的短篇小说。我没有在这点上与她争论，也不想再解释我想在人物对话上作什么尝试。那是我自己的事，还是听别人说话更有趣。那天下午她还告诉我们该怎样买画。

"你可以要么买衣服，要么买画，"她说，"事情就是这么简单。没有钱，谁也不能做到两者兼得。不要讲究你的衣着，也根本不必去管什么时尚，买衣服只求舒适禁穿，你就可以把买衣服的钱去买画了。"

"可是即使我再也不买一件衣服，"我说，"我也不会有足够的钱去买我想要的毕加索的画。"

"对。他超出了你的范围。你得去买你自己的同龄人——你自己那当兵的团体里的人画的画。你会认识他们的。你会在本区[7]这一带

---

7 指塞纳河左岸的拉丁区，为文人艺术家聚居之地。

碰到他们的。总是有些优秀的新出现的严肃画家。可买很多衣服的人不是你。总是你太太买嘛。价钱昂贵的正是女人的衣服啊。"

我看见我的妻子尽量不去看斯泰因小姐穿的那身古怪的统舱旅客穿的衣服,她真的做到了。她们离去的时候,我们仍旧受到她们的喜爱,我想,因为她们要我们再次去花园路27号作客。

我受到邀请在冬季下午五点钟以后任何时候都可以去她的工作室,那是后来的事了。我曾在卢森堡公园里遇见过斯泰因小姐。我记不清她是否在遛狗,也不记得当时她到底有没有狗。我只记得我是独自一个人在散步,因为我们那时养不起狗,甚至连一只猫也养不起,而我知道的仅有的猫是在咖啡馆或者小餐馆见到的,或者是我赞赏的公寓看门人窗口上的那些大猫。后来我在卢森堡公园常常碰见斯泰因小姐带着她的狗;但是我认为这一次是在她有狗以前。

可是不管有狗没有狗，我接受了她的邀请，并且习惯于路过时在工作室逗留，而她总是请我喝自然蒸馏的白兰地，并且坚持要我喝干了一杯再斟满。我就观赏那些画，我们交谈起来。那些画都很激动人心，而谈话也很惬意。大部分时间是她在讲，她告诉我关于现代派绘画和画家的情况——主要是把他们当作普通人而不是画家来谈——并且谈她自己的作品。她把她写的好几卷原稿给我看，那是她的同伴每天用打字机给她打的。每天写作使她感到快活，但是等我对她了解得更多以后，我发现，对她来说，要使她保持愉快就需要把这批每天稳定生产出来（生产多少则视她的精力大小而异）的作品予以出版，并需要得到读者的赏识。

这在我最初认识她的时候还没有成为严重的问题，因为她已经发表了三篇人人都能读懂的小说。其中一篇《梅兰克莎》写得非常好，是她的那些实验性作品的优秀范例，已经以单行本[8]形式出版，而且博得了曾见过她或者熟识她的评论家的赞扬。她性格中具有这样一种品性：当她想把一个人争取到她这一边来，那是谁也抗拒不了的，而那些认识她并看过她的藏画的评论家，接受她的那些他们看不懂的作品，因为他们是把她作为一个人而喜爱她的，并且对她的判断力怀有信心。她还发现了关于节奏的许多法则和重复使用同样的词汇的好处，这些都是讲得通而且有价值的，而她谈得头头是道。

但是她厌恶单调乏味的修改文字的工作，也不喜欢承担把自己的作品写得能让人家读懂的责任，尽管她需要出书并得到正式认可，尤其是为她那部长得令人难以置信的题名为《美国人的形成》的书。

这本书开端极为精彩，接着有很长一部分

8　即《三个女人》，收有《好安娜》、《梅兰克莎》和《温柔的莉娜》三个中篇，出版于1909年。

进展甚佳，不断出现才华横溢的段落，再往下则是没完没了的重复叙述，换了一个比她认真而不像她那么懒的作家，早就会把这一部分扔进废纸篓里去了。我在让——也许该说是逼——福特·马多克斯·福特[9]在《大西洋彼岸评论》上连载这部作品时方始深切认识这一点，明白这样一来恐怕到这份评论刊物停刊也连载不完。因为要在《评论》上发表，我不得不给斯泰因小姐通读全部校样，由于这种工作不会给予她任何乐趣。

在这个寒冷的下午，我经过公寓看门人的住房，跨过冷冽的庭院，进入那工作室的温暖的氛围，上面说的都还是几年以后的事。这天下午斯泰因小姐教导我性的知识。那时我们已经互相非常投合了，我也已经明白凡是我不懂

---

9 福特·马多克斯·福特（Ford Madox Ford，1873—1939），英国小说家、诗人、编辑、评论家。1924年在巴黎主编《大西洋彼岸评论》，发表过乔伊斯、海明威的作品，常资助年轻作家。

得的事情很可能都是同这方面有些关系的。斯泰因小姐认为我在性问题上太无知了，而我必须承认，自从我了解了同性恋的一些较为原始的方面以后，我对同性恋持有一定的偏见。我知道这就是为什么当你还是个孩子、色狼这个词儿还没有成为用来称呼那种整天着迷于追逐女人的男人的俗称时，你得随身带一把刀子准备必要时使用，才能跟一群流浪汉在一起厮混。从我在堪萨斯城的那些日子[10]，从那个城市的不同区域、芝加哥以及大湖上的船只上的习俗，我懂得了许多你无法印出来的词汇和用语。在追询之下，我竭力设法告诉斯泰因小姐，当你还是个孩子却在男人堆里厮混的时候，你就得做好杀人的准备，要懂得怎样去干这事而且要真正懂得为了不致受到骚扰，你是会这样干的。这个词儿是能印出来的。要是你

10　海明威1917年中学毕业后，曾在《堪萨斯城星报》社任记者，第二年才至意大利任红十字会驾驶员。

知道你会杀人，别人就会很快感觉到，也就不会来打扰你了；可也有一些境地是你不能让别人把你逼迫进去或者受骗上当落进去的。如果使用那些色狼在湖船上使用的一句无法印出来的话，"啊，有道缝不赖，可我要个眼"，我就能把我的意思表达得更生动些，但是我跟斯泰因小姐谈话时总是很小心，即使在一些原话也许能澄清或者更明确地表达一种成见的时候，我也是小心翼翼。

"是啊，是啊，海明威，"她说，"可你当初是生活在罪犯和性变态者的环境里的呀。"

对此我不想争辩，尽管我以为我曾在那样的一个世界里生活过，其中有各式各样的人，我曾竭力去理解他们，尽管他们中间有些人我没法喜欢，有些人我至今还厌恶。

"可是那位彬彬有礼、名气很大的老人，他在意大利曾带了一瓶马尔萨拉或金巴利酒[11]

---

11 马尔萨拉酒指产于意大利西西里岛马尔萨拉港的一种淡而甜的红葡萄酒。金巴利酒指意大利金巴利公司生产的带辣椒味的开胃酒。

到医院里来看我，行为规规矩矩得不能再好，可后来有一天我不得不吩咐护士再也不要让那人进房间来了，你说这是怎么回事？"我问道。

"这种人有病，他们由不得自己，你应该可怜他们。"

"难道我该可怜某某人吗？"我问道。我当时提了此人的姓名，但他本人通常乐于自报姓名，所以我觉得没有必要在这里提他的名字了。

"不。他是邪恶的。他诱人腐化堕落而且确实是邪恶的。"

"可是据说他是个优秀的作家啊。"

"他不是，"她说，"他不过是个爱出风头的人，他为追求腐化堕落的乐趣而诱人腐化堕落，还引诱人们染上其他恶习。比如说吸毒。"

"那么我该可怜的那个在米兰的人不是想诱我堕落吗？"

"别说傻话啦。他怎么能指望去诱你堕落呢？你会用一瓶马尔萨拉酒去腐蚀一个像你那样喝烈酒的小伙子吗？不，他是个可怜的老人，管不住自己做的事。他有病，他由不得自己，你应该可怜他。"

"我当时是可怜他的，"我说，"可是我感到失望，因为他是那么彬彬有礼。"

我又呷了一口白兰地，心里可怜那个老人，一面注视着毕加索的那幅裸体姑娘和一篮鲜花的画。这次谈话不是由我开的头，我觉得再谈下去有点危险了。跟斯泰因小姐交谈几乎从来是没有停顿的，但是我们停下来了，她还有话想对我讲，我便斟满了我的酒杯。

"你实在对这事儿一窍不通，海明威，"她说，"你结识了一些人人皆知的罪犯、病态的人和邪恶的人。主要的问题在男同性恋的行为是丑恶而且使人反感的，事后他们也厌恶自己。他们用喝酒和吸毒来缓解这种心情，可是他们厌恶这种行为，所以他们经常调换搭档，没法真正感到快乐。"

"我明白啦。"

"女人的情况就恰恰相反。她们从不做她们感到厌恶的事，从不做使她们反感的事，所以事后她们是快乐的，她们能在一起过快乐的生活。"

"我明白了，"我说，"可是某某人又怎么样呢？"

"她是个邪恶的女人，"斯泰因小姐说，"她可真是邪恶的，所以她从没感到快乐过，除非跟新结识的人。她诱人堕落。"

"我懂了。"

"你肯定懂了吗？"

那些日子里要弄懂的东西太多了，所以我们谈起别的事情时，我很高兴。公园已经关门了，于是我只得沿着公园外边走到沃日拉尔路，绕过公园的南端。公园关了门并上了锁，使人感到悲哀，我绕过公园而不是穿过公园匆匆走回到勒穆瓦纳红衣主教路的家里，心里也是悲哀的。这一天开始时也多么明媚啊。明天我就得努力工作了。工作几乎能治疗一切，我那时这样认为，现在还是这样认为。我那时必须治愈的毛病，我判定斯泰因小姐已经感觉到，就是青春和我对妻子的爱。等我回到勒穆瓦纳红衣主教路的家中，我一点也不感到悲哀了，就把我刚刚学得的知识讲给我的妻子听。那天晚上，我们对我们自己已经拥有的知识以及我们在山里新近获得的知识感到高兴。

『迷惘的一代』

◨

为了享受那里的温暖，观赏名画并与斯泰因小姐交谈，很容易养成在傍晚顺便去花园路27号逗留的习惯。斯泰因小姐通常不邀请人来做客，但她总是非常友好，有很长一段时间显得很热情。每当我为那加拿大报社以及我工作的那些通讯社外出报道各种政治性会议或者去近东和德国旅行归来，她总要我把所有有趣的逸闻讲给她听。总是有一些很有趣的部分，她爱听这些，也爱听德国人所谓的"绞刑架上的幽默"[1]的故事。她想知道现今世道中的欢快的部分；绝不是真实的部分，绝不是丑恶的部分。

　　我那时年少不识愁滋味，而且在最坏的时候总是有些奇怪和滑稽的事情发生，而斯泰因小姐就喜欢听这些，其他的事情我不讲而是由我自个儿写出来。

　　当我并不是从外地旅行归来，而是在工作之余去花园路盘桓一番的时候，我有时会设法让斯泰因小姐讲关于书籍方面的意见。我在写作时，总得在停笔后读一些书。如果你继续考虑着写作，你就会失去你在写的东西的头绪，第二天就会写不下去。必须锻炼锻炼身体，使身体感到疲劳，如果能跟你所爱的人做爱，那就更好了。那比干什么都强。但是在这以后，当你心里感到空落落的，就必须读点书，免得在你能重新工作以前想到写作或者为写作而烦恼。我已经学会决不要把我的写作之井汲空，而总要在井底深处还留下一些水的时候停笔，并让那给井供水的泉源在夜里把井重新灌满。

为了让我的脑子不再去想写作，我有时在工作以后会读一些当时正在写作的作家的作品，像奥尔德斯·赫胥黎、戴·赫·劳伦斯或者任何哪个已有作品问世的作家，只要我能从西尔维亚·比奇[2]的图书馆或者塞纳河畔码头

---

1 即现在通称的"黑色幽默"。

2 西尔维亚·比奇（Silvia Beach, 1887—1962），生于美国，14岁随父来到巴黎，爱上法国和法国文学，1919年在巴黎奥德翁剧院路开设书店莎士比亚公司，出售图书杂志，并设"出租图书馆"，长期成为法国文艺界人士以及侨居巴黎的英美作家的活动中心。1922年2月大力支（转下页）

书摊上弄得到。

"赫胥黎是个没生气的人，"斯泰因小姐说，"你为什么要去读一个没生气的人的作品呢？你难道看不出他毫无生气吗？"

我那时看不出他是个没生气的人，我就说他的书能给我消遣，使我不用思索。

"你应该只读那些真正好的书或者显而易见的坏书。"

"整个今年和去年冬天我都在读真正好的书，而明年冬天我还将读真正好的书，可我不喜欢那些显而易见的坏书。"

"你为什么要读这种垃圾？这是华而不实的垃圾，海明威。是一个没生气的人写出来的。"

(接上页)持乔伊斯在她的图书公司出版《尤利西斯》。1941年乔伊斯病逝于苏黎世。同年，莎士比亚公司亦被纳粹关闭，比奇被拘于集中营达六个月，后从集中营逃出，躲藏在巴黎，直至海明威随盟军打回巴黎，帮她清除了在屋顶上打冷枪的德国鬼子。

"我想看看他们在写些什么，"我说，"而且这样能使我的脑子不想去写这种东西。"

"你现在还读谁的作品？"

"戴·赫·劳伦斯，"我说，"他写了几篇非常好的短篇小说，有一篇叫做《普鲁士军官》。"

"我试图读他的长篇小说。他使人无法忍受。他可悲而又荒谬。他写得像个有病的人。"

"我喜欢他的《儿子与情人》和《白孔雀》，"我说，"也许后者并不那么好。我没法读《恋爱中的女人》。"

"如果你不想读坏的书，想读一点能吸引你的兴趣而且自有其奇妙之处的东西，你该读玛丽·贝洛克·朗兹[3]。"

我那时还从未听到过她的名字，于是斯泰因小姐把那本关于"开膛手"杰克的绝妙的小说《房客》和另一本关于发生在巴黎郊外一处

---

3 玛丽·贝洛克·朗兹（Marie Belloc Lowndes，1868—1947），英国小说家，擅写历史小说及凶杀疑案故事。《房客》（1913）曾被搬上银幕。

只可能是昂吉安温泉城[4]的谋杀案的作品借给我
看。这两本都是工作之余的上好读物，人物可
信，情节和恐怖场面绝无虚假之感。它们作为你
工作以后的读物是再好没有了。于是我读了所有
能弄到的贝洛克·朗兹太太的作品。可是她的作
品也不过就是那个样，没有一本像前面提到的那
两本那么好，而在西默农[5]最早一批优秀作品问
世前，我从未发现有任何书像她这两本那样适
宜在白天或夜晚你感到空虚时阅读的。

　　我以为斯泰因小姐会喜欢西默农的佳
作——我读的第一本不是《第一号船闸》就是
《运河上的房子》——但是我不能肯定，因为
我结识斯泰因小姐时，她不爱读法语作品，虽
然她爱说法语。珍妮特·弗朗纳[6]给了我这两

4　昂吉安温泉城位于巴黎北郊，为巴黎人常去的旅游胜地。

5　西默农（George Simenon，1903—1989），比利时法语多产
　　作家，其著名作品有“梅格莱探案”的系列小说。

6　珍妮特·弗朗纳（Janet Flanner，1892—1978），当时美国
　　《纽约人》周刊驻巴黎的记者。

本我最初读的西默农的作品。她爱读法文书，她早在西默农担任报道犯罪案件的记者时，就读他的作品了。

在我们是亲密朋友的那三四年里，我记不起葛特鲁德·斯泰因曾对任何没有撰文称赞过她的作品或者没有做过一些促进她的事业的工作的作家说过什么好话，只有罗纳德·弗班克[7]和后来的斯各特·菲茨杰拉德是例外。我第一次遇见她时，她谈起舍伍德·安德森[8]时，不是把他当作一个作家，而是把他作为一个男人，热情洋溢地谈到他那双美丽温暖的意大利式的大眼睛和他的和气和迷人之处。我可不在意他的美丽温暖的意大利式的大眼睛，我倒是非常喜欢他的一些短篇小说。那些短篇写得很

---

7 罗纳德·弗班克（Ronald Firbank，1886—1926），英国小说家，自小体弱，于剑桥大学肄业两年后，为恢复健康，到处去旅行，著有浪漫主义小说多种。

8 美国作家舍伍德·安德森（Sherwood Anderson，1876—1941）于1919年发表了《小城畸人》而成为红作家。

朴实，有些地方写得很美，而且他理解他笔下的那些人物，并且深深地关注着他们。斯泰因小姐不想谈他的短篇小说，总是谈他这个人。

"你觉得他的长篇小说怎么样？"我问她。她不想谈安德森的作品，正如她不愿谈乔伊斯的作品一样。只要你两次提起乔伊斯，你就不会再受到邀请上她那儿去了。这就像在一位将军面前称赞另一位将军。你第一次犯了这个错误，就学会再也不这样做了。然而，你永远可以在一位与之交谈的将军面前谈起另一位被他击败过的将军。你正与之交谈的将军便会大大称赞那位被他打败的将军，并且愉快地描述他如何把对方打败的细节。

安德森的短篇小说写得太好了，没法拿来当作一个愉快的话题。我正准备跟斯泰因小姐讲他的长篇小说写得多么出奇地糟，但是这样也不行，因为这样无疑就是批评她的最忠诚的支持者之一了。等他最后写了一部叫做《黑色的笑声》的长篇小说,写得实在糟透了,又蠢又做作,我忍不住在一部戏拟之作[9]里批评了一番,这使斯泰因小姐非常生气。我攻击了她圈子里的一个成员。但是在这以前很长一段时间内,她并没有生过气。安德森作为一个作家垮台后,她就自己开始大肆吹捧他了。

她曾生过埃兹拉·庞德[10]的气,因为他在一张不牢固而且毫无疑问是很不舒服的小椅子上坐下时坐得太快,结果把椅子压坏了,可能

---

9 《黑色的笑声》出版于 1925 年,第二年海明威就发表模仿之作《春潮》,加以讽刺。

10 埃兹拉·庞德(Ezra Pound, 1885—1972),美国现代派诗歌大师。16 岁就读于宾州大学即开始写诗,曾短期任教于瓦巴什学院。1908 年去欧洲,在伦敦,与休姆等诗人发起意象派诗歌运动。1920 年偕妻子多萝西来到巴黎,积极支持并帮助 T. S. 艾略特的长诗《荒原》的修改与出版,鼓励并指导当时在巴黎的青年作家如海明威、菲茨杰拉德、乔伊斯等人的文学创作,直至 1924 年去意大利拉巴洛定居为止。

压得开裂了，而这把椅子很可能是故意给他坐的。没有考虑到他是个伟大的诗人，是个有礼貌很大方的人，本来是能给自己找一把大小适宜的椅子坐的。她把不喜欢埃兹拉的原因说得那么巧妙而且恶毒，那是多年以后才编造出来的。

正是在我们从加拿大回来后，住在乡村圣母院路，我跟斯泰因小姐还是亲密朋友的时候，她提出了迷惘的一代[11]这说法。她当时驾驶的那辆老式福特 T 型汽车的发火装置出了些毛病，而那个在汽车修理行工作的小伙子在大战的最后一年曾在部队里服过役，在修理斯泰因小姐的福特车时手艺不熟练，或者是没有打破别的车子先来先修的次序而提前给她修车。不管怎样，他没有认真对待，等斯泰因小姐提出了抗议，他被修理行老板狠

---

11 原文为法语，génération perdue，我们一向译作"迷惘的一代"，但用今天流行的词汇，该作"失落的一代"。

狠地训斥了一顿。老板对他说，"你们都是迷惘的一代。"

"你就是这样的人。你们都是这样的人，"斯泰因小姐说，"你们这些在大战中服过役的年轻人都是。你们是迷惘的一代。"

"真的吗?"我说。

"你们就是，"她坚持说，"你们对什么都不尊重。你们总是喝得酩酊大醉……"

"那个年轻的技工喝醉了吗?"我问道。

"当然没有。"

"你看见我喝醉过没有?"

"没有。可你的那些朋友都是醉醺醺的。"

"我喝醉过，"我说，"可是我从没有醉醺醺地上你这里来。"

"当然没有。我没有这么说。"

"那小伙子的老板很可能上午十一点钟就喝醉了，"我说，"所以他能说出这么动听的话来。"

"别跟我争辩了，海明威，"斯泰因小姐

说，"这根本没有用。你们全是迷惘的一代，正像汽车修理行老板所说的那样。"

后来，等我写第一部长篇小说[12]的时候，我把斯泰因小姐引用汽车修理行老板的这句话跟《传道书》中的一段相对照。但是那天夜里走回家去的途中，我想起那个汽车修理行的小伙子，不知道在那些汽车被改装成救护车时他有没有被拉去开车[13]。我记得他们怎样装了一车伤员从山路下来狠狠踩住刹车，最后用了倒车排挡，常常把刹车都磨损，还记得那最后几辆车子怎样空车驶过山腰，为了让有优良的 H 形变速装置和金属刹车的大型菲亚特汽车来替代。我想到斯泰因小姐和舍伍德·安德森以及与自我中心和思想上的懒散相对的自我约束，我想到是谁在说谁是迷惘的一代呢？接着当我

---

12 指《太阳照常升起》，作者把那句话和《圣经·传道书》第一章第四到第七节一起放在卷首。
13 作者想起自己 1918 年在意大利北部战线为红十字会志愿开救护车的情景。

走近丁香园咖啡馆时，灯光正照在我的老朋友内伊元帅[14]的雕像上，他拔出了指挥刀，树木的阴影洒落在这青铜雕像上，他孤零零地站在那儿，背后没有一个人，而滑铁卢一役他打得一败涂地。我想起所有的一代代人都让一些事情给搞得迷惘了，历来如此，今后也将永远如此，我便在丁香园坐下跟这雕像做伴，喝了一杯冰啤酒，才走回到我那在锯木厂上面的套间的家里。但是坐在那儿喝啤酒的时候，我注视着雕像，想起当年拿破仑带着科兰古[15]乘马车从莫斯科仓皇撤退时，内伊曾率领后卫部队亲身战斗过多少日子来着，我想起斯泰因小姐曾

---

14 米歇尔·内伊（Michel Ney，1769—1815），拿破仑手下最著名的元帅，骁勇善战的传奇式英雄，参加拿破仑的历次战争，1804 年授元帅头衔，1812 年拿破仑率军远征俄国，内伊被封为莫斯科亲王，法军自莫斯科撤退时任后卫部队指挥。

15 科兰古侯爵（Armand Caulaincourt，1773—1827），法国将军、外交官，拿破仑时期的外交大臣。1804 年起为拿破仑的御马总管，历次大战中追随皇帝左右。他的回忆录是 1812—1814 年时期的重要史料。

是个多么热情亲切的朋友，她谈起阿波里奈尔时谈得多么精彩，谈起他在 1918 年停战的那天去世，当时群众高喊"打倒纪尧姆"，而阿波里奈尔在神志昏迷之际以为他们在高喊反对他[16]，而且我想我要尽我的力量并且尽可能长久地为她效劳，务必使她所作出的出色的工作得到公正的评价，所以愿上帝和迈克·内伊[17]帮助我吧。但是让她说的什么迷惘的一代那一套跟所有那些肮脏的随便贴上的标签都见鬼去吧。等我到了家，走进院子上了楼，看见我的妻子和儿子和他的小猫"F 猫咪"时，他们都很快活，壁炉里生着火，我就对妻子说，"你知道，不管怎么说，葛特鲁德是个好人。"

"当然，塔迪。"

---

16 法国现代主义诗人阿波里奈尔（Guillaune Apollinaire，1880—1918），名纪尧姆，但此处群众要打倒的是德皇威廉二世，因纪尧姆是威廉在法语中的读音。

17 迈克为内伊的名字米歇尔在英语中的爱称。

"可有时她确实会说一大堆废话。"

"我可从没听她讲过，"我的妻子说，"我是做妻子的。跟我说话的是她那个同伴。"

莎士比亚图书公司

在那些日子里，我没有钱买书。我从莎士比亚图书公司出借书籍的图书馆借书看。莎士比亚图书公司是西尔维亚·比奇开设在奥德翁剧院路12号的一家图书馆和书店。在一条刮着寒风的街上，这是个温暖而惬意的去处，冬天生着一只大火炉，桌子上和书架上都摆满了书，橱窗里摆的是新书，墙上挂的是已经去世的和当今健在的著名作家的照片。那些照片看起来全像是快照，连那些故世的作家看上去也像还活着似的。西尔维亚有一张充满生气、轮廓分明的脸，褐色的眼睛像小动物的那样灵活，像年轻姑娘的那样欢快，波浪式的褐色头发从她漂亮的额角往后梳，很浓密，一直修剪到她耳朵下面和她穿的褐色天鹅绒外套的领子相齐。她的腿很美，她和气、愉快、关心人，喜欢说笑话，也爱闲聊。我认识的人中间没有一个比她待我更好。

我第一次走进这家书店的时候心里很胆怯，因为身上没有足够的钱参加那出借图书馆。她告诉我可以等我有了钱再付押金，就让我填了一张卡，说我可以想借多少本书就借多少。

她没有理由信任我。她并不认识我，而我给她的地址，勒穆瓦纳红衣主教大街74号，又是在一个不能再穷的地区。但她是那么高兴，那么动人，并且表示欢迎，她身后是一个个摆满着图书也就是这家图书馆的财富的书架，像墙壁一般高，一直伸展到通向大楼内院的那间里屋。

我从屠格涅夫开始，借了两卷本的《猎人笔记》和戴·赫·劳伦斯的一部早期作品，我想是《儿子与情人》吧，可西尔维亚对我说想多借一些也行。我便选了康斯坦斯·加内特译的《战争与和平》和陀思妥耶夫斯基的《赌徒及其他》。

"如果你要把这些都读完，就不会很快回到这儿来。"西尔维亚说。

"我会回来付押金的，"我说，"我在我的

住处有钱。"

"我不是这个意思，"她说，"你可以在任何方便的时候付。"

"乔伊斯一般什么时候上这儿来?"我问道。

"要是他来，平常总要在下午很晚的时候，"她说，"你见过他吗?"

"我们在米肖餐馆见到过他跟家人在一起吃饭，"我说，"可是在人家吃饭的时候盯着人家看是不礼貌的，而米肖餐馆的价格又很贵。"

"你常在家吃饭吗?"

"现在大都这样，"我说，"我们有个好厨师。"

"在你那地区附近没有什么餐馆，是吗?"

"没有。你怎么知道的?"

"拉尔博[1]在那儿住过，"她说，"他非常喜

---

1 瓦莱里·拉尔博（Valery Larbaud，1881—1957），法国小说家、诗人、评论家，曾把柯勒律治及乔伊斯等欧洲作家的作品译成法语出版。

欢那地段，可惜就是没有餐馆。"

"最近的一家价廉物美的饭店要跑到先贤祠那一带。"

"那一带我不熟悉。我们都在家就餐。你跟你的妻子哪天务必上我家来玩。"

"等我来给你付押金的时候吧，"我说，"但是非常感谢你。"

"书别看得太快啦。"她说。

在勒穆瓦纳红衣主教路的家是一个有两居室的套间，没有热水也没有室内盥洗设施，只有一只消毒的便桶，用惯了密歇根州那种户外厕所间的人是并不觉得不舒适的。但是可以眺望到美丽的景色，地板上铺一块上好的弹簧褥垫做一张舒适的床，墙上挂着我们喜爱的画，这仍不失为一个使人感到欢乐愉快的套间。我拿了这些书回到家里，把我新发现的好地方告诉我的妻子。

"可是，塔迪，你一定要今天下午就去把押金付了。"她说。

"我当然会这样做的，"我说，"我们俩都去。然后沿着塞纳河和码头去散步。"

"我们可以沿塞纳河路散步，去看所有的画廊和商店的橱窗。"

"对。我们可以上任何地方去散步，我们可以上一家新开的咖啡馆去待会儿，那儿我们谁也不认识，也没人认识我们，我们可以喝一杯。"

"我们可以喝上两杯。"

"然后可以找个地方吃饭。"

"不，别忘了我们还得付图书馆押金呢。"

"我们要回家来，在家里吃，我们要吃一顿很好的晚餐，喝合作社买来的博讷酒[2]，你从那窗口就能看到橱窗上写着的博讷酒的价钱。随后我们读读书，然后上床做爱。"

"而且我们决不会爱任何其他人，只是彼此相爱。"

---

2 产于法国中东部的博讷城的一种普通干红葡萄酒。

"对，决不。"

"多么好的一个下午和傍晚啊。现在我们还是吃中饭吧。"

"我饿极啦，"我说，"我在咖啡馆写作只喝了一杯奶咖。"

"写得怎么样，塔迪?"

"我认为不错。我希望这样。我们午餐吃什么?"

"小红萝卜，还有出色的小牛肝加土豆泥，加上一客苦苣色拉。还有苹果挞。"

"那么我们就可以有世界上所有的书籍阅读了，等我们出门旅行的时候就能带这些书去了。"

"这样做对得起人吗?"

"没问题。"

"她那儿也有亨利·詹姆斯[3]的书吗?"

---

3 亨利·詹姆斯（Henry James，1843—1916），英国著名小说家，其代表作有《戴茜·密勒》和《一个妇人的肖像》等。

"当然。"

"哎呀,"她说,"我们运气真好,你发现了那个地方。"

"我们一向是运气好的。"我说,像个傻瓜,我没有用手去敲敲木头[4]。公寓里也到处有的是木头可以让人去敲啊。

---

4 西方迷信,人们认为在夸自己有好运气以后要用手敲敲木头,以免好运气跑掉。

塞纳河畔的人们

◘

从勒穆瓦纳红衣主教路的尽头走到塞纳河有很多条路。最短的一条是沿着这条路径直往前，但是路很陡，等你走上平坦的路段，穿过圣日耳曼林荫大道街口繁忙的交通车辆以后，来到一个没生气的地方，那里伸展着一条荒凉向风的河岸，右边就是那葡萄酒市场。它和巴黎其他任何市场都不同，只是一种扣存葡萄酒以待完税的仓库，从外面看去阴沉沉的像个兵站，或者俘虏营。

跨过塞纳河的支流就是圣路易岛，上面有狭窄的街道和又老又高的美丽的房子，你可以渡河上那儿去，或者向左拐，沿着同圣路易岛一样长的码头走，再向前走，便到了圣母院和城中岛[1]的对面。

在沿码头的书摊上，你有时能发现有刚出版的美国书出售，价钱很便宜。银塔饭店楼上有几间房间，在那些日子里他们把房间出租，给住在那儿的人在餐厅用餐享受折扣优待，如果房客们离去时留下什么书籍，旅馆中的茶房就把那些书卖给沿码头不远处的一家书摊，你就可以从女摊主手里花很少几个法郎买下。她对用英语写的书缺乏信心，买下这些书她几乎没有付什么钱，因此只要能得到一点薄利就马上脱手。

"这些书有什么值得一读的吗?"我们成了朋友后，她问我。

"有时候有本把值得一读。"

"教人怎样辨别呢?"

"等我把它们读了就能辨别啦。"

"可这仍旧多少是一种碰运气的行为。再说有多少人能读英文书?"

"把它们给我留着，让我浏览一遍。"

"不行。我不能把它们留着等你来。你并不经常经过这里。你总要隔好长一段时间才来一次。我可得尽快把它们卖掉。没有人能辨别

---

1 城中岛即巴黎旧城，在塞纳河中，圣路易岛的西面，巴黎圣母院即位于该岛的西部。

它们是否有什么价值。要是它们原本是毫无价值的，我就永远别想把它们卖出去了。"

"那你怎样辨别一本有价值的法文书呢？"

"首先要有插图。其次是插图的质量问题。再次是看装订。如果是一本好书，书的主人就会把它像样地重新装订起来。英文书籍全都是装订好的，但是装订得很差[2]。没有办法从这一点来判别它们是好是坏。"

过了银塔饭店附近这家书摊，到奥古斯丁大码头以前，就没有别的书摊卖美国和英国书的了。从奥古斯丁大码头往前到伏尔泰码头再过去的地方有几个书摊出售他们从塞纳河左岸那些旅馆，特别是拥有比大多数旅馆都更有钱的顾客的伏尔泰旅馆的雇员那里买来的书籍。一天我问另一个女摊主，她是我的朋友，书籍

---

2 法国书一般为普通的纸面本，让人用皮革重新装订，比英美的硬面本高档。

的主人是否出卖过书籍。

"不，"她说，"这些书全都是他们扔掉的。因此人们就知道这些书没有什么价值。"

"是朋友们把这些书送给他们，让他们在船上阅读的。"

"没错儿，"她说，"他们准是把很多书都扔在船上了。"

"他们就这样把书撂下了，"我说，"航运公司保存了这些书并且重新装订好，它们就成了船上的藏书。"

"这倒是一种聪明的做法，"她说，"至少这样书就装订得像个样子了。像这样的一本书也就有价值了。"

在我写作余暇或者思考什么问题时，我就会沿着塞纳河边的码头漫步。如果我散着步，有些事干或者看别人在干着一些他们熟悉的事，我思考起来就比较容易。在城中岛的西端，新桥南面，在亨利四世雕像的所在地，岛最终变得像一个尖尖的船头，那儿临水有个小公园，长着一片优美的栗树，树干高大而枝叶纷披。在塞纳河中形成的急流和回水流经之处有不少适宜垂钓的好地方。你走下一段台阶到那小公园，就能看见捕鱼的人们在那儿和在大桥下钓鱼。垂钓的好地点随着河水涨落而变化，捕鱼人用长长的连接起来的钓竿，但是用很细的接钩线和轻巧的鱼具和羽毛管浮子钓鱼，老练地在他们垂钓的那片水域里诱鱼上钩。他们总能钓到一些鱼，他们经常成绩可观，能钓到很多像鲹鱼那样的鱼，他们称之为鲌鱼。这种鱼整条放在油里煎了吃味道很鲜美，我能吃下一大盘。这种鱼长得很肥壮，肉质鲜美，味道甚至超过新鲜的沙丁鱼，而且一点也不油腻，我们吃的时候连骨头一起吃下去。

吃鲌鱼的一个最佳去处是在下默东的一家建筑在河上的露天餐厅，在我们有钱离开我们的拉丁区出游时就上那儿去。那餐厅叫"神奇渔场"，卖得有一种极好的白葡萄酒，那是麝香葡萄酒[3]的一种。这是莫泊桑的一个短篇小说中出现过的地方，西斯莱[4]曾画过那俯视河上的景色。你不用跑那么远去吃鲍鱼。你在圣路易岛上就能吃到一份很好的油炸鲍鱼。

我认得几个在圣路易岛和绿林好汉广场[5]之间的塞纳河多鱼的水域钓鱼的人，有时候天气晴朗，我会买上一升葡萄酒、一个面包和一些香肠，坐在阳光下阅读一本我买来的书，观看他们钓鱼。

有些游记作家写到在塞纳河上垂钓的人们，把他们写得似乎是疯子，从未钓到过一尾鱼；但那是认真的饶有捕获的垂钓。那些捕鱼人大都是靠很少的养老金过活的人，那时他们

---

3 麝香葡萄酒产于法国西部卢瓦尔河下游的南特一带，由那里特产的麝香葡萄酿成。

4 阿尔弗雷德·西斯莱（Alfred Sinley，1839—1899），法国画家，擅作风景画，其作品色彩十分柔美和谐，所画雪景尤有魅力。他的许多最佳作品是1872—1880年间在巴黎等地与莫奈亲密相处的那段时间完成的。

5 该广场位于城中岛的西端，即上文提到的像尖尖的船头的地方。

还不知道一旦通货膨胀,那一点儿养老金就会变得微不足道,还有一些是钓鱼迷,他们逢到有一天半天的休假就去钓鱼。更适宜垂钓的地方是在夏朗通,马恩河在那儿汇入塞纳河,而巴黎的东西两边都适合垂钓,但是在巴黎本身也有非常好的钓鱼场所。我没有去钓鱼,因为我没有鱼具,而且我宁愿省下钱来到西班牙去钓鱼。再说,那时我也根本不知道什么时候我的写作能告一段落,也不知道什么时候我不得不出门,我可不想迷恋于此道而不能自拔,而钓鱼这活动是有它的旺季和淡季的。但是我密切关注它,学会一点有关知识很有意思,感觉良好,知道就在本城有人在钓鱼,有着健康的认真的垂钓活动,还把一些供油炸的鱼带回家去给他们的家人,总是让我很快活。

有了那些捕鱼人和塞纳河上的生活动态,还有在船上自有其自己的生活的漂亮驳船,那些烟囱可向后折叠以便从桥下通过的拖轮,拖曳着一长列驳船,还有河边石堤上高大的榆树、梧桐树，有些地方则是白杨，我沿河散步时就从不感到孤独。城里有那么多树木，你每天都能看到春天在来临，直到一夜暖风突然在一个早晨把它带来了。有时一阵阵寒冷的大雨会又把它打回去，这样一来似乎它再不会来了，而你的生活中将失去一个季节。在巴黎这是唯一真正叫人悲哀的时刻，因为这是违反自然的。在秋天感到悲哀是你意料之中的。每年叶子从树上掉落，光秃的树枝迎着寒风和凛冽的冬天的阳光，这时你身子的一部分就死去了。但是你知道春天总会来到，正如你知道河水冻结了又会流淌一样。当冷雨不停地下，扼杀了春天的时候，这就仿佛一个年轻人毫无道理地夭折了。

然而，在那些日子里，春天最后总是来临，但是使人心惊的是它差一点来不了。

埃兹拉·庞德和他的『才智之士』

◼

埃兹拉·庞德始终是个好朋友，他总给别人办事。他和他的妻子多萝西住在乡村圣母院路的工作室，这间工作室之穷和葛特鲁德·斯泰因的工作室之富达到同样的程度。但是那里光线很好，生了一只炉子取暖，有许多埃兹拉熟识的日本艺术家的画作。他们都是贵族世家出身，蓄着长发。他们的头发黑黑的，闪烁发亮，俯身鞠躬时头发就会甩到前面，这给我很深的印象，但是我不喜欢他们的画。我看不懂这些作品，不过它们也并没有什么神秘之处，而一旦我看懂了，它们在我看来也没有什么意义。我为此感到遗憾，但是对此我毫无办法。

多萝西的画我非常喜欢，我认为多萝西很美，身段长得美妙极了。我也喜欢戈迪埃-布尔泽斯卡[1]为埃兹拉塑的那座头像，我也喜欢埃兹拉给我看的关于这位雕塑家的作品的所有照片，这些照片附在埃兹拉写的关于他的那部书里。埃兹拉还喜欢皮卡比阿[2]的那幅画，但那时我认为它一无价值。我也不喜欢温登姆·

刘易斯[3]的那幅画，而埃兹拉却喜欢得不得了。他喜欢他那些朋友的作品，这作为对朋友的忠诚是一种美德，但作为评论则能成为灾难性的。我们从来不为这些事争论，因为我对于自己不喜欢的事物是闭口不谈的。如果一个人喜欢他朋友们的画或者著作，我想那很可能就像那些爱自己的家庭的人，你去批评他们的家庭是不礼貌的。有时候你能忍住很长一段时间才批评你自己的或者妻子的家人，但是对于拙劣的画家就比较容易，因为他们并不做出可怕的

1　戈迪埃-布尔泽斯卡（Henri Gaudier-Brzeska，1891—1915），法国最早的抽象派雕塑家，"旋涡主义"运动的著名倡导者。1913年前往伦敦，诗人庞德成为他的赞助人和宣传者，在第一次世界大战中阵亡。

2　皮卡比阿（Francis Picabia，1879—1953），法国油画家、插图家、设计师、作家和编辑。1911年参加立体派黄金小组，1913年在纽约军械库展览会和艾尔弗雷德·施蒂格列茨的分离派摄影画廊展出作品。

3　刘易斯（Wyndham Lewis，1882—1957），英国画家、作家，旋涡画派创始人。在三十年代取得很大成就，创作了《巴塞罗那的投降》和《诗人艾略特》等有名画作，也写出了长篇小说《爱情的复仇》等优秀作品。

事情来，也不像家人那样能造成私人感情上的伤害。对于拙劣的画家你只消不去看他们的作品就行了。但是即使你能做到不去考虑家人，不去听他们说什么，并且做到不写回信，他们在许多方面还是能造成危害的。埃兹拉对人比我和善，也比我更具有基督教精神。他自己的著作，写得对头的话，都是非常完美的，而他犯错误时是那么真诚，对自己的谬误是那么执著，对人又是那么和善，以致我总认为他是属于圣徒一类的人物。他也暴躁易怒，但是也许很多圣徒都是这样的吧。

埃兹拉要我教他拳击，正是在有天下午我们在他工作室里你来我往地练拳时，我第一次见到温登姆·刘易斯。那时埃兹拉练习拳击还不很久，让他当着什么熟人的面练拳，我感到有点窘，就尽可能使他看起来打得漂亮些。但是效果并不十分好，因为他懂得了怎样推挡，可是我仍然在勉力教他把左手用来出手击拳，始终把左脚跨向前方，然后把右脚挪上与之平行。这不过是些基本步法。我始终没有教会他打左勾拳，而要教会他如何缩短右拳出手的幅度则要留待以后再说了。

温登姆·刘易斯戴了一顶宽边的黑帽，像这个拉丁区的一个角色，穿着打扮像从《波希米亚人》[4]中走出来的。他长着一张使我想起青蛙的脸，不是那种大牛蛙而不过是只普通青蛙，而对他来说巴黎这个水塘未免太大了。那时我们认为每个作家或者画家可以穿他拥有的任何服装，对于艺术家并没有规定的制服；可是刘易斯却穿着大战前的艺术家的那种制服。看到他使人发窘，他却傲慢地看着我闪开埃兹拉开头用左手的连连出击或者用戴着拳击手套的没握紧的右手挡住它们。

我想停止练拳，但刘易斯坚持要我们打下去，于是我看出尽管他对我们到底在干什么一

---

4 《波希米亚人》为意大利作曲家普契尼的三幕歌剧，写巴黎拉丁区穷艺术家的生活，故又译为《艺术家的生涯》。

无所知，他正在等待，希望看到埃兹拉被我打伤。但是什么都没有发生[5]。我决不反击，只是让埃兹拉始终随着我走动着，伸出左手，用右拳打出几下，然后我说我们结束吧，便用一大罐水冲洗了身子，用毛巾擦干，穿上我的长袖运动衫。

我们喝了一点什么饮料，我听埃兹拉和刘易斯谈起在伦敦和巴黎的一些人。我小心

5　刘易斯对他在1922年7月戏剧性地被介绍给海明威有如下的记述：当他推开庞德的工作室的门时，他见到"一个身材魁伟的年轻人，上身赤裸着直至腰部，躯干白得炫目，正站在离我不远处。他高大，英俊，而且神色安详，正用他的拳击手套击退——我认为并没有什么过分用力——埃兹拉发出的一次激动的攻击。在最后一下向那炫目的太阳神经丛挥舞拳头之后（毫不费力地让那仅穿着裤子的塑像避开了），庞德向后跌倒在他的沙发椅上。那年轻人就是海明威。"（见杰弗里·迈耶斯的《海明威传》第85页）从以上记述，海明威这里所说的"我看出尽管他对我们到底在干什么一无所知，他正在等待，希望看到埃兹拉被我打伤……"以及把刘易斯描绘成一个凶神恶煞般的人，只是他初见刘易斯时毫没来由的错觉和偏见，后来他们成了很好的朋友。但是海明威在回忆当年初识的印象时，仍如实地写出他当时真实的感觉，即使那是不正确的。

地注视着刘易斯，并不做出在瞧他的样子，就像你在拳击时那样，可我认为我从没见过比他的神情更讨人厌的人。有些人显出一副凶相，就像马赛中的骏马，显示出是良种一样。他们有一种像硬性下疳那样的尊严。刘易斯并不流露出凶相；他只是神情显得讨人厌而已。

在走回家的途中，我竭力在想他使我想起了什么，结果使我想起了许多事情。全都是有关医学方面的，除了脚指头压伤以外，这是一个俚语词儿。我试图把他的脸分成一个个局部来描述，但只能做到写那双眼睛。我第一次看到那双眼睛时，上面压着那顶黑帽，看上去像是一个强奸未遂者的眼睛。

"我今天见到了一个我见过的最讨厌的人。"我对我的妻子说。

"塔迪，别告诉我他是怎样的一个人，"她说，"请别告诉我他是怎样的一个人。我们就要吃晚饭了。"

大约一个星期后，我见到斯泰因小姐，告诉她结识了温登姆·刘易斯，问她曾见过他没有。

"我管他叫尺蠖[6]，"她说，"他从伦敦来到这儿，只要看到一张好画，就从口袋里掏出铅笔，你就看到他用拇指按在铅笔上测量那幅画。一面仔细察看着画，一面测量着尺寸大小，看那画是怎样确切地画成的。然后他回到伦敦把它画出来，可就是画得不对头。他没能看出那幅画到底是怎么回事。"

这样，我就把他看成尺蠖。这个称呼比我自己想的他是什么要更和善并更符合基督教精神。后来，我竭力试着喜欢他，跟他做朋友，就像我对埃兹拉的几乎所有朋友，在他向我解释他们是怎样的人物后那样。但是上面所说的乃是我在埃兹拉的工作室中第一天看到他时他

---

6 尺蠖，英文名 measuring worm，意为"在测量的软体蠕虫"，斯泰因这比喻很是生动。

给我的印象。

埃兹拉是我认识的最慷慨，也是最无私的作家。他帮助他信任的诗人、画家、雕刻家以及散文作家，他也愿意帮助任何人，不论是否信任他们，只要他们处境困难。他为每个人操心，在我最初认识他的时候，他最操心的是托·斯·艾略特，据埃兹拉告诉我，艾略特不得不在伦敦一家银行里工作，因此没有足够的时间而只能在不适当的时候发挥一个诗人的作用。

埃兹拉和纳塔利·巴尼小姐创办了一个叫做"才智之士"的组织，她是一位有钱的美国女人，是艺术事业的赞助人。巴尼小姐曾是我那前辈雷米·德·古尔蒙[7]的朋友，她在家里定期举行沙龙，花园里有一座希腊小神庙。许多相当有钱的美国和法国女人都有沙龙，我很

---

7 雷米·德·古尔蒙（Remy de Gourmont, 1858—1915），法国作家，他的评论文章对法国象征派美学理论的传播起了很大作用，对庞德和艾略特影响颇大。

早就考虑到这些地方虽好，我还是避开为妙，不过我以为在花园里有一座希腊小神庙的还只有巴尼小姐一个人。

埃兹拉曾把介绍"才智之士"组织的小册子给我看，而巴尼小姐容许他把那座希腊小神庙印在小册子上。"才智之士"的计划是我们大家不管收入多少，都捐献一部分来提供一笔基金，把艾略特先生从那家银行中解脱出来，使他有了钱，可以写诗。在我看来这是个好主意，并且埃兹拉相信等我们把艾略特先生从银行里解脱出来以后，就可以一鼓作气地把每个人都安顿好。

我把这事稍稍搞混了，因为总是把艾略特称作梅杰·艾略特，假装把他跟梅杰·道格拉斯混淆在一起，而梅杰·道格拉斯是一位经济学家，埃兹拉对他的观点怀有很高的热情。但是埃兹拉明白我的心情是正常的，而且满怀着"才智之士"组织的精神，尽管在我向朋友们请求资助基金使梅杰·艾略特得以从银行中脱身时，有人会说一位少校[8]究竟在银行里干什么，再说，要是他被军事组织裁掉，难道他没有养老金，或者至少总有点退役金吧？这一来会使埃兹拉感到烦恼。

碰到这样的情况，我会向朋友们解释说这一切都不相干。要么你心目中有"才智之士"，要么你心目中没有。如果你心目中有，你就愿意捐款使少校从银行里解脱出来。如果你心目中没有，那就太糟啦。难道他们不了解那座小希腊神庙的意义吗？不了解？我想是这样。太糟啦，老弟。把你的钱藏好。我们不会碰它的。

作为"才智之士"组织的一个成员，在那些日子里我为它干得很起劲，而我最快乐的梦想乃是看到那位少校大步走出银行成为一个自由人。我记不起"才智之士"这个组织最后是怎样垮掉的，但是我想这跟《荒原》的出版多

8 梅杰（Major）一词意为"少校"。

少有关，这部长诗为少校获得了《日晷》杂志的诗歌奖[9]，过后不久，一位有贵族称号的夫人资助艾略特一份名为《标准》的评论杂志，这样，埃兹拉和我就不必再为他操心了。那座小希腊神庙，我想，一定还在花园里。但是我们没有能单凭"才智之士"的基金使这位少校从银行里脱身出来，这始终使我感到失望，因为在我的梦想中早已想象他也许住进了那座希腊小神庙，也许我能跟埃兹拉一起去那儿串门，给他戴上桂冠。我知道哪儿有上好的月桂树，我能骑自己的自行车去采集月桂树叶，我还想，任何时候他感到寂寞，或者任何时候埃兹拉看完另一首像《荒原》那样的长诗的原稿或校样，我们都可以给他戴上桂冠。从道义上

---

9 1921 年冬天，艾略特与埃兹拉·庞德相遇于巴黎，长诗《荒原》经庞德删削后，分别在艾略特自己编辑的伦敦《标准》杂志 1922 年 10 月号和《日晷》1922 年 12 月号上发表。不久，因长诗"对美国文学所作出的贡献"而获该年《日晷》的颁奖。

说，这件事像许多事情一样，结果被我弄得很糟，因为那笔我专门留作把少校从银行里解脱出来的钱，我拿了去到昂吉安赛马场，押在那些在兴奋剂的影响下进行跳栏赛的马身上了。在两次赛马会上，我下赌注的那些服用兴奋剂的马胜过了没有服用兴奋剂或者服用得不够的牲口，只有一次比赛中我们的想象力给刺激得过了头，那马儿竟在起跑前就把骑师甩下鞍来，抢先跑了整整一圈障碍跑道，独自优美地跳过障碍，那样子就像你有时在梦里跳跃那样。等它被骑师逮住重新骑上马背，它一路领先，表现得很体面，正如法国赛马术语所说的那样，可是我终究赌输了。

如果那笔赌注归入了"才智之士"，我也许会感到快活些，可是这个组织已不复存在了。但我又安慰自己，要是我下的那些赌注赢了，我给"才智之士"的捐献就能大大超过我原来意欲捐献的数字了。

·

埃文·希普曼在丁香园咖啡馆

◘

从我发现西尔维亚·比奇的图书馆那天起，我读了屠格涅夫的全部作品，读了已出版的果戈理作品的英译本、康斯坦斯·加内特翻译的托尔斯泰小说以及契诃夫作品的英译本。我们来到巴黎以前，在多伦多有人跟我说过凯瑟琳·曼斯菲尔德是个优秀的短篇小说作家，甚至可说是个伟大的短篇小说作家，可是读过契诃夫以后再试着去读她，就像在听一个年轻的老处女精心编造的故事了，而相比之下，另一位的作品却是出于一个善于表达而洞察人生的内科医生、同时是一位朴实无华的作家之手。曼斯菲尔德像一杯淡啤酒。还不如喝白开水的好。可是契诃夫不是白开水，除了像水一般明澈这一点。有一些短篇似乎就像是新闻报道。可是也有一些是绝妙的佳作。

陀思妥耶夫斯基的作品里有些东西可信也有些不可信，但是有些作品写得那么真实，你读着读着会改变你；脆弱和疯狂、邪恶和圣洁以及赌博的疯狂性，都摆在那里由你去了解，就像你在屠格涅夫的作品中了解那些如画的风景和大路，在托尔斯泰的作品中了解部队的调动、地形、军官、士兵和战斗等等。托尔斯泰使斯蒂芬·克兰那部写美国内战的作品[1]变得仿佛是出于一个从未经历过战争、只读过一些我曾在我祖父母屋子里看过的战役记录和编年史并且看过那些布雷迪[2]拍摄的照片的患病小孩的才气横溢的想象而已。我在读到司汤达的《巴马修道院》之前，从未读过有关战争的真实描述，除非是在托尔斯泰的作品里，而司汤达关于滑铁卢战役的精彩的记述是这部颇为沉闷的小说中一个出乎意外的片段。发现了这个文学作品的新世界，在一个像巴黎这样有很好

---

1 指美国小说家斯蒂芬·克兰（Stephen Crane，1871—1900）的代表作《红色英勇勋章》。他的确从未经历过战争，但他把一个初次上战场的士兵在战火纷飞的环境中的反应写得淋漓尽致，被誉为战争小说中的杰作。

2 布雷迪（Mathew B. Brady，约1823—1896），美国摄影师，早年专门拍摄包括美国总统的名人像，在美国内战期间，雇用20多名摄影师，分头拍摄各战区的实况。

的适于工作的生活方式的城市里，不管你是多么穷，你总有时间可以读书，就像拥有了一个给予你的大宝库。你出外旅行时，也能把你这宝藏带在身边，我们到了瑞士和意大利，住在山区，直到我们在奥地利的福拉尔贝格州高地上的山谷里发现了施伦斯，那里总是有许多书籍，这样你就生活在你发现的这个新世界里，那里有雪、森林、冰川以及与之相关的种种冬天的问题，而在白天你待在那村子中鸽子旅馆的高高庇护所中，到夜晚你可以生活在俄罗斯作家们给你的另一个奇妙的世界里。起初是俄罗斯作家；接着是所有其他作家。但是很长一段时间读的是俄罗斯作家。

我记得有一次我跟埃兹拉从阿拉戈林荫大道的球场上打了网球一同走回家去，他邀我上他的工作室去喝一杯，路上我问他对陀思妥耶夫斯基到底是怎么看的。

"老实告诉你，海姆，"埃兹拉说，"我还从没读过罗宋人的作品。"

这是一个直截了当的回答，而埃兹拉再没有在口头上给我任何其他说法，但是我感到非常难过，因为他正是我当时最喜爱最信任的评论家，他深信 mot juste——就是说要使用唯一正确的词儿——他教会我不要信赖使用形容词，正如我后来学会在某些情况下不要信赖某些人那样；而我正想听听他对一个几乎从没用过贴切的词儿然而有时却能做到别人几乎无法做到的使他笔下的人物活灵活现的作家的意见。

"集中精力读法国作品吧，"埃兹拉说，"你可以从那方面学到很多东西。"

"这我知道，"我说，"我可以从各方面学到很多东西。"

后来我从埃兹拉的工作室出来，沿着大街走回锯木厂，从两旁高楼夹道的大街望去，望到大街尽头的空旷处，那里可以看到有些光秃的树木，后面遥遥可见比利埃舞厅的门面，就在宽阔的圣米歇尔林荫大道的对面。我终于推开院门走进去，经过堆放着的新锯好的木材，把我那放在夹子里的网球拍搁在通向楼阁顶层的楼梯旁。我向楼上呼喊，但是没有人在家。

"太太出去了，保姆跟宝宝也出去了。"锯木厂老板娘告诉我。她是个很难弄的女人，长得过分肥胖，一头黄铜色的头发，我向她道了谢。

"有个年轻人来找过你，"她说，她用jeune homme（年轻人）而不用monsieur（先生），"他说会在丁香园等你。"

"真是多谢你了，"我说，"要是我太太回家来，请告诉她我在丁香园。"

"她跟朋友们一起出去了。"老板娘说，把紫色的晨衣裹住身子，趿着高跟拖鞋，走进她自己的领地的门洞，没有随手关门。

我在两旁高耸着沾有条条点点污迹的刷过白粉的房屋的大街上向前走去，在开阔的向阳的街口向右转弯，走进幽暗中有缕缕阳光的丁香园咖啡馆。

那里没有我熟识的人，我便走到外面的平台上，发现埃文·希普曼[3]正在等我。他是一位很好的诗人，他懂得并且喜欢赛马、写作和绘画。他站起身来，只见他身材高高的，脸色苍白，两颊瘦削，他的白衬衫领口很脏而且有些破损，领带打得很端正，一身又旧又皱的灰色西服，他沾污的手指比头发还黑，指甲中有污垢，带着可亲的表示歉意的微笑，但不让嘴张大，免得露出一口坏牙。

"很高兴见到你，海姆。"他说。

"你好吗，埃文？"我问他。

"有点儿沮丧，"他说，"不过我想我把那匹'马捷帕'给镇住了。你一向都好吗？"

"我想是吧，"我说，"你去我家时，我正

---

3 希普曼（Evan Shipman, 1904—1957），美国作家，1933 年曾在基威斯特岛担任过海明威大儿子约翰的家庭教师，在西班牙内战中受过伤，后来在第二次世界大战中任军士。发表过一部诗集及一部写赛马的短篇小说集《可自由参加的竞赛》（1935）。

跟埃兹拉出外打网球去了。"

"埃兹拉好吗?"

"很好。"

"我太高兴了。海姆,你知道,我看你的住处那儿的房东太太不喜欢我。她不肯让我上楼去等你。"

"我会跟她说的。"我说。

"别麻烦啦。我总是可以在这儿等你的。现在待在阳光下非常舒服,是不?"

"现在已是秋天了,"我说,"我看你穿得不够暖和。"

"只有到了晚上才冷,"埃文说,"我会穿上大衣的。"

"你知道大衣在哪儿吗?"

"不知道。不过准是在什么安全的地方。"

"你怎么知道的?"

"因为我把那首诗留在大衣里了。"他开心地笑起来,嘴唇抿紧遮住了牙齿。"请陪我喝一杯威士忌吧,海姆。"

"行啊。"

"让，"埃文站起来唤侍者，"请来两杯威士忌。"

让端来酒瓶和杯子以及两只标有十法郎字样的小碟，还有苏打水瓶。他不用量杯，径直往杯里注酒，直到超过了杯子容量的四分之三。让喜欢埃文，每逢让休息那天，埃文常常跟他一起到他在巴黎奥里昂门外蒙鲁日镇上的花园里料理花木。

"你可别倒得太多了。"埃文对这个身材高大的老侍者说。

"这不过是两杯威士忌，不是吗?"侍者问道。

我们往杯里加了水，埃文就说："呷第一口要非常小心，海姆。喝得恰当，能让我们喝一阵子哪。"

"你能照顾好自己吗?"我问他。

"是啊，确实如此，海姆。我们谈点别的吧，好吗?"

在平台上就座的没有别人，而威士忌使我们两人都感到身子暖和，尽管我穿的秋天衣服比埃文穿的好，因为我穿了一件圆领长袖运动衫作为内衣，然后穿上一件衬衫，衬衫外面套上一件蓝色法国水手式的毛线衫。

"我弄不懂陀思妥耶夫斯基是怎么搞的，"我说，"一个人写得那么坏，坏得令人无法置信，怎么又能这样深深地打动你呢?"

"不可能是译文的问题，"埃文说，"她译托尔斯泰就显出原作写得很精彩。"

"我知道。我记得有多少次我试着想读《战争与和平》，最后才搞到了康斯坦斯·加内特的译本。"

"人家说她的译文还可以提高，"埃文说，"我确信一定能，尽管我不懂俄文，我们可都能读译本。不过它确乎是一部顶呱呱的小说，我看是最伟大的小说吧，你能一遍遍地反复阅读。"

"我知道，"我说，"可你无法一遍遍地读

陀思妥耶夫斯基。我有一次出外旅行，带了《罪与罚》，等我们在施伦斯把带去的书都读完了，尽管没有别的书了，我就是无法把《罪与罚》再读一遍。我看奥地利报纸，学习德语，直到找到了几本陶赫尼茨版的特罗洛普作品。"

"上帝保佑陶赫尼茨吧。"埃文说。威士忌已失去了火辣辣的效果，这时兑上了苏打水，只给人以一种太烈的感觉。

"陀思妥耶夫斯基是个坏蛋，海姆，"埃文继续说道，"他最擅长写坏蛋和圣徒。他写出了不少了不起的圣徒。可惜我们不想重看一遍他的作品。"

"我打算再看一遍《卡拉马佐夫兄弟》。很可能我当初看得不对头。"

"你可以把它的一部分再看一遍。它的大部分吧。不过这一来就会使你感到愤怒，不管这作品多么伟大。"

"是啊，我们有幸能有机会第一次读到它，也许还会有更好的译本吧。"

"你可别让这种想法诱惑你，海姆。"

"我不会。我只是试着看下去，在你不知不觉的情况下看进去，这样你越看就越会发现它意味深长。"

"唔，我以让的威士忌向你表示支持。"埃文说。

"他这样做会碰到麻烦的。"我说。

"他已经碰到麻烦了。"埃文说。

"怎么回事？"

"他们眼下正在更换资方，"埃文说，"新的老板们想招徕一批愿意花钱的新顾客，因此打算添设一个美国式的酒吧。侍者都要穿上白色上衣，海姆，并且命令他们思想上准备要剃去小胡子。"

"他们不能对安德烈和让这样做。"

"他们应该是办不到的，但他们还是会这样干的。"

"让一向蓄着小胡子。那是龙骑兵的小胡子。他在骑兵团服役过。"

"他就要不得不把它剃掉了。"

我喝下了杯里剩下的威士忌。

"再来一杯威士忌，先生？"让问道，"希普曼先生，来一杯威士忌？"他那浓密的两端下垂的小胡子是他瘦削而和善的面孔的一个组成部分，光秃的头顶在一绺绺平滑地横贴在上面的头发下闪闪发亮。

"别这么干了，让，"我说，"别冒险啦。"

"没险可冒啊，"他对我们悄声说，"现在一片混乱。很多人要辞职不干了。就这样吧，先生们。"他大声说。他走进咖啡馆，端了一瓶威士忌、两只大玻璃杯、两只标有十法郎的金边碟子和一只矿泉水瓶走出来。

"不要，让。"我说。

他把玻璃杯放在碟子上，把威士忌斟了几乎满满的两杯，然后带着剩有余酒的瓶子回进咖啡馆。埃文和我往杯子里喷了一点矿泉水。

"陀思妥耶夫斯基不认识让，真是一件幸事，"埃文说，"要不然他可能喝得醉死。"

"我们怎么解决这两大杯酒?"

"把它们喝了,"埃文说,"这是一种抗议。对抗雇主的直接行动。"

接下来的星期一早晨我去丁香园写作,安德烈给我送来一杯牛肉汁,那是一杯兑了水的保卫尔牌浓缩牛肉汁。他长得矮小,金发碧眼,原来蓄着粗短的上髭的嘴唇,现在光秃秃的像牧师的样子。他穿着一件美国酒吧招待的白色上衣。

"让在哪儿?"

"他不到明天不会来上班。"

"他怎么样?"

"要他搞通思想得花长一点的时间。整个大战期间他都在一个配备重武器的骑兵团里。他获得了战斗十字勋章和军功勋章。"

"我不知道他原来负过重伤。"

"不。他当然负过伤,可他得的是另一种军功章。是嘉奖英勇行为的。"

"请转告他我向他问好。"

"那当然，"安德烈说，"我希望他不用花太长时间就能自己搞通思想。"

"请你也向他转达希普曼先生的问好。"

"希普曼先生正跟他在一起，"安德烈说，"他们在一起搞园艺工作呢。"

司各特·菲茨杰拉德

◨

他的才能像一只粉蝶翅膀上的粉末构成的图案那样自然。有一个时期，他对此并不比粉蝶所知更多，他也不知道这图案是什么时候给擦掉或损坏的。后来他才意识到翅膀受了损伤，并了解它们的构造，于是学会了思索，他再也不会飞了，因为对飞翔的爱好已经消失，他只能回忆往昔毫不费力地飞翔的日子。

我初次遇见司各特·菲茨杰拉德就发生了一件非常奇怪的事。司各特碰上很多奇怪的事，但是这件事我永远忘不掉。那天我正在德朗布尔路上的丁戈饭店的酒吧间，跟一些毫无价值的人坐在一起，这时他走了进来，作了自我介绍，并且介绍一位跟他一起来的身材高大、和蔼可亲的男人，就是那著名的棒球投手邓克·查普林。我过去没有关注过普林斯顿的棒球赛，因此从未听到过邓克·查普林的名字，但是他非常和蔼、无忧无虑、从容不迫而且友好，跟司各特相比，我更喜欢他。

司各特当时看起来像个孩子，一张脸介于英俊和漂亮之间。他长着金色的波浪形卷发，高高的额角，一双兴奋而友好的眼睛，一张嘴唇很长、带着爱尔兰人风度的纤巧的嘴，如果长在姑娘脸上，会是一张美人的嘴。他的下巴造型很好，耳朵长得很好看，一只漂亮的鼻子，几乎可以说很美，没有什么疤痕。这一切加起来原不会成为一张漂亮的脸，但是那漂亮却来自色调，来自那非常悦目的金发和那张嘴。那张嘴在你熟识他以前总使你烦恼，等你熟识了就更使你烦恼了。

我那时很想结识他，因此埋头苦干了一整天后，司各特·菲茨杰拉德居然会到这里来，似乎使人感到非常奇妙，还有那位了不起的邓克·查普林，我过去从未听到过他的名字，可他现在成了我的好朋友。司各特一直讲个不停，由于他讲的话使我窘困——都是关于我的什么作品以及如何了不起等等——我便目不转睛地盯着他看，只顾注意看而不去听他说什么。我们那时仍旧遵从这样的思想方法，认为当面恭维乃是公开的耻辱。司各特要了香槟酒，于是他和邓克·查普林和我三人，我记得，跟一些毫无价值的人一起喝起来。我看邓克或者我并不在仔细地听他的演讲，因为那不过是演讲而已，而我一直在观察司各特。他身体单薄，看起来情况不是非常好，他的脸微微有点虚胖。他穿的布罗克斯兄弟服装公司的套装很合身，他穿了一件领尖钉有饰扣的白衬衫，系了一根格尔德公司的领带。我想该告诉他我对这领带的意见，也许吧，因为在巴黎的确有英国人，也许有一个会走进这丁戈酒吧间——眼前这里就有两个——可是再一想，去它的，算了吧，便又盯着他看了一会儿。后来才知道那根领带原来是在罗马买的。

我现在这样盯着他瞧可并没有了解到他多少情况，除了看出他模样很好，两只手不太小，显得很能干，而当他在一张酒吧高脚凳上坐下的时候，我看出他的两条腿很短。如果是正常的腿的话，他或许可以高出两英寸。我们已经喝完了第一瓶香槟，开始喝第二瓶，他的话少起来了。

邓克和我都开始感到这时甚至比喝香槟之前的感觉还要好些，而那演讲总算停了，正是件好事。直到这时我才觉得我是一个多么伟大的作家，但一直在我本人和我妻子之间小心地保守着这个秘密，只有对那些我们相知很深的人才谈起这一点。关于我可能已达到这样伟大的程度，司各特得出了同样愉快的结论，使我很高兴，但是他这篇演讲快讲不下去了，也使我感到高兴。可是演讲一停，提问的阶段开始了。你可以专心观察他而不去注意听他说话，但是他的提问你却回避不了。我后来发现，司各特认为小说家可以通过直接向他的朋友或熟人提问来获得他需要知道的东西。那些提问是直截了当的。

"欧内斯特，"他说，"我叫你欧内斯特，

你不介意吧?"

"问邓克吧," 我说。

"别犯傻啦。这是认真的。告诉我,你跟你妻子在你们结婚前在一起睡过吗?"

"我不知道。"

"你不知道,这是什么意思?"

"我不记得了。"

"这样一件重要的事你怎么能不记得?"

"我不知道," 我说,"很奇怪,不是吗?"

"比奇怪还糟," 司各特说,"你一定能记得起来的。"

"很抱歉。真遗憾,是不是?"

"别像什么英国佬讲话吧," 他说,"放正经些,回忆一下吧。"

"不行," 我说,"毫无办法了。"

"你可以老老实实努力回忆一下嘛。"

这番话声调很高,我想。不知道他是不是对每个人都是这么讲的,但是我不这样想,因为我曾注意到他说这番话时在冒汗。汗是从他修长的完美的爱尔兰式上唇沁出来的，一滴滴很小的汗珠，那时我正把视线从他的脸上往下移，见他坐在酒吧高凳上往上提起了腿，我目测着这两条腿的长短，后来我又回过来注视他的脸，正是在这时奇怪的事情发生了。

他坐在吧台前，擎着那杯香槟，脸上的皮肤似乎全部绷紧了起来，直到脸上原来的虚胖完全消失，接着越绷越紧，最后变得像一个骷髅头了。两眼凹陷，开始显出死去的样子，两片嘴唇抿得紧紧的，脸上失去了血色，以致成为点过的蜡烛的颜色。这可不是我的凭空想象。他的脸变成了一个真正的骷髅头，或者可以说成了一张死人的面模，就在我的眼前。

"司各特，"我说，"你没事吧?"

他没有回答，脸皮却看上去绷得更紧了。

"我们最好把他送到急救站去，"我对邓克·查普林说。

"不用。他没事。"

"他看起来像快要死了。"

"不。他喝了酒就会这样。"

我们把他扶进一辆出租汽车，我非常担心，但邓克说没事，不用为他担心。"很可能等一到家他就好了。"他说。

他准是到家就好的，因为几天以后我在丁香园咖啡馆遇见了他，我说我很抱歉，喝了那玩意儿把他醉成那样，可能我们那天一面讲话，一面喝得太快了。

"你说抱歉是什么意思？是什么玩意儿把我搞成那副样子的？你在说些什么，欧内斯特？"

"我的意思是指那天晚上在丁戈酒吧间。"

"那天晚上我在丁戈没有发什么病啊。我只是因为你们跟那些该死的英国佬在一起搞得我厌倦透了，才回家去的。"

"你在的时候根本没有什么英国佬。只有那名酒吧侍者。"

"别故弄玄虚啦。你知道我指的是谁。"

"哦。"我说。他后来又到丁戈去过。要

不，他另外有一次上那儿去过。不，我记起来了，当时是有两个英国佬在那儿。这是真的。我记得他们是谁。他们的确在那儿。

"是的，"我说，"当然啰。"

"有个有假贵族头衔的姑娘很无礼，还有那个跟她在一起的愚蠢的酒鬼。他们说是你的朋友。"

"他们是我的朋友。她有时候确实非常无礼。"

"你明白啦。所以用不着仅仅为了一个人喝了几杯酒就故弄玄虚。你为什么要故弄玄虚？这类事情可不是我认为你会做的。"

"我不知道。"我想变换话题。接着我想起了一件事。"他们为了你的领带才那么无礼的吗？"我问道。

"他们干吗要为了我的领带无礼呢？我那天系的是一条普通的黑色针织领带，穿的是一件白色马球衫。"

于是我认输了，他就问我为什么喜欢这家

咖啡馆，我告诉他这家咖啡馆过去的情况，他开始竭力喜欢它，于是我们坐在那里，我是喜欢这家咖啡馆，而他则是竭力设法喜欢它，他提了一些问题，告诉我关于一些作家、出版商、代理人和评论家以及乔治·霍勒斯·洛里默[1]的情况，还有做一个成功的作家会招来的流言蜚语以及经济状况等等，他冷嘲热讽，怪有趣的，非常快活而且媚人和惹人喜爱，即使你对任何人变得惹人喜爱往往会持谨慎态度。他以轻蔑的口吻谈到他所写的每篇作品，但不带一丝怨恨，我明白他那部新作一定非常出色，他才能不带一丝怨恨谈起过去的作品的缺点。他要我读他的新作《了不起的盖茨比》[2]，一旦他从人家手里讨回了他最后也是仅有的一

1 洛里默（George Horace Lorimer，1867—1937），长期担任《星期六晚邮报》编辑（1899—1936），使该刊销数达每期300万份。
2 《了不起的盖茨比》（*The Great Gatsby*，1925）是菲茨杰拉德的杰作，也是表现美国所谓"爵士时代"（第一次世界大战之后的二十年代）的重要作品。

本，就可以给我看。听他谈起这本书，你绝对无法知道它有多么出色，只看到他对此感到羞怯，这是所有谦虚的作家写出了非常优秀的作品时都会流露的表情，因此我希望他很快讨回这本书，这样我就可以阅读了。

司各特告诉我，他从马克斯韦尔·珀金斯[3]那儿听说这部书销路不佳，但是得到了极好的评论。我不记得是在当天还是好久以后，他给我看一篇吉尔伯特·塞尔迪斯[4]写的书评，写得不能再好了。除非吉尔伯特·塞尔迪斯文笔更好，才能写出比这更好的评论来。司各特对这部书销路不好感到困惑，受了伤害，但是正如我所说的，那时他丝毫没有怨恨，关于这部书的质量，他既害羞又高兴。

这一天，我们坐在丁香园外面的平台上，

---

3 美国斯克里布纳出版公司的编辑。为司各特的编辑，经司各特的介绍，后亦为海明威的编辑。
4 吉尔伯特·塞尔迪斯（Gilbert Seldes，1893—1970），其时为《本拉丁区》杂志的编辑。

看着暮色渐降，看着人行道上过往的行人和黄昏时分灰暗的光线在变化，我们喝了两杯兑苏打水的威士忌，在他身上没有引起化学变化。我仔细观察着，但是这种变化没有出现，他没有提出无耻的问题，没有做出任何使人为难的事，也没有发表长篇大论，举止行为像个正常、明智而可爱的人。

他告诉我他跟他的妻子姗尔达因为气候恶劣不得不把他们的那辆雷诺牌小汽车丢在里昂，他问我是否愿意陪他一同乘火车去把那辆汽车领一下然后同他一起把车子开回巴黎。菲茨杰拉德夫妇在离星形广场不远的蒂尔西特路14号租了一个带家具的套间。这时已是暮春时节，我想乡野正是一派大好风光，我们可以作一次极好的旅行。司各特似乎那么友好，那么通情达理，我已经注意到他喝了两满杯纯威士忌，但什么事也没有发生，看他那么有魅力，表面看来神志正常，这使那天晚上在丁戈发生的事仿佛是一场不愉快的噩梦。所以我说愿意陪他一起去里昂，那他想什么时候动身呢？

我们说好第二天碰头，接着安排乘早晨始发去里昂的快车。这趟火车离开巴黎的时间很合适，行驶极快。据我回忆，中间仅在第戎停靠一次。我们打算进入里昂城，把汽车检修一下，如果处于良好状态，便美美地吃上一顿晚餐，第二天一早动身开回巴黎。

我对这次旅行颇为热心。我将和一个比我年龄大的有成就的作家结伴同行，我们在车厢里交谈时，我肯定会学到许多有用的知识。现在回想起来很奇怪，我竟会把司各特认作是一个老作家，可当时由于我还没有读过《了不起的盖茨比》，我认为他是一个年龄大得多的作家。我认为他三年前在《星期六晚邮报》上发表的那些短篇小说是值得一读的，但我从来不认为他是个严肃作家。他曾在丁香园咖啡馆告诉我他是怎样写出那些他自以为是很好的短篇小说的，它们对《邮报》来说也确实是好作品，此后他把这些短篇小说改写成投寄给杂志的稿件，完全懂得该如何运用诀窍把它们改成容易出手的杂志故事。这使我震惊，我说我觉得这无异于卖淫，他说正是卖淫，可是他必须这样做，他要先从杂志赚到了钱才能进一步去写像样的作品。我说我不相信一个人可以爱怎样写就怎样写而不断送他的才能，除非他尽力写出他的最佳作品。他说，由于他一开始就写出了真正有价值的短篇，临了又把它们糟蹋了，改动了，这对他是不会有什么害处的。我不相信这一点，于是想说服他别这么干，但是我需要有一部长篇小说来支持我的信念，拿出来给他看，使他信服，可惜我还没有写出一部这样的小说。因为我已着手打破原来的那一套写作方式，摒弃一切技巧，竭力用塑造来代替描述，写作便成了一种干起来非常奇妙的事情。但是这样做非常困难，我不知道究竟是否能写出一部像长篇小说那样的作品来。我写一段就常常要劳作整整一个上午。

我的妻子哈德莉为我能作这次旅行感到高

兴，尽管她对已经读过的司各特的作品并不认真对待。她心目中的好作家是亨利·詹姆斯。但是她认为让我放下工作休息一下，去作这次旅行倒是个好主意，虽然我们俩都希望能有足够的钱买一辆汽车，自己出去这样旅行。但是这样的事我根本不知道能不能做到。我曾从博奈与利夫莱特出版公司为那年秋天在美国出版我的第一个短篇集接到了一笔两百元的预支稿费，我眼下正把短篇小说卖给《法兰克福日报》、柏林的《横断面》杂志、巴黎的《本拉丁区》和《大西洋彼岸评论》，而我们的生活过得非常俭省，除了必需品以外决不乱花钱，为了能省下钱来七月里去潘普洛纳[5]参加那里的节日，然后去马德里，最后去巴伦西亚[6]参加节日。

在我们要从巴黎的里昂站动身的那天早

5　潘普洛纳（Pamplona）为西班牙东北部一城市，每年7月初圣福明节期间举行斗牛赛。
6　巴伦西亚为西班牙东部的海滨城市。

晨，我到达时，时间还很充裕，就在上列车的站门口等候司各特来。他将把车票带来。等到火车离站的时间逼近了，他却还没有来，我就买了一张可以进站的站台票，沿着列车旁边走着找他。我没有看到他，这时长长的列车快要启动离站了，我便跳上火车，在车厢里穿行，但愿他已在车上了。这是一列很长的火车，但他没有在车上。我向列车员说明了情况，买了一张二等票——这趟车没有三等——并向列车员打听里昂最好的旅馆叫什么。这时没有别的事情可做，只有到了第戎给司各特打电报告诉他里昂那家旅馆的地址，说我会在那里等他。他离家前不会接到电报，但是相信他的妻子会把电报转给他的。那时我还从未听到过一个成年人居然会错过一趟火车，可是在这次旅行中我学到很多新鲜事。

在那些日子里，我的脾气很坏，性子很急，但是等列车穿过了蒙特罗城，我冷静下来，不再怒气冲冲，而是眺望并欣赏乡野的景色了。到了中午，我在餐车中吃了一顿很好的午餐，喝了一瓶圣埃米利翁红葡萄酒，想起我尽管是个大傻瓜接受邀请出门旅行，原该由别人破钞，却在花掉我们去西班牙所需的钱，结果这对我真是个很好的教训。我从未接受过邀请出门作一次由别人付钱而不是分摊费用的旅行，而这一次我曾坚持由我们两人分摊旅馆和饮食的费用。可现在我连菲茨杰拉德是否会露面都不知道。我在生气的时候曾把他从司各特降级到菲茨杰拉德[7]。后来，使我感到高兴的是我一开始就把怒气发泄一空，也就不再生气了。这可不是一次为容易生气的人设计的旅行。

在里昂我获悉司各特已离开巴黎前来里昂，但是没有留下话来他眼下待在哪里。我再次讲明我目前的地址，女仆说如果他打电话来

---

7 美国习俗朋友间亲切的称呼是叫对方的教名，而生疏者则呼其姓氏。

她会告诉他的。太太身体不适，尚未起床。我给所有有名的旅馆都打了电话并留了话，但就是无法找到司各特的下落，后来我出门去一家咖啡馆喝一杯开胃酒并看看报。在咖啡馆里我遇见一个以吞火谋生的人，他还会用一副没牙的牙床骨咬住钱币然后用拇指和食指把它扳弯。他露出牙龈给我看，那牙龈看上去在发炎，但还坚实，他说他干的这行可是个不赖的行当。我请他喝一杯酒，他很高兴。他有一张漂亮的黝黑的脸，在吞火时脸上闪烁发亮。他说在里昂吞火和用手指和牙床干卖弄力气的绝技都赚不到钱。假冒的吞火者毁坏了这行当的名声，只要有什么地方容许他们表演，他们就会继续毁坏这一行。他说他整个晚上一直在吞火，可是身上没有足够的钱让他在这个晚上能吃上一点别的东西。我请他再喝一杯，把吞火时留下的汽油味冲掉，并说如果他知道哪里有一家便宜的好地方我们可以一起吃顿晚餐。他说他知道有一处很好的地方。

我们在一家阿尔及利亚餐馆吃了一顿非常便宜的晚餐，我喜欢那里的吃食和阿尔及利亚葡萄酒。这吞火者是个好人，看他吃饭很有趣，因为就像大多数人能用牙齿咀嚼那样，他能用牙龈咀嚼。他问我是靠什么维持生活的，我就告诉他眼下正开始以写作为生。他问我写哪种作品，我告诉他是短篇小说。他说他知道许多故事，有一些故事比任何有人写出过的更恐怖更令人难以置信。他可以把这些故事讲给我听，由我把它们写出来，要是赚到了钱，随我看给多少合适就给多少。最好是我们一起上北非去，他会领我去蓝色苏丹[8]的国度，在那里我能采集到人们从没听到过的故事。

我问他那是哪种故事，他说是关于战役、处死、酷刑、强奸、骇人的风俗、令人无法置信的习俗、放荡淫逸的行为等；只要是我需要

---

8 苏丹（Sultan）为伊斯兰教国家统治者的称呼，又译素丹，以与苏丹国区别。

的都有。这时到了我回到旅馆去再一次查询司各特的下落的时候了，所以我付了饭钱，说我们今后准会再见面的。他说他正向着马赛一路卖艺，我就说我们迟早会在什么地方再见，这次一起吃饭感到十分愉快。我撇下他，让他把那些弄弯的硬币扳正，堆在桌子上，我便回旅馆去。

里昂在夜晚不是一个使人感到十分愉快的城市。它是一座巨大的、凝重的、财富殷实的城市，如果你有钱，大概会感到很好并且喜欢这类城市的。多年来我一直听人说起那里餐馆里的鸡极好，但是我们却吃了羊肉。结果羊肉也其味甚佳。

旅馆里没有接到来自司各特的消息，于是我在这家旅馆使我不习惯的豪华舒适的氛围中上了床，阅读我从西尔维亚·比奇的图书馆里借来的屠格涅夫的《猎人笔记》第一卷。我已经有三年没有置身于一家豪华的大旅馆之中了，我把窗户都敞开，卷起枕头塞在双肩和头颈下面，与屠格涅夫一起在俄罗斯遨游，感到惬意，读着读着便进入了梦乡。翌晨我正在刮脸准备出去吃早饭，服务台打电话来说有一位先生在楼下要见我。

"请他上楼来吧，"我说，一面继续刮脸，并且谛听着这座城市一大早就开始生气勃勃地喧闹起来的市声。

司各特没有上楼来，我在楼下账台前和他见面。

"非常抱歉，事情搞得这样一团糟，"他说，"要是我早知道你打算住哪家旅馆，事情就简单了。"

"没关系，"我说。我们要驾车跑好长一程路，所以我只求相安无事。"你结果乘哪趟火车来的？"

"在你乘的那趟车后面不久的那一趟。车上非常舒适，我们原可以一起乘这趟车来的。"

"你吃过早饭了吗？"

"还没有。我在全城到处找你来着。"

"真遗憾，"我说，"你家里没人告诉你我在这里吗？"

"没有。姗尔达身体不适，也许我本不该来。这次旅行到目前为止简直是场灾难。"

"我们去吃点早点，然后领了那辆车就开溜。"我说。

"很好。我们在这儿吃可好？"

"上咖啡馆去吃会快些。"

"可我们准能在这儿吃上一顿好早餐的。"

"好吧。"

这是一顿丰盛的美国式早餐，有火腿有煎蛋，实在太美啦。但是等我们点了菜，菜来了，吃好了，再等着付账，将近一个钟点就过去了。直到侍者把账单送来时，司各特才决定让旅馆给我们准备一份自带午餐。我竭力劝他别这么干，因为我肯定我们能在马空买到一瓶马空葡萄酒，还可以在一家熟食店买些肉食做三明治。要不，如果我们经过时店铺已经打烊，在我们途中有的是餐馆，我们可以停车就餐。但是他说我告诉过他里昂的鸡妙不可言，那么我们当然应该带一只走。因此旅馆就给我们做了一顿午餐，价钱至多比我们自己到外面去买所花的钱高出四五倍罢了。

我碰到司各特之前，他显然喝过酒，因为他看上去似乎还需要喝一杯，我便问他在我们出发前是否要上酒吧间去喝一杯。他告诉我说他不是一个习惯在早晨喝酒的人，还问我是不是。我对他说那全得看我当时感觉如何，以及我必须干什么，他就说如果我感觉需要喝一杯，他愿意奉陪，这样我就不必孤零零一个人喝了。所以我们在酒吧间各喝了一杯兑毕雷矿泉水[9]的威士忌，一面等待旅馆给我们做的午餐，我们俩都感到舒服多了。

尽管司各特愿意承担一切费用，我还是付了旅馆客房和酒吧的账。这次旅行开始以来，

9　毕雷矿泉水，法国南部产的一种冒泡的矿泉水，毕雷系商标名。

我在感情上觉得有点别扭，我发现我能付钱的项目越多，就越感到舒畅。我正在把我们节省下来准备去西班牙的钱用光，但是我知道我在西尔维亚·比奇那里享有很好的信誉，因此不管我现在怎样挥霍，都可以向她借了过后偿还。

在司各特存放汽车的车库里，我惊奇地发现那辆雷诺小汽车没有顶篷。顶篷在汽车在马赛卸下时损坏了，或者在马赛多少损坏了，姗尔达便吩咐把顶篷截掉，不愿意换上新的。他的妻子厌恶汽车顶篷，司各特曾告诉我，这样他们就没有顶篷一直把车子开到了里昂，在那里他们被大雨所阻。除此以外，汽车状况良好，司各特为洗车、加润滑油等方面以及加两公升汽油所需的费用讨价还价后付了钱。汽车库工人向我解释说这汽车该换上新的活塞环，并且显然是在没有足够的油和水的情况下行驶过。他指给我看车子是怎样发热并烧掉了发动机的涂漆的。他说要是我能说服先生到了巴黎换一个新的活塞环，这辆漂亮的小汽车就能按设计要求发挥效能了。

"先生不让我装上顶篷。"

"是吗?"

"一个人对一辆车该负责啊。"

"是该这样。"

"你们两位先生都没有带雨衣吗?"

"没有，"我说，"我不知道这车没有顶篷。"

"想办法让那位先生认真考虑一下吧，"他恳求地说，"至少要认真考虑这辆车子。"

"好。"我说。

我们在里昂以北大约一小时路程的地方为大雨所阻。

那一天，我们因遇雨而不得不停车可能有十次之多。大都是短暂的阵雨，也有几次历时较长。如果我们有雨衣的话，在这春雨中驾车该是够惬意的。结果，我们寻找树荫躲雨或者在路边停车进咖啡馆。我们从里昂那家旅馆带来的冷餐非常出色：一只绝妙的块菌烤鸡、可口的面包和马空白葡萄酒，我们每次停车躲雨喝马空白葡萄酒时，司各特显得非常快活。到了马空，我又买了四瓶上好的葡萄酒，我们想喝时我就旋开瓶塞。

我不能肯定司各特以前是否就着瓶子喝过酒，这使他很兴奋，仿佛他是在访问贫民区，或者像一个姑娘第一次去游泳却没有穿泳装那样。但是到了晌午，他就开始担心起自己的健康来了。他告诉我最近有两个人死于肺部充血的事。这两个人都死在意大利，使他为之深深感动。

我告诉他肺部充血是肺炎的旧名称，他对我说我根本不知道这是怎么回事，而且绝对地错了。肺部充血是欧洲特有的一种疾病，即使我读过我父亲的那些医书，也不可能对此有任何了解，因为那些书中论述的疾病纯然是在美国才有的。我说我的父亲也曾在欧洲念过书。但是司各特解释说，肺部充血只是最近几年才在欧洲出现，我的父亲不可能对此有任何了解。他还解释说疾病在美国因地而异，如果我的父亲在纽约而不是在中西部行医，他就会熟悉一整套完全不同的疾病。他用了一整套这个词儿。

我说关于某些疾病在美国的一部分地区流行而在别的地区没有出现，他说得很有道理，我并且举出麻风病发病率的数字在新奥尔良较高，而当时在芝加哥则较低为例加以证明。但是我还说医生之间有一种互相交流学识和信息的制度，他既然提出了这个问题，现在我倒想起曾在《美国医学协会杂志》上读到过一篇论述欧洲肺部充血症的权威论文，把该病的历史追溯到希波克拉底[10]的时代。这一来使他安静了一会儿，我便劝他再喝一杯马空葡萄酒，因为一种上好的白葡萄酒，尽管相当浓烈，酒精

---

10 希波克拉底（Hippocrates，前 460？—前 377？），古希腊医生，有医药之父之称。

含量却很低，几乎是一种防治疾病的特效药。

我这样讲了，司各特稍为欢快起来，可是不多一会儿又不行了，问我在我刚才告诉他的欧洲型真正的肺部充血症的征兆发烧和神志昏迷突然出现之前，我们能否赶到一个大城市。我当时正把一篇从法国医学杂志上读到的论述这种疾病的文章的内容翻译给他听，我告诉他那是我在纳伊利的那家美国医院等候做喉部烧灼手术时读到的。烧灼手术这个词对司各特起了一种抚慰的作用。但是他想知道什么时候我们能赶到城里。我说如果我们兼程前进，我们将在二十五分钟到一个小时内到达。

司各特接着问我是否害怕死去，我说有时更怕些，别的时候又不那么怕。

这时雨真的下得大起来了，我们便在下一个村子的咖啡馆里躲雨。我记不清那天下午所有的详细情况了，但是等我们终于住进一家旅馆，那准是在索恩河上的夏龙，时间已经太晚，药房都关门了。我们一到旅馆，司各特就

129

脱了衣服上了床。他说他不在乎因肺部充血而死去了。问题只在于由谁来照看姗尔达和小司各蒂。我不很清楚我能怎样照看他们，因为我如今在照看我的妻子哈德莉和我幼小的儿子邦比已经够吃苦受累了，但是我说我会尽力而为，司各特便向我表示感谢。我一定得当心别让姗尔达喝酒，并且让司各蒂有一位英国女家庭教师。

我们已经把淋湿的衣服送去烤干，身上都穿着睡衣。外面还在下雨，但是在房间里，电灯亮着，使人感到愉快。司各特躺在床上，养精蓄锐准备跟他的疾病作斗争。我曾把过他的脉，七十二跳，也摸过他的额角，额角是凉的。我听了他的胸部，要他作深呼吸，他的胸部听起来完全正常。

"听着，司各特，"我说，"你的身体完全没问题。如果你想做一件最好的事来避免感冒，那就在床上待着，我会给你和我各叫一杯柠檬水和一杯威士忌，你用你的饮料服一片阿司匹林，就会感到很舒服，连你脑袋瓜里都不会着凉。"

"这些是老婆子们的治疗法啊。"司各特说。

"你没有一点热度。真见鬼，没有热度怎么会肺部充血呢?"

"你别诅咒我，"司各特说，"你怎么知道我没有热度?"

"你的脉搏正常，而且摸上去没有一点发烧的感觉。"

"摸上去，"司各特抱怨地说，"如果你是一个真正的朋友，给我弄一支体温表来。"

"我身上穿着睡衣呢。"

"找人去弄一支来。"

我打铃叫茶房。他没有来，我再次打铃，接着径自顺着走廊去找他。司各特正闭目躺着，慢慢地、小心地呼吸着，加上他那蜡黄的脸色和俊美的相貌，看上去活像是个死去的十字军小骑士。我这时开始厌倦起文学生涯来了，如果说我现在过的就是文学生涯的话，而且我早已不惦记着写作了，每当一天过去，你生命中又浪费了一天，我总感到死一般的寂寞。我对司各特，对这出愚蠢的喜剧感到十分厌倦，但是我找到了茶房，便给他钱要他去买一支体温表和一瓶阿司匹林，还要了两杯生榨柠檬汁和两杯双份威士忌。我原想要一瓶威士忌，但他们只论杯卖。

回到房间，只见司各特仍旧躺着，好像躺在墓石上似的，像给自己立的一座纪念碑上的雕像，双目紧闭，带着一种可为人模范的尊严呼吸着。

听见我走进房间，他开口了。"弄到体温表了吗？"

我走过去，伸出一只手放在他的额角上。额角可不像坟墓那样冷。但却是阴凉的，并不是黏糊糊的。

"没有。"我说。

"我以为你带来了。"

"我让人去买了。"

"这可不是一回事。"

"对。可不是，是不？"

你根本没法对司各特发怒，就像你没法对
一个疯子发怒一样，但是我开始对自己生起气
来，因为给卷进了这桩大蠢事，自讨苦吃。然
而他自有道理，这我非常清楚。那时大多数的
酒徒都死于肺炎，这种病现在几乎已经绝迹
了。但是要把他看作酒徒并不容易，因为他只
受到那么少量的酒精的影响。

那时在欧洲，我们认为葡萄酒是一种像食
物一样有益于健康的正常的饮料，也是能使人
愉快、舒畅和喜悦的伟大的赐予者。喝葡萄酒
不是一种讲究派头的行为，不是一种矫揉造作
的标志，也不是一种时尚；它和吃饭一样自
然，而且在我看来和吃饭一样不可缺少，因此
我无法想象吃一顿饭而不喝葡萄酒或者连一杯
苹果汁或啤酒都不喝。我什么葡萄酒都爱喝，
除了甜的或带点甜味的以及太烈性的葡萄酒，

因此从没想到一起喝几瓶相当淡的马空干白葡萄酒竟会在司各特身上引起化学反应，把他变成了一个傻瓜。那天早晨我们喝过威士忌加毕雷矿泉水，但那时我对酒精的影响一无所知，无法想象一杯威士忌会对任何一个冒雨驾驶一辆敞篷汽车的人造成伤害。酒精该在很短时间内就氧化掉了。

在等候茶房把我要的各种东西送来时，我坐着看报，并把一瓶在最后一次停车时开了瓶的马空葡萄酒喝光了。在法国，报纸上总有一些绝妙的犯罪行为的报道，你可以一天接一天地看下去。这些犯罪报道读起来像连载的故事，由于没有像美国的连载故事那样附有前情梗概，你必须读过那些开头的章节才行，可是反正没有一篇连载故事能与美国期刊上的比美，除非你读了那最最重要的第一章。当你在法国旅行的时候，能读到的报纸总是使你感到失望，因为你看不到各种不同的犯罪案件、桃色新闻或者丑闻的连续报道，你也得不到原本在一家咖啡馆里读这些新闻所能得到的很多乐趣。今晚我会更喜欢待在一家咖啡馆里，在那里可以阅读巴黎各报的早晨版，观看周围的人，在准备用晚餐之前喝一杯比马空葡萄酒稍稍具有权威性的酒。但是我此刻正照看着司各特，所以只能随遇而安、自得其乐了。

等那茶房送来了两杯加冰块的生榨柠檬汁、两杯威士忌和一瓶毕雷矿泉水，他告诉我药房已经关门，没法弄到一支体温表。他借到了几片阿司匹林。我问他能不能设法借到一支体温表。司各特睁开眼来，向茶房投去爱尔兰人的恶毒的一眼。

"你告诉他情况有多严重吗？"

"我想他是懂得的。"

"请你竭力把话说清楚。"

我想法把情况给他说清楚，茶房就说，"我会尽力弄一支来的。"

"你让他去办事给了他足够的小费没有？他们得了小费才办事。"

"这我倒不知道，"我说，"我原以为旅馆额外给他们报酬的。"

　　"我的意思是他们只有拿了丰厚的小费才肯给你办事。他们大都已经完全堕落了。"

　　我想起埃文·希普曼，想起在丁香园咖啡馆的那名招待，当人家在丁香园改建美国式酒吧时，硬逼他剃去了唇髭，还想起在我结识司各特以前好久埃文怎样去和那招待在蒙鲁日的花园里搞园艺活，我们大家是那样的好朋友，在丁香园咖啡馆待过很长一段时期，还想起我们在那里采取的一切行动以及这一切对我们大家所含有的意义。我想到要把这丁香园的整个问题告诉司各特，尽管我可能曾经在他面前提起过，但是我知道他并不关心这些招待，也不关心他们的问题或者他们的超乎寻常的好意和感情。那时司各特厌恨法国人，而由于他经常接触的法国人几乎只是些他并不了解的招待、出租车司机、车库雇工和房东等等，他要侮辱和谩骂他们有的是机会。

他恨意大利人甚至比恨法国人更甚，即使在没有喝醉的时候也不能平静地谈到他们。对英国人他也经常表示厌恨，但有时又能容忍他们，时或还尊敬他们。我不知道他对德国人和奥地利人怎么看。我不知道他那时是否曾接触过任何德国人和奥地利人或者任何瑞士人。

这天晚上在旅馆，他显得非常平静，这使我高兴。我把柠檬汁和威士忌混在一起，和两片阿司匹林一起递给他，他没有反对便把阿司匹林吞下了，态度平静得叫人敬佩，接着便呷起酒来。这时他的眼睛张开了，正望着远处。我在读报纸中间几页上的犯罪报道，感到十分惬意，似乎太惬意了。

"你是个冷酷的人，是不是？"司各特问，我看了他一眼，明白我的处方错了，如果错不在我的诊断的话，还明白威士忌在跟我们作对了。

"你这是什么意思，司各特？"

"你居然能坐在那里读一张一文不值的法

国报纸，而我快要死了在你看来却算不了一回事。"

"你要我去请个医生来吗？"

"不。我可不要法国外省的卑劣的医生。"

"那你要什么？"

"我要量体温。然后把我的衣服烤干，我们乘上一趟回巴黎的快车，住进巴黎近郊纳伊利的那家美国医院。"

"我们的衣服不到明天早晨不会干，再说现在也没有什么快车了，"我说，"干吗你不好好休息，在床上吃点晚饭呢？"

"我要量体温。"

在这以后，过了很长一段时间，茶房才拿来了一支体温表。

"难道你只能弄到这样一支吗？"我问道。茶房进来时，司各特原先闭着眼睛，那神情看起来至少像茶花女那样濒临死亡的样子。我从没见过一个人脸上的血色消失得这么快，我不知道血都跑到哪儿去了。

"全旅馆就只有这么一支。"茶房说着,把体温表递给我。那是一支量浴缸洗澡水的温度计,安在一块木板上,装有足够使温度计沉入浴水中的金属底座。我很快喝了一口兑过酸汁的威士忌,打开一会儿窗子看外面的雨。我转过身来时,司各特正盯着我看。

我像个专业医务工作者那样把温度计的水银柱甩下去,一面说:"你运气真好,这不是一支肛门表。"

"这一种该往哪儿搁?"

"搁在腋下。"我说,并把它夹在自己的腋下。

"别把上面指着的温度搞乱了。"司各特说。我把它又朝下猛甩了一下,便解开他睡衣上衣的纽扣,把这支表插在他的腋窝里,同时摸摸他的冷额角,然后又给他诊了脉。他眼睛直愣愣地望着前面。他的脉搏是七十二跳。我把温度计在他腋窝里放了四分钟。

"我以为人家是只放一分钟的。"司各特说。

"这是支大温度计，"我解释说，"你得乘上这温度计大小的平方。这是支摄氏表。"

最后我取出温度计，把它拿到台灯下。

"多少度？"

"三十七度又十分之六分。"

"正常的体温是多少？"

"这就是正常的体温嘛。"

"你肯定吗？"

"当然。"

"你自己量量看。我一定要搞明确。"

我把温度计的度数甩下，解开自己的睡衣，把温度计放在腋下夹住，一面注视手表。然后我看温度计。

"多少度？"我仔细察看着。

"完全一样。"

"你感觉怎样？"

"好极了。"我说。我在回想三十七度六是否真的是正常。这没关系，因为这温度计始终稳定地停留在三十度上。

司各特还是有点怀疑，所以我问他要不要我来再给他量一次。

"不要了，"他说，"我们可以高兴了，事情这么快就解决了。我一向有极强的恢复能力。"

"你身体好了，"我说，"可我认为你还是不要起床，吃一顿清淡些的晚餐，然后我们明天一大早就动身。"我原打算给我们俩去买两件雨衣，不过为此我就得向他借钱，可现在我不想为这件事开始争论。

司各特不想留在床上。他要起来，穿好衣服下楼去给姗尔达打电话，这样她可以知道他平安无事。

"她为什么会认为你身体欠佳呢？"

"自从我们结婚以来，这还是第一夜我没有跟她睡在一起，所以我必须跟她谈谈。你能明白这对我们俩意味着什么，是不？"

我能明白，但是我不明白他跟姗尔达在刚刚过去的那一夜怎么能睡在一起；不过这是没有什么可以争论的。这时司各特把加酸汁的威士忌一口气喝了下去，要我再去要一杯。我找到那茶房，把温度计还给他，问他我们的衣服烤干了没有。他认为可能一小时左右就会干吧。"让服务人员把衣服熨烫一下，这样容易干些。即使不干透也不碍事。"

茶房送来两杯预防感冒的加酸汁的威士忌，我呷着我的那杯，劝司各特喝得慢一些。我担心他会得感冒，当时我明白了，要是他确实患上了糟糕的感冒，可能就必须住院了。但是那杯酒使他一时感觉十分惬意，对这次姗尔达和他结婚以来第一夜分居两处的灾难性的含意也不觉得不快了。最后他再也忍不住不给她打电话了，便穿上晨衣，下楼去拨通电话。

打电话要花一些时间，等他上楼来后不久，茶房又送来两杯加酸汁的双份威士忌。这是到那时为止我所见过的司各特喝得最多的一次，但是这几杯酒只使他生气勃勃，喜欢讲话，别无其他不良效果，于是他开始告诉我他和姗尔达共同生活的简略的经过。他告诉我怎样在大战期间第一次遇见她，接着失去她又重新把她赢了回来，谈到他们的结婚，接着谈到大约一年前在圣拉斐尔[11]发生的一段悲惨的事。他亲口告诉我这事的第一种说法是姗尔达跟一个法国海军飞行员爱上了，这确实是一则悲哀的故事，我相信这是一则真实的故事。后来他又告诉我这件事的另外几种说法，仿佛要考虑把这些说法写进小说中去，但是没有比第一种说法那样使人感到痛苦的，因此我始终相信第一种说法，尽管其中任何一种都可能是真实的。这事讲起来一次比一次更动人，但是都绝对不像第一种说法那样使你感到伤痛。

司各特口头表达能力很强，能把一个故事讲得娓娓动听。他不用把词儿拼写出来，也不必加标点符号，而你也没有那种像读一个没有受过教育的人的未经改正就寄给你的信的感觉。我认识了他两年之久，他才能拼写出我的

11 圣拉斐尔为位于戛纳西南的濒地中海的一个小城。

姓名；但要拼写的是一个很长的姓名，而且或许变得越来越难拼写，因此我为他最后能准确地拼写出我的姓名而大加称赞。他学会了拼写一些更重要的词语，并竭力把更多的词语都想出个道理来。

可是今晚他要我知道、理解并欣赏在圣拉斐尔发生的到底是怎么回事，而我看得非常清楚，甚至能看到那架单座水上飞机低飞掠过那供跳水用的木筏进行骚扰，看到那海水的颜色和那水上飞机的两只浮筒的形状以及它们投下的影子，看到姗尔达晒黑的皮肤和司各特晒黑的皮肤，看到他们深色的金发和浅色的金发以及那个爱上了姗尔达的小伙子的晒得黑黑的脸。我脑子里有个疑问，但是无法启齿：如果这件事是真实的而且全都发生了，那么司各特又怎么能每夜都跟姗尔达睡在同一张床上呢？但是也许这正是使得这件事比那时任何人告诉过我的故事都更悲哀，而且，也可能他记不起了，就像记不起昨天晚上发生的

144

事一样。

电话尚未接通，我们的衣服就送来了。于是我们穿着好了，下楼去吃晚餐。这时司各特显得走路有点儿不稳了，他带着点儿好战的目光从眼角斜视着人们。我们叫了非常鲜美的蜗牛，先喝一瓶长颈大肚的弗勒利干红葡萄酒，等我们把蜗牛吃了差不多一半，司各特的电话接通了。他去了大约一个钟头，最后我把他剩下的蜗牛也吃了，用碎面包把黄油、蒜泥和欧芹酱全蘸来吃了，还喝光了那长颈大肚瓶的酒。等他回来了，我说我会再给他叫一些蜗牛来，他却说不想吃了。他想来些普通的东西。他不想要牛排，不想要牛肝或熏猪肉，也不想要煎蛋饼。他想吃鸡。我们中午已经吃过十分出色的冷鸡，但这里仍然是以美味的鸡飨客的地区，所以我们要了布雷斯[12]式烤小母鸡和一

---

12 布雷斯（Bresse）为法国东部一古地区名，位于里昂东面，以家禽菜肴著称。

瓶蒙塔尼酒，那是这一带地方出产的一种清淡可口的白葡萄酒。司各特吃得极少，只慢慢呷着一杯葡萄酒。他两只手捧着头在桌边昏了过去。这动作很自然，没有一点演戏的样子，甚至看起来似乎他很小心，没有泼翻或者打碎什么东西。侍者和我扶他到他的房间，把他安放在床上，我脱下他的衣服，只剩下内衣，把衣服挂好，然后揭下床罩，盖在他的身上。我打开窗子，看到外面天已放晴，便让窗子开着。

　　我回到楼下，吃完晚餐，想着司各特。显然他不该再喝什么酒了，是我没有好好照料他。不论他喝什么，似乎对他都太刺激，接着便使他中毒，因此我打算下一天把酒类都减少到最低限度。我会跟他说我们这就要回巴黎了，我得节制一下以便从事写作。其实并非如此。我平时的节制办法是饭后决不喝酒，写作前不喝，写作时也不喝。我跑上楼去把所有的窗子都敞开，接着脱掉衣服，几乎一上床便呼呼入睡了。

第二天是个明媚的日子，我们穿过科多尔省[13]驶向巴黎，雨后初晴，空气清新，山峦、田野和葡萄园都焕然一新，司各特精神振奋，非常快活，而且显得很健康，他给我讲迈克尔·阿伦[14]每部作品的情节，他说迈克尔·阿伦是一位你必须注意而且你我都能从他那儿学到许多东西的作家。我说我没法读他的书。他说不必非读不可。他会给我讲书里的情节并且把其中的人物描述给我听。他给我讲了一通迈克尔·阿伦，好像在宣读一篇博士论文。

　　我问他在他跟姗尔达通话的时候，电话是否畅通，他说通话情况还不错，他们谈了很多事情。就餐的时候，我尽我所能选了一瓶最清淡的葡萄酒，并且对司各特说如果他不叫我再

13　科多尔省位于巴黎的东南，属勃艮第地区，盛产葡萄酒，首府为第戎。

14　迈克尔·阿伦（Michael Arlen，1895—1956），英国小说家，其作品以情节引人入胜著称，代表作为《绿帽》（1924）。

添酒，那他就帮了我一个大忙，因为在写作之前我必须节制，不论在任何情况下喝酒不得超过半瓶。他跟我配合得好极了，看到我不安地望着那唯一的一瓶酒快喝光时，便把他那一份倒了一点给我。

我把他送到了家，随即乘出租车回到我在锯木厂的家里，见到我的妻子真是欣喜万分，我们就上丁香园咖啡馆去喝酒。我们像两个孩子分开了又相聚在一起那样快乐，我告诉她这次旅行的情况。

"难道你就没有碰到什么有趣的事或者了解到什么情况吗，塔迪？"她问道。

"我会了解到一些关于迈克尔·阿伦的情况，如果我当时好好听的话，我还了解到一些情况，但还没有理出个头绪来。"

"难道司各特一点也不快活吗？"

"也许吧。"

"可怜的人。"

"我懂得了一件事情。"

"那是什么?"

"决不要同你并不爱的人一起出门旅行。"

"这敢情好。"

"是的。那我们去西班牙吧。"

"好啊。现在离我们动身不到六个星期了。今年我们可不能让人把它给破坏了,是吧?"

"不能。去了潘普洛纳以后,我们要去马德里,然后去巴伦西亚。"

"嗯--嗯—嗯—嗯。"她轻柔地应着,像一只猫似的。

"可怜的司各特。"我说。

"可怜的芸芸众生,"哈德莉说,"这些个长了一身丛毛的猫儿却一文不名。"

"我们非常幸运。"

"我们必须好好儿的保持这份幸运。"

我们俩都轻轻敲了敲咖啡馆桌子的木边,侍者跑过来问我们要点什么。但是我们所需要的,不是他也不是任何别的人或者敲敲桌子的木边或大理石桌面(这家咖啡馆的桌面正是大理石的）所能带给我们的。不过那天晚上我们不知道这一点，我们只是感到非常快活。

这次旅行后过了一两天，司各特给我送来了他那部小说。外面套着一张花哨的护封，我记得那咄咄逼人、俗气不堪和滑溜溜的外观曾使我感到别扭。它看起来像一本蹩脚的科幻小说的护封。司各特叫我别对这护封反感，它跟长岛一条公路边的一块广告牌有关，而这在小说故事中极为重要。他说他原来很喜欢这个护封，现在可不喜欢了。我取下了护封才读这本书。

我读完了这本书，明白不论司各特干什么，也不论他的行为表现如何，我应该知道那就像是生的一场病，我必须尽量对他有所帮助，尽量做个好朋友。他有许多很亲密、很亲密的朋友，比任何我认识的人都多。但是不管我是否能对他有所裨益，我愿意加入其中，作为他的又一个朋友。既然他能写出一部像《了不起的盖茨比》这样卓越的书，我坚信他准能

写出一部甚至更优秀的书来。我那时还不认识
姗尔达，所以还不知道那些对他不利的可怕的
条件。但是我们用不了多久就弄明白了。

巴黎永远没有个完

◘

等我们成了三个人而不是只有两个人[1]，正是那寒冷恶劣的天气在冬季终于促使我们从巴黎搬了出去。你单身一人，只要习惯了就没有问题。我总是可以去一家咖啡馆写作，可以放一杯奶油咖啡在面前，写它一个上午，这时候侍者们正在清扫咖啡馆，而咖啡馆里渐渐暖和起来。我的妻子可以出去教钢琴，那地方虽然冷，穿上足够的羊毛衫保暖，就能弹琴了，然后回家给邦比喂奶。然而冬天带婴儿上咖啡馆是不行的，尽管那是一个从不哭泣、看着周围发生的一切从不感到腻味的婴儿。那时还没有临时给人照看婴孩的人，邦比在他那有高栏杆的床上跟他那可爱的名叫"F猫咪"的大猫快活地待在一起。有人说让猫跟婴儿待在一起很危险。那些最最愚蠢、怀有偏见的人说猫会吸掉婴儿的气息然后把他害死。还有人说猫会躺在婴儿的身上，把婴儿压得闷死。每逢我们外出以及那钟点女佣玛丽有事离开时，F猫咪就会在这有高栏杆的床上躺在邦比的身旁，用它那双黄色的大眼睛注意望着房门，不让任何人挨近他。没有必要找个临时照看婴儿的人，F猫咪就是。

但是当你穷困的时候，而且等我们从加拿大回来放弃了所有的新闻工作，短篇小说也一篇都卖不出去，我们可真是穷极了，而在巴黎的冬天带一个婴儿真是太艰苦了。才三个月时，邦比先生乘肯纳德轮船公司[2]一条小轮船横渡北大西洋从纽约经哈利法克斯航行十二天于一月份来到这里。旅途中他从没哭一声，逢到有风暴的天气，他被挡板围在一张铺上免得滚落下来，这时他会快活地笑起来。但是我们的巴黎对他来说真是太冷了。

我们去了奥地利福拉尔贝格州的施伦斯。

---

1 指他和妻子哈德莉于1923年生下儿子约翰（乳名邦比），"成了三个人"。

2 该公司由英国人塞缪尔·肯纳德（Samuel Cunard, 1787—1865）于1839年与人合伙创办，开辟最早的横渡大西洋的定期航线。

穿过了瑞士，我们到达奥地利边境的菲德科尔契。火车穿过列支敦士登[3]，在布卢登茨停下，那里有一条小支线沿着一条有卵石河床和鳟鱼的河蜿蜒穿过一道有农庄和森林的山谷到达施伦斯，那是一座向阳的集市城镇，有锯木厂、商店、小客栈和一家很好的一年四季营业的名叫"陶布"[4]的旅馆，我们就住在那里。

陶布旅馆的房间大而舒适，有大火炉、大窗户和铺着上好的毯子和鸭绒床罩的大床。饭菜简单但是非常出色，餐厅和用厚木板铺地的酒吧间内火炉生得旺旺的，予人以友好之感。山谷宽阔而开敞，因此阳光充足。我们三个人的膳宿费每天大约两美元，随着奥地利先令由于通货膨胀而贬值，我们的房租和伙食费不断地在减少。但是这里不像在德国那样有致命的通货膨胀和贫困现象。奥地利先令时涨时落，

---

3 位于奥地利与瑞士之间的一个小公国。
4 德语，意为鸽子。

但就其长期趋势而言则是下跌的。

　　施伦斯没有送滑雪者登上山坡的上山吊椅，也没有登山缆车，但是有运送原木的小路和放牛的羊肠小道，通向不同的山坡，到达高峻的山地。你带着你的滑雪板徒步向上高高攀登，那里积雪太厚，你得在滑雪板底上包上海豹皮然后往上爬。在那些山谷的顶上有些为夏季的登山者兴建的阿尔卑斯山俱乐部的大木屋，你可以在那里住宿，用了多少木柴留下多少钱就行。在有些木屋里，你得运上你自己要用的木柴，或者，如果你准备在崇山峻岭和冰川地区作长途旅行，你可以雇人给你驮运木柴和给养，并建立一个基地。这些高山基地木屋中最著名的是林道屋、马德莱恩屋和威斯巴登屋。

　　陶布旅馆后面有一道供练习滑雪用的山坡，从那里你穿过果园和田野下滑，而山谷对面查根斯后面还有一道很好的山坡，那边有一家漂亮的小客栈，它的酒屋墙上安着一批上好的羚羊角。正是从位于山谷最远的一边那以伐木为业的村子查根斯的南面，你可以畅快地一路向上攀登，直到最后穿过群山，翻过西尔维雷塔山脉[5]，进入克洛斯特斯城一带。

施伦斯对邦比来说是一个有益健康的地方，有一个头发深黑的美丽姑娘带他坐上他的雪橇，带他出去晒太阳，并且照料他，哈德莉和我则要熟悉这整整一片陌生的地区和好些陌生的村子，而镇上的人们非常友好。瓦尔特·伦特先生是高山滑雪的一位先驱者，一度曾是那了不起的阿尔贝格滑雪家汉纳斯·施奈德[6]的合作者，他制造滑雪板用的蜡，供攀登并在种种积雪的情况下使用，这时正开办一所训练高山滑雪的学校，我们俩都报名参加了。瓦尔特·伦特的教学法是尽快地让他的学生们离开

---

5 西尔维雷塔山脉位于查根斯南奥地利和瑞士东部的国境线上，克洛斯特斯在瑞士东部。

6 汉纳斯·施奈德（Hannes Schneider，1890—1955），奥地利滑雪教练，在施伦斯东北的阿尔贝格山隘地区推广他的阿尔贝格滑雪技术。

那道练习用的斜坡，到高山地区去滑雪旅行。那时的滑雪和现在的不一样，回旋滑行造成的骨折那时还没有变得这样习见，而且谁也承受不起一条断裂的腿。那时也没有滑雪巡逻队。你从哪儿滑下去，你就得从哪儿爬上来。这样能使你的两条腿锻炼得适宜于往下滑。

瓦尔特·伦特认为滑雪的乐趣在于向上攀登进入最高的山地，那里除了你以外没有别人，那里的积雪还从未留下人的足迹，然后从阿尔卑斯山上的一个高山俱乐部的木屋，翻过阿尔卑斯山的那些山巅隘口和冰川滑行到另一个木屋。你的滑雪板绝不能系得太紧，免得摔倒时会弄断你的腿。在滑雪板弄断你的腿之前，就得让它自动掉下。他真心喜爱的是身上不系绳索的冰川滑雪，但是我们得等到来年春天才能这样干，那时冰川上的裂缝已相当严密地被覆盖了。

哈德莉和我从我们第一次在瑞士一起尝试滑雪以来就爱上了这项运动，后来在多洛米蒂山区[7]的科蒂纳·丹佩佐，当时邦比快要生了，但米兰的医生准许她继续滑雪，只是要我保证不让她摔倒。这就必须极其小心地选择地形和滑行道，并绝对控制好滑行，但是她长着双美丽的、非常强劲的腿，能很好地操纵她的滑雪板，因此没有摔跤。我们都熟悉不同的雪地条件，每个人都懂得怎样在干粉一般的厚雪中滑行。

我们喜爱福拉尔贝格州，我们也喜爱施伦斯。在感恩节前后我们将到那儿去，直待到将近复活节。在施伦斯总是可滑雪，即便对于一个滑雪胜地来说地势不够高，除非碰到一个下大雪的冬天。但登山是一种乐趣，在那些日子谁都不会介意。只要你确定一种大大低于你能攀登的速度的步子，登山并不难，你的心胸感觉舒畅，你还为你背负的登山背包的重量不轻

7　多洛米蒂山脉（the Dolomites）为意大利北部阿尔卑斯山脉的东段，冬季运动中心。科蒂纳·丹佩佐位于其南麓。

而感到自豪。登上马德莱恩屋的山坡有一段路很陡，非常艰苦。但是你第二次攀登时就比较容易了，最后你背上双倍于你最初所背的重量也轻松自如了。

我们总是感到很饿，每次进餐都是一件大事。我们喝淡啤或黑啤、新酿的葡萄酒，有时是已存了一年的葡萄酒。那几种白葡萄酒是其中最佳的。其他酒类则有当地那个河谷酿制的樱桃白兰地和用山龙胆根蒸馏而成的烈酒。有时我们晚餐吃的是加上一种醇厚的红葡萄酒沙司的瓦罐焖野兔肉，有时则是加上栗子沙司的鹿肉。与此同时，我们吃这些时常喝红葡萄酒，即使它比白葡萄酒贵，而最好的要二十美分一升。一般的红酒要便宜得多，因此我们把小桶装的带到马德莱恩屋去。

我们有一批西尔维亚·比奇让我们带着供冬天阅读的书籍，我们还可以跟镇上的人在直通旅馆的夏季花园的场地上玩地滚球。每星期有一两次，人们在旅馆餐厅里打扑克，这时餐厅门窗紧闭。当时奥地利禁止赌博，我跟旅馆主人内尔斯先生、阿尔卑斯山滑雪学校的伦特先生、镇上的一位银行家、检察官和警官一起玩。这是一种很紧张的赌博，他们都是打扑克的好手，除了伦特先生打得太野以外，因为滑雪学校根本赚不到钱。那警官一听到那两名警察巡逻中在门外停下时就把一个手指举到耳边，我们就都不作声，直到他们向前走去。

天一亮，女佣便在清晨的寒气中走进房来关上窗子，在大瓷火炉里生起火来。于是房间里暖和了，而早餐有新鲜面包或者烤面包片，配上美味可口的蜜饯和大碗咖啡，如果你要的话，还有新鲜鸡蛋和出色的火腿。这里有条狗名叫施瑙茨，它睡在床脚边，喜欢陪人去滑雪，我向山下滑去时爱骑在我背上或伏在我的肩膀上。它也是邦比先生的朋友，常陪他和他的保姆外出散步，跟在小雪橇旁边。

施伦斯是一个写作的好地方。我知道这一点，因为在 1925 和 1926 年冬天我在那里进行了我所做过的最困难的修改工作，当时我必须把我在六个星期内一口气写成的《太阳照常升起》的初稿修改成一部长篇小说。我记不得我在那里写了哪些短篇小说了。尽管有几篇写出后反应不错。

我记得当我们肩上背着滑雪板和滑雪杆、冒着寒冷走回家去的时候，通往村子的路上的积雪在夜色中咯吱咯吱地作响，我们注意察看远处的灯火，最后看到了房屋，而路上每个人都对我们说，"你们好。"那小酒店里总是挤满了村民，他们穿着鞋底钉着钉子的长统靴和山区的服装，空气里烟雾缭绕，木头地板上钉子的印痕斑斑。许多年轻人在奥地利阿尔卑斯团队中服过役，有一个叫汉斯的，在锯木厂工作，是一个著名的猎人，我们成了好朋友，因为曾在意大利同一个山区待过。我们一起喝酒，大家都唱着山区的歌谣。

我记得那些羊肠小径，穿过村子上方那些山坡上的农庄的果园和农田，记得那些温暖的农舍，屋子里有大火炉，雪地里有大堆的木柴。妇女们在厨房里梳理羊毛，纺成灰色和黑色的毛线。纺纱机的轮子由脚踏板驱动，毛线不用染色。黑色毛线从黑绵羊身上的羊毛取来。羊毛是天然的，毛中含的油脂没有去掉，因此哈德莉用这种毛线编结成的便帽、毛线衫和长围巾沾了雪也不会湿。

有一年圣诞节上演了汉斯·萨克斯[8]创作的一出戏，是那位学校校长导演的。那是一出很好的戏，我给地区的报纸写了一篇剧评，由旅馆主人译成德文。另外有一年，来了一位剃着光头、脸有伤疤的德国前海军军官，作了一次关于日德兰半岛战役[9]的演讲。幻灯片显示

---

8 汉斯·萨克斯（Hans Sachs，1494—1576），德意志诗人、作曲家。创作的六千首诗中有两百部诗剧，其中的许多喜剧专供忏悔节狂欢活动中演出，受到大众欢迎。
9 日德兰半岛为丹麦王国的大陆部分，第一次世界大战期间，于1916年5月31日和6月1日，英国和德国的舰队在半岛北面的斯卡格拉克海峡两次激战，英方先败后胜。但事后德方也宣布取得胜利。

双方舰队的调遣行动，那海军军官用一根台球杆做教鞭，指出杰利科[10]的怯懦表现，有时他忿怒得嗓音都嘶哑了。那校长生怕他会用台球杆把屏幕都刺穿。演讲结束后，这位前海军军官仍旧不能使自己冷静下来，因此小酒店里人人都感到不安。只有检察官和那位银行家陪他一起喝酒，他们坐在一张单独的桌子边。伦特先生是莱茵兰[11]人，他不愿参加这次演讲会。有一对从维也纳来的夫妇，是来滑雪的，但是

---

10 杰利科（John Rushworth Jellicoe，1859—1935），英国海军上将。在日德兰半岛之战中任英国舰队司令，在第一次交战时，闯入德国海军主力所在海域，英方损失惨重，被迫撤退。后来在双方主力的激战中，才转败为胜。

11 莱茵兰（Rhineland）指德国西部莱茵河以西的地区，历史上有争议，1870—1871年普法战争后，其中的阿尔萨斯-洛林划归普鲁士，第一次世界大战德国战败，凡尔赛和约把它划归法国，并且规定莱茵河两岸各50公里内为永久非军事区。但后来经常发生危机，1923年10月，竟闹过短期独立。希特勒上台后，于1936年3月把军队开进非军事区。伦特先生虽可算是德国人，却和下面那个维也纳来的奥国人一样，都反对那前海军军官的军国主义狂热。

不愿去高山地区，所以离开这里去了苏尔斯，我听说，他们在那里的一次雪崩中丧了生。那个男的曾说正是这个演讲者这种蠢猪断送了德国，而且二十年之内还会再干上一次。同他一起来的女人用法语叫他闭上嘴巴，说这里是个小地方，你哪知道会出什么事？

正是那年有许多人死于雪崩。第一次大失事是在阿尔贝格山隘北的莱希，就在离我们那个山谷不远的高山上。有一批德国人趁圣诞假期想上这儿来跟伦特先生一起滑雪。那年雪下得晚，当一场大雪来临时，那些山丘和山坡因为阳光的照射还是温暖的。雪积得很厚，像干粉那样，根本没有和地面凝结。对滑雪的条件来说没有比这更危险的了，所以伦特先生曾发电报叫这批柏林人不要来。但那是他们的节假日，他们显得很无知，不怕雪崩。他们到了莱希，但伦特先生拒绝带他们出发。他们中有一个人骂他是懦夫，他们说要自己去滑雪。最后他把他们带到他能找到的最安全的山坡上。他

167

自己先滑了过去，他们随后跟上，突然间，整个山坡一下子崩塌下来，像潮水涨起盖住了他们。挖出了十三个人，其中九人已经死去。那家阿尔卑斯山滑雪学校在出事前就并不兴旺，而事后我们几乎成了唯一的学员。我们成为钻研雪崩的专家，懂得不同类型的雪崩，怎样躲避雪崩，如果被困在一场雪崩中该如何行动。那年我写的大部分作品都是在雪崩时期完成的。

我记得那个多雪崩的冬天最糟的一件事是关于有一个被挖出来的人。他曾蹲坐下来，用两臂在头的前面围成一个方框，这是人家教我们这样做的，这样在雪盖住你的时候能有呼吸的空间。那是一次大雪崩，要把每个人都挖出来得花很长一段时间，而这个人是最后一个被发现的。他死了没多久，脖子给磨穿了，筋和骨头都露了出来。他曾顶着雪的压力把头摆来摆去。在这次雪崩中，一定有些已压得很坚实的陈雪混合在这崩泻的较轻的新雪中了。我们无法肯定他是有意这样摆头还是神经失常了。但不管怎样，当地的神父拒绝将他埋葬在奉为神圣的墓地里，因为没有任何证据可以证明他是天主教徒。

我们住在施伦斯的时候，经常爬上山谷长途旅行到那小客栈去过夜，然后出发登山前往马德莱恩屋。那是一家非常漂亮的老客栈，我们吃饭饮酒的房间四面的板壁多年来擦拭得像丝绸般发亮。桌子和椅子也都是这样。我们把卧室的窗子打开，两人紧挨着睡在大床上，身上盖着羽毛被子，星星离我们很近而且十分明亮。清晨，吃了早餐，我们装备齐全上路，开始在黑暗中登山，星星离我们很近而且十分明亮，我们把滑雪板扛在肩上。那些脚夫的滑雪板较短，他们背着很重的背囊。我们彼此比赛谁能背最重的背包登山，但是谁也比不过那些脚夫，这些身材矮胖、面色阴沉的农民，只会讲蒙塔丰河谷[12]的方言，爬起山来沉着稳定得

12 施伦斯就位于这蒙塔丰河谷中，这些农民靠为旅游者搬运行李挣钱。

像驮马，到了山顶，那阿尔卑斯高山俱乐部就建筑在积雪的冰川旁一块突出的岩石上，他们靠着俱乐部的石墙卸下背囊，要求得到比原先讲好的价钱更多的报酬，等拿到了一笔双方谈妥的钱，便像土地神似的踩着他们的短滑雪板箭一般地滑下山去了。

我们的朋友中有一个德国姑娘，她陪我们一起滑雪。她是个极好的高山滑雪者，身材娇小、体态优美，能背跟我一样重的帆布背包而且背的时间比我长。

"那些脚夫老是望着我们，仿佛巴不得把我们当尸体背下山去，"她说，"他们定下了上山的价钱，可是就我所知，他们没有一次不向客人多要钱的。"

冬天，我在施伦斯蓄了一部大胡子，免得在高山的雪地上让阳光把我的脸严重地灼伤，并且也不愿费事去理发。有一晚，时间很晚了，我踩着滑雪板在运送木材的小道下滑时，伦特先生告诉我，我在施伦斯另一边的路上遇到的那些农民管我叫"黑脸基督"。他说有些人来到那家小酒店，把我叫做"喝樱桃白兰地的黑基督"。可是在蒙塔丰河谷又高又远的另一端，我们雇来攀登马德莱恩屋的那些农民，却把我们看作洋鬼子，本该离这些高山远远的，却偏偏闯了进来。我们不等天亮就出发，为了不让太阳升起后使雪崩地段在我们通过时造成危险，我们这种做法并没有赢得他们的称赞。这不过证明我们像所有的洋鬼子一样狡猾而已。

我记得松林的气息，记得在伐木者的小屋里睡在山毛榉树叶铺成的褥垫上，以及循着野兔和狐狸出没的小径在森林中滑雪。我记得在树木生长线以上的高山地区追踪一只狐狸的踪迹，直到见到了它，观察它举起了右前脚直竖起来，接着小心翼翼地站住了，接着突然一跃而起，只听得一阵响，一只白色的松鸡从雪地窜起，越过地垄而去。

我记得风能把积雪吹成各种各样的形态，

你穿着滑雪板滑行时，它们会给你带来不同的危险。再说，你住在高峻的阿尔卑斯山上的木屋中时会碰上暴风雪，这种暴风雪会造成一个陌生的世界，我们在其中必须小心翼翼选定我们滑行的路线，仿佛我们从未见过这个地区似的。我们也确实从未见过，因为一切都变了样。后来，春天快到了，开始大规模的冰川滑雪，平稳笔直，只要我们的两腿支撑得住，就能一直笔直地向前滑行，我们并拢脚踝，滑行时身体俯得很低，用前倾来增加速度，在冻脆的粉状冰雪发出的轻轻的嗞嗞声中不断地、不断地下滑。这比任何飞行什么的都美妙，我们练就了这样滑雪的技巧，在背负着沉重的帆布背包进行长途登山时也运用到了。我们既不能花钱买到登山的旅行，也搞不到去山顶的票。这就是我们整整一冬练习的目的，而这一冬的努力使这成为可能。

我们在山区的最后一年，有些新来的人深深地打进我们的生活，从此一切都与往昔不同了。那个多雪崩的冬季与翌年冬季相比，像是童年时代的一个快乐而天真的冬季，而后者却是一个伪装成最最饶有趣味的时刻的梦魇般的冬季，随之而来的是个杀气腾腾的夏季。有钱人就在那一年露面了。

有钱人来的时候，有一种"引水鱼"[13]先他们而至，这种人有时有点儿聋，有时有点儿瞎，但人未到总是先散发出一股使人愉快但却显得犹豫不决的味道。这引水鱼会这样说："哦，我不知道。不，当然，不尽是如此。可我喜欢他们。我喜欢他们俩。是的，老天作证，海姆；我确实喜欢他们。我明白你的意思，可我真心喜欢他们，而且她有一种极美的风度。"（他说出她的名字[14]，念得很亲切。）

---

13 引水鱼（pilot fish），又名舟鰤，据云，鲨鱼来到之前即出现舟鰤，故名引水鱼。这里作者用以攻击作家多斯·帕索斯，以为由于他引来了鲨鱼——有钱的墨菲夫妇，终于破坏了他和哈德莉的婚姻。
14 指墨菲的太太萨拉的名字。

"不，海姆，别犯傻了，也别那么别扭。我真心喜欢他们。我发誓，他们俩我都喜欢。你认识了他就会喜欢他的（用的是他牙牙学语时的小名[15]）。他们俩我都喜欢，真的。"

于是你遇上了有钱人，一切就跟往昔不同了。那引水鱼当然就走了。他总是要到什么地方去，或者从什么地方来，但是从不在一处地方待得很久。他出入政界或者戏剧界，跟他早年出入国门和出入人们的生活一样。他从不受骗上当，有钱人骗不了他。从来没有什么能骗得过他，只有那些信任他的人才受了骗而且被害死了。他早年受过怎样做坏蛋的那种无法替代的训练，对金钱暗暗怀有一种长期无法满足的爱好。他最后由于随着每赚一块钱就向正确的方向靠近一步，自己也发了财[16]。

这些有钱人都喜爱他并信任他，因为他脑

---

15 墨菲先生名杰拉尔德，小名该是杰里（Gerry）。这时是1925年10月，由多斯·帕索斯介绍给海明威。

16 以上所述均暗指多斯·帕索斯。

腆、诙谐、令人难以捉摸，已经有所建树，还因为他是一条从不犯错误的引水鱼。

当你有这样两个人，他们互相爱恋，快乐，欢悦，其中有一个或双方都在干着真正了不起的工作，人们就会被他们吸引，就像候鸟在夜间准会被引向一座强大的灯塔一样。如果这两人意志坚强，就不会受到伤害，就像灯塔一样，只会对那些候鸟造成伤害。那些以自己的幸福和成就吸引人们的人往往是缺乏经验的人。他们不知道怎样才不致被人压倒以及怎样才可以脱身。他们并不总是听说过那些善良的、有魅力的、迷人的、很快被人爱上的、慷慨大度的、懂事的有钱人，这些有钱人没有卑劣的品质，能使每一天都带上节日的色彩，而且一旦他们经手并享受了他们所需要的养料，留下的一切就比阿提拉[17]的马队的铁蹄曾经践

17 阿提拉（Attila，406？—453），大约433年起为匈奴王，因曾进攻罗马帝国，征服了欧洲的大片地区，被称为"上帝之鞭"（the scourge of God），意即"天罚"。

踏过的草原更加了无生气。

有钱人由引水鱼带领前来。一年前他们决不会来。那时他们还没有把握。尽管工作干得同样出色，而且感到更幸福，但是还没写出什么长篇小说，所以他们还没有把握。他们在一些无法确定的事情上从不浪费他们的时间和魅力。他们干吗该这样干呢？毕加索是有把握的，当然啦，在他们听到过绘画之前就已经如此。他们对另一位画家却是确信无疑。还有很多别的画家。但是今年他们感到有把握了，而且那引水鱼也来了，他们从引水鱼嘴里得到了保证，所以我们不会觉得他们是外来者，我也不会跟他们闹别扭了。那引水鱼当然是我们的朋友啰。

在那些日子里，我信任引水鱼就像我信任，比如说吧，那《水文局地中海航行指南》的修订本或者《布朗氏航海年鉴》中的那些一览表一样。当着这些有钱人的魅力，我像只捕鸟猎犬那样轻信和愚蠢，愿意跟任何一个带枪的人一起外出，或者像马戏班里受过训练的猪那样终于找到有个人单单为他自己而喜欢并欣赏他。每天都该是个节日，这对我来说似乎是个妙不可言的发现。我甚至高声朗读我那部小说已修改好的部分，这样做可说是一个作家所能做的最恶劣的事儿，这对他作为一个作家来说比身上不系绳索就在隆冬的大雪还没有覆盖冰川的裂隙上滑行要危险得多。

当他们说，"了不起啊，欧内斯特。这可真了不起。你哪知道会有多好啊，"我快活地摇着尾巴，一头扎进生活就是过节这个想法，想看看我能不能叼回一根诱人的骨头，而不是心想"要是这些混蛋喜欢它，那会有什么错呢?"如果我是以专业作家自居来搞写作的，我就会这样想，尽管如果我真是以专业作家自居来搞写作的，我就根本不会读给他们听了。

在这些有钱人来到之前，我们已经被另一个有钱人利用最古老的诡计打进来了。那是说，有个未婚的年轻女子成为另一个年轻的已婚女子的一时的好朋友，她搬来同那丈夫和妻子住在一起，接着神不知鬼不觉地，天真无邪地，毫不留情地企图与那丈夫结婚[18]。那丈夫是个作家，正艰难地写作着，因此很多时间忙不过来，在大部分白天的时间里对那妻子来说他不是个好伴侣或伙伴，在这种情况下，这种安排有它的好处，但等到你看到如何发展就不对了。做丈夫的工作之余有两个迷人的姑娘围在他身边转。一个是新的，陌生的，而如果他运气不好，就会两个都爱。

于是，他们不再是两个成人加上他们的孩子，现在是三个成人了。起初这样倒也挺刺激的，而且也很有趣，就这样维持了一阵子。一切真正邪恶的事都是从一种天真状态中生发的。你就这样一天天地活下去，享受着你所拥有的而且毫不担心。你撒谎，又恨撒谎，这就

18 指《时尚》杂志的编辑波琳，后来成为海明威的第二任妻子。

把你毁了，而每一天都比过去的一天更危险，但是你一天天地活下去，恍如在一场战争之中。

我必须离开施伦斯，到纽约去重新安排由哪家出版社出我的书[19]。我在纽约办好了我的事，等我回到巴黎，我原该从东站乘上第一班火车把我一直载向奥地利。但是我爱上的那个姑娘[20]那时正在巴黎，我就没有乘这第一班车，也没有乘第二班或第三班车。

等火车终于在一堆堆原木旁驶进车站时我又见到我的妻子，她站在铁轨边，我想我情愿死去也不愿除了她去爱任何别的人。她正在微笑，阳光照在她那被白雪和阳光晒黑的脸上，她体态美丽，她的头发在阳光下显得红中透着

---

19 指《春潮》。他于 1926 年 2 月乘船去纽约。

20 还是指波琳。海明威在纽约斯克里布纳出版公司结识了编辑马克斯韦尔·珀金斯，就此开始长期的合作计划，以优惠的条件签订了出版该书及另一部长篇小说《太阳照常升起》的合同。他总算熬出头了。

金黄色,那是整个冬天长成的,长得不成体统,却很美观,而邦比先生跟她站在一起,金发碧眼,矮墩墩的,两颊饱经冬季风霜,看起来像个福拉尔贝格州的好孩子。

"啊,塔迪,"她说,这时我把她搂在怀里,"你回家了,你这次旅行把事办得多成功啊。我爱你,我们都非常想念你。"

我爱她,我并不爱任何别的女人,我们单独在一起时度过的是美好的令人着迷的时光。我写作很顺利,我们一起作过几次非常愉快的旅行,因此我认为我们又成为不可损害的伴侣了,但是等到我们在暮春时分离开山区回到了巴黎,另外的那件事重新开始了[21]。

这就是在巴黎的第一阶段的生活的结束。巴黎决不会再跟她往昔一样,尽管巴黎始终是巴黎,而你随着她的改变而改变。我们再没有

---

21 指他和波琳的恋爱继续发展,终于导致 1927 年 1 月和哈德莉离婚,同年 5 月和波琳结婚。

回福拉尔贝格州，那些有钱人也没有。

巴黎永远没有个完[22]，每一个在巴黎住过的人的回忆与其他人的都不相同。我们总会回到那里，不管我们是什么人，她怎么变，也不管你到达那儿有多困难或者多容易。巴黎永远是值得你去的，不管你带给了她什么，你总会得到回报。不过这乃是我们还十分贫穷但也十分幸福的早年时代巴黎的情况。

---

22 犹我国所谓：朝朝寒食，夜夜元宵。和卷首所引作者信中所说的"流动的盛宴"相呼应。

永井荷風

荷风细语

［日］永井荷风 著

陈德文 译

荷風随筆

上海译文出版社

图书在版编目（CIP）数据

荷风细语／（日）永井荷风著；陈德文译. ——
上海：上海译文出版社，2018.8
（译文华彩·漫游）
ISBN 978 - 7 - 5327 - 7614 - 6

Ⅰ. ①荷…　Ⅱ. ①永…　②陈…　Ⅲ. ①游记—作品集
—日本—现代　Ⅳ. ①I313.65

中国版本图书馆 CIP 数据核字（2017）第 206563 号

永井荷風
荷風随筆

目录

荷风细语

◼

十六七岁的时候

十六七岁的时候，我曾因病一时荒废了学业。如果没有这样的事，我就不会像今天这样，一直到老弄些闲文字，变成游惰之身。我或许会成为一家之主，成为父亲，度过普通人的一生。

我十六岁那年末，正是日中战争打得火热的时候，患流行性感冒，第二年整个新年都躺在一番町的家中。当时，我阅读了《太阳》杂志第一号，我记得上面登载着谁作的明治小说史和红叶山人的短篇小说《舵手》等。

到了二月，像原来一样进了神田的某所中学，不到一周就又变得不好，这次直躺到三月末尾。博文馆在"帝国文库"这个总名称下，开始复刻江户时代的稗史小说也是这个时候。我记得在病床上通读了《真书太阁记》，接着读了《水浒传》、《西游记》和《三国演义》等浩瀚的书籍。少年时代在病中读过的东西，似乎一生也忘不掉。中年以后，我想一旦有机会就重温过去读过的东西，可是至今没有遇到这样的机会。

大地震后，上海的演员在歌舞伎座演过孙悟空的戏，我观看时清楚地记起了原作《西游记》来。一提起《太平记》，我至今依然记得下海道的一节，能熟诵"踏碎落花如雪乱，遍野皆是赏樱人"这样的句子，使周围的人大吃一惊，而对自己正在写作的小说中的人物则有时忘了名称，有时张冠李戴。

莺声既老、樱花渐开之时，我好容易离开病褥，接受医生转地疗养的劝告，放弃了学年考试，决定随父亲去小田原城外的足柄医院。（在学校接受治疗时的医生是在神田神保町挂牌开办畅春医院的马岛永德医学士。畅春医院的庭内有池子，到了夏末开着红白莲花。那个时候市中人家的院里能见到水池，并非什么稀罕事）。

我有三个月没有外出了，从人力车上下来站到新桥车站上时，我生怕被人当成病人，所以很是难为情。乘上火车，帽子深深遮到眉梢，脸转向窗外，也不愿和父亲搭话儿。当时从国府津车站前已有开往箱根的电车（但还未使用"驿站"这个词），到了病院，被人领进二楼的一室，接受院长的诊察后，不久就到了吃午饭的时辰。父亲大概不愿吃病院的伙食，他带我到城内的梅园用餐。那时，小田原的城迹还残存着石垣和护城河。原来有天主台的地方建立了神社，其旁有围着苇墙的休闲茶屋，出租望远镜。我和父亲去的那家料理茶屋，位于护城河畔茂密的松荫里，是编结着风雅的柴门的茅草葺顶的房子。门内一片梅林，梅花已过了盛时，眼下正在纷然散落。我呆立着仰头观看正向脸上飘下的落梅，父亲回望着我，似乎很满足的样子。他口中吟诵古人的诗句给我听，可我不懂什么意思。到了后年，当我诵读大田南亩伴其子俶看到御药园的梅花时所作的联句，便想起于小田原城址观赏落梅那天的事来，感到一种不可言喻的兴味。

父亲回到病院后一会儿，当日趁着天色未晚就急忙赶回东京了。我虽说到十七岁，但那时的中学生和今日不同，除了当日往返的远足之外，很少有机会乘上一次火车。不用说，到小田原来那天也是头一回。离开家单独在病房里做梦也是第一次。回到东京的家是过了梅雨、庭树中可以听到蝉声的季节。因此，初次相逢的他乡的暮春和初夏的风景不能不教给病后的少年以幽愁的诗趣。

病院建在城外小山的山腹上，从病房的窗户里，躺卧着即使在阴雨天也可望见伊豆的山影，晴天里可以看见大岛的烟霭。连着庭院的后面的丘陵，有一片桔树园，在那前边山地上茂密的松林和竹丛中，终日能听到黄莺和颊白的鸣啭。最先一个月内，每天只许散步二三小时，所以我不爱去城里，大都在这山冈的松林间散步，坐在树根上看箱根双子山顶往来的云彩，以消磨时光。随着云朵的往来，山色的变化是罕见的景观。人躺卧在病室里，只能随便浏览一些从书铺里租来的小说。

博文馆的《文艺俱乐部》和这年新年的《太阳》同时刊出了第一号。我曾经阅读过的但今日留在记忆中的已经一无所有。"帝国文库"的《京传[1]杰作集》和一九[2]的《徒步旅行记》，还有圆朝[3]的《牡丹灯笼》、《盐原多助》等，从书铺老板手中借来的时候，看看里头的插图，比起文章记得更为鲜明。

1　山东京传，浮世绘画家北尾政演（1761—1816）的画号。

2　十返舍一九（1765—1831），江户后期戏作文学家。

3　三游亭圆朝（1839—1900），落语家（滑稽相声作者）。以写作表演言情故事见长。

当时发行的杂志中最高尚最难得最尊贵的是《国民之友》[4]《栅草纸》[5]和《文学界》[6]三种。还在未生病的时候，我和同班同学一道曾去位于神保町角落里的中西屋书店购买过这些杂志。我记得只买过这些书刊，至于记事类则一点也没有印象了。中西屋店头上摆着当时武藏屋发行的近松的净瑠璃[7]、西鹤的好色本[8]，但只看过封面，没有买过。我十六七岁时读书的趣味是极为低下的。

在小田原病院住了四个月，其间读的书可

---

4 1887 年 2 月创刊，由民友社发行，德富苏峰主办。标榜民主主义，以发表社会评论文章为主。

5 森鸥外为促进新文学运动于 1889 年创办的文学杂志。

6 创办于 1893 年的文学杂志，同人有北村透谷、岛崎藤村等人。

7 江户时代由三味线（三弦琴）伴奏的讲唱艺术。近松门左卫门（1653—1724）是其代表作家。主要作品有《曾根崎情死》、《国性爷合战》等。

8 井原西鹤（1642—1693），江户时代浮世草子（通俗小说）作家，他的描写男女恋爱及欲情的作品称为好色本。如《好色一代男》、《好色五人女》等。

以说只限于讲谈笔记[9]和马琴[10]的小说。后来看戏，才发现阅读讲谈笔记时所记住的故事情节非常有用。

从东京家中送来了当做教科书使用的兰姆的《莎翁故事》、阿宾努的《写生手册》，所以也经常一面查字典一面阅读这些书籍。

今天的中学里教英语使用什么书我一无所知。中学学英语有害无益这一说法似乎渐渐盛行起来。我想起我们三四十年前在中学读过的英语书目，现举出一些也还有点意思。当时，英语是小学三四年级添加的课目，教科书是美国出版的《国语读本》。进入中学一二年级，使用的是当时文部省新编的英语读本，书名现在不记得了。这个读本是英国人教师为纠正学生发音使用的，译读时日本人教师使用的是另

---

9 讲说军事武侠、人情故事的话本。
10 泷泽马琴（1767—1848），江户后期话本的作者。代表作有《南总里见八犬传》。

外的书。现在还记得其中有麦考利[11]的《库勒弗传》，帕莱的《万国史》，富兰克林的《自叙传》，哥尔斯密[12]的《威克菲特牧师》。此外还有萨·罗杰斯·德可巴利，巴黎亭子间学者的英译本等。我记得还曾读过中村敬宇[13]先生译成汉文的《西国立志篇》的原文。

初中毕业，准备投考高中时，以及后来上了神田锦町的英语学校之后，我们开始阅读狄更斯的小说。

话题回到前头，我七月初回到东京的家，不久学校照例放暑假，便和家人一起到逗子的别墅住到九月才去上学。这回没能和过去几年间同班同学在一起，而成了留级生，不像以前

11　Thomas Babington Macaulay（1800—1859），英国政治家、著述家。曾做过自由党下院议员、陆军部长，致力于印度殖民地法制改革。著有《英国史》等。

12　Oliver Goldsmith（1728—1774），英国作家，出生于爱尔兰。

13　即中村正直（1832—1891），西学家、教育家，号敬宇。江户人。组织"明六社"，提倡西方文明，曾做过贵族院议员。译著除《西国立志篇》，还有《自由之理》等。

那般对功课感兴趣了。下课的时候，我独自呆在操场的一角里，一心学习写作当时刚刚接触的汉诗和俳句。

根岸派新俳句开始流行正是那时候的事。我把《日本新闻》连载的子规的《俳谐大要》的剪报贴在笔记本里，反复阅读，学习写俳句。

汉诗的作法最初是跟父亲学的。其后拿着父亲的信进入岩溪裳川先生之门，每个星期日听讲《三体诗》。裳川先生那时是文部省的官吏，住在市谷见附四番町的后街，从门口到走廊高高堆放着古书，壁龛里是高约二尺的孔子坐像，此外还有两尊相同的木像。这些我至今都没有忘记。

我在裳川先生讲诗的座席上初次结识了亡友井上哑哑君。

那时所作的汉诗和俳句的稿本，有昭和四年秋的感怀，连同成人后所作的各种原稿一起，都被我从永代桥悉数扔到水里，现在一点也记不得了。

我曾被杂志的记者问起少年时代的事，后来将这些事加以回忆写了这篇记事文章。然而讲述过去，如同醒后追寻前夜的梦境并向人叙说，两者是一样的。

鸥外先生曾在题为《我十四五岁的时候》的一篇文章中这样写道：

> 过去的生活就像吃过的饭。饭消化了变成生命的汁水，变成未来生活的基础。同样，过去的生活变成了现在的生活之本，也将变成未来的生活之本。然而，生活着的人，尤其是身体健康而生活着的人，谁也不会再考虑吃过的饭这样的事的。

确乎如此。如今，从现在的生活的角度，正确回顾一下已变成其基础的过去的生活，并加以无误的记述，这也不是容易的事。分析粪尿可以测知饮食为何物，至于说出进食时刹那的香味并能使人垂涎三尺，却只有巧舌如簧的人才能办到。而我没有这样的辩舌。

乙亥正月记

十九之秋

　　阅近年报纸的报道，东亚风云愈益迫急，日中同文之邦家也似乎不遑订立善邻之谊。我曾于十九之秋随父母游历上海，想起此事恍如隔世。

　　记得孩提时代，我看到父亲的书斋和客厅壁龛里悬挂着何如璋、叶松石、王漆园等清朝人士的字幅。父亲喜好唐宋诗文，很早就同中国人订下了文墨之交。

　　何如璋是明治十年起长久驻劄东京的清朝公使。

　　叶松石也在同时被最初的外国语学校聘为教授，一度归国后再次来游，病死于大阪。遗稿《煮药漫抄》开头载有诗人小野湖山撰写的略传。

每年到了庭里梅花飘散的时候，客厅壁龛内总是悬起何如璋挥毫的东坡绝句。我直至老耄的今日[1]还能背诵下边这二十八个字：

梨花淡白柳深青

柳絮飞时花满城

惆怅东栏一树雪

人生看得几清明

何如璋在明治的儒者文人中看来颇受器重，当时刊行的日本人诗文集几乎没有一部不刊载何氏的题字、序文或评语的。

我离开东京是明治三十年九月，出帆之日和所乘轮船的名称如今已不记得。我比双亲先一步从横滨上了船，在神户港和不久从陆上赶

---

1 本文写于甲戌（1934）年十月，作者当时只有五十五岁。

来的双亲相会合。

　　船为了装货停泊了两天两夜，其间，我一人走访了京都、大阪的名胜，生平第一次尝到了旅行的乐趣。可是当时的事大都忘记，只记得一件，就是在文乐座剧场听了一次后来成为摄津大掾越路太夫的《阿俊传兵卫》。

　　不久，船抵长崎，一位身着雪青色丝绸长服的中国商人，衔着烟卷乘小船来访问父亲。当时，长崎尚无停靠轮船的码头。我听到来访的中国人回去时一边走下轮船的扶梯，一边呼叫名为"舢板"的小船的声音，觉得仿佛有一种身处异乡的难言的快感，这件事至今不忘。

　　早晨抵达长崎的船当天日暮时分解缆，次日午后进入吴淞口，暂时于芦荻丛中等待涨潮，然后徐徐驶达上海的码头。父亲辞官从商，从这年春天起监督上海某公司事务，因此码头上站着很多人相迎候。他乘上两匹马拉的包厢马车，母亲和我也乘上这样的马车。在东京见惯了铁道马车瘦削的马，如今眼望着装备精良的马，显得格外好看。驭者二人，马丁二人，穿着红领口和红袖口的整齐的白制服，戴着红穗子的斗笠，威风凛凛，那姿态和当时东京欧美的公使乘马车走过皇宫护城河畔的情景一样。我感到我们一家骤然成为伟大的人物了。

位于公司院内的父亲的公寓，离码头不过二三百米远，一听到鞭声，就马上沿石墙进入铁门，停在法国式灰色砖石结构的住宅的楼梯旁。

房子为二层建筑，下面有两间，是宽广的客厅和食堂。将中间的拉门左右敞开，则变成可以跳舞的大厅堂。楼上有两间围着回廊的住房，一是父亲的书斋，一是卧室。不管坐在哪里，都能一眼望到海一般宽阔的黄浦江的两岸。父亲把里间给我作为旅居的住处，这间房子没有回廊，但坐在建有露台的法式的窗口，可以看到草坪对面作为办公室的公司大楼，还有石墙后边隔着道路的日本领事馆。当时还没有日本租界，领事馆、日本公司和商店大都位于美租界的一隅。听说只有横滨正金银行和三井物产公司位于英租界最繁华的外滩马路上。

美租界和英租界之间一条运河，上头有座桥叫虹口桥。过了桥面临黄浦江岸有西式公园。我用罢晚餐，在公司的人引领下到公园散步，经过一个多小时回来，其路程往返大约四公里。

不一会儿，进入里面的一室就寝，我虽然感到旅途的疲乏，却很难入睡。与其说我从上陆的瞬间只是感到新奇，不如说我至少被一种东西深深激荡着。当时我还不懂"异国趣味"这个词儿。我只是觉得一种感官的兴奋，我还没有自觉地对此加以解剖的智识。

但是，日复一日所经历的异样的激动，渐渐朦胧地使我感知被海外的风物和色彩所唤起的东西。中国人的生活有着强烈的色彩美。沿街走着的中国商人，乘坐独轮车的中国妇女的服饰，站在十字路口的印度巡捕头上盘着的白巾，土耳其人帽子的色彩。河面上往来的小船的颜色。再加上种种听不懂的话声。尽管我还不懂得西方的文学艺术，但这些声音不能不使我的感官受到强烈的刺激。

一天，我遇到边敲铜锣边在街上行走的道台的行列。在另一天晚上，又遇到了以号泣行进的妇女队伍为先驱的送葬的行列，对这种奇异的风俗我睁大了眼睛。张园的树林里簪着桂花的中国美人驾着几辆马车奔驰的光景，古旧的徐园回廊里悬挂着联句的书体，薄暗的中庭里开着的秋花的寂寞，还有剧场和茶馆相连的四马路的热闹。及至见到这些，对于异国色彩的激动心情愈益强烈起来。

大正二年，革命兴起之后，中国人改变了清朝二百年的风俗，和我们一样采用了欧美的东西。所以在今日之上海，三十多年前我所目击的色彩之美，也许早已在街道上不复存在了。

当时我看到年轻美貌的中国人，辫子梢头

编织着长穗子的绸带，每走一步，那绸带梢儿碰在穿着缎子鞋的洁白的足踵上，不住地摆动。我想这是多么优美纤巧的风俗！那织着漂亮花纹的绸缎长衫上，罩着色彩鲜丽的滚边的大外褂，成排的钮扣上运用象眼绣精巧地镶嵌着宝石，长穗的绸带上还缀着各式各样的小袋子。看到男装之美甚至超过了女服，实在令人羡慕不已。

清朝的历法和我们江户时代一样使用阴历。一日，随父母乘马车远驰郊外，寻访柳、芦、桑连绵无际的平原上唯一的古刹龙华寺，想起登上那座塔顶那天正是旧历九月九日，也就是重阳节。重阳节登山赏菊，采摘茱萸之实以赋诗，自江户时代起成为学习唐诗的日本人之雅好。上海市内没有可登的冈阜，也没有可以远望的山影。到郊外的龙华寺去登塔，从这里可以于云烟渺渺之中望到一列低伏的山脉。父亲在车上对我讲述了以上这些。

昭和时代的日本人，将秋晴之日的游山称

为 hiking，用的是英语。照我等之顽民说来，古来所惯用的"登高"一词足矣。

这年阴历九月十三是阳历什么日子，我不记得了。但是在我写这篇文字时，想起了某晚父亲吃罢晚饭在书斋里杂谈的情景。他曾出示即兴诗一篇，这诗成了父亲的遗稿：

芦花如雪雁声寒，

把酒南楼夜欲残，

四口一家固是客，

天涯俱见月团圆。

我这样长期待在上海，总想找个合适的学校就读。如果回东京，必须接受征兵检查。要想进高中，就得学习美术什么的。我对这些极为讨厌。然而，我的愿望没有得到允许，这年冬天，母亲返回东京，我也跟着一起乘上了轮船。那时节已经看不到公园里驾马车的中国美人簪钗上的菊花了。

这些都成了三十六七年前的旧梦。岁月不待人，匆匆过去的事儿诚如东坡所言："惆怅东栏一树雪，人生看得几清明。"

甲戌十月记

雪　日

○

　　阴霾无风，自打富士山风狂吹之日起，寒冷更加浸入肌肤，守着被炉，下腹阵阵隐痛。这样的日子持续一天两天，到了某日临近傍晚时分，等待很久的小雪既不显眼也不出声地下起来。于是，踏在街巷沟板上的木屐变成了小跑。听到了女人们的叫声："下雪了!"外头马路上卖豆腐的粗声粗气的吆喝也骤然变得遥远而微弱了。……

　　每当下起雪来，我就立即想起明治时代没有电车和汽车的东京。大街上一下雪，就出现别处所看不到的固有的景象。不用说，这里自有和巴黎、伦敦下雪时全然不同的趣味。巴黎街上下雪，令人想起普契尼[1]的《波爱姆》乐曲。哥泽歌谣中也有人人会唱的《藏羽织[2]》：

　　　藏起羽织褂，

　　　挽住郎衣袖。

　　　"今天非走不行吗？"

　　　边说边起站到棂窗下，

　　　细细拉开一条缝儿：

　　　"哎呀，快看，这场雪。"

　　这首被遗忘的前一世纪的小曲儿，每逢下雪的日子，我心中总会想起来低吟一番。这歌词没有一句废话，那种场合的急切的光景，那时候的绵绵情绪，通过洗练的语言的巧妙运

1　Giacomo Puccini（1858—1924），意大利歌剧作曲家。
2　一种套在和服外面有折领的日式外衣。

用，较之画面更鲜活地表达出来了。"今天非走不行吗？"一句，对照一下歌麿的《青楼年中行事》的画面，就很容易理解我的解说不差吧。

我还想起为永春水[3]的《辰巳园》中的一章。丹次郎访问阔别已久的情妇仇吉于深川的密宅，旧欢相谈之中，日暮雪落，欲归不能归，二人情意缠绵。同一作者在《港之花》里，描写一个女子为恋人所弃，躲在护城河边一贫穷人家里度日，下雪天没有木炭，终日流泪不止。一次，从窗户的破洞里看到一个似曾相识的船夫划着猪牙船驶过，她喊住船夫，求他舍点木炭。往昔，城镇下雪的时候，必定能感受到三弦琴音一般的忧愁和哀怜之情。

我写《隅田川》这部小说，正值明治四十一二年的时候，和竹马之友井上哑哑两人，一

---

3 为永春水（1790—1843），江户后期戏作文学家。作品有《春色梅历》、《春色辰巳园》等。后因败坏风俗罪受到处治。

边谈论着梅花尚早，一边在向岛上散步。于百花园稍事休息之后，一回到言问渡口，只见沿河一带早早弥漫起夕霭来。对岸灯火闪烁，尚未暗黑的天上无声地落下雪来。

今日终于下雪了吗？想到这里不由心中仿佛变成狂言喜剧中的人物一般。倾听净瑠璃时那种柔软的情味充满心间。我们两个不约而同伫立于原地，眺望着渐渐幽暗的河水。突然耳边响起女人的声音，向那里一看，长命寺门前茶肆的老板娘正在收拾廊下茶几上的烟盘。内有"土间"，屋内的座席上已经亮起了灯光。

朋友呼叫老板娘倒杯酒来，要是天晚嫌麻烦，就来上一瓶。老板娘除掉头上打扮得像个老姐儿般的毛手巾，说了声："慢用，店里没有什么好吃的。"说罢就往榻榻米上铺被褥。这是一个三十岁光景，精明伶俐的女子。

端上炒紫菜和一壶酒，老板娘用亲切的语调问我们冷不冷，并捧来了地炉。亲切而给人以好感，机智而又灵活，这种待客的态度在当时也许并非少见，但今天回想起来，连同那市街的光景，那番心情，那番风俗，再也难得一见了。有些事物一旦离去遂不复来，不仅是短夜的梦境。

朋友将自斟的一杯酒送到唇边。

雪日不饮者，双手袖怀中。

他吟罢随即看看我。我也对了一句：

不饮酒之人，独看山上雪。

这时，老板娘前来换酒壶，向她打听船的消息，她说已经没了班次。轮船只开到七点，只得又坐了一会儿。

无船赏雪归，一路跌筋斗。

行船观雪景，心地多平静。

那天所记下的手稿，其后和各种废纸一起捆成一束扔到大川河里去了。如今碰到下雪，那夜晚的情景，还有那人情温润的时代，以及早已去世的朋友的面影，只是朦朦胧胧地浮现于记忆里。

〇

一到催雪的寒日，现在还能记起大久保家的庭院里有一只黑色的山鸽飞来。

那时父亲已经去世，只有母亲和我两个住在空旷的家里。寂寞的冬天，整个上午霜都不化，母亲一看到有只山鸽不知打哪里飞来这里，就说山鸽来了，又要下雪了。究竟有没有下雪，已经记不清了，但后来一到冬天，山鸽就飞到院子里来。不知怎的，这件事长久刻在我的记忆里。催雪的冬日，一到日暮时分，心情就倦怠沉滞，寂寞难当。这也许因为，日复一日一种无法忘怀的幽思，长年累月不时唤起追忆的悲戚吧。

其后又过三四年，我卖掉牛込的家，在市内各处辗转租房居住，来到麻布度过了近三十年的岁月。当然，在这世界上，包括母亲在内，我已经没有一位亲人活着了。这个世界只有素不相识的人的难解的议论，听不懂的语言，听不惯的声音。然而，往昔那牛込的庭院里每当山鸽飞来徘徊时那种寒冷的催雪的天空，直到现在，每年一到冬天，依然使我居住的房屋的玻璃窗，蒙上一层灰色。

那只鸽子不知怎么样了，也许它还和过去一样，至今依然在那古老的庭院里的绿苔上散步吧？……忘却日月的阻隔，那时的情景历历又在眼前。"鸽子来了，要下雪了。"我又仿佛听到母亲不知从什么地方发出的微弱的声音。

回忆将现实的自我引领到梦幻的世界，把人的身体投进那徒然仰望无法到达的彼岸时而产生的绝望和悔恨的渊薮……回忆是具有欢喜和愁叹这两方面之谜的女神。

○

七十岁这天渐渐临近了。我也许不得不活着，一直到七十岁成为一个丑老人。但我并不想活到那个年岁。不过要说今晚闭眼睡去就是此生此世之所终，那我也定会大吃一惊，感到悲哀。

既不想生，也不想死。这念头是每日每夜出没于我心中的云影。我的心不明不暗，好比那阴沉苦寂的雪日的天空。

太阳必定要沉没，太阳必定要燃尽。死或早或晚总会到来。

活着的时候，我怀念于心的是寂寥。有了这寂寥，我的生涯中才会有淡薄的色彩。如果我死了，我也希望死后能有这样淡薄的色彩。这样一想，我就感到生前于某时某地爱恋过的女人，还有分别后遗忘的女人，要和她们重逢，只有在那冥冥世界冷寂的河畔了。

啊，我死之后依然还会像活着一样，时而相逢，时而分别，不得不饮泣于离别的悲苦之中吧……

○

药研护城河依然如故画在昔日的江户绘图
上。那时候，两国桥下的水流通到旧米泽町的
河岸。那时候，从东京名胜"一文蒸汽"的栈
桥，一字排开着通往浦安的大型涡轮汽船，有
时也有两艘三艘系缆于别处的栈桥上。

我成为朝寝坊梦乐说书人的弟子一年余，
每夜出入于各处的书场。这年新年过后的下半
月，师傅才有了自己的书场，是位于深川高桥
附近的常磐町的常磐亭。

每日午后都要到下谷御徒町的师傅梦乐的
家里，帮忙处理各种家务，最迟过四点钟必须
到书场的乐屋。到了那个时限，不管前座的主
僧来没来，都要咚咚敲起乐队的大鼓。门口照
应客人脱鞋的伙伴，远远看到街上的行人，
"欢迎，欢迎"地使出吃奶力气大声吆喝。我
从帐房拿来引火，在乐屋和演出席的火盆里生

起炭火，等待上班的艺人一一进入乐屋。

从下谷到深川，当时可乘的交通工具只有通往柳原的红马车和大川河里的"一文蒸汽"。过年是一年之中最短最冷时节的事。从两国乘船到新大桥上岸，再到六间护城河的横町。这时，笼罩于夕雾里的水边的市镇，天色易晚，道旁的小屋内点亮了灯火，街巷内涌出了晾晒衣物的气味。人们踏过木桥的木屐的声响，传达着这座市郊小镇寂寞的情调。

没有忘记那夜里的大雪，已经是傍晚，在两国的栈桥等待"一文蒸汽"的时候，猝然掠过水面的河风，夹杂着灰尘般的细霰，顺次飘向乐屋内艺人们的帽子和外套，入夜后泛出了白色。九时半，打过终场鼓，送走师傅的车子，出了大门，周围一片银白，路上没有一个人影。

和打鼓的前座的和尚归路不同，我每晚同下座弹三弦琴的十六七岁的姑娘——名字忘记了，是立花家桔之助的弟子，家住佐竹原——

一道，经安宅藏大道到一条巷，渡两国桥，于和泉桥边和她分别。然后，我独自一人由柳原经神田到番町的父母家，悄无声息地由后门钻进去。

每晚结伴而行。有时走过暗夜深沉的本所的街道，行进在许多寺院和仓库的寂静的道路上，也会遇到天气和暖、月色清明的晚上。

我们曾经一边渡过沟川的小桥，一边目送着鸣叫的雁影。我们曾经遇到狗的狂吠，被奇怪的男子盯过梢，两个人气喘吁吁地奔跑起来。我们几乎每天晚上都能看到道旁歇担的食品摊上的灯光，随即用小豆稀饭和沙锅面条填饱空肚子，一边捧着大馅饼和烤白薯焐手，一边走过两国桥。我们尽管一个是二十一二的俊男，一个是十六七岁的倩女，夜半更深，在岑寂的寒夜中，身贴身地走着，但却未曾受到过警察的指责。今天想起这件事，便可知道明治时代和大正以后的社会的不同。当时世上的猜忌和羡怨之眼不像今日这般尖锐明亮。

一天夜里，我和那姑娘照例走在平常那条道路上，刚踏出两三步，雪花忽然埋没了木屐的齿儿。风像要夺走伞，飞雪濡湿了面颊和衣服。那时候，时代还不容许青年男女用夹袄、大衣、手套、围巾等物装扮自己。这位在贫穷家庭成长的姑娘，比起我更习惯于恶劣的天气，她十分麻利地挽起裙裾，一只手提着木屐，只穿布袜子走路。她说，打一把伞两把伞都一样湿，于是两人共握一把伞的竹柄，走在人家的廊缘下。不久就来到远处可以望见伊予桥、近处可以看见大桥的地方。这时，姑娘突然跌倒，膝盖跪到地上。我想扶起她来，可怎么也站不起来。等到好容易站起来，又踉踉跄跄要倒下去。穿着布袜子的双脚看来已经冻僵，变得麻木了。

　　正在一筹莫展的时候，环顾周围，风雪之中看到面条馆迷蒙的灯火，一阵欣喜。姑娘吃了一碗热气腾腾的面条，立即恢复了精神，又在雪中继续走着。我当时为了驱寒，独自一人喝了一大杯平时不饮的热酒，走在路上，可怕的醉意袭来。雪夜道路难行，步履越发危险，本来自己的手握着姑娘的手，这回不知何时，搭在她的肩膀上了。窥伺的脸孔互相接近，面颊就要碰到面颊了。周围正如高踞于演艺席上说书人所讲述的那样，仿佛都在不停地旋转着，究竟是本所还是深川，地点越发分辨不清了。我正在恍惚之间，脚下被什么一绊，咕咚跌倒在地，好容易才被姑娘抱起来。一看，这下子正好，木屐带子断了。看到道旁竹子、树木如密林一般，就躲到林木背后。这里既没有雪，也没有风，白雪覆盖的道路也被遮挡得看不见了，完全是另一种天地。姑娘本来说，回去晚了要挨继母的骂，所以急着赶路。这回她也松了一口气，抚摩一下被雪打湿的结成双鬓的鬓角，绞了绞衣袖。我不再瞻前顾后了，只觉得醉意征服了自己，以至于二人之间忽然演出了一段风流韵事来。这也不足为怪。

第二天，街上各处出现了雪人，扫在一起

的雪堆积成小山，不久，那雪人，那山，渐渐
消融变小了，随后消失了踪影。道路完全干
了，又像原来一样，沙尘随着河风弥漫大地。
新年早过去了，到了"初午"的二月，师傅梦
乐的"特席"由常磐亭改到小石川指谷町的
"寄席"，而且那位姑娘从这月起不去下座而去
高座了。她再不到小石川的书场上来了。我俩
夜归时结伴而行的机会，从此再也不会有了。

　　一直不知道姑娘的真名，只知她家住佐
竹，也不知是几番地。雪夜的柔情随着雪的消
融而消失，连一点痕迹都不留。

　　　　　　像雨落在街巷里，

　　　　　　雨也下在我的心中。

　　我想仿效魏尔伦[4]的那首名诗，假如我通
晓那个国家的语言，我会唱道：

－－－－－－－－－

4 Paul Verlaine（1844—1896），法国诗人，象征派代表。

像雪堆积在街巷里，

忧愁堆满我的胸膛。

或者吟出：

像雪消融在街巷里，

回忆消失得了无痕迹。

怀中秃笔

——答某人

回想起来是 1907 或 1908 年时候的事了。我遂了多年宿愿第一次看到了巴黎，我曾想哪怕不等到明日就死也没有怨言了。我如今呼吸着泰西诸诗星呼吸过的同一座都市的空气；我如今踏响着同一条街道上的石板路。世界的美妓名媛采摘过的花，我到原野上也同样可以采摘到。我像凡尔纳一样手捧咖啡杯，像雷涅一样在古堡上散步，像都德一样眺望塞纳河水，像哥拜一样进入舞场，像戈蒂埃一样徘徊于画廊，像缪塞一样经常哭泣。……就这样，我成了世界上最幸福的诗人。无论如何，我有了顶礼膜拜的众多的偶像。十七世纪以降到二十世纪，大凡姓名被写入法国文艺史上的，悉为我心中之神。然而，我不能用法语写作，我只能用日语表述我的感想。这一弱点忽而化为受伤的功名。如果我能自由运用法文，也许会升起一种狂妄的野心：学习莫里亚斯[1]，轻易以一个外国人登上法国文坛又有何难？然而幸哉，我的西洋崇拜的诗作尽皆是日文，一出现于日本文坛就有许多地方与当时文坛的风潮相一致，忽而赢得虚名。此乃盖出偶然。

岁月匆匆近十岁。我今日回顾当时之事真可谓茫然如梦。无论如何，我已不能以当时的感情看事物了。事物或许相同，而心情已完全改变。我当然对于日本的风景及社会极力以皮埃尔·洛蒂放浪诗人的情怀加以观察，气候、风土、衣服、食品、住居之类首先透过我的肉体渐次使我的感觉也日本化了。同时，那个时代的政治以及社会状态，每每使我想到自己仍

---

1 Jean Moreas（1856—1910），法国诗人，生于雅典。

旧宛然处于封建时代。其实这是个忌讳"封建"这个字眼而去除封建的美点，仅仅保留其恶弊的劣等的平民时代。也许这样称呼更为妥当。

幻想渐次被破坏了。我不能学某一派的诗人那样喜好夸张和假设，用银座大街的灯火比拟法国林荫大道的热闹；以帝国剧场隐喻话剧；将日比谷公园和卢森堡公园相提并论。这比起江户时代的汉学家搞文字游戏，将御茶之水称作茗溪，将新宿写成甲驿或峡驿还要无聊。我深知舶来的葡萄酒和雪茄的高价，但我觉得单凭留声机里的瓦格纳和照片上的高更，到底无法评论西洋的新艺术。日本文学家的事业不应只限于阅读舶来的报纸杂志上的小说评论。

我读西洋小说，想象那些作家的生活，翻然目击日本的现在，时常感到不可思议。俄国小说家高尔基据说穷得无家可归，然而尚能伴妻子长久游历意大利。日本人偕家眷一起游意大利者能有几人？皮埃尔·洛蒂是法国海军军官，他舶船长崎，眠花卧柳，并将这事写进小说，以此文名播扬于世。假如洛蒂身为日本帝国军人，他终将会以风纪问题立即被革除军职。我曾观看《威廉·退尔》这出戏，受虐待的瑞士土民和他的主人谈话的态度充满豪气，决不像我们的佐仓宗五郎[2]那般战战兢兢。哈姆雷特刺杀其叔父时似乎也没有那么多烦恼。泰西文学无论古今全然是西洋化的，同背负两千年固习的我们现在的生活感情毫无干系，简直相距十万八千里。

我的身体常常不顽健，寒暑苦多。曾于病榻上读过邓南遮的著作，我感到纸面上洋溢着作家豪壮的意气。假如让我举出他的名篇，我认为比起含蕴的艺术信念，他首先创造了猛烈的精力，那种于黎明时跃马扬鞭、跋涉山野的

2 佐仓宗五郎（1604—1645），江户时期义民。为反抗领主重税赴江户为民请愿，直犯将军家光，连同妻子被处以磔刑。

气概。其次，我感受到于马厩中养育骏马的资力和可供驰骋的广漠的平原。因为这些，邓南遮的著作之于我，如同仰望炎天的太阳。

西洋近世的艺术，文学且不用说，至于绘画、雕刻、音乐，已不像过去那样侈谈广漠高远的理想，而是排斥概念的理论，一味致力于汲取鲜活的生命之泉。由于信仰动摇而厌世怀疑的时代已经过去，发扬生命的力量并于此寻求深甚的欢喜与悲痛。我本来并非一个想对抗世界思想的人，但以我们现今的生活如何适应魏尔伦诗中有时所表现的那种过分猛烈庄严的生命的力量呢？西洋近代思潮像过去一样使我们昂奋刺激，但首先使现在的我们更加厌恶和绝望。我决非厌忌那些华艳辉煌、勇猛奋进之士，我只是说我更崇拜那些心性安然、恬淡度日、不愠不怒、颐养天年的中国隐士。在这里，江户时代和中国的文学美术又使我感到无限的慰安。这些事我已经在我的浮世绘论中讲述多次了。

我至今依然继续寻求与我的体质、我的境遇、我的感情最为亲密的艺术。我想云游于将现代日本政治以及社会诸般事象均置之度外的世界。我想将兴趣转向不活动于社会表面的无业者，或结束官差的义务而隐退的老人们的生活之上。我想倚着墙壁观看和车水马龙的街道相隔离的庭园里的花鸟，忘掉忧苦的心怀。人生常常具有两面，如天上有日月，时光有昼夜。活动与进步之外，静安与休息不又是人生的另一面呢？我想舍弃主张的艺术而奔赴趣味的艺术。我是个不顾虑现实文坛的趋势，不问国之东西，不论时之古今，只想寻求最接近于我并安于现状的人。意大利未来派诗人马里内蒂，两三年前当我听闻他的名声就阅读了他的著作。然而只因他所说的人生奋进的意气未免过于豪壮，忽而弃之不顾。我以为，比起战死沙场求取功名的勇士的觉悟来，还是留在家中养育孤儿的老母和点燃起寂寞炉火的老父的心情更值得哀怜。比起骂世而愤死者，那些无心无欲、顺应时世者的胸中更多一层同情。

> 处世苦如矮屏风，
>
> 折腰折腰再折腰。

自从我于京传所描绘的《狂歌五十人一首》中发现了这一首，才开始想到狂歌之不可弃。

当然，我并非主张叫人都来吟咏狂歌，画浮世绘，听三味线。我只是想到了为西洋文艺美术中所没有而又有时足以寄托我们情怀的东西。我只是想努力从故国文艺中发见能够激发我现在诗情的东西。文学家的事业，不可勉强求得和文坛风潮的一致。它本来并非营利的商业。当此值于一切迎合西洋的时代，文学美术只要师范于西洋，皆为世人所欢迎。这是明若观火的事实。然而，我耻于那种不要自由却大力倡导革命；没有幽妙的联想却频频谈论泰西音乐；没有求知的欲望却一味宣传西洋哲学的新论；或者缺少生命的活力却拼命欢迎未来派的美术等轻意之举。更何况那些创造无用的新词儿，将文艺批评变成报纸的社论，提出一些特殊的问题以博取人心等自作聪明的行为。

我如今只想自我引退，远离进取的态势。所幸，我具有戏作者的气质，受到所谓现代文坛急进派的排斥和厌恶实乃心中所愿。固草此文于兹。

大正三年甲寅初春

十 日 菊

一

　　这是庭中的山茶花开始散谢的时候。地震后举家迁往阪地的小山内君，陪伴普兰敦社的主人一起上东京来访问我家。两君的来意似乎想对近年徒然养拙的我给以激励，使我执笔写小说。

　　我的旧书桌抽斗内久已藏有二三份草稿，但我深知皆为不堪一见的凡庸之作，不过是写到一半丢弃的废纸。取出这些废纸重新加工成草稿实为我所不忍，然而，无视旧友之好意则更为我所不忍。

冥思苦索终于想出一个对策，我决定详述为何对筐底之旧稿久久不能加以改写的理由，聊塞一时之责。题为"十日菊"，可以理解为此中暗寓着灾后过重阳节欢迎朋友来访之意。自己对未完成的旧稿饶舌再之，甚落伍于时代潮流，即便如此又有何妨？

二

还是侨居于筑地本愿寺侧的时候，我曾振奋精神写过长篇小说，题亦名为《黄昏》。开端大约只写了上百页就投笔将草稿塞进桌子的抽斗里。其后移居现在的家已经四五年了，其间抽斗里的稿子被一页页剥去，做成擦拭烟袋油的纸捻儿，或变成揩拭油灯油壶和灯罩的废纸。百多页的草稿如今已所剩无几。我这里必须说明：每当风雨过后，电灯熄灭，旧时代的方灯和油灯成了今日世界必备的用具。

要问我为何抛弃上百页的草稿，因为正当进入本题的时候，我忽然发觉作品中所要描写的女主人公的性格尚未观察熟透。我所描写的主人公某女子从美国大学毕业后回到日本，和女流文学家交往，并且在神田青年会馆召开的由某妇女杂志举办的文艺讲演会上作了一场演说。写到这里我搁笔叹息。

起初我之所以那样毫不费力地描写女主人公的老父等待爱女归朝的心情，是因为对维新前后人们的性格自以为了解到可以放心的程度，与此相反，对于当时所谓新型妇女的性格、感情，总觉得仿佛雾中观物，没有把握。我深知借口写小说为弥补观察之不足，凭想象进行写作是非常危险的。我决定中止写作，直到找到适当的模特儿那一天。

我决定不管写成怎样的片断，只要一脱稿，就一定找来亡友哑哑子朗读拙稿，听取他的批评。这是我未登上文坛时就养成的习惯。

哑哑子弱冠之顷，爱读式亭三马之作和斋藤绿雨之文。他期待着他日会出现不亚于二人的讽刺家。他看了别人的文章对于指出其弊病颇得要领。他曾如数指出一叶女史《青梅竹马》中有几个古语断定词；一一找出红叶山人诸作中再三重复使用同一警句。用哑哑子的目光观察，当时文坛上第一个文法不通的作家是国木田独步。

这年某日从下雪的傍晚起，电车司机计议同盟罢工，我终日没有外出，不知道此事。当筑地的后街逐渐有艺伎的车子出入时，哑哑子突然来访。他说从蛎壳町一下班就不得不踏雪走到这里来了。当时哑哑子是每夕新闻社的校对科长。

"上次的小说已经写完了吗？"我领哑哑子到铁道边的宫川鳗鱼馆，路上他这样问道。

"不，那小说不行了。什么文学，当今的新女性我无法描写，人物总感到是假造的，缺乏活气。"

上了宫川馆的二楼，走进一间屋子，打开后窗的隔扇能看到隔壁花匠积雪的庭院。刚坐下来我就一一谈起写作的苦心。哑哑子时时扬起长长的下巴，空腹喝了五六杯酒，忽然带着微醺的样子说：

"女流文学家搞什么演讲，不必特意去听就可知道大概情景。像说书人一样大侃一通，这就是艺术所以成为艺术的缘由吗？"

"不过不进行一次实地观察怎么也放心不下。写进小说的女人该穿什么样的和服，心中一点底也没有。人人总不能都穿仿造的大岛绸吧。"

"我最近也不知道流行的假货叫什么名字。赝品上只要写着'大正'、'改良'等形容词就行了。"

哑哑子总是不放开手中的酒杯。

"那号人穿的木屐大体是藤皮的马蹄屐吧？后部凹陷，必须粘着乡间红泥土才行。木屐带子松弛，插进十个大脚趾，撇着八字步，呱哒呱哒地走。"

"还有，你必须将'伊'和'哀'的音区别开来。听听电车上正在阅读小说的女人的谈话，十有八九是乡巴佬。"

"我最近感觉东京话逐渐不合时宜了。不论是普通选举，还是工人问题，关于所谓时事的议论，没有乡下土语就显得不协调。使用纯净的东京语已经不能进行内阁弹劾的演说了。"

"是的，不光演说，文学也一样。如果你运用不知是什么地方的语言，传达不出作者的情绪和心境，作品也就失去了新意。"

哑哑子曾指出过砚友社诸家文章的疵累。当世人爱用的流行语，例如"发展"、"共鸣"、"节约"、"背叛"、"宣传"等，说明其出处多基于西洋语汇的翻译，吾人的耳朵甚是听不习惯。

"这些奇妙的用语大都是住在东京的乡下人造的。这些话语的流行，是那些不会熟练使用过去词汇的人渐渐增多的结果。最近的年轻女子，看到哗哗的大雨也不会说风雨如晦，只会说低气压或暴风雨。问起路来，哪怕是对车夫，也把岔路口说成十字街，然后说还隔一条巷子，有的连对过的五谷神祠都不知道是干什么用的。真是不像话。有人把木匠花匠做完活一律说成全部完成，'算账'叫'会计'，'受取'叫'请求'。"

哑哑子像在说笑话。过一会儿我命女侍算账，两人一起陶然地走下鳗鱼馆的二楼。从傍晚起就不通电车的筑地大街，一派望不尽的银白，四周静悄悄的，二人打着油纸伞，雪片落上去沙沙有声。我劝他住一个晚上，他不听，自以为平素有一副好腿脚，乘着醉意要走回本乡的家。他踏雪向筑地桥徒步而行。

三

同年五月，我于七年前写成的《三柏叶树头夜间暴风雨》蹩脚的剧本，偶然被帝国剧场女优剧团连连上演两场。我出入于帝国剧场的乐屋也从这时候开始。得以目睹剧团中诸多佳丽出浴的娇艳姿态也从这时候起始。然而，帝国剧场自开办到这时已经过十年星霜了。

这座剧场还没有竣工的时候，也许当时因编辑《三田文学》之故，我和文坛诸先辈一起曾应邀出席在帝国饭店举办的剧场晚餐会，接着荣幸地又被招待参加舞台开张的晚会。我这一家甚为褊狭的趣味，使我以后的十年间时常为是否坐在这座剧场的观览席上而踌躇不定。要问这是为什么，今天已经没有必要再说了。

今日在这里必须说明的，不是过去来剧场为何那么稀少，而是如今为何忽然频频来看戏。在拙作《三柏叶树头夜间暴风雨》未上演之前，当时还在乐屋进行排练的时候，我不仅连夜到帝国剧场去，还时常将女演员招到附近的咖啡馆一同喝香槟。在这里，有些消息灵通之徒，算计着我会干出些艳事来。

从巴黎寄来的明信片上所能见到的那些闺中隐秘是否也在我身上发生过呢？这里且不必去说它。我只是想说，我确实希望以帝国剧场的女优为中介，接触一些现代的空气。久久只爱听"薗八"和"一中节"[1]的我，也想抛弃自家褊狭的旧趣味，倾听一下时代的新俚谣。我果真如我希望的那样能够脱掉进口细条纹的旧衣，追随结城绸[2]的新花样吗？

现代潮流急剧变化，非同一般。早晨看到的崭新的东西，到了晚上已经陈腐。槿花之荣，秋扇之叹，在今天决非宫廷诗人的闲文字。我说过，帝国剧场开办以来已经十度星霜，今日这座剧场内外的空气果真足以观察时代的趋势吗？这一点只能凭各人的所见了。

中途搁笔的长篇小说中的模特儿，我曾努力在帝国剧场上演的西洋歌剧和音乐会的观众中寻求过。我还对有乐座上演的西洋歌剧的观众特别加以精心的注意。我感到我已渐渐懂得一些现代妇女的操履了。与此同时，我也越

1 "薗八"和"一中节"都是净瑠璃的流派。前者为江户中期净瑠璃大夫宫古路薗八所创始，后者为京都的都一中所创始。
2 茨城县结城所产丝绸，织工精细，质地坚牢。

来越清楚我的创作上的困难之处。大凡艺术的制作需要观察和同情。对于所要描写的人物，作者没有深厚的同情，其制作必然堕入缺乏感情滋润的讽刺，小说中的人物最终只能是作者所提供的问题的傀儡。我所见的新女性，仅仅可以催兴，只止于欣赏自家辛辣的观察，再也无法超出其上，从内心引起同情是不可能的了。

我的眼底已有难以动摇的定见。定见和传习的道德观同样都是审美观。只有旷世的天才才可以打破它。

我的眼里映出的新女性的生活，宛若妇女杂志封皮上石版印的彩色画，几乎没有选择的余地。新女性所具有的情绪，如同站在新开辟的郊外热闹的夜市上听穷苦学生为讨钱而弹奏的小提琴的歌唱。

最适合讲述小春、治兵卫[3]恋情故事的是大阪净瑠璃，而江户净瑠璃却适合演唱浦里、

---

3 净瑠璃《心中天网岛》中的男女主人公。

时次郎[4]的艳事。玛斯卡尼[5]的歌剧必须用意大利语才行。

然而，当今的女子披着窗帘花纹的外褂，发髻遮掩着两耳，像蒙着大黑头巾，手中拎着烤章鱼般的提包。要想宛然如生地描摹出她们走路的姿态，非得和这些模特儿生在同一时代，具有相同感情的作家不可。

江户时代，为永春水年过五十写完《赏梅船》，柳亭种彦[6]至六十岁依然孜孜不倦写作《乡下源氏》这部艳史。这些都不是单凭文辞之才完成的著作。

四

侨居筑地本愿寺畔起稿的我的长篇小说，

---

4 净瑠璃一派"新内节"《明乌梦泡雪》中的男女主人公。

5 Pietro Mascagni（1863—1945），意大利歌剧作曲家，代表作有《乡村骑士》等。

6 柳亭种彦（1783—1842），江户后期戏作文学家，本名高屋彦四郎，作品有《邯郸诸国物语》等。

除了变成擦拭烟油的废纸以外，别无任何用处。

但是我并不因为徒费许多时日和纸张而悔恨。我平生写稿必定选用石州制的生纸。我的未曾用过西洋纸的草稿一旦成为废纸，就可用作扫除家中灰尘的掸子，也可揉成一团。带进厕所，远胜过浅草再生纸。说到这里，废纸的利用非罗列闲文字的草稿可比。

我半生志于文学并宣传不用西洋纸和钢笔不为别的，正是出于想使人知道如何利用废物的老太婆心肠。

往时，在剧场的作者之家里，如果有人开始想学习写作狂言剧，老作家先不教他如何写台词，而是先教他如何捻纸捻儿。教拍子板的打法又在其后。我曾嘲笑这是陋习，现在才觉得是当然的程序。不会捻纸捻儿就不能缀纸本，而不会缀纸本就无法写台词。欲成其事必先利其器，这是毫不足怪的。有人说，现在操觚业者中其草稿使用日本纸的只有生田葵子和我二人。亡友哑哑子也从未握过钢笔。

看到千朵山房晚年寄给《明星》杂志的草稿，在无格的十六开和纸上用毛笔书写着楷行交替的书体，清劲畅达，使人立即联想起那泉涌般的文思。

我经常搬家，每次都带着一株栀子花种在院中。不光是为了赏花。我是采摘其果实当作颜料在稿纸上划格子用。那种情趣要比在这种稿纸上写作时的心情清绝多了。一个全是无心的闲事；一个是雕虫之苦，推敲之难，时常使人发出长长的叹息。

今秋不可思议的是，免于灾祸的我家的庭院早早来了冬的消息。搁笔偶尔看看窗外，半庭斜阳之中熟透的栀子花红欲燃，正等待着人来采摘。……

大正十二年癸亥十一月稿

草 红 叶

暂寓于东葛饰深草包围的住居之后，有时
从传闻中可以知道一些东京的消息。

在我所熟悉的人中，为兵火夺走性命的大
都是住在浅草的町中和公园的兴衰有些关系
的人。

大正十二年的地震中没有焚毁的观世音的
御堂，这次也莫名其妙地变成灰烬了。火势之
猛烈，虽说同是三月九日夜晚，但包括我家在
内的被烧的山手麻布一带地方，似乎不能同这
里相比。那天晚上，我因为很早就抱着达观的
态度，因此十分悠然地看着自己的房屋和藏书
被烧毁，直到天亮，一直同邻人们聊天，既没

有燎到眉毛，也没有一处烫伤。所以对于我这个从容镇定的幸福的遭难者来说，听到浅草死去的人们的最后情景，一下子无法理解。然而事实总得当成事实来接受。仅在那一个晚上，他们的姿影从活着的人的眼里消失了，一年过去他们不会再度出现的话，便是确确实实不存在于这个世界上了。

那时没过几年，出现了一位年纪大约五十上下的伙计，黑衣带上别着铁锤，为歌剧馆的舞台布置背景。他是个眼睛细眯、个儿不低、身体结实的老爷子。他似乎不习惯浅草这块土地，也不适合于大道具这种职业。他干起活来不马虎，言谈也极其稳重。一做完舞台上的事儿，就脱掉黑色的工作服，换上朴素的便服。夏天是一件灰色短外套，冬天是茶褐色的窄袖大衣，像个老老实实的商人。几乎光秃的头上不戴帽子，脚上的木屐带子总是扎得紧紧的。这是"江户哥儿"特有的习惯吧。一个人比其他做工的伙计抢先一步走回位于千束町的家，看样子，也没有饮酒。

这位老爷子有两个女儿，妹妹在家和母亲一同卖煎菜饼，姐姐当时年约二十二三，是位舞女，艺名叫荣子，几年来每日在父亲布置的道具前和大伙一起跳舞。

我和荣子相识是昭和十三年夏与作曲家S氏一起参与这座剧场演出的时候起。第一天刚要开幕时，我到乐屋去。那天似乎是三社神灵的祭祀日。荣子等我走进楼上舞女之家，就把包好的蒸饭连着竹箬儿摊开在我面前，并说道："这是我家母亲叫我送给先生的。"

彩排已在前一天晚上结束，她大概早就知道我第一天会来的吧，这位母亲不仅是为了报答平素照顾女儿的人，也许出于历来的习惯，想使外来的人分享一下祭祀的胜景和喜悦。这表现了下町人的气质。我平时不管对什么，最易为时代和人情的变迁而引起感动，这位母亲的厚意使我觉得无可名状的喜悦。用竹箬儿分开包装的糖煮莲藕和干鱿鱼丝，因放糖过多而有些甜腻，却也似乎考虑到生长在下町的我的口味，这就更使我感到高兴。我能在学习爵士舞的舞女之家，品尝到三社祭的蒸饭，在那之前连做梦都没有想到。

舞女荣子和大道具老板一家住在一条后街上，去那里要从拥挤着繁华的商店、昼夜放着流行歌唱片、喧闹不休的千束町径直向北走，在横街的顶头，可以看见吉原游廓的房舍和灯光。一天晚上，彩排到深夜，回去时我感到有些饿，便向荣子打听哪里有夜间营业的餐馆。荣子便邀集住在附近的两三个舞伴，陪我到稻本尾对面小巷里的"紫堇"茶泡饭店。从水道尾方向走进静寂的廓里，拐向角町前越过仲之町的时候，从"引手茶屋[1]"走出两个艺妓，同我们交肩而过。其中一人和舞女荣子互相看了看，轻轻用眼睛打了招呼就走过去了。看起来两个人似乎都有些难为情，想搭话又不便开

---

1 为妓女和嫖客牵线搭桥的茶馆。

口。走到角町的拐弯处，我问那艺妓是谁，荣子回答说是富士前小学的同学，某某"引手茶屋"的姑娘。荣子说话之中，总把艺妓说成艺妓姐儿，看来，艺妓姐儿比起自己舞女的地位要高一些。我由此得知，荣子生长在游廓附近的陋巷，而且廓内的女子受到周围人的某种尊敬。这种江户时代留下的古老传统，到了昭和十三四年依然没有消泯。这确实是意外的发见。得逢一个几乎不可思议的事实。但是这个传统也只是在三月九日夜留下些纪念，至今早已全然湮灭了。

〇

这天晚上于吉原的深夜所闻所见的事情中，至今也有不少不能忘却的。

"紫堇"店"土间"的左右都铺着榻榻米，坐下来不动就可以吃喝。荣子她们连连吃了几碗汤团、杂烩和面条。这当儿，挂着暖帘的入口处走进一位客人，坐下来就点酒菜。这是个高大的汉子，五十多岁，头剃得精光，碎花纹的外褂套着碎花纹的窄袖便服，下摆向上翻卷着。下身是藏青色的夹裤，脚上穿着白布袜子和皮底木屐。领口敞开着，里头穿着贴身的和服，鼓鼓囊囊的怀里露出一角钱包来。这副穿着打扮自明治末期以来已经见不到了。仲之町的艺人们中间没有我所认识的人，看样子也许是当地著名豪绅家的保镖。

　　这个汉子一副轻松的样子，漫不经心地看了看舞女们的打扮和吃相，一个人静静地自斟自酌。他看到舞女的洋装和化妆，没有表现出特别的厌恶，似乎反而感到一种兴趣，如同老年的我平时所感到的那种兴趣。他每每和我照面时，都好像强忍着不露出微笑。细想想，这个保镖也许和我一样，心中隐藏着都市中人人都有的对于时世风俗的变迁所怀抱的好奇与哀愁吧？

　　暖帘外面的妓馆，大门上的灯光已经熄灭。嫖客和女子的声音随同过往客人的脚步一同消失。廓中一片沉静，听不到汽车的响动。先不说妓女们闭店送客后的寂静多么难得，附近的横街上又有艺人开始说唱"新内派"的大鼓书了。这种长年累月听惯的曲艺又超越时代将周围一切拉回往昔的世界。剃着光头穿着长裤的保镖的态度看上去似乎颇得其中奥妙。对于晏如于旧习的人们，我不能不感到一种轻微的羡慕和妒忌。

三月九日的大火也许使这位古风的光头长者连同游廓一同化为灰烬了吧？

当晚和荣子一起在"紫堇"店用餐的舞女，听说一个不久离开浅草去了名古屋，一个去了札幌。我还听说荣子后来做了一个相声师的妻子，已经不住在廓外的横街上了。我衷心祝贺荣子没有和她的父母一同到那个世界而是留在了人间。

除了大道具的老板之外，在浅草时我和作曲家S氏创作的歌剧《葛饰情话》上演之际，那位弹钢琴的人听说也死了。据传是因为他的家住在由公园通向田原町的一条狭窄横街上的缘故。专门制作香荷包和花环供观众献给自己喜爱的艺人们的花匠师傅住在入谷，这个人也死于三月九日夜。起初他和妻子女儿一同跑到大街上，心想家里房子被烧还有一段时间，就想回去将剩下的行李多拿些出来，谁知一去不复返了。

浅草公园何时才能回到昔日的繁华？观音堂要恢复到一立斋广重的《名所绘》所表现的旧观，这一天恐怕不会到来了。

昭和十二年，当我和歌剧馆、常盘座的人们已经混熟的时候，知道地震前公园和凌云阁样子的人已经屈指可数了。对于昭和现世的人来说，大正时代的公园已经被遗忘了。当时在歌剧院的舞台上受到观众喝彩的大多数人都是地震后来到东京并获取成功的地方上的人。但是，这个时代到了今天也忽而成为往昔。在和平恢复的今后的时代，作为模仿爵士的名手而受欢迎的明星们，竟是那些未曾见过朱漆观音堂的人们，时代如流水一般不间断变化着。人在生命尚未终结之时就已经被遗忘。想到这里，方觉生也是件寂寞的事，它和死实在没有什么两样。

○

很长一段时间里，歌剧馆的乐屋口有一位看澡堂的老爷子，三月九日夜是死了还是平安无事？后来大家谈起昔日的娱乐街来，谁也没提这个看澡堂的老人。他的存在早已在他活的时候就被人们忽略了。

当时听舞女们说，他有家，也有老婆。他家位于马道边，把二楼借住给人家，以充房租。妻子还不像老太婆，是个挺白净的小个子女人，在上野广小路一家电影院当传达。老爷子总喜欢用毛巾在脑后扎成个卷儿，是秃头还是白发，乐屋中没人知晓。腰也不弯，手脚瘦长，戴着眼镜的脸上多皱而凹陷，看上去有六十多岁了。不论冬夏，都只穿着衬衫和裤子。

他究竟因为什么而落魄，当然没人知道也没人打听。看他那副不俗的面相，不像是流氓或闲汉，说不定是个非常刚强的生意人。

歌剧馆的澡堂就在乐屋口近旁，出入乐屋口的人们总是站着聊天。到其他剧团去的人，或从地方演出归来的人，唤出馆内的人来，倚着门口的板壁说话。天黑了，就从舞台上搬出椅子，不分昼夜交替地坐着，谈笑风生。但是老爷子很少夹在里头凑热闹。年轻人坐在椅子上和舞女打情骂俏，老爷子也许司空见惯，他并不感兴趣，也不转脸瞧一眼。

天一变冷，老爷子就蜷缩在木屐架背后的通道旁，把火盆骑在腿裆里打瞌睡。进进出出的人们，谁也不向他看一眼。

有一年花开时节，我曾看见老爷子不知打哪里拿来细竹，仔细削成篾子制作鸟笼。时常看见街上的理发师在水盆里养金鱼，扎灯匠制作箱内风景置于店头，这位老爷子似乎也有这样的兴趣。从他的口音和打扮上可以知道这老爷子在下町长大，不过我从未见过他的笑脸。人一落魄，于穷困中一年年老大，抑或连笑都要忘掉了。

战争拖久了，煤气和焦炭也没有了。乐屋的澡堂变得没有用了。老爷子看来不久就被解雇了，从乐屋口消失了那淡薄的身影。大扫除依然是那把破扫帚，扫地的换了个生面孔的老婆子。

○

战后第二个秋天忽然要过去了。去年的秋天是在冈山西郊迎来的，在热海送走。今年我在下总葛饰的田园，每日倾听着剧烈的风声，惊叹光阴的易逝。在冈山时本以为时间很长，但实际上不满百日。热海的小阳春气候犹如白昼明朗的梦境。

一旦失去家孤身漂流四方，旅途上的风景就深深在心中播下了回忆的种子。当离开一个地方时，我总感到生离死别般的悲哀，怀着一定再回来的期待又远去他方。这种期待的实现只能靠偶然的机会了。

八幡町的梨园内梨子被摘光了，太阳穿透葡萄架明晃晃地照着。玉米的秆子倒伏了，一望到底的稻田也软塌塌地发黄了。什么时候我能听到妙林寺的松山上响起鹞鹰的鸣叫呢？现在备中总社街上的居民们到后山采松菇，一定会嗟叹秋季晴天的短暂吧？流过三门町的渠水洗起东西来也一定变冷了吧？

企盼的心情经年累月酿造着乡愁般的哀愁。没有比乡愁更美好的情绪了。我之所以长时期没有忘掉巴黎的天空，也是出自这种情绪吧？

巴黎虽然再度遭受兵乱，依旧安然无恙。到了春天，丁香花照样散出馥郁的香气吧？然而我们的东京，我所出生的孤岛般的都市，全部毁灭化做灰烬了。乡愁是指思慕现存的事物的一种情韵，那种对于不可再见的事物的相思之情又该称做什么好呢？

昭和廿一年十月草

雨 声 会 记

陶庵老公[1]本年于旧柳桥常盘酒楼复又召集雨声会。时值季春四月十九日。我亦被召得忝列末席之殊荣。

当夜,小波先生作席上吟,当时雨声会已有十年历史了:

听雨话今昔,春宵月朦胧。

另有桂月先生作《七绝》,起句为"十载重登旧酒楼"。雨声会初由陶庵老公于骏河台馆第召集成立,至今已十度星霜。

岁月匆匆实乃惊人。十年俗称"一昔"。

我亦有诸多感慨。十年前，我还是一介书生。当时得知能和一代文豪同席，亲谒天下之宰相，该何等荣耀。我过去生涯中意想不到的事有三：其一，游学西洋，做了五年银行职员；其二，当了七年学校教师；其三，被选为雨声会的宾客。

雨声会本为风流文士诗酒之燕集。然世人屡以此比法国之翰林院。其缘由是：宾客中每有人故去，则邀新来文人以补其缺。川上眉山多年瘦于诗，悲于酒，遂自刃而死。我则被选袭其席位。这已是五年前的事了。

以前，我从未在贵人面前出头露面。游美时，曾拜见过日俄媾和全权大使高平公，但未亲聆其謦欬。五年前拜谒陶庵老公，所谓"野人不知礼"，只是汗流浃背。金卮玉鲙之佳肴，入书生之黄口亦不能辨其味。眼观柳腰兰脸之

---

1 西园寺公望（1849—1940），政治家，生于京都。明治维新时任官军总督。1903 年任政友会总裁。1906 年和 1911 年曾两度组阁出任日本国内阁总理大臣。

美女，惊魂未定；耳听青唱翠歌之音声，战战兢兢。今年再临绮筵，我心恐惧之状无异于当初。

然归来窃思当夜之事，老公之所以屡屡召集雨声会，邀饮卑贱卖文之徒，其意在于接近与平生自身周围之士全然不同之别样人物，聊以忘却平素之心劳。尝有文部省官吏，召集小说家兴办文艺委员会，给作家发奖金，弄得社会沸沸扬扬；又有内务省官吏，召集佛徒教徒，议论普渡众生之事。与此种诡计完全不同，老公之意唯欲得浮世半日之闲也。

当晚，老公对花袋、小波两先生笑道：久望探访某处之胜景，但一直未能实现。盖屡过此地，欲停车亲临其山容水姿，而郡村政治家群集而来，争谏道路改良、桥梁更替与租税之高下，故未能作一度之滞留。老公独爱京都，皆因未曾有来客骚然其门前之故。

今日之文人，今日之政治家，还有今日之画伯，相比而言，其人品之高下，胸襟之清俗相差几何？此非我等不谙世事少年之辈所能识别。然陶庵公欲得一夕之清兴而独遇文人甚厚，则不能不深得文人之感佩矣！

我乃席上最年少之后辈。于盛筵之上，黄吻书生不知用何种言辞表述感谢之意，何况赋诗以歌颂此种佳期之会。故聊记当夜之盛，仅作自家之纪念。

大正五丙辰暮春记

草 帚

白日闭门，独扫闲庭飞花落叶时的心情最使我伤怀。自古云：拂忧莫如酒。而酒有时亦不能成醉，醉亦有醒后之悲。或曰：诗歌可以如酒一般忘忧。然而以笔砚为渡世之生计，终不脱市气俗念，作践自身，苦痛非常，徒增悔愧。我本没什么特别的愤恨和悲伤，故而远背人世。如今只愿一切无所见，一切无所闻。如此无聊之极，打扫打扫邻家飞花我家落叶，茫然送走岁月。

飞花不限于春天，落叶亦岂独秋天才有？山茶花落时，冬日渐寒，八角金盘花落似雪非雪。栀子和落霜红的果实渐渐变红。梅樱桃李之景已成昨日。花墙上水晶花盛开如堆雪。藤架荫里紫色的落英缤纷而下。小麻雀已经离巢。周围一派夏日景象。五月松花在闲庭的苍苔撒上一层金沙。七月的石榴花于绿荫丛中铺上一块红地毯。

从新树的绿叶如潮水般涌出时起，就有落叶堆在庭院的角落里扫也扫不尽。这是去年经受一冬天霜打的椎树、栎树、罗汉松、扇骨木等常绿树的老叶，在新芽长出时没等风吹便自动飘散下来。春将尽而雨水多，世上相传有流行感冒。单层小袖耐不住薄寒的夕暮，常青树的落叶打在窗纸上噼噼啪啪响，此时的心情与秋末冬初的时雨之夕无异，便不由想起诸多往事来。

扇骨木的老叶凋落时如秋枫一般红艳，交杂于青叶之中，如花朵般耀目争辉，别具一番风情。竹叶的零落至酷暑时愈剧烈。栎、椎的老叶渐近秋日犹飘零不止。不知不觉立秋来临，芭蕉叶破，桐叶凋落。

不知谁说过，桐叶落而知秋。其实，比桐树更早凋落的是梅、樱的叶子。桐中的碧梧十月半叶子发黄犹留存枝头，此景并不少见。

柳树和梧叶、荷叶、芭蕉一样本来不太耐秋，然而初冬十一月山茶花将开放时，见御堀之柳其青叶尚未尽脱。赵瓯北咏《初冬柳色》诗："古语由来未可听，争传弱柳望秋零，谁知霜露凋伤候，万木丹黄此尚青。"

年中之胜景当推首夏之新树或晚秋之黄叶。在这两个时节里，夕阳最美，或浸染于密叶之间望之如彩缎，或映照于黄叶之上观之赛锦绣。然而新绿似花须臾而过，此种软绿不长，待梅雨放晴、阳光渐强之时，绿色亦渐浓黑，遂沐于盛夏的尘埃中。不久，朝夕寒气砭肤，风打枝梢骚然有声，叶子边缘变得薄黄，次第波及日阴处的小枝。木叶色变，萧萧而落。在我等不知不觉间，日日夜夜的思绪，无朝无夕的忧苦萦绕心头之时，唯有见到树叶渐渐改变其颜色，无论对花对叶越发有一种难言的惆怅。

去年由秋到冬，我在空无一人的庭院中独自扫除绿叶，仔细观察树梢渐次改变颜色，无聊之余记于日记之上。由春到夏，嫩芽青叶的绿意由群树的枝头涌出，浓淡强弱各不相同，若以西洋音乐相比，我想命之为"绿色管弦乐"。用憔悴的诗情难以表达的"黄叶管弦乐"，从十月起便奏响了它的序曲。

梅、樱于盛夏之时便早早有病叶变黄而脱落，此事甚多不可胜数。至秋分，残暑今已全然消退之夕，碧梧、橡、槐、皂荚的叶子皆泛黄。我庭中有一树木兰。木兰人爱其花，黄叶亦使人难以舍弃。到了十月，栎树的高梢有百舌鸟鸣叫之时，大如柏树叶的木兰树叶淡淡微黄。阴霾的昏暮或黑夜将临之际，浮现着青白的树影，其状凄然可哀。到了十一月冬日渐渐迫近，淡黄的叶色次第变成灰褐色，早早离开了枝头。

胡枝子不但其花，我亦爱其渐枯的叶。十

月半，胡枝子的叶子开始变黄，同时散谢，至十一月半不留一叶。凋落诚然甚早。与此相比，秋草之中叶鸡冠至十一月半菊花盛开之时虽老衰依然挺立，可以此比浔阳江头手抱琵琶啜泣的老妓之心。

藤架上的藤叶变得浅黄也别有情趣。蜡梅的黄叶在黄昏的微光中更加深受人们怜爱。皂荚的细叶与落花无异。朴树的落叶漫然如驿路铃声，令人想起古道黄昏。这些皆为十一月的光景。这月里，柿叶红了，茑萝也红了。

应该说，枫叶和菊花共同形成可爱的秋天。公孙树的黄叶创造了十一月初冬的美景。这里再看看石榴的黄叶吧，其美丽并不亚于公孙树。石榴叶细如柳叶，经晚风一吹，纷纷然如雨洒落，遍地金黄。短日黄昏，常绿树下及早变得幽暗一片，唯有石榴叶飘落之处依然长时间不见昏暮，疑为月光照耀。石榴叶落入池水之中，遮盖着腐败的水藻，分不清哪是水哪是岸，同败荷残柳一道，为萧条的池畔增添一层荒寂的幽趣。

枫叶为摇落的草木殿后。菊花凋尽，蜡梅
蓓蕾点点可数之时，于常绿树荫下躲避着朔
风，十二月仍可见枫叶独立枝头。到了冬至，
所有树木的叶子脱光之时，菊花早已在残株上
生出新绿的芽。水仙的叶子也长出了三四寸，
等待着春风。园居年年景物相同，只要兴味常
新，草木亦可为人带来幸福，可谓胜似黄金与
爱情。如此这般，我也早早开始老去。

大正六丁巳初夏稿

骤　雨

　　和白鱼、都鸟、火灾、吵架，还有富士、筑波的风景一样，骤雨也是东京名物之一。

　　浮世绘画骤雨者甚多，皆能描出市井特色，津津有趣。其中有锹形惠斋作《祭礼图》，画着一群青年遇骤雨将花车舍于路上，看热闹的男女一派豕突狼奔之状。此为余所见骤雨图中之冠。其次当数国芳所绘御厩川岸雨中之景。

　　狂言稗史的作者经常描写男女相遇因骤雨而结百年之好。清元净琉璃有"阵雨之中结良缘，电闪雷鸣情更深"之句。此剧名亦称《骤雨》，这是众所周知的事。我知道《常磐津》

净瑠璃中有二代目治助所作，描写有人抓住一棵盆树躲雨的故事。可惜我未曾听过这个曲子。

有一年，僦居于浅草代地的河岸，由筑地乘电车去茅场町，赤日炎炎之下，不久俄而骤雨袭来。过人形町至两国桥，大川河面，望湖楼下，水天一色。我像平时一样穿着木屐，但没有带伞，无法走到柳桥渡口，只好坐在电车里躲雨。从浅草桥到须田町，街上电闪雷鸣，风雨交加，乾坤一片黯淡。登上九段至半藏门，天空始晴。彩虹悬于中天，宫沟之垂杨绿碧如油。东京难居，之所以觉得这里正好，因为偶尔可以接触一些佳景。

巴黎的盛夏没有骤雨，晚春五月之顷，丽都儿女竞豪奢，赴野外赛马，骤雨袭来，红围粉阵，更添一层杂沓。我记得此情此景被左拉巧妙地写进小说《娜娜》之中。

纽约也很少有骤雨。盛夏的一夕，我在哈得孙河岸的绿荫里散步，曾在渡船中躲过骤雨。

汉土咏白雨之诗，其脍炙人口者当数东坡《望湖楼醉书》、唐韩偓《夏夜雨》、清吴锡麒《澄怀园消夏杂诗》等多种。足可知彼我风土之光景何其相似。

我断肠亭奴仆次第离去，而园丁少来。庭树繁茂遮蔽房檐，苔藓上阶，荒草没墙。年年鸟雀昆虫多，越发令人生畏。骤雨袭来时，凭窗远眺，平素不怕人的小鸟一起逃往林间，惶惑之状令人兴起。刚刚出飞不久的小麻雀和蝉儿有时迷路慌乱地飞进屋来。此乃慰我无聊之一快事也。

大正七年八月

立 秋 所 见

留意一看，西边的太阳钻进房檐，越发西斜了。天骤然黑了下来。

正午炎暑和昨日本没有什么两样，吹来的风却蓄着一股奇怪的力量，拍打着挂有立轴的壁龛的墙壁，吹飞了烟盘里的烟灰，刮掉了桌子上的瓶花。拂动庭树的音响，宛若流水从高处奔泻而下。

天空的云彩团团涌出，崩腾，飞动，显出异样的形状。天色从云间里看，清澄无比。

口渴之感觉更甚于夏天。浸着汗水的肌肤经风一吹，满心地寒凉难耐。

蚂蚁频频爬到走廊上来。麻雀飞到庭中的

脚踏石上争啄肥胖得怕人的虫子。

新竹渐渐长高，竹箨儿被风打落。梅、樱的枯叶已经在夕风里飘散。常青树的老叶也已泛黄。

蚯蚓鸣叫着。观看蝶舞更甚于春夏。

夜夜飞蛾扑灯，妨碍读书。

始惊夜长。

打开窗户，天空高远，群星灿然。是为立秋后所见。

大正七年八月

五　月

　　五月是难忘的一个月。

　　强烈明丽的初夏之光里，昨日的春景去意
彷徨，留下悲伤的余韵。

　　山手近郊的市街上，墙根下满生着野桔子
漂亮的嫩叶，丛丛簇簇。不久将建造公寓的空
地上，萋萋的杂草繁衍于各个角落。如今在这
些地方又蓦然看见开放的八重樱和桃花正在消
退着残红，怎不叫人深感无比的怜惜。

　　树木稀少的下町，各种精工织造的花色鲜
艳的春装，给往来的女人的身姿增添新的风
情。还有，山手的住宅区和皇宫河畔，繁茂的
柳荫，润绿的枫叶，鲜美的青草地，随处都使

人对初夏的城市产生初见般的情思。

　　早晨，轻笼市街的水雾尚未散晴的当儿，我撩开写有"打折"、"满员"等字样的红色广告，伫立外壕城门遗址等待急驰而过的电车，这时，看到松影掩映的水面上，有几条大鲤鱼抬头戏水，扭动着身子，将鱼尾在空中高高一闪。不久，日光更加辉煌，青草长势繁茂，像等待着刈割的镰刀。土堤的斜面更加美丽，上面的树影无比浓密，清晰，令人赏心悦目。我感到这青草上描画的树木的浓荫，最能敏锐地体现夏的情怀。

　　自然界到了五月变得焕然一新。但是今年的新五月和去年前年都是一样的。明年和后年也将一样。只是沉迷于春逝的甘美和倦怠中的我们的心灵变得更具新鲜感罢了。

　　我嫉妒自然。自然实在是幸福的艺术家。我在题为《欢乐》的小说末段写道："自然永远不老地安慰着诗人，而诗人的生命每逢春天就要衰老一次。自然永远重复着同一个春天。

然而，诗却和时代共同前进，它决不喜欢重复昨日的老调……"

莫泊桑在其纪行文中这样写道：自古以来，在艺术的原野上盛开的花儿被采光了。艺术家甚至希望尽力扩大人的官能和灵魂。但是，在人的知识里，有被称作五官而只开辟一半的五个门栓。委身于新艺术的人，急着竭尽全力想拔开这五个门栓。人如果除了五官之外还有众多的感觉，我们的知识和感情的天地将会产生多样的变化。……

新的五月啊，对于我来说，再没有比现在更能体味出"新"这个词儿所蕴含的一种难言的不安和讽刺意味了。

明治四十三年五月

欧美心影

◘

林　　间

　　到过芝加哥、纽约等喧嚣的美国北部城市的游客，再去访问南方的首都华盛顿，一定会为那公园般遍布全城的美丽的枫林和随处可见的众多的黑人而感到惊奇吧。

　　我也在这块新大陆上徘徊，某年秋，来到这座首都已经两周了。先去看了总统官邸白宫。国会和各个政府机关大楼，市内可看的大体看完了，接着又到遥远的波特马克河上游宾努山中，凭吊了华盛顿墓。眼下正在郊外各处探寻异乡酣畅的秋色。其中尤其难忘的是马里兰牧场上的夕暮。

　　日落后半个多小时，燃烧的晚霞渐次稀

薄，只在天空飘浮的白云边上留下一抹蔷薇色
的光影。生长着茂草的广袤的原野形成一道狭
长的蓝色的雾海。远方地平线的尽头，分不清
哪是天空哪是地面。与此相反，远远近近的农
家雪白的墙壁，四五个女人在野外结伴追赶牛
群的洁白的裙裾，还有那缀满黄叶的树梢，不
知名字的花草，在光线的作用之下，随着四周
冥冥薄暮逐渐加浓，这些景物中的白色更加鲜
明地突现出来。凝神望去，仿佛逐渐向自己所
在的地方神奇地移动着。

　　这是怎样的幻影啊！这样的景象，不单是
眼睛，而且从心底里自然诱发出一种难以形容
的快感。我摘下头上的帽子晃动着，一心一意
招呼那飘浮的色彩，直到周围一片黑暗。——
这是怎样的幻影啊！

　　第二天，我依然陶醉在夕暮的美梦之中。
估摸着日落的时间，这回想到波特马克河对
岸——那里已属弗吉尼亚州——的森林里去。
我渡过郊外山崖下边的一座铁桥。桥头有一个

木造的小电车站，背后紧挨着隐天蔽日的密林。这里是电车的始发站，开往不远处的阿里顿大公共墓地、练兵场、军营和将校军官住宅区。现在等车的人大都是穿灰褐制服的合众国士兵、在军官家中帮佣的黑人婢女，也有到华盛顿城内购物归来的白人老太太。

我一看到陆军士兵或水兵的姿影，胸中便被一种沉重的感情压抑着。他们虽然有强健的身体，年轻的心中藏着七情六欲，但却一直被军纪军律压迫着。这种肉体的苦闷映现在被日光灼晒的脸孔和布满血丝的眼睛里，看起来既可怕又可怜。他们在等电车的当儿，三三两两倚在铁桥栏杆上，有的醉意朦胧，有的吐着香烟沫子，脚步响亮地在桥上散步，还有的依恋地眺望河对岸华盛顿的上空，也许在回味下午来访的女人吧。

我也和士兵一样身子倚着桥栏杆眺望四方。这时，即将沉沦的夕阳像把大半个天空烤焦了，将锐利的光芒直接投射向华盛顿城。波特马克河畔公园里的树梢上一派金黄，仿佛张挂起一幅浓艳的土耳其织的大帷幕。公园上方，雄伟地耸峙着五百五十五英尺的大理石的华盛顿纪念碑，从侧面望去，就像一根高高的火柱。不远处国会大厦的圆顶，以及远近各处耸立的各政府机关的白色建筑被一律染成了红色。城内高大饭店的每一个窗口，全都像霓虹灯一般闪耀着五彩的光芒。

一幅多么明丽的大全景画！我的身子飘然屹立于秋风之中，心想，这里就是统辖西半球大陆的第一首都吗？在夕阳的光辉里，隔着河水远眺，人类、人道、国家、政权、野心、名望、历史等各色各样抽象的概念，像夏日里团团云朵在我心头来来往往。这时的我，不想向人说些什么，只觉得像在追逐漠漠无边的巨大影像，同时又感到被一种强大的尊严所慑服。

过一会儿，我回过头来，再次环顾四周，这时，先前在桥上散步的士兵和女人们，已经乘上开过来的电车，接着又聚集两三个等待下一班车的新来的旅客。

我沿着铁路走了一两百米远，随后钻进路两旁茂密的树林。

这林子主要是檞树和枫树。这个国家的枫树常常经不住夜露的洗礼，不等叶子变黄，就脆弱地散落下来。羊肠小道上随处盖满了硕大的落叶。然而，檞树林眼下正迎来红叶的盛时。夕阳的光芒射入繁密的树丛，照亮了一片片树叶，仿佛倾注着金色的雨点。渐近昏暮的秋阳的光芒，渐次移动着脚步，眼看着对面明亮的树梢罩上了阴影，而眼前阴影中的树梢又一下子变得一片光明。于是，明亮的树林里，归巢的鸟儿啁啾不止；而阴暗的树林里传来了小松鼠凄厉的鸣声。

我无意之中侧耳倾听，继续信步前行。这时从前边不远的树荫处，我听到了既非小鸟也非松鼠的叫声。——一个女人在啜泣。

我吃惊地站住了，不一会儿，从落叶中辨认出两个人影。一个穿褐色制服的士兵和一个十分年轻、有一半白人血缘的黑人姑娘。那姑娘蹲在士兵的脚边像祈祷一般双手抱在胸前。

士兵和姑娘——说到这里，下面的事就不难想象了。

"实在求你了……"姑娘的声音从那交抱的胸中发出来。

"你又来了。"士兵吐掉嘴里的香烟沫子，厌恶地转过脸去，一副马上就要离开的样子。

女人俯下身子拽住士兵的手："看样子你想说出和我分手的话吧？"

"什么分手，我没有求你和我分手。我是自己决定断绝和你的关系。"

士兵厌恶而又自豪地说。他是个气派的白人，而她却是一个从前当奴隶的黑人的女儿。他听女子说"分手"这个词儿，似乎十分不快。

女子没有回答，俯在男人的手上一个劲儿啜泣。士兵看了一会儿，忽然想起什么，说：

"你想想看，啊，玛莎！"他叫着姑娘的名字，"当初不是说好的吗？我们做个好朋友。

今年春天，我去 M 大校家当差，夜里到后院和你幽会……那时我喝醉了……哈哈哈，那种事有何了不起。第二天你主动约我在某时某地相见，就这样，我尽量和你相会了……"他把话打住了。

女子哭得越发起劲。

"如今再怎么说也不成了。我早说过，事情总是有始有终，四时气候还会变呢。"

我不忍心再偷听这出残酷可恶的活剧。这时，最后的日光变得一片血红，照射着我的脚下。我担心被人发现，便急匆匆头也不回地离开了那里。

比起恋爱这种事儿，不用说我更多考虑的是这个国家长期存在的黑白人种的差别问题。黑人为什么应该受到白人的欺侮和厌弃呢？是因为其容貌又丑又黑吗？单单因为他们五十年前做过奴隶吗？在人种这个问题上，只要不组成一个政治团体就免不了要遭迫害吗？国家和军队的存在是永远必要的吗？……

我钻出树林来到原先的桥畔。夕阳完全沉没了，只在空中染上一层薄薄的红色。河对岸华盛顿城内，公园里的树荫和高层建筑的窗口都亮起了电灯。我再次斜倚栏杆，眺望着暮色苍茫的街市。

桥面上依然有几个等电车的士兵在散步，他们高声说笑，嘴里吹着口哨。喧闹之中我回头一看，那个刚才在树林中把黑人姑娘逼哭的士兵正巧也回来了。他正站在我的身边和穿着同样制服的伙伴谈论什么。

"怎么样，找个可意的女人没有?"问话的正是那个士兵。

"不行，今天很倒霉。"同伴回答。

"怎么，赌博输了?"

"赌博倒好说，到常去的那个 C 街，钱包都给敲光了。"

"哈哈哈，不花钱就搞不到女人? 你真没用!"他吐掉香烟沫子，"怎么样，你这么对女人没办法，我给你弄个年轻的好吗?"

"嗯，这倒是好事。"

"不过有个条件，你要是答应……"

"怎么都行，不花钱哪有这么便宜的事。"

"这就好，"他点点头，"我说的条件不是别的，她是黑人姑娘，长相不错……"。

"那有什么关系，对这个我不打怵。"

"佩服佩服，这才像个当兵的样子。那姑娘不是别人，从前我到 M 大校家当差结识的，还那么嫩就喜欢上男人。我说几句好话，她就上钩了。"

"是吗？不过太热情以后要惹麻烦的。"

"这我知道。这姑娘很喜欢男人，爱同男人耍。你要是玩够了，玩腻了，送给谁都行。只要你向第三者一推，就可以一走了之。只要有人要，那姑娘一沾上保准围着你的屁股转。谈不上满意不满意，只要是男人，她都喜欢。这样的妞儿到哪去找？"

这时，电车从对过林荫深处隆隆地开来了。

"到车上再谈吧。"

"好的。"

两个士兵用口哨吹着一首民歌——I'm Yankee doodle sweet heart，I'm Yankee doodle joy[1]——向车站跑去。

森林、树木和河水渐渐黯淡了。桥下河堤旁停泊的小船和钓鱼舟亮起了红色的灯光。华盛顿的灯火和天上的星星看上去那样光辉灿烂。我独自一人渡过了铁桥往回走，脑子里乱糟糟的，似乎在考虑一些难以言传的重大问题。

明治三十九年十一月

---

1 大意是："我是美国佬，有颗甜蜜的心。我是美国佬，心情很快活。"

落　　叶

　　美国的树叶最经不住秋天了。九月的午后炎热难耐，人们还在谈论夏天是否过去，夜间一场重霜，槲、榆、菩提树，尤其是枫树那像碧梧般硕大的叶子，仍像夏天一样颜色没有改变，也没有刮风，但却一片片沉重而懒散地纷纷飘落下来了。

　　当我看到周围一派秋色，看到在朝夕砭人肌肤的风里，枯黄的雨一般飘飞的落叶，我是如何深深陷入悲哀之中啊！我仿佛看到早熟的天才的灭亡。

　　夕暮里，我独自一人坐在塞特拉公园水池边的长椅上，同星期日的杂沓情景相比，这个寻常的日子十分安静。尤其现在，在这个时间的概念很强的国度里，家家都在吃晚饭。马车、汽车不用说了，连散步者的踏音也没有了，只能听到高高树梢传来松鼠最后觅食的叫声。灰色的阴霾的天空，梦一般渐渐沉浸在浓重的暮色里，半夜也许会下雨吧？湖一般宽阔的池面闪耀着铅黑的光辉。岸上蓊郁的树林渐渐变得朦朦胧胧，里面闪现出昏黄的煤气灯光。

不断地从周围高大的榆树梢头，飘落下来或三四枚一团、或五六枚一团的细小的树叶。仔细一听，仿佛能听到树叶和树叶相互摩擦的响声。这是树叶们共同走向灭亡前的切切私语吧？

有的落在我的帽子、肩头和膝盖上。有的没有风的引诱，却远远飞落到水面上，远远地，远远地流走了。

我在椅背上双手支颐，陷入了深思。忽然想起诗人魏尔伦的《秋之歌》：

秋的琴弦在呜咽，

忧郁的响声震动着我的心。

钟声响了，

我面色苍白，呼吸沉重，

想起往昔怆然泪下，

被轻薄的风儿载着，

我是彷徨不定的落叶。

　　将人比作落叶，这样的例子并不新鲜，但却是一种深切的情思。联想眼下，人在旅途………啊，我曾经多少次看到被异乡的土地埋葬的落叶啊！

　　登陆那年，在太平洋沿岸送走了秋天，第二年在密苏里平原，在密执安湖畔，在华盛顿街头……在纽约已经是第二次看到落叶了。去年刚刚看到这座城市的落叶的时候，我是多么骄傲、得意和幸福啊！我看完新大陆各地不同的社会和不同的自然，接着还要观察这个世界第二大城市的生活。我盲目地相信着自己，每个星期日都到这个池畔眺望散步者的杂沓的身影。

不久，树叶落光了，寒风吹折了枝条，雪遮蔽了草地。——演艺界交往的时节到来了。

从莎士比亚、拉辛，到易卜生、苏德曼，我看过各种舞台，贪婪地吞食着世界古今各种艺术作品。我不仅为能全部体味瓦格纳的理想和威尔第的技术而自鸣得意，而且想早日成为日本未来社会新歌剧的奠基人。带着这种必备的心情，我听管弦乐，从古典音乐的纤细美丽之处，品咂出现代浪漫派的自由、热烈，进而赞美破天荒的施特劳斯的不协调和无形式。不仅如此，我还时常进入美术馆大门，评论罗丹的雕塑和莫奈的绘画。

我的桌子上堆满了剧目介绍、资料和剪报，还未来得及整理冬季就过去了。光秃秃的树梢又长出嫩芽，开满了花朵。穿着沉重外套的人又换上轻快的春装。我也和世人一样买了新衣新鞋新帽。美国是商业国家，流行形式比较庸俗。我一心想表现出自己不受美国实业主义的感化，冥思苦索想出一个办法：照着写过《爱之诗》的青年都德的肖像，或者干脆学习拜伦，每天早晨将头发拢紧，粗大的领饰上随便打个结子。

别人一定会讥笑我的愚执，但我自己决不认为愚执或狂妄。我记得易卜生去世时，在波士顿的一家报纸上看到报道：……易卜生满头银发，似乎从来都不梳理，故意散乱着，正在对着镜子欣赏胸前国王赠送的勋章。易卜生也有这个意想不到的弱点！

是真是假先不管它，好也罢歹也罢，一提起泰西的诗人，自己就崇拜得五体投地，激动之余只有模仿的份儿。我不修边幅，歪戴着帽子，一手拄着樱木拐杖，腋下夹着一本诗集或别的什么，对着镜子打量一番，这才出了大门，向着春天午后游人如织的公园走去。我照例在池畔转了一圈儿，然后来到排列着莎士比亚、斯各特和彭斯铜像的广阔的林荫大道,坐在长椅上,面对铜像悠然地抽着香烟。

这时,和暖的春阳照在身上,仿佛进入恍惚的梦境,感到自己也加入了不朽的诗圣们的行列。于是,嘴角的筋肉放松了,自然漾起了深深的笑靥;接着心中又感到一阵羞愧,悄然遥望四周,道路两旁一排排大树长出了美丽的嫩叶。树梢上面的蓝天一碧如洗,道路左右海洋般广阔的草地一派浓绿,令人神清气爽。不知打何处飘来阵阵馥郁的花香,沁人心脾。我想,自己一生也许再没有比此时更幸福的了。

不断有轻装的青年女子或驾马车或骑在马上从我眼前通过。我只觉得她们都是朝我这边眺望着微笑着走过去的。当我看到年轻中更加年轻、美丽中更加美丽的女人的笑脸,就无端幻想着幸福的恋情……

我用英文写作,读了我的书的女子慕名来访。我们一起谈人生,谈诗,终于说出了各自的秘密。不知何时我结婚了，在长岛或新泽西州海边的乡村建立了家庭，从纽约往来只需一两小时。这是一个小小的涂漆的村庄，周围有樱花和苹果园。穿过后面的森林就是广阔的牧场，从这里可以遥望大海。我于春或夏的午后，秋日的傍晚，冬天的白昼，横躺在窗前的长椅上读书。倦了，就昏昏沉沉地睡去。这时，从邻室缓缓传来优美的李斯特的奏鸣曲。我从妻子弹奏的钢琴曲里蓦然醒来……

夕暮的冷风吹到脸上，我又回到了长椅上现实中的自我。

沉迷在梦境里的春光又跨越了一个夏天……如今又是秋季，看到飘落的树叶，等于想起已经消失的令人怀恋的往昔。

树叶不久就要落光了。戏剧节和音乐节将伴随寒冷的北风一起到来。街头十字路口和停车场的墙壁将到处贴满剧场的广告和音乐家的肖像。然而，我还能和去年一样，作为一名肆无忌惮的幸福的艺坛观察者而存在吗？明年春天我还能再次陶醉于如烟的梦境之中吗？

梦境，醉意，幻想，是我们的生命。我们不断渴慕恋爱，梦想成功，然而并不期望这些都得到实现。我们只是追思一种可以实现的虚空的影像，沉醉于预期的想象之中。

波德莱尔说——醉，这是唯一的问题。人们若感受不到可怕的令人窒息的"时间"的重荷，那么，他只有毫不犹豫地沉醉下去。酒，诗，美德，什么都行。当他在宫殿的石阶上，在山谷间的草地上，或者在寂静的房间里，突然醒来回复了自我，那么他可以向着风、波浪、星星、鸟群，或者向钟表以及一切可以飞动、旋转、歌唱、说话的东西发问：现在是什么时候？风、波浪、星星、鸟群、钟表会这样回答：现在是应该沉醉的时候，酒、诗、美德，什么都行。如果你不愿做"时间"的痛苦的奴隶，你就应该无休止地沉醉下去。……

四周早已是黑夜。树林暗了，天空暗了，池水暗了。我仍然没有离开长椅，一直眺望着林子里在电灯照耀下频频飞散的树叶。

明治三十九年十月

罗讷河畔

　　我眺望着流经里昂市区的罗讷河水，将疲倦的身子投放在石堤下面碧草如茵的沙石滩上。

　　每天什么都没干，却也很累，身体和精神都非常疲惫。来到法国已两个多星期了，已不能说是旅途上的疲劳了……

　　闭着眼，倾听脚边急流冲刷小石子的声音，眼前浮现出各种往事：已经离别的美国的风景，清晰可见的女人的面影。啊，已逝的梦境，可恼的回忆，多么美丽动人的悲哀啊！

　　这悲戚，这回忆，对于眼下的自己最可缅怀，比起恋人本身更叫我念念不忘。为了寻找已逝的往昔，陶醉于无尽的悲悯的美梦之中，每天傍晚，我都来到河滩，坐在草地上。

四边很静。这里已是里昂的郊外，抬眼望去，头顶上高耸着砌成两段的石垣，像城墙一样坚固。上面是青青的林荫道，枫树的枝条垂挂下来。隔着翻卷的急流眺望对岸，那里有个叫做桑克莱尔的古老的小镇，从库洛瓦到卢斯，灰色的房屋重重叠叠，一直上升到山麓。尽头似乎是一大片果园或牧场。青青的山冈又高又远地绵延开去，一直连接着蓝天。河下游双眼可及之处，两岸镶嵌着碧绿的树木，到处可以看到寺院的圆塔。河上有好几座桥，桥面上车水马龙。

一望无垠的风景，如今都笼罩在蔷薇色的美丽的晚霞里，烟水空蒙，一派静谧，恍如梦境。没有一丝风，然而空气清冷爽净。眼见着一切都变得惝恍朦胧起来。房屋、树木，或远或近，反而显得更加鲜明。对岸远方的山冈上，小路历历可辨，河堤下边的小石子粒粒可数。然而，这种鲜明决非实存的东西，是双手摸不到的——我感到自己正在注视着映在明镜里的影像。

美国纬度高，所以飘荡着如此美丽的黄昏之光。盛夏，夕暮和黑夜非常短暂。但是眼下的法国，已是夏季早已逝去的八月，太阳七时落山，直到九时之前的两个小时里，天地渺渺，呈现了一派漠然迷茫的梦幻的世界。

爱情，欢乐，对于苟活在残酷现实中的我们是怎样的乐园啊！我到达里昂的第二天起，为了一日不漏地独自沉溺于回忆之中，一直如醉如痴地呆在这里。

我为何自告奋勇要到法国来呢？我能在这个国度逗留几年呢？总该回一趟日本吧？有没有机会再去美国呢？她为什么爱我？她会永远永远等我回去吗？这刻骨铭心的思恋！干脆作一次美国之行吧。

不，不，我又马上改变了主意。她和我都是人。随着年龄的增长，恋爱也有清醒的时候，美梦也有消失的时候。我独身一人在这遥远的异乡的天空下，思念着异乡的女子，疲倦，憔悴，悲戚。我的苦恼的心中埋藏着她的面影，永远是那么年轻，美丽。思恋着，思恋着，我真想再一次看见她，用手触摸她，伸开臂膀拥抱她。然而，云水迢遥，所思所想，无法实现，剩下的只有悲伤和哀怨！这不正是我爱情之花永不凋谢的不朽的生命吗？

圆满的爱情总能留住真诚而鲜活的梦。我只想为着这不圆满的爱而憔悴，死去。这要比无味地苟活于圆满的现实与绝望之中美丽得多幸福得多。我无论如何不能再去见她，我只想死于对那时爱情的满腔企盼和悲哀的眷念之中……

闭一阵眼睛，再看看四周。黄昏渐渐失去了蔷薇色的光泽，不知从何处增添来了一层淡蓝。对岸的小山和人家的屋顶，在背后的亮光映衬下，显现出奇妙而鲜明的轮廓来。与此同时，汹涌澎湃的河水，骤然漾起令人目眩的灿烂的光彩。在那里钓鱼的人影像雕像一样凝固不动。河堤上的林荫深处，点起了煤气灯。天光水色，呈现着星星点点苦涩悲戚的黄色。空气比以前更添一层静谧，只有永远如泣如诉的河水是那样悲伤那样沉滞地流淌。我仿佛从这种响声中听到了各种各样的歌唱、声音和私语。不是用耳朵听。今夜，天地就要进入大安息的瞬间，这是只有活跃的心脏才能听得出的无声的声音。我在这种时候确实听到了恋人们的私语。我凝望遥远的天际，侧耳倾听。

"那么，过了今晚就不能再见了吗?"突然响起了年轻女子的声音。

"是的，暂时……一年或两年。"一个男人的声音。他故意装得很平静。接着，女人的声音有些颤抖:

"一年或两年，那就不是什么'暂时'，其间我们也许一生都不能再见面了……。"

听到了啜泣声。男人的语调也激越起来。

"总不至于会那样吧。即使分别十年二十

年，只要心不变……"

"那么，要是心变了呢？……"

男子穷于回答了。突然，我感到心中像被冰冷的剑和锐利的针猛地戳了一下。抬头一看，石堤的栏杆上倚着一对青年男女，二十来岁。他们没有发现躺在下面河滩上的我。

我按着刺疼的心胸，"啊，变心啦。"——口中反复念叨着。我在心中起誓：自己到死都要在梦中记住那个离别的女人的面影。——只要心不变，印在心中的面影就不会消失。然而，又怎能断言，人的心靠什么永远不变呢？倘若，自己的心似云，似水，不知不觉变了，那么，曾一度心心相印的那个恋人的面影又会怎样呢？那面影总有一天也会消失吗？仿佛四周发现了小偷一般，我用双手再次捂住了胸脯。

堤上的年轻女子，一边哭一边诉说：——皮埃尔到巴黎后不久，就把思念他的人全忘掉了；杰克入伍到了非洲，跟一个阿拉伯女子好上了；那个念着路易兹的夏尔到意大利留学再也不回来了……。

　　啊，我不久也许要到意大利去，也许有机会看看西班牙。我想着我的不可预测的将来，我也有一颗软弱的不可靠的心。我把额头抵在冰凉的石垣上，哭了。四周早已是黑夜。

　　　　　　　　　　明治四十年八月于里昂

秋　巷

　　来到法国，我才知道法国的风土气候多么富有可感性啊！

　　与夏天的明丽华美相对照，秋天又是多么悲凉和寂寥！而且，这种悲凉和寂寥与其说感应于心底，毋宁说浸入了人的血肉，仿佛伸手可以触及。法国的诗、音乐和德国相比有根本不同，道理就在于此。产生缪塞的法国没有出现歌德。产生柏辽兹的法国没有出现瓦格纳。北欧森林的幽暗诉说着神秘，而南方优美的法国自然所带来的悲哀包蕴着难以形容的美。人们与其说由这种悲哀而想起什么或感悟到什么，毋宁说是沉醉于这种悲哀之美中而神思恍惚。

在星月交辉的夏日夜晚散步，在露清草香的夏天早晨徜徉。这当儿，不知何时，朝夕的风儿渐渐浸入肌肤，那午后几乎要把人烤焦的明亮而干热的阳光，不知不觉自然变得薄弱了，有时看起来甚至像昏黄的灯光。我想起拉马丁的一首诗：

> 万象渐渐消失的秋日，
> 朦胧的光芒多么美丽！
> 这正像同朋友挥手告别；
> 又好似永远闭上的唇边，
> 露出了临终的笑意。

盛夏时节，到了八九点钟才会出现蔷薇色的黄昏，天地沉醉于一派混沌之中。如今，我倾听每个寺院晚祷的钟声，秋天那无精打采、老朽乏力的夕阳已经西沉，只把一些余光留在天空，比起夏季更增添了显明的紫色。四周笼罩着一层似雾非雾的淡薄的夕烟。

这时候，伫立于市内各处建有喷水池、铜像和树林的广阔的十字路口，可以看到急急回家的匆促的人影在昏黑的树林间闪动。天空一刻一刻变暗，尚未消泯的悲哀的黄昏之光里看不见星星，但是地上的灯火早已放射出夜晚特有的光亮，将树影投到黄澄澄的草地上。树叶一片，两片，无声地飘落，在这鲜丽的灯光里，形成了最为优雅的景观。

这时候，伫立于罗讷河几条长长的石桥边，可以看到河下河上两岸一望无际的房舍和波涛翻滚的广阔的水面。四周漠漠的夕霭宛若褪了色的水彩画一般扑朔迷离。透过这层浓紫的烟霭，可以看到人家的灯火和堤上的街灯点点闪烁，发出朦胧的红光。桥上两侧的电灯光里，有些匆匆赶路的男女，他们的帽子忽闪忽闪地抖动，就像风儿扑打田野里农作物的叶子。结束一天工作和事务、急着回家的这些人的跫音，以及急驰而过的电车和马车的轰鸣，混合着奔腾的急流，奏出了都市晚间生活苦涩的音乐，放眼望去，石堤下边以洗濯为业的几艘篷船上点着灯，许多妇女卷着袖子正在河里浣纱涤布。

这时候，走在繁华的大街上，这里人流如潮，两旁的玻璃窗内灯火闪耀，天空中一片明净，显现着夜的热闹。街角路口的饮食店，从放盆景的门口到马路近旁，摆着成排的桌子，明亮的灯光下，身穿黑衣的侍者手捧杯盘来往如飞。各处的咖啡馆里传出了小提琴曲和女人的歌声。杂沓的人影中打扮得焕然一新、胁肩谄笑的女人往来不绝。这急切等待秋凉的长夜早些降临的法兰西都市的黄昏，正是别的国家所难得一见的。

这时候，到市郊的公园去，寂然无声的树林间点着煤气灯，人们仍在池畔或花间小径散步，然而却听不到夏日傍晚那爽朗的谈笑。水边生长着的芦叶，在秋风里瑟瑟抖动。黄昏的天光火影酿造着既非黑夜又非白昼的幽暗的世界。

我眺望这世界中悄然走动的女人们白色的衣裙和河面上栖息的天鹅的羽毛，再看看远方夕霭弥漫的幽黑的森林，心中感到难以名状的凄清。临水的柳树落叶纷纷。星星映在水中。潮湿的泥土泛出浓郁的气息。……夜幕开始遮掩大地。

白昼一天天变短，早已到了十月末尾……天空灰暗，细雨微茫。或早或晚都在下雨。有时云层飘动露出蓝天，偶尔漏泄下来薄薄的阳光。不过半小时或一小时又下起雨来。碧清的罗讷河水浊流宛转，眼看就要冲决高高的石堤涨溢出来。夜间，咆哮的水声摇撼着整个城市。正是这个时节，罗讷河下游法国南部一带和加龙河流域经常闹水灾。

已经感觉不到天是什么时候黑下来的了，因为午前午后都和傍晚一样灰暗。窗少的房舍从三四点就得点上灯火。即使雨停了，家中屋内屋外都是一样湿漉漉的。寒气侵肤。不管如何小心谨慎，也会突然打起喷嚏，流出鼻水，浑身哆哆嗦嗦，似乎患上流行性感冒了。

没有家，没有朋友，一个人羁旅在外，最怕这样的坏天气。去散步吧，这种天气公园和郊外当然不能去，只好撑一把伞，在晴日里司空见惯的大街上漫步。

雨水濡湿了枫树，河岸大道上落叶狼藉。石像和纪念碑四周的花园里，花草枯萎的广场上，看上去使人深深感到一种说不出的荒寥，仿佛这座城市刚刚发生一场骚乱。离开这条中心大街一进入横街短巷，凄清的景象更叫人难以忍受。

雨水打湿了银灰色古老的墙壁，房屋蹲踞在灰色的天空下，一扇扇窗户像盲人的眼睛，没有一丝朝气，也窥不到一个人影。这横街有一家似乎从来没有人光顾的杂货铺或旧钟表店，在这个没有灯光、漆黑一片的店里，有个当班的老婆子，一定是因为患了风湿病，双手不能动弹。虽说是横街，总不时有些穿戴龌龊的女人，一手拎着装满衣物的小筐，急急穿行于大街小巷之中。在这些见不到阳光的家家户户的门前，成群的瘦犬随处游荡，互相咬架，时时传来狺狺的狗吠。………然而这叫声随着败阵之犬的逃遁而消失，一切归于原来的寂静。此刻，一时停歇的寒雨又沛然而降。这些横街短巷，因为没有被车马撞伤的危险，盲人音乐家一齐拥来这里，随处彷徨，他们弹拨着音色蹩脚的小提琴曲，给这暮色渐浓的街巷更添一层哀愁……

我总是随手从衣袋掏出一些零钱投给他们，然后急急忙忙向繁华大街跑去。我巴望黄昏早点儿过去，灯火明丽的夜晚快快到来。我一边想一边踏上回家的路。到了夜晚，比起灰暗的黄昏，心情或许有几分改变；晚餐喝上一杯葡萄酒，心绪总会快活起来吧。

可是，被连日的秋雨彻底败坏了的情绪，即使夜幕降临，即使酩然而醉，也还是无力快活起来。桌上的油灯芯子已经拧到最大，窄小的屋子依然暗淡无光。迷醉的心反而堕入往事的回忆之中。

就是这样的夜晚——听到阳台上滴滴雨声，会使人无端地哭泣。

魏尔伦的诗唱出了这个意思：

雨洒落在街巷，

也洒落在我的心上。

这样的雨，

为何进入我悲哀的心中？

这震动大地敲击屋顶的

　　萧条的雨音雨调，

你不知道我的心为何忧愁，

只是无目的地润泽着它。

这是一种无名的悲哀，

达到极点的悲哀！

既非憎恶，也非爱恋，

我的心充满无量的哀愁……

我曾经从玻璃窗内俯视着雨中的大街，嘴里不住用法语吟诵这样一些词语：秋——

雨——夜——灯——旅——肌寒——我觉得，只有在这种时候才深深体味到这些词语所蕴含的隽永的诗意。

刮了一夜大风。林荫大街，十字街头，河岸大道，城中的树木全都落叶了。这天早晨，街道上显得十分明朗。天气响晴，阳光普照。行人的呼吸化作白色的水雾。冬天来临了。

于是，悒郁的心境依旧悒郁，已经沉着冷静下来了。因为我也和别人一样，有时笑着，有时坐在暖炉旁的油灯下，畅谈冬天的游兴。但我决没有忘掉春天的欢乐和夏天的明丽。我并非喜欢冬天的寒冷。那么，已逝去的寒雨之夜的悲哀又是从何而来呢？我这么想——同恋人分别的人，一时会悲痛欲绝，但不久就会习惯于这种绝望，一边思念，一边让感情冷却，并逐渐淡忘下去。而且，上了年岁以后也还会是这样一番心境的……

明治四十年十一月于里昂

黄昏的地中海

　　越过加的斯海湾，沿葡萄牙海岸向东南，不久就抵达西班牙海岸。当我眺望着南面的摩洛哥陆地和银白的丹吉尔人家，以及北面的三角形直布罗陀山峦，进入地中海的时候，我真巴望自己所乘的这艘轮船，会遇到什么灾难而破碎或沉没。

　　要是这样，我会被载上救生艇，向北或向南仅有三海里的行程，就可以到达举目可及的彼岸。我会于回归日本的途中，意想不到地再一次踏上欧洲的土地，我会看到远离文明中心的西班牙；看到男人穿着美丽的衣裳，在深夜的窗边弹奏小夜曲；看到女人的黑发上簪着玫瑰花，上半身裹着披肩，彻夜地歌舞游乐。

如今，在船上可以看到伸手可及的对面的山峦——地面晒干了，树木稀少，布满黄褐色野草的山谷地带，涂着白壁的人家时隐时现。——越过那座山，那边不就是缪塞歌唱过的安达卢西亚吗？不就是比才创作的不朽的音乐《卡门》的故乡吗？

热爱色彩绚丽的衣裳和热情奔涌的音乐，像风一般走到哪里将爱情也带到哪里的人，有谁不对唐璜祖国西班牙心驰神往呢？

在这烈日照射的国度，恋爱只意味着男女相交，嬉戏调情。和北方人所说的道德、结婚、家庭等令人扫兴的事儿毫不相干。如果你在节日之夜饱尝了钟情女子的色香，那就赶快到午后的市场同另外的女子相握吧。如果这位女子已是人妻，你可以于夜里潜入她的窗下，弹奏着一支曼陀林，唱上一首艳歌引诱她："啊，快到窗下来，我的爱。"（莫扎特歌剧《唐璜之歌》中的歌）一旦事泄，那就血染利刃！感情的火花骤然燃烧又骤然消失，这一刹那的梦幻就是这炎热国度的整个的人生。伴着小铃鼓的鼓音，剧烈的手舞足蹈，极有节奏感的动作，安达卢西亚的少女，两手击打着响板，脚踢着五彩缤纷的裙裾，狂跳乱舞。这就是该国特种音乐欢快的气势。像暴风一般渐次激昂，渐次酣畅。听者观者皆目夺神摇，神魂颠倒。当这舞蹈和音乐戛然而止的时候，仿佛看到美丽的宝石骤然粉碎了，飞散了，这才不由"啊"的一声，疲惫地叹一口气。这个国度的人生就像这个国度的音乐一样……

然而，轮船悠然地行进，同我那未能实现的欲望没有任何关系，左右两个船舷翻卷着海峡的水，驶向远洋。高耸的直布罗陀山的岩壁，背面闪耀着夕阳的余辉，就像屹立于火焰中一般。正面，隔着一带海水，是摩洛哥的山峦，山坡上丹吉尔人家低低绵延向远处。这两岸的高山对峙着，时时变幻着玫瑰色和紫色。

渐渐地，黄昏的阳光消隐了，此时，山峰

和岩壁也沉入了西方的水平线。吃过晚饭，再到甲板上凭栏眺望，我看到茫茫的海面同大西洋有着惊人的不同，这里的水色呈现深蓝，如天鹅绒一般滑滑的，闪耀着光辉。

地中海的水色比山，比河，比湖，更能引发一种无可言状的优美的幻想。凝视着这样的水色，想到太古的文学艺术就产生于此种颜色的海水漂荡的海岸，历史上美丽的女神维纳斯就诞生于紫色的波涛里。这些神话的产生是何等自然，一点也不显得牵强附会。这是可以理解的。

群星灿烂。其光明亮，其形硕大，就像看到星星的象征画，似乎真的闪烁着五角形的光辉。天空清澄，饱和着浓碧的颜色。虽然水天一色，但其分界是十分清楚的。虽说夜晚——一个没有月的夜——仍然明丽，望不见一座山峰的空间，似乎包蕴着一种严正的秩序和调和的气氛。啊，瑰丽的地中海的夜！我偶然想起了轮廓极鲜明的古代的裸体像，想起了古典艺术之美，想起了凡尔赛宫修剪整齐的树木。我的作品也是如此。包裹于漠漠黑夜般忧愁的影子里，将颜色、声音以及浓烈的芳香一丝不乱地一同织进五彩斑斓的锦缎中。这锦缎肃然地低垂着。我祈愿我的作品就像这低垂的锦缎。

进入地中海的第二个晚上，遥远的南方出现了陆地。那是北非的阿尔及利亚吧。

饭后来到甲板上，海面风平浪静，浓碧的水面犹如打磨的宝石，带着一层光泽。向栏杆一望，似乎可以看到映在水中的自己的面颜。——这是一个美丽的童贞的面颜。无限的太空没有一丝云。白天，闪耀着毒花花太阳的明丽而湛蓝的天空，此时也带有一层薄薄的蔷薇色，黯淡而又朦胧。那种在法国常见的黄昏时期苍茫的微光，笼罩着甲板上的一切，在舷梯栏杆和舱壁以及各种索绳上，投下了神秘的影子。因而，使得那只粉白的短艇十分显眼，仿佛被注入了一种奇怪的生命的力量。

轻轻吹拂的风如此和暖，似乎要把人的身子溶化了。海上如春夜一般清爽，静谧，我的心情十分安适。

我的精神完全变得空虚了，无法去思考什么悲伤、寂寥和欢欣。我的意识只是停留于一种非常美好的心境上。我坐在长椅之上，目光注视着遥远的天际，一下子又忽而堕入极大的苦恼之中。

我仿佛又忽而堕入极大的苦恼之中，一下子坐在长椅之上，目光注视着遥远的天际。五六颗夕暮的明星闪闪灼灼。我凝视着美丽的星光，一种无法言状的诗情从胸中涌起，几乎不可遏抑。面对着渐渐进入暮色的地中海，我真想尽情地唱上一首美丽的赞美歌。我仿佛感到，还没有张口，自己想象中的歌已经化成美丽的声音，随着这柔缓的涟漪漂向遥远遥远的空间。

我从长椅上站起来，让清爽的风吹着面颊，深深吮吸着温暖而纯净的空气，凝望着远方最美的一颗星星，刚想引吭高歌的时候，悲哀立即袭上了心头。我不知道应该唱什么歌，我完全忘记了选择。歌谣不要，就唱小调吧。一想到这里，自己就先"啦啦啦"地发出声来了。但究竟哪一首小调好呢？我又犹疑起来。

我弄得非常狼狈，不住地从记忆中搜索那些留下印象的小调。紫色的波浪翻卷着，仿佛在等待我的歌声，星光像青年女子的媚眼，急切地闪动着。

我终于想起了在开幕时，卡瓦莱利和卢斯蒂卡娜和着竖琴演唱的《西西里岛》的一节。这一节歌词蕴含着南意大利火焰般的热情和孤岛寂寥的情调。唱起来把声音拖得很长，在日本人听来有的地方像船歌，对于正在航行中的我，再合适不过了。我鼓足勇气先试着唱了第一句：O Lola，bianca come（啊，罗拉，你多么银白）——余下的全忘记了。

那歌词是自己不熟悉的意大利语，这也难

怪。音乐剧《特里斯坦》[1]开幕，船老大在桅杆上唱的歌，最适合于此种情境。不过，这回光有歌调，要唱的一节觉得有些怪。尽管很想唱，但是欧洲的歌是很难唱好的。出生于日本的我，只会唱本国的歌。我此时此地的感想——早已把法兰西的恋爱和艺术放在脑后，正在走向那单调生活之后只有等待死亡的东方的国家。我考虑着唱一首将这种意识毫无遗憾表达出来的日本歌曲。

难唱的西洋歌曲固然使我失望，但自国的歌曲更加使我失望。人们经常唱《忍路高岛》，因情调悲凉受到赞赏。但是只同旅行和《追分小调》[2]有点关系，和诞生了希腊神话的地中海的夕暮，在感情上不太协调。《竹本》和《常磐津》等为首的所有的净瑠璃都能很充分地表现感动，但用"音乐"的观点衡量，与其说是

1 德国作曲家瓦格纳（Wagner, 1813—1883）根据中世纪爱情故事改编创作而成。
2 一种曲调缓慢而悲哀的离别歌谣。

歌曲，不如说是使用乐器的朗诵诗，在倾诉瞬间的感情上过于冷峻。《哥泽小调》只不过传达出不同时代烟花界的微弱的不平之声。而谣曲因为包含佛教的悲哀而显得古雅，和20世纪的轮船终究不能相容。那必须是一边听着草船的舻声，一边远远地眺望着的水墨画般松林海岸的风景。其它还有萨摩琵琶歌、汉诗朗吟等，这些也都同色彩单纯的日本特有的背景相一致，初级的单调只能激起某种粗朴而悲哀的美感。

我完全绝望了。我竟然是这样的国民：自己不论有怎样的充溢的激情，不管被如何烦乱的情绪所苦闷，我都找不到适合于表现和倾诉的音乐。这样的国民，这样的人种，世界其它地方还有吗？

此时，下边甲板上传来了合唱的歌声，那是到印度殖民地做活的英国两三个铁路工人和一个到香港去的不明身份的女人发出的。从那滑稽而轻佻的曲调上看，似乎是伦敦东区演艺场上演唱的流行歌曲。作为音乐当然是毫无价值的，正因为如此，听起来却很能表现英国工人越过大洋到热带地区干活的心情，也同脏污的三等舱和黑暗里甲板上的情景协调一致。

难道不是幸福的国民吗？英国的文明使得下层工人也能找到一种最能表达寂寞的旅愁的音乐。明治的文明，它只是诱发我们无限的烦闷，却不能教给我们倾诉的方法。我等的心情固守着早已化为古物的封建时代的音乐，已经同现代相离很远很远。如果我们争先恐后一同走向欧洲的音乐，不管带有怎样的偏颇的喜爱，还是能感到风土人情上的无法消除的差别。

我等皆为可哀的国民。失掉国土的波兰的民众啊，没有自由的俄国人啊，你们不是仍然拥有肖邦和柴可夫斯基吗？

夜深了，海面在黑暗中闪着光亮，天空也渐次带上奇怪的光泽，高不可测，使人恐惧。星星出奇地繁多而又明亮。接近神秘的北非的地中海的天空啊。英国工人所唱的歌，正在悲凉地消失在这片神秘的天空里。

唱吧，唱吧。他们是幸福的。

我远望着繁星闪烁的天空，想起了横亘在航路尽头的可怕的岛屿，从今日起还有四十天就会结束漫长的水程而抵达那里。我为何枉自离开巴黎呢？

André Gide

放弃旅行

[法] 纪德 著

李玉民 译

Le Renoncement
au voyage

上海译文出版社

图书在版编目(CIP)数据

放弃旅行/(法)纪德著;李玉民译.一上海:
上海译文出版社,2018.8
(译文华彩·漫游)
ISBN 978 - 7 - 5327 - 7614 - 6

Ⅰ.①放… Ⅱ.①纪… ②李… Ⅲ.①游记—作品集
—法国—现代 Ⅳ.①I565.65

中国版本图书馆 CIP 数据核字(2017)第 206565 号

André Gide
LE RENONCEMENT AU VOYAGE

目录

放弃旅行

◼

阿尔及尔（国家要塞）

十月十五日　星期四

到达阿尔及尔

格鲁贝酒馆。——从我用晚餐的这间闷热餐厅，过分明亮的餐厅，能看见露天座上贪杯的人在擦汗，再就是人行道、一道栏杆，然后就是夜的深渊：大海。

星期六

阴凉下气温三十九度。半年未下雨。

不可理解、令人疲惫不堪的是，夜晚比白天还要热。白天虽有太阳，但也有阴凉，时而吹来一阵风，送来点儿凉爽。然而，一过晚上六点钟，风就停了，黑暗中到处都一样热。万物都干渴。大家都想泡在水里，喝点什么。大家心里都嘀咕：这一夜睡不了啦。于是，大家都游荡。天空也不纯净，但毫无骤雨的征兆，那是暑气熏蒸的污浊，令人联想到条件好的萨赫勒以远的地方，联想到火炉一般的大陆。

我喝，我喝！我喝不够！！

出汗，出汗！汗出不完！！

我想到退化的绿洲……我要去那里！——哦！那里棕榈树上朦胧而晦暗的暮色！

我还未能发现从哪儿升起或落下的檀香木味儿；这股香味在街心公园的树枝间飘浮，将人围住，沁人心脾。

日落前一小时；隐而不见的鸟儿在街心公园无花果树间鸣叫，声音十分尖利，树木都为之陶醉。

国家要塞 星期日

今天早晨醒来，浓雾弥漫，一如去年。烈

日落下之后，这雾气多令人舒畅！我浑身浸透了，痛快淋漓！

邻居的声响一止息，我就听见远村的呼叫。我立刻去那里，一看真以为住着一群羊。村子坐落在岩石上，沿着岩脊只有一条街；从房屋的门窗望出去，过了院子便是虚空。墙壁刷了白灰，房顶是葡萄干色。男子丑陋，女人美极了。一大群孩子跟随我。——今晚儿空气多凉爽！生活多美啊！蓝蓝的天空多么迷人！眼睛看得见的湿润，令人神清气爽。一切都冲什么微笑呢？今天晚上，为什么一切都显得同我一样快乐呢？

这些大树并不是等到秋后才脱尽叶子。牲口没草吃了，一片片树叶就接续上。这里的奶牛、山羊、驴和耕牛，现在吃的就是树叶，卡比尔人的手将这天空的牧草摇落，给牲口吃。

还记得在坎塔拉园子里，那个敏捷的牧人爬上高大的杏树，给他的羊群下一场树叶雨。

树叶已经染上秋色，一摇树枝便纷纷飘落。真像一场黄金雨，一时覆盖地面，但很快被羊群吃得一干二净。

我很想在这地方再逗留一两天；然而，我在这里即使生活三十年，也找不到什么可讲的；风景奇异，是惊险小说理想的场所，却又不好描绘，只能描写或叙述。我写出的东西也许偏向精神方面，而作为艺术家，我是一钱不值的。

阿尔及尔　星期二

天气多好，一丝云彩也没有！大海风平浪静，邀人出游。西罗科风[1]戛然而止，气温也随之降下来。热还是热，但不是那么热气灼人了。阴凉处蓝幽幽的，非常清爽；空气也仿佛负载着光亮，美妙而沁人心脾，几乎是活泼

1　西罗科风，欧洲南部的热风。

的，就好像在欢笑。——我想到绿洲……我明天动身。今天夜晚，棕榈枝叶的摇曳会有多美啊！我也不再回忆过去了……

葡萄的颜色难以描摹，特别吸引我；不由得我不买，花三苏钱就买了一大串。

说不准葡萄是什么色调，紫色里透出金黄，既透明又好像不透明；颗粒之间并不拥挤，表皮覆有厚厚的果霜，手指触上发黏，入口又很脆，嚼起来声音响亮，几乎有点硬实——而且甜极了，我仅仅吃了四粒，余下的分给孩子们吃了。

布萨达

星期三　十月二十一日　车上

　　我随身带了几本书，想看又看不下去。这地方吸住我的目光。这是潜在的悲剧景象，尤其在慧眼看来，天然的物质和生活之间充满了惶恐，已经根本谈不上文化，完全是生存问题了。这里，一切都引向死亡。

　　生长植物的土层，像手掌一样薄。

　　再往前走，地面变成片状，到处起皮了，不再像岩石，而酷似薄饼了。那边长着耐旱的松树，越来越稠密了。

　　呼呼刮着南风，天空壅塞大片大片乌云，现在恰如片状灰色地面的持续映象。毫无疑问，很快就要下雨了……

哦！变成植物，以便了解经过几个月燥热之后，有点水润泽时的快感。

车　上

松林又截止了，地势起伏不平，一片荒芜，只有隐蔽的沟壑庇护一些夹竹桃。突然出现几簇黄色和绿色细毛状植物，便有几只山羊在吃草。

那个卡比尔牧童卷起无袖长衫，露出赤条条的光身子，就算对着经过的火车致敬。他在羊群里就像一只羊，一点也分辨不出来。

莫西拉

八年前，我看见阿拉伯人祈祷时，因为不能置身于他们和麦加城之间，心中颇不自在，唯恐插进去把导线割断了。

莫西拉芳香四溢的花园啊！如能及时见到

你们，我早就赞颂啦！你们灌溉渠的流水，冲着醉醺醺的乌龟翻滚……果实沉甸甸的，将石榴树细枝压弯……一株盛开的夹竹桃！上前去看看。

记得那天晚上，在凯鲁昂的唯一小花园里，我的朋友阿特赫曼教我说阿拉伯语，"花园"讲 DJ'nan，如果花草茂盛的话，就讲 Boustan，那情景犹在眼前，怎么可能已经过去了八年！

……在这晚祷之前的时刻，鸟儿鸣唱得正欢，我真想再来，再来感受我满身的懒散。

驶向布萨达　星期五

上空一大片乌云，我们行驶两小时才越过去。

然而，太阳刚升起来，就被云彩遮住，很长时间就像戴着护眼罩，过了八点钟，才从上面透出点视线。刚透出的阳光冷若寒冰，非但毫无暖意，反而令人冷彻骨髓。

九 时

乌云啊！今天早晨，你像大团下脚麻，从天边升起，逐渐扩展，现在好似以利亚[1]的风云，侵占天空，难道真是你吗？——唉！唉！你要将大量的水运往远方，一点也不浇灌这片土地，这里焦渴的草木和牲口，将近中午只能得到你一点点儿阴凉。

十一时

在无比强烈的阳光下，此刻幻景开始展现：一条条溪流、一座座幽深的花园、一座座宫殿；无能的沙漠，也像才尽的诗人，正对着不存在的现实幻想。

下午一时

马拉着旅行车，吃力地走在沙漠里，至少

---

1 以利亚，《圣经·旧约》中的犹太先知，奉耶和华的命令显神通，后乘旋风升天。

有两小时了；布萨达绿洲，从启程就望见了，似乎还没有怎么变大。

驿车行驶第二个小时，从康斯坦丁到南方办事的一位肥胖的犹太人，由手提箱里取出利希滕贝格的《尼采传》，转向我这精疲力竭的人，说道："先生，现在我明白了，人可以为一种思想献身。"

给 M 的信　星期六

"……大失所望：布萨达在山这边，而不是在山的那边，北临沙漠，不过是霍德纳内平原，没有什么特色的盐沼。我既感到也看到，真正的沙漠和我之间，还隔着厚实而模糊的高岭，坎塔拉山脉的余脉。绿洲位于山的缺口，坐南面北，思潮流向已知的地带。这里既没有沙漠商旅的归来，也没有冒死向沙漠的进发。这片绿洲同坎塔拉的绿洲一样，景色迷人，但是没有许多别的绿洲仿佛踏着死亡前进的那种悲壮。

"……今天早晨五点钟就起床，我受到不可抗拒的吸引，不由自主地沿山谷朝南边走去。这地方越来越荒凉，道路越来越崎岖了，飕飕刮着冷风，好似河流一样持续不断。太阳隐蔽在山后。然后，我一翻过山顶，太阳下就灼热难忍，一心想往回走了。我脚步不停，朝前走了一个多小时，已经走出很远了。——我真想为你折这些夹竹桃，花已不多，快要凋谢，但是有几朵还非常美；我想象一定散发桃花的清香；可是一闻却很失望：根本就没有香味儿。周围一片寂静，我的脚步声音十分慌乱；我一停下，就只听见一只鸟儿的啁啾。那鸟儿真怪，总跟随我，它的羽毛棕红，和岩石同色。我可以继续往前走，但是干什么呢？然而我还想继续……惶恐纯粹是我们自身的问题；反之，这地方倒是非常平静。不过，一个问题却萦绕我们心头：究竟是在生命之前还是之后呢？我们的大地究竟原本如此，还是将来变的呢？一个乱石堆。——在阳光照耀下岩石多美啊!

"必须领略荒野大漠,才能明白什么叫作:耕种……"

布萨达　星期日

……他回答:"我守着水。"——孩子坐在灌溉渠边上,监视着一个小闸门,他有权往自己园子放涓涓细流,到下午三点钟为止。

到了三点钟,他就放开水流,要带我进他园子里。他父亲打开园门,让我们进去。灌溉完了,园中就笼罩着一种有害健康的凉爽。然而,我们还是坐下来。他的小弟弟我还不认识,却给我无花果和椰枣吃。我真希望能给孩子讲点儿故事,还什么也没有讲,他那双感兴趣的大眼睛就已经在倾听了。——无花果汁液跟糖浆一样,弄得我手指黏糊糊的;我想在水洼里洗一洗,可是杏树和无花果树下面灌溉网十分精密,空隙不到一鞋底宽,脚踏上去,不是踩坏一道小堤坝,就是碰到一棵蔬菜。我这一趟踩得乱七八糟，才重又坐下，坐了很久，吮吸着阴凉，品尝着清爽，什么也不说，什么也不想了。

莫西拉　星期一

我们北国的天空从未积聚这么厚的乌云。在这巨大的焦渴上，需要多么巨大分量的雨水倾泻下来！——以便立刻将这焦渴化为沉醉，将黏土平原化为沼泽地。

星期二

毫无疑问，我在哪里都能看见一头奶牛喝水，流涎的吻端朝前探去——可是，这一带根本见不到，我就比在别处看得时间长些。这头奶牛瘦骨嶙峋，由一个孩子牵着，喝完水还在原地傻待着，等待孩子把它牵走。它走到哪里也没有绿色草地，饿了一天，直到傍晚才能吃到几根干瘪的玉米秸，可怜的牲口！还是由这穷得可怜的孩子一点一点递给它。

阿尔及尔（卜利达）

阿尔及尔　星期三　十月二十八日

天空愁惨，掉雨点儿了，但是一丝风也没有。从平台上眺望大海，极目所见，也没有一点波浪。你要从那里来；我的目光臆造出航线和轮船荡起的波纹；这目光怎么不能一直望到马赛呢？啊！但愿大海宽厚地负载你，但愿波涛对你温和！我梦想这样的天气：让微风吹起你的风帆！……

对死亡缺乏恐惧感，导致阿拉伯人缺乏艺术。他们面对死亡并不退却。而艺术恰恰产生于对死亡的恐惧。希腊人民直到坟墓的门槛，还矢口否认死亡，他们的艺术正是得力于奋力对死亡的抗议。如果基督教能贯彻到底，那么确信永生就是否认艺术（我说：艺术，而不是艺术家——阿拉伯人有一大批艺术家）。艺术既不会从书本中，也不会从大教堂里孵出，弗朗索瓦·达西斯也许思考过、歌唱过他的《星辰赞歌》，但是他不会写成文字，因为他无意恒定任何能死灭的东西。

星期五

昨天夜晚，剧院有若望·科克兰的演出。我是闲得无聊，倒不是多么想去看他演的《醉心贵族的小市民》。他把这个人物演成一个自命不凡又自以为是的傻瓜。我想，儒尔丹这个人物表面夸张，其实最大的特点是不安——一个人气质与他承担的角色差得太远而惴惴不安：他总怕行为举止不合身份。演员应当表现这一特点。——还思考这种事，就好像我不在非洲似的。在此之前演出的《多情恼》，虽然演技相当差，却深合我意。

俄罗斯海员气急败坏——他们迷失在阿尔及尔的街巷里，法语和阿拉伯语一句也不会讲，他们示意让人带路，一连三次被人带回码头，带向他们的轮船。俄罗斯海员气急败坏，逢人就递过去一张白纸和一支铅笔。一名邮差经过，我就对他说："您倒是给他们写上一家妓院的地址呀！"但我有预感，他们还会第四次被人带回码头。

有些日子就琢磨，究竟是肉太硬，还是餐刀不快。反正结果是一样：没有胃口了。

我绝不朝海上寻觅；我的目光逃避一阵风就会赶向北方的那些惊云。阿波罗已经光芒万丈，天空在高城上方喜不自胜。欢笑的房舍啊！深邃的蓝天啊！那上边，暮晚一降临，我就爬上去——对，一直爬到那面粉红墙壁的脚下；那面墙最高，也笑得最欢，和天空毫无隔阂，中间只有那根游弋的桉树枝。然而，那同我们渴望之物一样，到了近前还会那么美吗？幸运的树枝哟，树叶今天由阳光冲洗，比昨天雨水冲洗得更干净。

不行，无济于事。同一个地方，可以一见再见多少回——永远不会再有新鲜感。越瞧所见越少。也许领会更深……可是没有惊喜了。

卜利达　星期六　十一月七日

我既已许诺，就去马赛和阿尔及尔之间，到卜利达那里的船上探望X。他在医务室服役，刚干几天就发起高烧。

他穿着狙击兵的军服，气色很不好，他那眼神更加明亮，却从未有那么不安。

"我原以为在这里大不一样，"他说道，"我若是早知道该有多好！……我感到烦闷，就因为这个病，我感到烦闷。"

"那您当初有什么期待呢？"

"期待每天不干同一件事的生活。我呀，您瞧见了，活不了多久了；我希望……怎么说呢？……在很短时间里尽量生活。这话，恐怕您不明白吧？"

"嗳！嗳！"我支吾道。

"喏！您能做一件令我非常高兴的事儿吗？让人给我弄到这里……一点儿大麻。他们说那很刺激，我特别想尝一尝！可是，那些黑鬼谁也不肯往这儿带（他下意识地把阿拉伯人叫作'黑鬼'）。您从未抽过吗？"

"没有。"我回答。

"您能给我带来，对不对？"

"您会被麻醉的。"

"我不会被麻醉……再说，也无所谓。像我这样的人，活在世上也毫无用处……对，我还记得您在船上对我说的话；不要重复了，让我听了心烦。请您给我带点儿大麻。"

"没有卖的了。禁止买卖。"

"嗳！您总能设法弄到的……"

"弄来您也不会抽……"

"不会就学嘛。"

在库卢格利街，我遇见卡比什。尽管三年未见面了，我们彼此还是立刻就认出来。啊！在山上的漫步啊！花园里单调的歌声、月光如昼的圣林中的絮语、非法经营的小咖啡馆的舞蹈啊！何等怀恋，掺杂着何等渴望，将构成你的回忆啊！

"卡比什，哪儿能弄到大麻？"我问他。

我乖乖地跟随他去了三个阿拉伯人家；须知第一个卖家往他无袖长袍里塞了一个小绿包，他再偷偷塞进我的大衣里，这还不够；还必须到第二个卖家，精心挑选土陶小烟袋锅；再到第三个卖家，挑选烟袋杆儿。我为 X 挑好，也为自己买了一套。

大麻交易明令禁止——也可以说在黑市进行。凡能嗅到大麻气味的咖啡馆，警察全部查封，他们认为大麻有一种犯罪的味道；因此，瘾君子只好秘密抽大麻，又由于大麻香味郁烈，容易暴露，他们就尽量少抽点儿。跟您说吧，有一个时期，卜利达全城都弥漫着这种麻醉的香味。可是，离别几年之后的那个人，现在又来了，不禁诧异，询问卜利达怎么解除了魔法呢？库卢格利街闻不见这种香味了。

卜利达兵营

"……当我问这气味是从哪儿来的？他们却对我说什么也没有闻到，不明白我要说什么。然而，我非常清楚，这气味不是我想象出来的……注意！又飘起来了，您没有感觉到吗？不对，不是花儿散发的香味。我管这叫泥土香。"

我的确感到一股醉人的气息冉冉升起，朝我们飘落，只是一股幽香，好似春天臭椿散发的气味。

"唉，真的!" X 又含混地补充说，"这气味，晚上我闻到，就控制不住自己：无论如何要去一个隐蔽的角落，以便……"

十一月十日

进头一家咖啡馆，给我端上辛辣的姜茶，说是从混乱而不正常的东方运来的。我很想说说，但又不知从何讲起，这里光秃秃的。究竟有什么魅力把我吸引住。墙上没有图像，没有招贴画，也没有广告；白灰墙壁；不远处闹哄哄的，乌拉德街人声喧喧，隔墙还听得见，更显得这里寂静又难得又惬意；没有座椅，只有草席；三个阿拉伯青年躺在草席上。

这间陋室向他们提供什么呢？是什么让他们喜欢这里，而不去别处娱乐，不去逗女人欢笑，不去跳舞，这一切都不顾……只为抽点儿大麻。小烟袋锅相互传递，每人轮流吸几口。我不敢冒险，倒不是怕吸了会醉，而是怕引起头痛。不过，我卷烟时，还是像阿卜德勒·卡代那样往烟叶里掺了点大麻。也许是少许这点烟帮我实现了这种舒服感。所谓舒服，绝非满足了欲望，而是消除了欲望，放弃了一切。临街的门关着，挡住外面的喧闹。唔！在这里流连……时间不早了……阿卜德勒·卡代朝我俯过身来，指给我看挂在白墙正中唯一的装饰物，一个幼稚地涂成五颜六色的丑陋而畸形的布娃娃，他小声说道："魔鬼。"时间流逝。我们走了。

到第二家咖啡馆喝茶，甜得令人恶心，有一股甘草味儿。

到第三家咖啡馆，只见一个戴眼镜的阿拉伯老人在给一堆人读故事。我怕打断故事情节，就没有进去，坐到门外的一条板凳上，在夜色中待了很久……

十一月十一日

大地让骤雨灌醉，便梦想春天突然而至。

只见没有叶子而紧贴着地面、散发奇香的白色矮水仙、我以为是麝香兰的细小的淡紫色花葶、颇像秋水仙的粉红星状花的石蒜，全都极小极小，战战兢兢，匍匐在地面上。这就是一场温雨能从这不善的土地提取的全部恩惠！

今天早晨天清气朗，阳光灿烂，一切都显得那么绚丽。天空湛蓝湛蓝，仿佛焕然一新，令我感到自身充满健康和活力。我要爬山，去那边，上那山顶，没有目的，没有向导，也没有道路。

阿尔及尔　星期六　十四日

致敬！处处微笑的早晨，一天的欢笑可能来到：我已准备好。

大海与朝阳齐平，仿佛一道光的峭壁，陡立在我面前；又像一面红色珠光玻璃，由山峦淡淡的细线框住，并与天空隔开，而那山峦雾气缭绕，远远望去犹如海绵。港口还弥漫着巨轮的黑烟，小船抖动着四散飞走，飞向光灿灿的大海，桨叶恍若划在光流中，有时就像在滑行翱翔。这座城市立在大地，面向太阳，在繁忙的码头和天空之间欢笑。

这十天来，我的眼睛斋戒，不见阳光，现在由太阳唤醒，便开始展望，如饥似渴地观赏。

一个柑橘蹦跳着，沿着卡斯巴街滚下来，随后追来一个小姑娘，柑橘在奔逃……如果不是一条法国大街阻拦，柑橘和小姑娘就要冲进大海。

星期日　十一时

沿着墙壁，阴影只剩下窄窄一条空间。还由太阳逐渐压缩，刚好够我的思想躲避。而我的残余思想，也刚好能填满这窄窄的空间，还不断地缩减。无须多久，整个一面墙就只有炎热，只有强光了，而我也就只有感觉和热忱了。

星期一

我们在集市广场上看见特别红的石榴、特别绿的青椒、特别紫又特别亮的甜洋葱；然而，在突然缩进去的小巷里，在那阴影中，每种果品都发出崭新的亮光。

我赞赏阿拉伯人有微薄之利就能满足的心态。我贸然同卖水果的讨价还价。一个卖水果的男孩，在小摊中间坐在自己脚跟上。花几法郎就能把整个摊子买下来；再加几苏钱，连摆摊的小贩也搭上。

有的日子，我希望自己饥肠辘辘，以便有胃口吃这种鹰嘴豆——商贩会从大碗里满满抓一把，放进会滴上盐水的麦秸色羊角纸袋里——

……也希望口干唇焦，以便对着铜瓶细颈口喝水；我看不到面孔的那位女子，将放在她胯上的铜瓶倾向我发烫的嘴唇——

……还希望疲惫不堪，以便等到晚上，混

在夜晚相聚的人中间，难以分辨，只是一些人中间的一员——

……哦！以便知道这扇厚实的黑门给这个阿拉伯人打开，门里迎候他的是什么……

我希望是这个阿拉伯人，希望等待他的是在等我。

绿洲饭店　星期五

餐具架中央一个托盘里放着香芹，上面躺着一个巨大的甲壳怪物。

"我旅行到过许多地方，"大厨说道，"也只是在阿尔及尔见过这东西。对了，在西贡，能见到的龙虾个头儿像……（他扫视餐厅，却没有找到比较物），没见识过这样的。即使在这里也很少见。三年来，这不过是我见到的第二只……'海蝉'，先生……是因为脑袋的形状；喏，您从侧面瞧瞧：真像蝉的脑袋……哪里的话，哪里的话，先生，非常鲜美，有点像龙虾，但鲜嫩得多。今天晚上就做了；先生明天早晨若是还来，就可以品尝一块儿。"

六个人围着这个海物谈论起来，它却一声不吭，也一动不动，一副严肃而丑陋的样子，眼睛无神，全身脉石色，就像一块淤泥石。

"怎么！是不是还活着？"

大厨用拇指一下子将海物的一只眼按进去，海蝉尾巴立刻猛然一摆，将托盘里的香芹全打飞了，然后又趴下不动了。

整整一顿饭，我目不转睛地看着它。

星期六

今天早晨，它还在那里，盘踞在托盘上的香芹中间。

"昨天晚上没有做，"大厨说道，"那时它还活着，我觉得怪可惜的。"

阿尔及尔郊区

对，就是这样，我想到，唯有经受严冬的

玫瑰，才能开出最美的玫瑰花。在丰美炎热的非洲这块土地上，我们看到玫瑰花很小，起初不禁诧异，后来才明白，这里的玫瑰长得粗壮，一年四季开花，因而花朵就小，美姿也受到抑制。每朵花开毫无冲动，既没有酝酿，也没有期待……

同样，人要先经历一段混沌状态，才能展现最出色的才华。巨著不自觉的构思，将艺术家投入一种迟钝愚拙的状态；而不甘寂寞，失魂落魄，为自己的冬天感到羞愧，想急于求成，要开放更多的花朵，这就是每朵花还未发育起来便过早开放的缘故。

十一月二十七日

三周前，我若离开阿尔及尔就容易得多，现在住惯了，扎下小根须，再过些时日，我就不能自拔了。

已经有多少年了，每年我都下个决心不再来了……

然而，怀恋这花园，夜晚……怀恋我天天晚上光顾的这座夜花园……噢！我怎么受得了呢？

比斯克拉

比斯克拉 十一月三十日

我回到我青春时代的腹心，又踩到我从前的脚印。这就是我初愈的头一天走过的小径，路边的景物还那么迷人；想当初，我刚摆脱了死亡的恐惧，身体还很虚弱，单为活在世上而惊诧，为生存而喜不自胜，不禁沉醉了，激动得痛哭流涕。啊！在我还倦怠的眼中，棕榈树荫多么宜人！明媚的树影那么温馨，花园絮语，芬芳四溢，树木、景物，我全认出来……唯一认不出来的，就是我自己。

星期六

不对，诡辩家莫拉，这里面根本谈不上切断根或"拔根"的问题。值得赞叹的是，英国人恰恰跟罗马人做法一样，带着自己的根云游四方。

在 W 夫人的房间里，丝毫没有在旅馆的感觉。她旅行随身携带着亲朋好友的画像，桌子上铺了台布，壁炉上摆了花瓶……就在这间普通的客房里，她过着自己的生活，舒舒服服的，善于把每件物品变成家用东西。不过，最令人吃惊的是，她能拉起一个小小的交际圈。

我们法国人有四对夫妇，生活彼此隔绝，每对夫妇都很审慎、客气，住在旅馆如同苦修。英国人有十二对夫妇，原本素不相识，却好像彼此等待，相约聚到一起。早晨抽着烟斗，悠闲自在地聊天，或者忙于各种事务；晚上穿着锃亮的皮鞋，身穿礼服，一副整齐的"绅士"打扮。他们轻而易举就夺取了旅馆客厅，他们的占有，给人的感觉极其正常，而企图同他们争夺，不但自不量力，而且徒劳无益：他们善于利用客厅，而我们则不然。

况且我也说过，他们形成了一个规模不大的交际圈，而我们根本做不到。

我在旅途中，只遇见两种法国人（大多时间根本遇不见同胞）：一种是**有趣的人**，他们落落寡合，无论到哪儿都不会丧失**他们出门在外**的意识；另一种人喜欢扎堆，大嚷大叫，既粗俗又令人讨厌。——讨厌吗，那些英国人？——当然不讨厌！——嘿！正相反，极富魅力；尤其那三位年轻艺术家，有点像小团体中的小团体；是画家？是文学家？无所谓——他们阅读史蒂文森[1]和乔治·穆尔[2]的著作。我很想同他们说话，只是一想心就跳得特别厉害。况且，我们谈什么呢？——再者，我面对他们明显感到自己处于劣势，如果说作为个

---

[1] 史蒂文森（1850—1894），英国小说家，尤以写惊险小说著称。

[2] 乔治·穆尔（1852—1933），爱尔兰小说家，文人。

人，我充分意识到自己的价值，自尊心也相当强，这种状况绝难容忍，那么作为法国人，就更不堪忍受了。

在这里，我要重提我最蒙羞的一件往事吗？我同热拉尔一道旅行，那是乘夜车，天亮才能到达。我们想夜晚尽量舒服一点儿，怕旅客上多了太挤，就多订了位置，可以放我们的旅行袋、大衣和毛毯。两位英国女郎坐在里端两个角落，她们看着我们，却没有说什么。不料来了一个英国男士，他询问有无空座位，就占了一个，坐下来。火车开了之后，就出现了这种情况：两位英国女郎和那男士缓慢地，不可抗拒地扩大地盘，最终还是他们占用了我们预订的座位。首先因为这些座位我们不知道派什么用场；其次因为我们法国男士若是往外扩展，势必阻碍这两位女郎，就会显得很不文雅。我们不大懂英语，而我们的英国旅伴很快就看出这一点，便乘机议论我们。然而，我们的英语水平，还足以听懂那个英国男士对两位女郎说的话：

"真令人吃惊，这些法国人！他们开始总
是多占地方，可是又守不住……"他嘿嘿一
笑，又补充一句，"这样，英国人就从中渔
利了。"

这只是切题，一场谈话的开端，而谈话的
声音长时间阻碍我们入睡。

星期日

西迪·塔伊卜是个隐士，他的法力能保护
这座城市。——人们常见他同姑娘在一起，而
且神情特别快活，因此，我就试图让阿特赫曼
解释一下，他的法力表现在什么方面。然而，
阿特赫曼容不得拿这事开玩笑；我不想开玩笑
也是徒然，我这么一问，就等于怀疑……西
迪·塔伊卜就是信条。

西迪·塔伊卜受到极大的尊敬，这表现
在馈赠上。西迪·塔伊卜生活简朴，他鄙视
金钱，只喜爱衣衫。信徒若想在这里组织一

场弥撒，就得给西迪·塔伊卜买一件无袖长袍。

这样一来，西迪·塔伊卜就有许多长袍，但是他从来不替换，而是等身上这件穿脏了，便套上另一件。这样一件一件往上套，身上足有二十来件，想象不出有多厚了。

据阿特赫曼说，有些晚上，西迪·塔伊卜对着广场的熊熊篝火，干脆从那些长袍的中心里赤条条钻出来；很可能虱子太多，他痒得受不了。于是，几个虔诚的门徒从长袍里掏出三四件最旧的，扔进火堆，只听烧死的虱子噼啪直响。继而，西迪·塔伊卜重又穿上，而新的长袍又从天上掉下来。

长袍套多了很重，他走不了路，就只好滚动。有一天，我见他向前进的样子，就像愚伯[3]上战场。——还有一天，他由两个无疑受

---

3 愚伯国王，雅里 1896 年发表的闹剧《愚伯》中的主人公，代表资产阶级愚蠢和人类野蛮的漫画式人物。

过他的圣化、穿着礼裙的奥拉德姑娘搀扶，跟随鼓乐和人声喧闹的欢快的队列，朝西迪·萨尔珠尔墓走去，他一路哈哈大笑，步履蹒跚，活像喝得醉醺醺的西勒诺斯。[4]

他这种样子再怎么可爱，我也还是喜欢他静止不动的状态。是跪着，坐着，蹲着……谁也说不准，只见那圆滚滚的一堆左右摇摆着。他就这样在广场中间待到深夜。我管他叫：圣油瓶；他那形状绝似乳房。

一天晚上，我将众人和我那些沉闷的伙伴丢到一边，同阿特赫曼一道去一家更小的咖啡馆，坐到门前，我们称为露天座：只有一张木条凳、一张灯光昏暗的桌子。西迪·姆也来凑热闹，他是图古尔特的阿拉伯人，留着整齐的小胡子，穿戴考究，能言善辩。他熟悉从摩洛哥边境到的黎波里塔尼亚边界的沙漠。他娓娓

---

4 西勒诺斯，希腊神话中的人物，酒神的抚养者，他身体矮胖，秃顶，扁鼻，长有一对马耳，还有尾巴。

谈起因萨拉赫、图阿雷格，声音十分悦耳，每个字发音都十分清晰，有时我真以为听懂了。阿特赫曼担任翻译。

西迪·姆很博学，也就是说，他谈什么都要引经据典；引语越古老，越受人尊重。他相信每一则阿拉伯寓言，根本不听那些鲁米人[5]的。

我在阿尔及利亚遇见的所有学者都是这样；当阿特赫曼要"学习"，我就知道这意味什么：不是想弄清问题，而是匆忙搜集一大堆传统的答案。他们有了这些答案，就感到心满意足了。中世纪所谓的科学，也就是这种货色。

"《天方夜谭》中女学究王妃的故事，你读过吧?"阿特赫曼问我，"怎么样，你应当明白那里面有沿海有科学!"

我问西迪·姆，阿拉伯人和图阿雷格人关

---

5 阿拉伯人统称基督教徒和欧洲人为鲁米人。

系如何。他就隔着阿特赫曼对我说："图阿雷格人根本不喜欢阿拉伯人，经常袭击他们，阿拉伯人也非常怕他们。"

"然而，在苏夫绿洲的城镇里，能看到图阿雷格人吧？"

"他们承认阿米舍的隐士，"他又说道，"因为他对他们显灵了。他独自一个骑马出战，同骑着八十匹单峰驼的图阿雷格人对阵。图阿雷格人一齐朝他射箭，可是，你要明白，箭射到马身上，箭头仿佛变软，全部落地。而他绝不想伤害人，只射了一箭，就射杀六十五匹骆驼。"

他还说道："在那里，图阿雷格人认识一个地方，在山里，地方很大，很大，一直往前能走上十天；只有一条路通进去；而且只能单人行走。等所有人都回去了，最后那个人就滚动一块石头，将路堵死……喏，就像桌子这么大块；这样，任何人也看不出路了。正因为如此，他们不怕法国人。"接着，他又补充一句，

"这些情况，是一个图阿雷格人在因萨拉赫对我讲的。"

星期二

我若是说了夜色芬芳、皎洁，那么我本希望一直延续到拂晓的昨夜，我在这里还能记住什么呢？——照耀在中天的新缺月轮。前天夜晚还是圆月，并不显得那么姣好。昨天下过雨，窑子门前只见寥寥几个阿拉伯人，他们不怕肮脏的街道和泥泞的道路，还是从老村子赶来。夜晚绵软而惬意，残留的雨水，刚好使地面保持柔软；空中不见往常的灰尘，而是每件物品散发出来的幽蓝淡淡的烟雾。一群走动的人，在这种夜晚氛围中，显得十分和谐。

那么多朦胧的白影，那么多幽幽黑影，我本身便是其中一个黑影，不饮而醉，爱无所施的对象，我信步走去，时而任由月光爱抚，时而听凭暗影抚弄，掩饰盈眶的泪水，我满身夜色，又渴望消失在夜色中。——遇合也很随意，我时而同阿特赫曼，时而同阿里一道漫步，同他们一起品尝月亮的清辉，就像吃果汁冰淇淋一样，我时而感伤，时而艳羡他们虽然不年轻了，粗犷的精神却保存了可爱和稚气。

闻声知女人，听她们招呼，我微微一笑，或者停下脚步；在突然射来的灯光和咖啡馆的喧闹声中，只见游荡的神秘影子定了形，一时间显出形体，停了下来，继而重又投入并隐没在夜色中，而我也要乘夜色同他们一起消失。

啊！即使夜晚更加喧响，夜色更加朦胧，夜香更加多情，到了今天早晨，我还会留下什么呢？只有一点儿记忆的灰烬，搜集在我的心窝，而一阵风就会吹散，只能给原地留下灼痛。

星期四

如果说白天还难判定，那么夜晚却十分美好——比留下的记忆还美好。明明知道户外空气温馨，月光依然皎洁，明明知道在我离开这地方之前，为我照亮这座城市的月亮，每天夜晚就要迟一点儿，亮度也减一分，那么我怎么能够回房间，怎么能够睡觉呢？

星期日

不，这么灿烂的一天，我不能消磨在工作中，要出去逗留到夜晚。天朗气清……今天早晨，我要信奉撒哈拉的阿波罗，想象他满头金发，四肢黝黑，眼睛跟瓷人一般。今天早晨，我的快乐完美无缺。

我的朋友，穷苦的巴奇尔，白天饿着肚子等待夜晚，他在剥小小的大麻叶，准备晚上抽。他在穷困的生活中，就是这样等待夜晚降临，准备进入他的天堂。

我向他提起他的穷苦的时候，他却回答：

"有什么办法呀，纪德先生，总会过去的。"

他这话的意思不是盼望有朝一日能富有，

而是他这一辈子会过去的。

热　泉

我又到这儿来寻求什么呢？——也许就像光着发烫的躯体扎进冷水里痛快一下似的，我的空空如也的头脑，也将热情浸到冰冷的沙漠中。

地面上的石子儿很好看。盐碱亮晶晶的。在死亡上方飘浮着一场梦。

我拾起一块石子儿，托在手中；然而，它一离开地面，就失去光泽，失去美丽了。

四孔小笛子，用来表述沙漠的寂寞。笛子啊，我把你比作这个国度，夜晚听你不停地吹奏。啊！在这里，组成我们声响和沉默的因素少得可怜！稍一变动就能从笛声显示出来。——水、天空、大地和棕榈树……令我赞叹，小小的乐器，在你的单调中，我根据手指灵活的孩子吹得声声急促，还是优美徐缓，就能品味出你具有多么微妙的多样性。

我一页一页展示流转的四个声调，但愿我在这里写下的语句对你来说，就像这支笛子当时给我的那种感觉，我所感觉到的多样性单调的沙漠。

星期日

昨天夜晚封斋期结束。民众疲惫不堪，今天早晨就要一扫愁容，不料又下雨了。这天本来应当快活，却一副凄惨的样子。我们登上老要塞的废墟，居民要在那里露天祈祷。

路上烂泥挺深，直粘鞋子；阿拉伯人的虔诚犹豫起来；他们肯跪在泥地上吗？

有些人前往附近的清真寺，我们也跟了去。将近九点钟，天空略微放晴，宣布开始祈祷。我们又登上老要塞。那里约有一百五十名阿拉伯人，都好歹跪在席子上。一位年事已高的神父，由人扶着登上他们左边的简陋土讲坛。他祷告几句，众人跟着齐声重复一遍；接着，他就开始一种半礼拜式的预言，那朗朗声音虽带几分倦意，但十分优美。预言快要结束时，又下起雨来了。

我们只有几个人，恭恭敬敬地退避在左侧后面，我还不得不躲开一点儿，不让别人看见我流了泪。阴沉沉的老天似乎不接受这战败的人民的虔敬。在这种虔敬中，在这种对别的事物绝望的信念中，在这种呼吁中，冉冉升起沙漠的哀伤。

"他对他们讲些悲伤的话。"阿特赫曼回答我的同伴的询问。

这群排列整齐的人，仿佛在祈祷的风中偃伏，先后三次朝麦加方向膜拜，前额叩到地面。

在他们对面的祈祷线内，离预言师约二十米远的一个土台上，站着男男女女的旅游者，还有一组白袍修女，他们全都拿着照相机，对着礼拜的人照相；他们还嘲笑并模仿那位圣徒的声音。他们崇拜另一个上帝，就觉得高人几等。

我做梦又旧地重游——已是二十年后。我经过这里，谁也不认得我了，陌生的孩子也不冲我笑了；我不敢打听我从前认识的人情况如何，唯恐认出就是活得太累而弯腰驼背的这些人。

十二月二十一日

昨天是阿拉伯人的节日，雨几乎未停，下了一整天。街道烂泥一塌糊涂，没人愿走，都溜着墙根。山峦顶峰下了雪，在橙黄色的景物上面涂了一片抽象的白色。阿特赫曼走路，把泥点溅到我身上，他对我说：

"今天，有个人恭维了我一句，听着真舒服。他对我说：'阿特赫曼，小伙子，你不了解自己，不知道自己的价值。'"

他扎一根奇特的腰带，虚荣心就能得到满足的时期，已经离去多远啦？

星期一

开酒馆的犹太人巴布的妹妹结婚。按习俗，喜庆持续三个夜晚。谁都可以进去。头一天夜晚专门接待奥拉德人；第二天夜晚留给亲戚和有身份的妇女；第三天夜晚则不拘什么人。我出于好奇，更因为无事可干，就是在第三天夜晚进去的。

这是家大众酒馆，外观很丑陋，里面挺冷；我走进的第一间餐室灯光昏暗，但不是婚庆的地方。

我们走进了私宅。我身边有个法国装束的犹太人，大腹便便，满脸堆笑，长相十分粗俗。再远一点儿，同样靠墙，则是新娘，倒有几分姿色；挨着新娘影影绰绰有个人丑陋不堪，眼睛无神，睡眼惺忪，不是睡着就是醉了：正是新郎。

一个女人在跳舞，布阿泽的尖利笛声使我的脑袋发涨。每人都装作很开心。我和阿特赫曼却不过酒店老板的盛情，喝了薄荷绿酒。我找不到放杯子的地方，就把酒喝掉；然而，老板一见我杯子空了，就立刻给我斟满；最后几杯，我只好倒在地毯上。我们出去时下雨了。我离开阿特赫曼，离开所有人，独自在黑夜里淋了一通雨。

星期日

天空纯净如洗，但是冷风凛冽；我需要更高的温度以便开放。

我们在岩石坡上采了些小花，但味不香，色不艳，质却不弱，连花冠都是木质，一见太阳就闭合。没有花茎，匍匐在地面上，就像圆锥头的木钉子，又好似附在岩石上的帽贝。对，主根紧接着花朵。这种花长在干燥的沙地上，极不显眼，就伏在那里等待，只要下一阵雨就开放，而花开却看似腐烂。

沙漠的空旷教人喜爱细小的东西。

我寻找个花园避身写东西；飕飕刮着寒

风，在户外到哪儿都冻得瑟瑟发抖。

我们决定明天早晨动身。我做得到吗？极小的一点快感，有时会突然唤醒一种十分隐秘的余味，致使我立刻丧失同这里割舍的勇气。

星期日夜晚

在路上看不见这座小花园，要穿行酒店才能进去；我们坐在这小花园里，暮色渐渐降临。

园中有点流水，有几株花渐渐凋谢。

两棵干瘦的枣树在我们两侧，正好框住如血的残阳隐没的那方瑟瑟天空。布阿泽到园中来找我；园中便升起他那芦笛的歌声，如同暮色中鸟儿的鸣唱。这笛音，已不是我在这里常听见的那种含混的呼啸，而是特别清亮、高亢、激越，撕破暮色，有时还带几分痛苦。阿特赫曼则同笛声对歌。

他唱一句，笛子就应答，再加点儿颤音重

复旋律。歌中唱道：

青春蹉跎在流亡……

他唱了他第一首诗，第二首诗套的歌曲：

我敲花园的门扉，
夜莺说声请进来；
为我开门是玫瑰，
接待我的是茉莉。

最后一首诗套的歌曲：

只因同她接一吻，
我就斋戒一月多。

月亮还是窄窄一叶小舟，在如水的天空行
驶。月光只是微微照见布阿泽的俊俏面孔；我
赞叹他那灵巧的手指抚弄暗如夜色的芦笛。

星期一夜晚

我的手伸进水中，思忖道：你再也见不到了，永远也见不到了，就是这眼泉，夜晚你来坐到泉边。

这里一股静静的流水，我的双手悄无声息地探进去。

我听见周围事物游荡的声响……还记得哟……一天月光皎洁的夜晚，我来到这里。在蓝莹莹的月光下，棕榈树影朦胧，俯在水面上……

永远哟，永远也见不到了，我心中又暗道，然而这静静的流水，此刻还在这儿……

回　返

那不勒斯

　　旅馆餐厅灯火辉煌，显得有几分豪华，尤其喝下的几杯法莱尔纳葡萄酒上了头之后，隔着窗帘，又听见从敞开的窗户传来的传统小夜曲。这种音乐在阿拉伯人听来，会觉得多么肯定而直接啊！意大利人心灵里的平庸、浮夸、多愁善感，都在这种便宜的旋律中神气活现。然而眼下，这旋律却搔人弱点，只要有两分春意撩逗，我就不觉沉迷其中了。

罗马　平奇奥山上　一月末

　　屋顶很美。太阳偏西了，一时间被一条窄

云遮住，但阳光还照耀屋顶。下过一阵雨，从深巷升起雾霭；从雅尼古拉山则降下一片雾气。我就像波吕许尼亚[1]似的凭栏，那姿态就像对行人说："这是个梦幻者。"我绝未做梦，而是在观赏。平屋顶由阵雨上了光泽，闪闪发亮。杂陈的房舍，在暮晚潮气中融为一体了；街道恍若河流，广场好似湖泊。高建筑的圆顶和钟楼，纷纷矗立在残照中……不，我没有做梦。况且，我要梦见什么呢？面对这种现实，我为什么要闭上眼睛做梦呢？

巴黎　二月

我又同别人见面，并不那么欣喜，我觉出他们都明显感到这一点。

为什么我在 T 面前，不由自主地谈起旅行？毫无疑问，我从远方带回来的全部感受，他都理解……

1　波吕许尼亚，希腊神话中主管颂歌的缪斯。

他没有去领略的欲望。

库沃维尔　八月

我喜爱完美的盛夏、烈日的宁静。我喜爱这正午时分：这时，平原上难熬的灼热取代了早晨清亮的歌声，收割完了的田地上空气震颤，老斑鸫则在滚烫的垄沟里伸展翅膀。我在闷热的树林中行走，呼吸着蕨草的气味，一直走到树林边缘，一直走到傍晚。

我喜爱迷人暮晚的气味、麦垛的阴影、海上升起的雾气。在我们国家，这种雾气往往在日落时分升起，扩散开来，润泽平原，一入夜就骤然变得清爽，往空气中倾注了怡悦之感。

苛求的心啊，永不倦怠的心啊，还渴望什么呢？

……在这种暑热的日子，我想到游牧者的奋进：啊！既停留在此处，同时又能远去他乡！啊！化为云烟，分解消散，只要一阵清风，我就无影无踪，乘风而去……

一旦夜色又弥漫我的房间，我就从敞开的窗户听见不远处收割工的喊声：他们收割完毕，又回到村子。女人和孩子半躺在一辆大车的草堆里，男人则在两边步行。他们全醉醺醺的，粗声大气地唱歌，纯粹是牛群吼叫。有时，一种吼叫更显响亮，那是他们会吹奏的唯一的乐器海螺的声音。往年，有多少回啊，我听见平原上这种喊叫，觉得声声是对我的呼唤，我跑出去……多少回啊！这些人形貌丑陋，他们的神灵也奇形怪状。噢！多少回我跑向他们，又厌恶地掉头回来，几欲垂泪……

今天夜晚，这些歌声再次吸引我。

九月末

河水特别温暖，跳进去沐浴十分惬意。乍进水觉得不如空气灼人，但是水温均衡，很快就给人以暖意；继而从水中出来，湿漉漉的肌肤，又觉得空气凉爽了。然后，我们再跳进水里，接着躺下晒太阳，继而再到树荫下，就觉得像夜晚一般凉爽。——阿拉伯人张开的衣衫啊！——

伙伴啊！伙伴啊！——朋友！在诺曼底的秋季，我梦想沙漠的春天。

棕榈在风中的絮语！蜜蜂嗡鸣的杏树！热风！空气甜丝丝的味道！……

北风击打我的玻璃窗。雨下了三天了。——噢！沙漠旅队多美啊，正值黄昏时分，在图古尔特，太阳落入盐海中。

漫游土耳其

◼

四月（一九一四年）

给 Em[1]

    为了您，我从旅途笔记上撕下这些散页，抄录并附在信后：我在那里给您写的信分量不足，这些散页分量更加不足，我本来打算补充完整，使之尽善尽美，却又办不到。旅途中，天天做笔记，总抱着希望，一旦回家，就可以从容地重新组织记述的文字，重新仔细描绘沿途的风光。然而回到家中便发觉，添加上去的任何艺术手段，其效果只能冲淡当初的感奋，而表达这种感奋的极为天真的用语，却始终是最富有感染力的。因此，我就原本原样地照抄下来，而不减损其青嫩之色。唉！最充实饱满的、最鲜活激动的日子，也正是笔记本上了无痕迹、我只能及时享受的日子。

到了索菲亚，我终于将一包校样[2]送到邮局寄走。塔德·纳堂松在维也纳离开我们，而勃朗科旺则在布达佩斯同我们分手——迈里什夫人也正是在那里同我们会合。我们只能给她预订了铺位；和她同车厢过夜的一位亚美尼亚女士极为持重，神态高贵而可亲。……她向我们介绍了不少有关君士坦丁堡，以及她生活的布尔萨的情况。

我阅读《比芭走过》[3]，盖翁则同一位很有身份的工程师谈论政治（那位工程师刚刚购买了卢浮西安讷古堡）。盖翁让人将选举的简要结果给他寄到索菲亚。塔拉马竞选失败，也就打消了盖翁因投票之前启程而残存在心中的遗憾。

保加利亚人真丑！有人说他们是排外的；随他们的便吧！

---

1 纪德的表姐玛德莱娜在作品中的简称。
2 纪德的《梵蒂冈的地窖》的校样。
3 英国诗人勃朗宁（1812—1889）的诗集。

四　月

在安德里诺布尔[4]和查塔贾之间，观赏不毛之地，茫茫一片的区域，就不大奇怪为什么土耳其人没有拼命守卫[5]了。几十公里几十公里过去，也不见一间房舍、一个人影儿。列车沿着一条小河的曲岸行驶，持续不断地拐弯抹角，行速不得不放得极慢。没穿一条隧道，没过一座桥梁，甚至连一段路堤也没有。与我们同行的卢舍尔先生向我解释说，承包铁路修建的希尔什男爵，是以公里数结算工程款的。发了大财！

好几条野狗从远处跑来，餐车上有人将吃剩下的东西包在纸里扔下去，野狗就撕开争食。

在没有花的黄菖蒲和芦苇间，在一条半满的灰色积水的沟渠边上，贴着污泥趴着水鳖，

4　即今埃迪尔内。
5　指1912年至1913年的巴尔干战争。

一窝窝水鳖，一群群水鳖，全是泥土色，真像是水臭虫。

真高兴，终于又见到鹳了。甚至还出现几匹骆驼。一簇簇火红色的野牡丹随处可见——我们的邻座，布尔萨的一位富有的亚美尼亚女士，硬说那是虞美人。

我的旅伴同一名土耳其青年攀谈起来。那青年是贵公子，从洛桑归来，他在洛桑"学习绘画"，生来第一次离开家，一走就是七个月。他进来时，腋下夹着左拉的一本书：《娜娜》。说他"很喜欢"，也喜欢"纪普夫人的书"。他自称是彻头彻尾的"青年土耳其人"[6]，相信土耳其的未来。不过，这话一时我还难以相信。

五月一日

君士坦丁堡完全证实了我的成见，它和威

6 指相信社会进步的土耳其青年一代。

尼斯一样，打入我心中的地狱。不管欣赏什么建筑、清真寺的什么装饰，总要得知（其实也猜到了）那是阿尔巴尼亚或波斯风格的。大力推行，金钱作用，全都来到这里，好似威尼斯，甚于威尼斯。本土什么也没喷射出来；多少种族，多少历史，多少信仰和文明相摩擦，相冲撞，产生了这样厚厚的泡沫，而泡沫下面，再也找不见一点土生土长的东西了。

土耳其的服饰，想象有多难看就有多难看，对于这个种族，倒也的确物尽其用。

金角哟、博斯普鲁斯、于斯屈达尔、埃于普的柏树哟![7]风光再美的地方我也不会倾心相许，假如我不喜欢居住在那里的人民。

五月二日

离开君士坦丁堡真高兴，它应由别人去赞

---

7 君士坦丁堡（伊斯坦布尔）所属的一些区镇。

颂。海豚欢跳，海洋欢笑。亚洲的海岸多么宜人；[8]附近的参天大树，羊群前去乘凉。

布尔萨，星期六

穆拉德一世[9]清真寺的庭园，带阳台的庭台中央有一个往下流水的承水盘，庭台左侧还有一个小点的承水盘，由一座彩绘的木亭子遮护。我没有拣大承水盘的边沿儿，而是拣小承水盘的大理石边沿儿坐下。清凉水池深深的中心设一个普通的圆口儿，涌出水来，泉水静静地绽开；我在泉眼上俯身注视良久。同样在水池底部，但是靠一边儿，还有一个同等大小的水眼，往里吸水。水在大理石的池中停留片刻，里面就有微小的水蛭游动。

清真寺的白墙上，一棵梧桐树影摇曳。上面一个拱形架，连着两个小拱形架，非常

---

8 君士坦丁堡横跨欧亚两大陆。
9 穆拉德一世（约 1326—1389），奥斯曼王朝的苏丹。

简朴，几乎没有浮雕，模仿锡耶纳[10]的风格，但是创意又自不同。浮雕的凹处，有一群燕子做了窝。我的脚下便是布尔萨的绿色地带，铺展着明媚的静谧。周围一片寂静。空气难以描摹地纯净；天空像我的思想一样清亮。

哈！哈！焕然一新，从头开始！多么欣喜地感受到这种美妙的温情：浑身细胞像过滤牛奶似的过滤激动……处处有浓郁花园的布尔萨，纯洁的玫瑰色，梧桐树荫下疏懒的玫瑰色，我的青春怎么可能一点儿也没见识过呢？已经见识过？难道这是我寄寓的一种记忆？真的是我坐在这座清真寺的小庭院里，呼吸着，并且爱你，真的是我吗？抑或我仅仅梦想爱你吧？……纵然真的是我，这只燕子也曾飞到我近前吗？

---

10 意大利城市。

布尔萨，星期日

我一旦喜欢上一个地方，就渴望住下来。然而，在此地我不会交上一个朋友。我的孤寂，只投合树木、流水的潺潺声，以及集市街道上方枝叶编织的影子。居民丑陋，这是各种文明遗留的泡沫。

今天，有五个犹太孩子陪同我们，从绿清真寺一直走到市场和旅馆。他们每个人都好像种类不同，只有两个，看那样子能猜出是犹太人。他们是西班牙犹太人，布尔萨的犹太人均如此。他们上法语学校，讲我们的语言，话多得惊人。他们请求陪着我们："是真的吗，太太，在法国，每条狗都拥有一个主人?"还问："在法国……水不好喝，对不对，只能喝葡萄酒吧?"

他们每人都有打算，过两年一通过考试就去巴黎，到欧特伊东方犹太学校深造，以便最终成为一位"先生"。

星期二

第一天，我只买了一只小瓷杯，很古旧，想必是来自一个更遥远的东方国度。瓷杯像手掌心那么大，浅黄地儿上绘了近蓝色的图案，布满了龟裂纹。

这头一天，我们到市场转转，觉得趣味索然，大失所望。装饰极庸俗的店铺上面，全挂着五颜六色的丝巾，这种千店一面的景象把我们吓跑了。可是第二天，我们又走进了店铺里……

这第二天，我买了三件袍子：一件绿色的、一件苋红色的，每一件都饰有金丝。绿袍反光呈紫色，适于思考和研究的日子穿着。苋红袍子反光呈银白色，我要写剧本时就用得上了。第三件是火红色的，逢怀疑的日子我就穿上，借以激发灵感。

买了这几件袍子，又不得不买无纽扣肥袖的东方式衬衫；接着又得买凹面的土耳其鞋，脚穿进去便有异乡之感。

那天上午，我从市场回来，走在远远往山上逃逸的狭窄街道上，看见两头驮雪的骡子。雪是从奥林波斯山采来的，用毛纺布半包住托着，防止绳子勒进去，骡子两边各一坨儿，宛如大理石块。

我在比市区略高的地方，发现一个休憩的好去处：草地躺着十分清爽，高高的杨树形成一道幕帐，布下一片淡淡的阴影。市区展现在我面前，脚下便是穿城而过的急流；过了一会儿，我便溯急流而上，深入奥林波斯山最后这条冲沟。这里光秃秃的，很难看，但是地势高些，从很远处就望见山羊群，肯定是一名牧人在放牧。啊！在亚平宁山脉或奥雷斯山[11]的山坡上，就像这样，一连多少个小时在牧人身边，跟随着母羊或山羊群，自己也成了牧人，听着他们粗鄙的笛子向我的心灵低声歌唱：

---

11 亚平宁山脉位于意大利境内；奥雷斯山位于阿尔及利亚境内。

啊！但愿我也是你们中的一员！[12]

布尔萨，绿清真寺

休憩、清亮、均衡之地，神圣的蓝色海岸；没有波纹的碧蓝；神思完全的康健……

从庭园下方冲起的喷泉，由一束阳光映成银白色，我只能看见水注的顶端；我身边的承水盘溢出水来，维持着潺潺的流水声，而野鸽的咕咕声充斥空间。盆栽的细弱的柠檬树，围护着承水盘，树上的鲜花与果实并存。

在此地怎么能怀疑人是为幸福而生，而在幸福中，无不迎刃而解，有始有终。我是幸福的。

---

12 原文为拉丁文。引自贺拉斯的《牧歌》第十章。

清真寺哟，一尊卓绝的神住在你这里。正是神建议并允许，这块平石才神妙地悬垂在拱肋和断接点的正中，恰恰在两个弧形肋应当相会的位置；两个弧形肋，到这秘密而活跃之点，就随意而止，到这亲和与相爱之处，就暂停而要休息了。精妙的喷泉哟！在确定的自由中活动！我的神思哟，你但求细腻，多么从容不迫！

在这神圣的地方，我沉思了很久，终于领悟到，正是在这里，批评之神等待我们的骂信，而他劝诱的便是纯净。

一股冷风从白顶的奥林波斯山袭来。气流发蓝，十分凛冽。

布尔萨，星期三

昨天夜间，一阵奇怪的、莫名其妙的喧哗，将我们惊醒。我从沉睡中醒来，开头还以为六时要动身的隔壁客房的人在收拾行李，可是一看表才知道刚到凌晨三点钟。不对；喧闹声是从外面传来的，好多人在跑动，在叫喊；在这些清晰可辨的叫喊声中，还能听见大群人呼唤和哀号，汇成了持续不断的喧嚣；继而，传来低沉的枪声，有的更为清晰，而且听似从城中不同的街区传来，就更加令人不安了。一时间，我判断是发生暴动，大肆屠杀了（在这个国家，随时都可能发生这种情况），出了亚美尼亚人、希腊人、犹太人……或外国人的圣巴特罗缪惨案。我跑到窗口，只见一大片火光，红红的，明暗不均，凄惨地照亮了大树；那些枪声就是火灾的警报。

火场似乎很近，我急忙穿上衣服。距旅馆大约一百米远，有一家烧酒厂和酒店，全起了火。我赶到时，大火烧得正旺。许多人都跑来，场面混乱不堪，他们扯着嗓子喊叫，我弄不清他们是表达恐惧，还是激励救火的人；奔跑着打水救火的人，拎着的铁皮桶十分破旧，水要漏掉一半。附近的房舍大多是木板房，而上次伊斯坦布尔大火还记忆犹新，令人心有余悸……我面对难得一见的场景；足足看了半小时。继而，救火车来了，不是来一两辆，而是闻火警，从全城各个救火队几乎同时开来八九辆，十来辆。由于当地水源充足，火势很快就控制住，随后就灭掉了。我返身回房睡觉时，天已经放亮了。

前往尼西亚[13]的途中，五月九日

我若是前几天离开布尔萨，就会少几分遗憾了。这座小城有一种魅力，有一种神秘的美，能将人迷住。起先，我过分在这里寻找阿尔及利亚给我留下的回忆。结果不免懊恼，既没有听到音乐，也没有看见白衣衫，只有一张张奇丑的面孔。然而从此以后，又怎么能忘记

---

13 即今天的伊兹尼克，位于布尔萨东北方向七十五公里。

昨天傍晚这次散步呢：从穆安津[14]时刻起，漫步一直延长到深夜，走在时而被墓园切断的小街巷中；同样，又怎么能忘记登高俯瞰全城的景观呢：城区沐浴在青烟里，在烟雾中飘浮，只露出清真寺高高的尖塔……

五点钟我们离开布尔萨。天空布满乌云，浓雾将城区的最后部位也遮住了，如同演出梦幻剧要换背景时放下的灰色罗纱幕。路边的树木显得更加粗大了。在这些时而探出雾气层的大树下方，连续不断栽植了矮小的桑树，一排排很密，直接占据了出城的地段。再远一点儿是田地，接着是旷野。道路终于缓慢地攀升，耕地越来越稀少了。希腊人、亚美尼亚人耕种这些土地，土耳其人几乎从来不干农活；因此，如果没有这些移民，土地也就只好撂荒了。至少我们的译员是这样向我们明确讲的。他是布宜诺斯艾利斯的犹太人，除了希伯来

---

14 原为"宣告者"，即登上清真寺尖塔报祈祷时间者。

语，能讲各种语言，他是苏丹的奴仆、意大利籍人，尽管有个德国姓名，不过那名字太难发音了，就干脆取个武士的名字：尼古拉。

尼古拉一身环球旅行者的打扮：下穿灯笼裤，裹着护腿皮套。他那土耳其帽上又扣了一顶帽子，但是爱出汗，经常摘下帽子擦一擦，露出光头圆脑袋。他是遵从他友人的一名大夫的建议，才刮胡子的：那是在开罗，由于苍蝇和沙尘，他害了眼疾；于是，那位大夫对他说：您刮掉胡子，每天早晨用柠檬汁洗眼睛。从那天起，他就总刮胡子，眼疾再也没有犯。

他穿戴很讲究，一副趾高气扬的样子，同当地官员套近乎，见着外国人则一副媚相，对待地位低下的人又傲气十足，陪同旅游者赚足了钱。不管问他什么，他都能随口回答，人家不再问了，他还要讲很久。

由于路太陡，我们都下了车。尼古拉沿途碰见人就搭讪。这儿碰见个牧人；再往前走，迎面又来了个樵夫：那樵夫背柴累弯了腰，瞧见我们走过还笑了笑。尼古拉指向他的脸：

"瞧瞧他那牙齿！从来不刷。多可爱的小伙子！特别又特别！本地人全这样。在别的地方还从未见过。瞧瞧他们看见外国人那副高兴劲儿。这很有意思。就凭这一点，也值得来游一游……"如此等等。

他全能应付，不管谈起什么，他总重复这一套。

真激动，在山中发现库沃维尔那种<u>瑞香</u>树<u>丛</u>，花开得正茂。花儿的模样倒也不太显得移植他乡：我还看到埃斯泰雷勒山的岩蔷薇，同诺曼底的那种犬蔷薇混杂而生。不过，此地每棵植物似乎长得更粗壮，长得更开，舒展着完好无损的茎叶。自不待言，这些草木能如此健壮，完全亏了大量鸟类为它们捉光了害虫。

鸟儿真多啊！每棵树上都落满了；浓雾也充满它们忧伤的歌声。土耳其人虔诚地保护鸟类。在布尔萨的集市广场上，两只掉了毛的老秃鹫和四只受伤的鹳，就悠闲地走来走去。鹳到处都可以见到；我见了还像头一天那样开心，也多少安慰我一点儿没有骆驼的遗憾。

约摸九点钟，雾气消散了；我们过了山之后，云雾也裂开缝隙，回头便能望见奥林波斯山的整个雪原。

大雨冲毁了道路。当然，这条路像御道那样，有些地段铺了石头；然而，这些石头特别大，又极不均匀，根本没有嵌入路基中，因此，最好还是离开正道，沿侧边行驶。这条路的一段翻修工程承包给了一个法国人，刚才我们遇见他了。他骑着马，陪我们走了一会儿，到了他的工程段的末端，便同我们分手，还告知前方道路"更糟"。

这条路首先绕过茫茫一片沼泽地：据说从前这里是耕田，三十年前各地突然喷出水来，淹了庄稼，排不出去便成为死水，结果芦苇取代了庄稼，青蛙取代了麻雀。青蛙喧噪，从此岸到天边的彼岸汇成一片。我们望见鹰隼在沼泽边缘上空盘旋，不禁怀疑它们是否能猎到食物，因为这里除了青蛙，并没有什么可以猎取。不过，有时还真飞起一只黑水鸡或野鸭子。看来，沼泽地中间准有更奇特的猎物出没，据说就有鹈鹕。我极目搜索密密的灯芯草、芦苇丛，只见新发的绿苇上方，有去年的枯茎和凋谢的冠缨，仿佛悬垂着一层淡红的云。

到了耶尼谢希尔，我们又上了好路，可是前面一段耽误的时间太多，抵达尼西亚已是夜晚了。

啊！霞光多美呀！穿过山口，我便发现另一面山坡……刚才旅伴们都上了车，而我继续徒步登山，加快脚步抄近路，希望在他们之前赶到山口，以便停留片刻。然而，车越落越远：走在山中往往如此，看似最后一道山峦，殊不知山后远处还隐藏一座，上了那座山，又有一座峰峦显现。正是赶羊群回去的时刻，山坡活跃起来；我在昏暗中走了许久，听着鸟儿入睡之前的鸣唱。

另一面山坡一片金黄。夕阳在尼西亚湖的那一边沉落，平射的余晖映得湖水明亮耀眼，那一带正是我们要去的地方。伊斯尼克小村庄，在绿树映掩中已清晰可辨，坐落在古城的围墙里显得特别宽敞。时间已晚，我们的车辆放开速度，顺坡冲下，不管有没有陷坑，一路抄近就直，也不顾有什么危险。我简直不明白了，怎么还会翻车，反正我们的车没有翻倒……到了山脚下，马停下来喘息，那儿还有泉水，我想车夫也饮了马。我们重又往前赶路。空气出奇地温煦；浮游的云阵，在夕照的金色霞光中舞动。我们右侧，天空虽已暗了，但是还不见一颗星；而我们惊奇地看到，在天空火烧云的上方，唯有一轮皓月，已经明亮如镜了。我们正要过哈德良城门的时候，月亮就从山脊露头了，大大的满月，那么突然，出其不意，如同神灵显形。自从第一次到图古尔特[15]以来，我以为还没有尝到更为奇妙的激动：伊斯尼克小村进入夜晚，蜷缩在它宏伟的废墟里，在它过于厚重的历史中，显得多么惭愧，只在那里发霉，分解出贫困和燠热。

　　我们稍微吃了点儿从布尔萨带来的食物，便出去观赏夜色。月光温柔皎洁。旅店出门便是泥坑，土壤仿佛腐烂了。门前有一个孩子，一动不动地靠墙站着，他满脸溃烂了。我们随意走走。一条坑坑洼洼的街道走到头，却是一片开阔地；我们面前有大朵大朵浅色的花，瞧不见花茎，到处皆是，轻轻摇曳，恍若漂浮在水面：这是一片罂粟田。不远处，一只猫头鹰在一座清真寺的废墟上啼哭，它在我们走近时便飞走了……我们又返身走向昏昏欲睡的神秘村庄。不见一盏灯光，也没有一点声响，仿佛

---

15 1900 年 11 月和 12 月，纪德曾去阿尔及利亚旅行。

全死了。

天空异常瑰丽，一只只鹳飞舞盘旋。

土耳其儿童一过十二岁，甚至一过十岁，就谨慎起来，好像进入防卫状态。

少女或女子的那种谨慎。

五月十日

乘马车一直到梅吉迪耶，再换乘火车直到埃斯基谢希尔。一望无际的平原，没有悦目的景物，是阳光一统的世界。有时出现一大群黑水牛，我们在君士坦丁堡已经赏鉴过；有时还飞过几只鹳。我的目光则不知疲倦地体味空间无穷的吸引力。

五月十二日

早晨五点钟，从埃斯基谢希尔动身，昨日我们在此地过渡待了一整天。火车驶入能望得见位于城西南的神秘隧道。贫瘠的红土山之间的峡谷；土山并不很高，但是各处高度相等，就好像修剪过似的，最后形成平台，不长一点草木。在如洗的晴空下，这条山谷显得异常庄严。

又行驶不久，河流两侧的山峦更低矮了；山峦的顶峰闪着银光：几棵松树在坡壁构成一块花斑。火车终于驶入平川，但不时还有风化的怪石。村落相距很远，每个村子都有一座立着巨石柱的墓园。

继而，地貌又变了。土壤丧失其红色。一条涓涓的溪水，流在陡峭的细岸之间，在起伏不平的地段上斗折蛇行，迟疑不前。大片大片的耕地，一直延伸到这些怪石脚下，而这种怪石，隔一段距离就突然深嵌在地里，犹如灰色的堡垒，怪模怪样，上面生点儿苔藓，有些发绿，平展的地方则披上矮矮的青草。田地是耕种了，可是农民在哪里？相当长一段时间，放眼望去，不见一个人，不见一座村庄，甚至连一顶孤零零的帐篷也没有。

在屈塔希亚的岔道口，在离十公里远一个高地脚下就望见了。站台上那个孩子是蒙古脸型。我们的导游明确地告诉我们，屈塔希亚城所有居民都是这种相貌。

阿菲永卡拉希萨尔

"鸦片的黑色城堡"。阴暗和凶残的王国。城市的四周，是大片大片的庄稼地，见不到约阿纳所讲的罂粟田的一点影子：据他说，到了五月份，罂粟田美极了。

我们的列车将大批士兵送回家乡。他们是从君士坦丁堡来的，我们在埃斯基谢希尔上车时，就看见他们在车上了。他们参加了巴尔干战争，现在终于从医院或监狱里出来了。在阿菲永卡拉希萨尔上车的那些士兵，是从也门的士麦那归来的，他们到那里镇压了一场阿拉伯人暴动。他们自己也没得好，沦落到被镇压的境地：大多数人衣衫褴褛，肮脏不堪，有一些看样子半死不活了。尼古拉招呼我们，指给我们看一个士兵：他只剩下一个腿套，也只穿着一只鞋子，衣衫成了破布片。他的布裤子撕破了，耷拉在没有腿套的腿上。他瘦骨嶙峋，完全脱相了，身子虚弱到极点，上车不得不让人给搠上去。起初，他在阿菲永车站站台，坐在一个口袋上；一个伙伴朝他俯过身去，他回答当然只是摇晃着脑袋。他那眼神令我想起一匹骆驼的眼神，那是被遗弃在姆赖耶[16]至图古尔特的沙漠路上的一匹骆驼。有一瞬间，他抬头看我们的车子经过，随即又耷拉下去，就再也抬不起来了；最后，他接受点儿水，或者别的什么，是另一名士兵给他喝的，为了表示感谢，他挤出个笑来，牙齿全露出来，那怪相真吓人。

"太太看见了他那身穿的，"尼古拉说道，"土耳其军队全如此。我还从来没见过这样的!"

---

16 姆赖耶沙漠位于毛里塔尼亚境内。

阿克谢希尔站下一个小站，我们看见他下了车。他似乎拿不准该不该在那儿下车。那真的是他的家乡吗？看样子他不认得了，也没有人认出他来。他走到一位长官跟前，行了个军礼，对方却没有还礼。村子许多人，从好几公里之外赶来。火车停了一段时间，我们看见大家都高高兴兴，用车子将新到站的人带走。我们原以为也会看到他上一辆车，可是不然，车站周围的人走净了，我们从驶离的列车上望见他朝大路走了几步，又停在那里，独自一人挺着身子站在太阳地儿上。

路升高得很快，一直上了一片高地，能俯瞰往北一直延展到安卡拉的大平原。太阳落山时，我们正穿行隧道，要进入另一片平原，即延伸到托罗斯山脉的科尼亚平原。望去已经暮色苍茫，车抵达科尼亚时已经入夜了。

科尼亚

M. 德·S 太太，在这里是唯一的女士，同样，我们也是唯一的游客。在我们旁边就餐的人，是来这里"做生意"的；各国人都有，然而打个照面就会明白，他们不是来科尼亚闲逛的。

旅馆就在火车站旁边，而火车站离市区很远：有一列小火车，要穿过死气沉沉的郊区通往市区。不过，在谈科尼亚之前，我有必要先讲一讲，对于这座城市我发挥了多大想象力。同样，我还认为（我很难不这样认为），越深入了解，一个地方就越变得奇特。前不久铁路建成通车，前往科尼亚几乎很方便了。行前我看了令人赞叹的塞莱久西德[17]遗迹的照片，来此地就是要看实物。我根据遗迹，随心所欲建起整座城市，要东方式的，非常华丽。总之我

---

17 塞莱久西德，土耳其一个部族，在科尼亚建国，13 世纪进入强盛时期，版图扩展到伊朗、伊拉克、亚美尼亚、整个小亚细亚地区。

知道，这是苦行僧之城，有点像土耳其的凯鲁万[18]城……

我们早已饥不可待，要见识见识奇迹，一饱眼福，吃罢晚饭，盖翁和我便乘夜出门。我们不知道市区离得这么远，看到旅馆四周一片寂静，还不免惊讶。一条宽宽的林荫路两侧，有几点灯光，那是低俗的咖啡馆和几家没有特色的店铺；再往前便空荡荡的，夜色弥漫。几百米远之外，有一处要明亮得多；我们想，那大概是个娱乐场，结果大谬不然：那是一辆汽车的车灯，思维尔帕夏[19]的汽车，次日听说他从一座城市驶到另一座城市，核实土耳其还掌握的力量。他尽管一再许诺，五年之内绝不重开战衅，可是这次巡视却丝毫也没有向我们表明这种意愿；而我们到了安纳托利亚高原以来，就听到了令人极度不安的传闻。

---

18 凯鲁万，突尼斯古城。
19 思维尔帕夏，当时任"青年土耳其"政府内政部长。

这第一个晚上，我们连夜探幽，回来狼狈极了。次日五点我就起床，乘首班车进城。

说到末了总得承认，我到土耳其之后所见到的庞杂的、庸俗的、丑陋的东西，科尼亚要远远排在前面；同样也总得承认，这个国家、全体人民，在残废短缺上，在丑陋猥獕上，超过了人们所惧怕或希望的程度。难道必须来这里确认，我在非洲所见到的一切多么纯粹，多么独特吗？这地方全那么肮脏，那么笨拙，那么暗淡，那么掺假。当然，科尼亚逐渐趋于庸俗平淡，尤其巴格达—巴赫纳铁路与它相连之后，尤其警察总署一道命令，为了健康原因，要拆毁所有平顶，改建瓦房之后。照我的推断，不是追溯二十年至五十年，而应当追溯几个世纪，才能在科尼亚见到真正而独特的意味。科尼亚背依高山，面对平原，这种地理位置就势必联想到比斯克拉，一比就更逊色了（说得更准确些，它在我的思想里掉价儿了）。无论从山色还是形貌来看，阿马尔卡杜山比这里的山美多了，沙漠比这片平原美多了，棕榈树比这里的树木，阿拉伯人比这些土耳其人也都美多了。

我们在这个国度跑了大片地方，到哪儿都难得见到悦目的服装或面孔，也就有个把儿茨冈人、库尔德人或阿尔巴尼亚人还行，不知是怎么一直闯到这里来的其他所有人，无论是土耳其人还是犹太人，亚美尼亚人还是希腊人，或者保加利亚人，全戴着土耳其帽，在我看来都同样丑陋。每个省份都聚集了这些爱好不同的种族，犹如积聚了厚厚一层泥炭；如果说有时哪个种族唤起我的怜悯之心，那也是因为我得知它在受压迫。

看了城市的全貌，对十三世纪科尼亚保存完好的一点之物，我甚至也生了厌恶情绪。倒不是由于我觉得这些文物也许不那么出色，而是我更加确信这不是土生土长的鲜花。这些彩釉陶器和雕塑的精美艺术，以及土耳其境内所发现的一切具有特色的、牢固的和美的东西，全来自域外。

我开心极了，在一座广场撞见我们那位自称非常熟悉科尼亚的导游。还不到六点钟。我有充分理由怀疑，他也是头一次来这里，在我们起床之前，赶紧排练自己的角色。

思维尔帕夏今天上午十一点离开科尼亚，乘专列走了。我们到了欢送现场。我们没有费什么周折就进入站台，那里已经汇聚了当地商务和铁路的各界代表。其中一人戴顶高帽，其他人则戴着土耳其圆帽，全像金融企业的小股东。思维尔帕夏待在门朝站台的一间小屋，等待开车的时刻，由他的条顿—土耳其的办事班子簇拥着。从敞着的门能望见他坐在一张桌子前，而军衔较低的一些军官和报纸记者，则恭敬地站在一旁；人们能认出思维尔帕夏右首的那位，正是德国将军利曼·冯·桑德尔斯。

童子军或者类似的什么少年组织，从我们面前鱼贯而过，他们穿着浅蓝色、鹅黄色和菜绿色的毛纺紧身上衣，最小的走在前排，队尾的那些人拿着西洋乐器；他们迈着检阅的步伐，全像土耳其成年人那样丑陋了。接着，列队而过的体操或射击团体，他们是国家未来的生力军，一个个又滑稽又难看，但是已经让人感到，他们准备为"事业"抛头颅洒热血了。思维尔帕夏会满意地离去。

现在，他接见苦行僧代表。他们是乘两辆双篷大马车来的，从他们戴的僧帽就能看出来，有几位相当可敬，神态飘然，但也绝不会免"俗"礼，不过还是要承认，他们当中有几张面孔确实令人称羡。他们走到这位新上任的部长面前稽首，无疑是要表忠心，献忠诚。他们的教长同将军们和记者们，要陪同思维尔帕夏一直到阿菲永。

各界代表沿站台一溜儿排开。开车的时间到了。思维尔帕夏上了车，他身材匀称，步伐稳健，让人感到他从来目不斜视。伊玛目[20]紧

---

20 伊斯兰教长。

随其后，他人高马大，肌肤有点太红润，身体也有点太肥胖，头发花白了，但还是很俊伟；后面又跟随一大群名流……我真觉得看到的是一个电影场面。

专列装满了。思维尔帕夏又从车窗探出头，频频地摆手致意，这时，列车在《玫瑰波尔卡》的乐声中徐徐启动，而演奏乐曲的铜管乐队总走调，十分滑稽。

今天下午，我们去参观苦行僧清真寺。它坐落在一座有围墙的园子中间，入口对面排列着斗室，想必就是僧房，门对着园子，形成封闭的场所。还有一些间量大点儿、外观美点儿的房屋，那是高僧专用的。其中一位高僧，以教长的名义，彬彬有礼地请我们坐一坐。我们走进一间亭子似的建筑，位于僧房这群建筑的尽头，对着园子的两面没有遮拦。

桌椅一概没有，我们就坐到这些靠壁厢的凳子上。唔！我倒喜欢脱掉鞋子，像我在绿清真寺那样，照东方人的方式，就蹲在这席子上！……有人给我们端上咖啡。我通过导游的翻译，表示我们很遗憾，来到科尼亚没有赶上他们的双月大礼拜。其实，我更为遗憾的是，没有听到他们的音乐，没有看到我们在布尔萨观赏的他们单调旋转的舞蹈。我想了解这种音乐起源的年代，是不是每所苦修院都演奏同样的音乐！他们使用的是什么乐器？……为了回答我一连串的问题，一名苦行僧就去取来两支长竹箫、一本相当厚的簿子交给我，说是他们最近将他们的全谱按西洋记谱法录出来。我颇为怀疑这种记谱法，是不是大大束缚了阿拉伯音律的精妙图形，而他们将这种旋律固定在我们的音阶上，是不是往往难免使之减色。他们从今以后，是不是按照新谱，用他们的乐器演奏或歌唱呢？……

应我的请求，他们欣然开始吹箫。可是一支箫太干燥，发声不好，而另一支要合奏就有点吃力，因此，这场友好的音乐会很快就结束了，不过，这也是常有的事儿。

我们又来到园子。园子弥漫着花香，充斥着一个喷泉的窃笑声。我们返回大殿的途中，从另外一些僧房附近经过。这些僧房窗户对着园子，不过是大些的蜂房，幽暗和静思的去处。我们看见好几间僧房聚集了僧徒，以波斯人的方式坐着，就像在一幅细密画上所见的那样。

毫无疑问，这些苦行僧是一些非常圣洁的人；然而，这不甚肃穆的地方的一片寂静中，却有这不甚劝告人祈祷的喷泉，因此细密派画家一时放纵画笔，随手添上几个舞蹈女郎，也就不足为奇了。

在清真寺中，有一间明亮宽敞的大厅，是给这些先生练习旋舞专用的。旁边还有一间同样宽敞的大厅，但是昏暗得多，内有著名隐修士的墓而成为圣地。地面上铺着极为难看的现代地毯。天棚悬挂着各色各样的灯笼和吊灯，数量之多令人难以置信，全都崭新得刺眼，品味又低俗到极点。有时我也可能走近一盏铜吊灯，以为是拜占庭艺术品，可是随即就发现是现代产品，做工平平，而且亮得发贼。陪同我的僧人向我解释说，原物已经运到美国，这只是一个复制品，苦行僧院同意挂在老地方。他讲这种情况，就好像讲一件极其自然的事情，毫无碍难，想必他还准备接受这类交易，假如这古寺还有什么值得觊觎的话。

从科尼亚到乌沙克

在 S 车站，大批不老实的，或者开小差的新兵，全塞进我们列车的三等车厢。一些母亲在站台上哭泣。那些新兵却装作满不在乎，车厢里充满了欢歌笑语。他们大部分人都穿着不同式样的乡下衣服，但是色彩鲜艳热烈，整个车厢花枝招展，汇成一片有趣而丰富的和谐。

在阿克谢希尔的前一站，上来两名俄罗斯农民，他们的打扮和整个相貌，令车上人大大称奇。他们下半张脸淹没在厚厚的胡须里，戴的软毡帽一直扣到眼睛上；肥大的半短上衣，垂在他们的褐色短裤上，几乎触到他们沾满泥点的长靴。他们比车上的所有土耳其人都高大健壮，然而，他们的眼神相当羞怯，带几分稚气，而且特别温柔，目光落到谁的身上，就会让谁敞开心扉。导游告诉我们，他们是渔夫，在盛产鱼的阿克谢希尔—格埃尔，即我们刚刚绕过的水塘打鱼。拉他们到火车站的那辆车受到袭击，车夫的脸上中了一弹，不知是手枪还是大枪打的，现在他被抬上车厢，好像气息奄奄了。盖翁和我，我们穿过拥挤在过道的嘈杂人群，走到伤者近前。他就躺在地上，头垫起座椅那么高，往前垂着，仿佛在呕吐；流出不少血，但是下半张脸被扎着的手帕遮住，不知是从嘴还是鼻子流出来的。尽管他也是个土耳其人，车上的同胞却并不理睬他。

列车到阿克谢希尔站，装卸工把他扛下车，肩头留下血迹，而他一动不动，毫无知觉，也许已经死了。

从阿菲永卡拉希萨尔站起，我们离开来时的线路，转向西部海岸。沿途很快显得人气旺起来，也就是说，地势起伏小了，耕田越来越多了。

　　接下来的几站，山民的服饰趋于统一，特点也突出了，简言之，就是更好地保存下来。

　　土耳其圆帽上扎黄手帕。印条纹的棉布衬衣；棉布背心很短，红色与黑色极为显眼。下面紧接着便是多层重叠的腰带；这种腰带还当口袋使用，靠腹部朝前"张口"；他们习惯将钱包、短刀放在里面，双手也插进去。在背心和腰带之间，衬衣微微敞着，露出上半部肚皮。厚厚的腰带，一直或几乎宽延至胯裆，而从那儿往下才是短裤，奇就奇在短裤怎么吊在两胯上，叫人莫名其妙：腰带和短裤之间，又露出衬衣，显然腰带根本没有扎住短裤。

短裤是厨房围裙的那种纯蓝色，再配上红背心，以及裸露的膝部近乎黑色的肌肤，则形成一种非常热烈而美妙的和谐。

短裤是土耳其式的，至膝部的裤腿肥大，这样就显得上半身特别修长；腰身又细又长，往往非常好看。有些人穿靴子而光脚不穿袜子；另一些人穿袜子而不穿靴子。

在乌沙克凯姆站，大批山民上车，他们是附近山区下来的，全都这样装束，而且车站上只有他们，试想这样一群人，如果出现在我们的城市，穿着……会是一种什么情景。

不能忘了记录导游的介绍："在这里生活的是农民部落（？），他们嘴叼着匕首跳舞。这些人非常勇敢，先生。他们出发去打俄罗斯人，开到……全给打死了；他们还以为用刀打仗呢，一看见俄罗斯人用大炮就傻眼了。非常滑稽，先生。"

离乌沙克还有两小时的路程，蝗虫漫天遍野，许多被轧死，在一段下坡路车轮直打滑，列车无法往前开了。大家下了车，置身于一大片再生林中；我就自寻消遣，翻石头找虫子，可是也没有发现什么，全是蚂蚁，多得惊人，跟蝗虫不相上下：我每走一步，那些灰褐色小蝗虫就飞起一大片。

土耳其人的这种所谓的"高雅"，其实有赖于无所事事的这种可耻的习惯。

火车在阿克谢希尔站停三刻钟。我们跳上一辆马车，去逛一逛城里花花绿绿的集市场。

别人企图强加给我们的"适应处境"

的平庸感情，泰奥夫人的这句话表达得很出色："无法进入别人试图在我周围创造的这种'回归'的心理。"（给迈里什夫人的信）。

花的复制转向生殖器官。

这样记笔记我没兴趣了，很快就把笔记本完全抛开，无论到以弗所还是到士麦那，甚至在士麦那还逗留了几天，我也没有重新拾起来。那之后，我便匆匆去希腊；当然是受我憎恶土耳其的情绪的全力推动。到了那里，我还要重新提笔，但是要换个笔记本写了。

要恰当地观赏曾经是奇迹的希腊，应当来土耳其，而不是到法国或者意大利——曾经"在这绝望的土地上，长时间习惯于游荡啊，颓丧而疲惫的游子"，《给海伦的诗》[21]中的这

---

21 爱伦·坡的《给海伦的诗》发表于 1849 年，由马拉美于 1888 年译成法文。

位游子，感到自己又被送回"曾经辉煌的希腊，就好像回家"。

我从这趟旅行中所得的教益，同我对这个国家的厌恶成正比。我很高兴没有进一步喜欢它。我一旦需要沙漠的空气、浓烈的荒野的芬芳，就会再次前往撒哈拉去寻觅。在这不幸的安纳托利亚高原，人类绝没有变得粗野，而是沉沦了。

有必要再往远走吗？一直走到幼发拉底河？一直走到巴格达？不，我没有这种愿望了。多久以来，这些国家魂牵梦绕，现在我终于了却这桩心事：这种要命的好奇心。在地图上扩展了再也不想去看的空间，心里该有多踏实啊！我出于喜爱异国风情、警戒沙文主义的自命不凡的心理，也许还出于谦虚的心理，思考得太久了，认为不止一种文明，不止一种文化，能争取我们的热爱；也值得人们热衷，而这种想法也持续得太久了……现在我知道我们的西方文明（我本来要说：法国的），不仅是最美的，而且我认为，我也知道她是唯一的——对，正是希腊文明，而我们是唯一的继承人。

"我又被送回曾经辉煌的希腊，就好像回家。"——就在载我们驶往比雷港[22]的船上，我重又念起《给海伦的诗》中的诗句，心里充满安详、欢笑和恬静。我从手提箱里取出一小本英语书，以半心半意的阅读掩饰我的激动，唯恐我的旅伴一赞赏就大叫大嚷起来。我何必费这么大劲儿呢？我的快乐情绪毫无强烈的表现。我来到这里一点也不感到意外，看见什么都觉得十分亲切，而我本人也显得非常自然。我迷恋这绝不怪异的景物，全部认出来了；我"就好像回家"了；这便是希腊。

在亚得里亚海上，五月二十九日

浑身服帖，通泰，如同这没有波浪的大

---

22 比雷港，雅典的最大港口。

海。思想完全沉静。敏捷、平稳、大胆而纵情，我的神思自由地翱翔，犹如这些海鸥飞越澄莹的碧空。

D. H. Lawrence

漂泊的异乡人

〔英〕D. H. 劳伦斯 著

刘志刚 译

Italians in Exile

上海译文出版社

图书在版编目(CIP)数据

漂泊的异乡人/(英)劳伦斯著;刘志刚译.—上
海:上海译文出版社,2018.8
(译文华彩·漫游)
ISBN 978 - 7 - 5327 - 7614 - 6

Ⅰ.①漂…　Ⅱ.①劳…　②刘…　Ⅲ.①游记—作品集
—英国—现代　Ⅳ.①I561.65

中国版本图书馆 CIP 数据核字(2017)第 206564 号

D. H. Lawrence
ITALIANS IN EXILE

目录

加尔达湖的柠檬园

◘

房东来的时候，我们已经吃过饭，正喝着咖啡。时间是下午两点。因为轮船一路迎着阳光，从上游驶向德森扎诺，所以一片阴暗中，荡漾的湖水仍在钢琴旁边的墙壁上映照出跃动的光点。[1]

房东很是抱歉。他站在过道里弯腰鞠躬，一手托着帽子，一手捏着纸条，用生涩的法语声称绝非故意打扰。

这是个干瘦的小个子，灰白的板寸短发、凸出的下巴，再加上手势，总让人联想到老迈而贵气的猴子。这是位绅士，是他那个阶级硕果仅存的最后代表。听村民说，他身上唯一显著的特点便是贪婪。

"可……可是，先生……恐怕……恐怕还是得麻烦您……"

他摊开双手，欠身向我致歉，一边透过褐色的眸子打量我。那眼神在他布满皱纹的猴脸上仿佛永恒不老，犹如玛瑙一般。他很爱说法语，因为这让他自觉尊贵。而他追求尊贵的热情又是那么怪异、天真而古老。因为家道中落，他目前的境况并不比一般的富农好到哪里。然而，他那不屈的精神却是深挚而热切的。

他很爱在我面前说法语。仰起脖子，急等着从嘴里努出几个字。可是吞吞吐吐，一着急，最后说的还是意大利语。不过，那份骄矜却始终都在：他执意要跟我继续用法语交谈。

过道里很冷，可他就是不愿进大屋。这并非礼节性的拜访：他不是以乡绅的名义来登门致意的。这只是个迫不及待的村夫罢了。

"你看，先生 …… 这 …… 这 …… 是 ……是……什么意思？"

说着，他把手里的纸条递给了我。揉烂的纸条上有幅美国专利门弹簧的示意图，旁边还印了几行字："先将弹簧一端固定，然后拉紧。

---

1 汽船从加尔达湖最北端的里瓦起航，一路下行，直至最南端的德森扎诺。

切勿松开!"

这说明书极为简略,很像美国人的风格。老先生焦急地看着我,一直仰着脖子。他生怕我跟他说英语。而我被那简单的说明书弄得晕头转向,于是竟也磕磕巴巴说起了法语。但不管怎么说,我到底还是把说明书给他解释清楚了。

可是,老先生怎么都不信:说明书上一定还说了些别的。他坚称自己并没有违规操作。他沮丧到了极点。

"可是,先生,门……门……还是合不上……还是会松开……"

说着,他窜到门边,把整个难解之谜指给我看。门关着——"吱"的一声,他拨了门闩,门"砰"的一声——敞开了,再也关不住。

那褐色的眼珠,毫无神采却永恒不老,让我想到猴子或玛瑙;它们正渴盼着我的回答。我深感重任在肩,于是也急了起来。

"那好，我去瞧瞧吧，"我说。

可是，这福尔摩斯实在不好当。房东老板喊道："不，先生，不用了，就不麻烦您了。"——他其实只想让我把说明书翻译一遍，倒并没有要打搅的意思。不过，我到底还是去了。身为来自工业强国的公民，我备感荣幸。

"宝琳居"真是富丽又堂皇。房子很大，外墙漆成粉红和米色，中间竖起一座方塔，正门两端分别延伸出彩绘的凉廊。房子离马路还有段距离，正好可以俯瞰湖面。门口正对一条弧形的石子步道，路面上芳草萋萋。等夜幕降临、明月彻照之时，这淡雅的门庭美轮美奂，怕是戏台都要逊色三分。

大厅也宽敞、漂亮，两端是硕大的玻璃门，透过玻璃能看见门外的庭院。只见那里修篁翠竹遮天蔽日，天竺葵花姹紫嫣红。大厅的地上铺着软红的瓷砖，油光可鉴，墙壁则是水洗的灰白，天花板上画满了粉红的蔷薇和鸟禽。这里是内外世界的中途，兼具两者的特点。

其余的厅室皆黑暗且丑陋。不用说，这些都是内室；可是，看着却像装修过的墓室。客厅里光滑的红地砖似乎颇为湿冷，寒气逼人的雕花家具立在墓室中，就连空气都因此变得黑暗、窒闷，没有一丝生气。

屋外，阳光像歌唱的鸟儿一样在奔跑。头顶上，灰暗的巉岩在空中堆叠起明媚的艳阳，圣托马斯教堂守护着高台。然而，这屋内却还盘桓着远古的阴翳。

于是，我不禁再次联想到意大利之魂，想到它是如何暗沉，如何依附于永恒的暗夜，而自文艺复兴迄今，似乎从来如此。

中世纪时代基督教盛行，整个欧洲似乎力图摆脱强烈、原始的动物性，转而向基督的舍身与克己看齐。而这本身就带来了极大的圆善和完满。两个部分渐趋合拢，向着尚未实现的一体而努力，因为在那"一体"中有着殊胜的喜乐。

然而，这运动却始终是单向的，目的仅在于肉身的消灭。人越来越追求纯粹的自由与超脱，而纯粹之自由正是源自纯粹之超脱。圣言即是至道，人若证成圣言，便是得了道，可享大自在。

　　但目标一旦达到，运动也就中止了。波提切利[2]绘就了阿佛洛狄忒，感性的女王，境界之高堪比天上的圣母。米开朗琪罗也在整个基督教运动中突然转身，重回到肉身。肉身是至高而神性的；我们唯有在肉身的整全、生命的整全上，才能与上帝、与圣父合而为一。圣父照着自己的形象，以肉身造人。米开朗琪罗一转身，回到了摩西的原点[3]。于是，圣子基督消失了。在米开朗琪罗看来，真正的拯救并不

2　桑德罗·波提切利（Sandro Botticelli, 1445—1510），文艺复兴早期的意大利画家，代表作《维纳斯的诞生》。阿佛洛狄忒即希腊神话中的维纳斯。

3　劳伦斯认为，米开朗琪罗信奉的是《旧约》和摩西五经，赞成圣父大于圣子，肉体胜过性灵。

在灵魂里。人应仰赖的当是天父、造物主、众生的缔造者。人应瞩目的当是肉身的铁律、最后的审判，还有不朽之肉体朝向地狱的堕落。

这便是意大利此后一直的状态。心智代表光明，感官等同黑暗。阿佛洛狄忒，感官的女王，她由海沫里诞生，象征着感官的辉赫、海水的莹亮。于是，感性便成了自身的意识目标。她是明艳的黑暗，她是透亮的夜幕，她是破坏的女神；她白炽、冰冷的火焰只知毁灭，不事创生。

这便是文艺复兴以来的意大利之魂。他沐浴着阳光昏昏睡去，一边往血管里吸取美酒，等到夜里，再将它酿成感官的欢愉，属于夜和月的白冷的纵情狂欢，像猫一样嘶吼、破坏的乐趣。而正是这欢愉，自文艺复兴以来，一直消耗着这个南方的国度，或者竟至于整个拉丁民族。

这是一种摆荡与回转，向着原点——摩西的原点，向着肉身的神性及其律法的绝对。然而，还是存在着阿佛洛狄忒的崇拜。肉体、感官如今已成为自觉。它们有明确的目标，那就是对感官极致的追求。它们寻求感官的最大满足。它们寻求肉体的约减，降低其对自身的作用，直至产生丕变与狂欢，并在狂欢中实现莹亮的转变。

心智永远服务于感官。譬如猫，身上蕴藏着敏锐、美丽与黑暗的尊严。在它眼里，火反倒是冰冷的，蹿起幽绿的火苗，像液体一般流动，像电流一般传导。其极致便是白炽的磷光辉耀，在黑暗里，总是在黑暗里，就如同在猫的黑色皮毛之下。像猫性的火焰一样，它也是毁灭性的，总是在消耗并最终归结于感性的狂欢，而这恰恰就是它的终极目的。

这里有个"我"，永远都有个"我"。智识被湮没、泯灭，感官却高傲至极。感官是绝对的、神性的，因为我不可能与人共享。这些感性经验都属于我，唯我独有。其余的什么都不是，也与我无关。几百年来，意大利人就是这样回避了我们北方人目的性过强的工业发展，因为在他们看来，这只是空洞的形式罢了。

这是虎的精神。虎是感官绝对化的极致体现。这是布莱克笔下的那头

虎，虎，炽烈地燃烧，
在夜的密林里闪耀。[4]

虎的确是在黑暗中燃烧，但其本质的命运却是白冷的，白炽的狂欢。这可以从烈火中老虎那白炽的双眼里窥见。它象征肉身的至上：肉身吞噬一切，然后变为一束花斑色的烈焰，一片燃炽的荆棘。[5]

这是化为永恒之焰的一种方式，即经由肉

---

4 援引自英国诗人威廉·布莱克（1757—1827）的名诗《虎》。

5 出自《圣经·出埃及记》（3章2节）："耶和华的使者从荆棘里火焰中向摩西显现，摩西观看，不料，荆棘被火烧着，却没有烧毁。"

身的狂欢而变形、出神。正如暗夜中的虎，我吞噬整个肉体，我渴饮全部血液，直到这燃料在我身上燔燎起来，变成无限、至上的真火。在狂欢中我是无限的，我重又化身整一、大全，我是白炽真焰中的一束，即那无限、恒久的独创者、造物主、永在的神。在感官的狂欢中，我啖肉饮血，再度化为永恒之焰，成就无限的自我。

这就是虎的方式；虎是至高无上的。虎头扁平，它坚硬的颅骨上好像承载着巨重，下压、下压，把心智压成石头，压到血气之下，为其所役使。它是血气的附属工具。意志位于腰身以上，也就是脊柱的底端。在细软的腰部有着生的意志，鲜活的虎的心智。这便是关键的节点，就在脊髓之中。

意大利人如此，军人亦如此。这是军人的精神。他走路的时候，意念全然贯注于脊柱的底端，智识是屈从、隐没的。军人的意志是大猫的意志：它以毁坏为至乐，吸纳生命为无上的自我所用，直到那狂喜化为白炽、永恒的火焰，臻于无限，化为无限之焰。至此，他方才满足，方才于无限中圆善、完满。

这才是真正的军人，这才是感官的不朽巅峰。这是肉体的极盛，一头超凡的猛虎吞噬完所有鲜活的肉体，然后开始在它自属的无限牢笼里徘徊，向周围的虚无投去迷眩、锐利又专注的目光。

老虎的眼睛看不见东西，除非借助内在的光源，借助自身的欲念之光。这寒白的内光极为强烈，连白昼的暖光都相形见绌，但是，其本身却并非实存。虎的白眼可以逼视一样东西，直到对方消失不见。因此，它便有了那令人胆寒的盲目。我所认知的自我，在虎的眼里只是一片虚空，在它的窥视下毫无招架之力。它只认得它所认知的我：一丝气味、一点抵抗、一具感官的肉体，一种带着体温的挣扎与暴力，牙床间流动的热血，口腔里活体的痛楚与鲜美。它看到的只有这些，其余都不存在。

那其余又是什么？那不属于虎的一切，那虎之外的一切？那是什么？

文艺复兴时代，那似鹰隼般感知的天使，是谁与他分道扬镳了？意大利人说："我与父原为一：我要自此返回。"北方民族则说："我与基督原为一：我要一路前行。"

那在基督里所得的圆满又是什么？人逾越了一切限制后便会知足，便在无限里止于至善，臻于无限之境。在肉身的极乐中，在酒神狄俄尼索斯的狂喜中，人可以达致这一境界。可是，这在基督里又要如何实现？

它不是神秘的狂喜。神秘的狂喜是种特别的感官之乐，是感官的自我满足，其目标是自设的。它是针对自我的自我投射，即在投射的自我当中满足感官的自我。

虚心的人有福了，因为天国是他们的。

为义受逼迫的人有福了，因为天国是

他们的。[6]

所谓天国，就是我们可以臻于至善的无限之境，倘若我们果真虚了心，为义受了逼迫。

> 有人打你的右脸，连左脸也转过来由他打。
>
> 要爱你们的仇敌，为那逼迫你们的祷告。
>
> 所以你们要完全，像你们的天父完全一样。[7]

要至善完全，要与神为一，要无限、永恒。如何才能实现？我们必得把左脸也转过来，必得爱我们的仇敌。

---

6 以上二句分别引自《圣经·马太福音》（5 章 3 节、10 节）。

7 以上三句分别引自《圣经·马太福音》（5 章 39 节、44 节、48 节）。

基督是羔羊，大雕俯冲而下即可擒获；基督是鸽子，鹰隼发威就能叼走；基督也是小鹿，轻易便会落入虎口。

倘若有人持剑要击杀我，而我并不抵抗，结果会如何？倘若我甘受剑伤并因此死去，我又是何人？我比他伟大吗？我比他强大吗？我这猎物，在吞噬我的老虎之外，可否知晓无限的完满？我若不做抵抗，便是剥夺了它的完满。因为虎唯有侵犯、杀食挣扎的猎物，才能臻于完满。单有屠夫或鬣狗，是不存在完满的。易言之，我只需放弃抵抗，便可剥夺虎的极乐、完满及其存在的理由。我只要不做抵抗，便可彻底将猛虎毁灭。

那我究竟又是什么？"所以你们要完全。"顺服何以臻于完全？除了虎对其荣耀无限的肯定之外，在我的舍身与克己背后，是否也有一种肯定？

在肉体上毫不抵抗的我，究竟要与谁合一？

被吞噬，然后与天主、与摩洛[8]、与威烈的上帝合一，难道我只有这克己的狂喜？我有了这狂喜，这顺服、完满的狂喜。可是，除此以外，就没有别的了吗？

虎的真言是：感官是唯我至尊的，感官即是我身上的神。基督却说：神存乎于他人，不在于我。茫茫人海里有神，伟大的神，高于这自我的神。神即是那非我之他者。

这便是基督教诲的真道，也是对"神即是自我"这一异教式自我肯定的补充。

神是那非我。证成了非我，我便臻于至善、变为无限了。当把左脸也转过来，我便是以己为小、以神为大，便是承认神即非我，此乃至高无上的完满。欲臻此境，我必爱邻如己，邻居即是非我之一切。倘若我爱这一切，岂不与那大全合一了吗？至善的功业岂不圆满

---

8 摩洛（Moloch），古代闪米特人崇拜的火神，接受父母进献的童子生祭。可参看《圣经·列王纪下》（23 章10 节）。

了吗？我与神岂不合一了吗？无限之境岂不达致了吗？

文艺复兴后，北方民族继续向前，践行了这"神即非我"的宗教信仰。就连灵魂拯救的观念也十分负面：它变成了一个逃避劫灭的问题。清教徒对"神即自我"的观念发起了最后的猛攻。他们将神授的君王查理一世斩首，但就在同时，也象征性地永远摧毁了"我"的崇高，那有着神的形象的我、肉体的我、感官的我，摧毁了暗夜里熊熊燃烧的虎，摧毁了君王、公侯、贵胄身上的我，摧毁了作为上帝之身而神圣的我。

清教徒之后，我们一直努力搜集"神即非我"的证据。蒲柏有言，"你当认识自己，切莫揣度上帝；若要穷知世间，须将人心探明。"[9] 这两句话的意思是：想要探知人心、参透

---

9 亚历山大·蒲柏（Alexander Pope, 1688—1744），英国著名诗人。上述两句引自其代表作《人论》（An Essay on Man）。

玄机，这本身无可厚非，且必如此人才得圆满。格物致知的办法就是要客观分析，亦即泯灭自我。易言之，人就是宇宙的缩影。人只需表达自我，实现自己的欲望，满足自己崇高的感官。

可是，变化终于还是来了。个体的人是有限的存在，囿于自我，但他也能了解非我的一切。"若要穷知世间，须将人心探明。"这等于是说，"汝当爱邻如己"，意即人了解非我、了解抽象的人，便可获得圆满。因此，圆满必要在他人身上求，必以认识他人为鹄的。然而，查理一世的看法却不同："人生之圆满在于发抒自我。"

这一新的精神后来逐渐衍为各种经验的、唯心的哲学体系。每个存在都是意识。在每个人的意识里，大写的人是卓越伟大、无可限量的，而个体的人却渺小琐碎。因此，个体必须将自己隐没在整个人类群体中。

这便是雪莱的精神观，即人之可以完善。

它是我们遵行神诫的法门："所以你们要完全，像你们的天父完全一样。"它也是圣徒保罗的箴言："我如今所知道的有限，到那时就全知道，如同主知道我一样。"[10]

人若知悉一切、了悟一切，便可完足，过有福的生活。他知悉一切、了悟一切，因此便可盼望无限的自由与福分。

这新宗教的大感召正是对追求自由的鼓舞。我若湮灭、涤尽了自己具形的身体、有限的欲望，我若如云雀般融于蓝天、在天地间歌唱，那我便是在无限里完足、圆满的。[11]充盈我的若非我自己，那我便得了大自在，再无羁绊。只是我必先灭除这自我不可。

科学中表现的即是这一宗教信仰。科学是对外在自我、自我的元素构成以及外部世界的分析，机器则是重组后无我的强大力量。于

10　此句引自《圣经·哥林多前书》（13 章 12 节）。
11　可参看雪莱的名诗《致云雀》（To a Skylark）。

是，上世纪末我们开始习惯一种热烈的崇拜，对机械力的崇拜。

我们仍旧崇拜着非我的存在，崇拜着无我的世界，尽管仍然乐意借助自我的力量。我们模仿莎翁的口气，向战士喊出劝诫："那就效法饥虎怒豹吧。"[12]我们竭力想再次变成虎，变成那至高无上、不可一世、争强好胜的自我。与此同时，我们希求的却是个无我的平等世界。

我们继续祀奉这位"无我之神"，我们崇拜灵里面无我的合一，崇拜兼及全人类的合一，即所谓的"非我"。此无我之神服务广众，并无偏私，其形象便是那主宰、威慑我们的机器。我们在它面前战战兢兢，侍奉它唯恐不及，因为它对所有人都一样公平。

与此同时，我们还想着做那霸道的猛虎。而可怕之处也正在于此：两个目标颠倒、错位

12　引自莎剧《亨利五世》（第 3 场第 1 幕）。

了。冀望变身猛虎的我们用机器装备自己，而我们心中猛虎的怒火又借由机器得以发泄。猛虎肆意改变着机器，强迫它表达一己的愤怒，这是极为恐怖的状况。更恐怖的是，猛虎被困在机器里，纠缠不清。那可是比混沌还混沌的乱局、不堪设想的炼狱。

老虎并没有错，机器也没有错，错不可赦的是我们这些说谎的、谄媚的、阴险的蠢人。我们说："我要变成猛虎，因为我爱人；因为爱人，因为无私祀奉那个非我，所以我要变成猛虎。"这是何其荒谬的说法。虎吞噬他物，因为唯有如此它才能获得完满，才能达致绝对的自我。而虎不吞噬他物，也并非因为它怀有无私的良心，因为它疼惜鹿、鸽或者其他的虎。

我们刚走到机械非我的极端，马上就去拥抱那超然自我的另一个极端。而且，我们还试图一人分饰两角。我们不愿在扮演一个的同时丢下另一个，甚至不满足于轮流扮演两个角色。我们既想做虎，又想做鹿，希望二者集于一身。这实在是极为可怕的虚无心态。我们想要说："虎即是羔羊，羔羊即是虎。"这想法何其空洞、虚无。

房东领我进了一间斗室；那小屋几乎陷在了厚实的墙壁里。看到我贸然闯入，女主人的黑眸中闪过一丝惊异。她比丈夫年轻，父亲在村里开了一爿小店，而她至今都还没生孩子。

果不其然，门大敞着，合不拢。只见女主人放下螺丝刀，挺直腰板，眼里闪耀着兴奋的火焰。这个门弹簧的问题在她灵魂里燃起了跳动的火花。真正在和"机械天使"搏斗的那个人其实是她。

这女人年纪在四十上下，热情如火却又无比惆怅。我想她并不自觉悲伤，可是，她的心却被生命里某种无力感吞噬了。

为了瘦小的丈夫，她压抑了生命的火焰。那丈夫古怪、呆板，不像是人类，倒更像一只不老的猴子。她以自己的火焰支撑他，支撑他美丽、古老、不变的外形，保证它完好无损。可是，她并不信任他。

此刻，丈夫正在拆固定弹簧的螺丝，夫人婕玛[13]在一旁扶着他。倘若没有别人在场，她大概会假装在丈夫的指导下自己拆。可是因为有我在，男人还是自己动手了。只见一个头发花白、弱不禁风、出身名门的小个子绅士站在椅子上，手里攥着长柄的螺丝刀，妻子站在他身边，双手半举在空中，生怕他不小心摔下来。然而，他却表现得异常沉着，就像有种与生俱来的奇异而原始的力量在支撑他。

两人将韧性十足的弹簧固定在关闭的门上，然后轻拉弹簧的一端，再把它固定到门框上，如此一来，锁一开，弹簧就缩了回去，门便随之打开。

我们很快就完事了。螺丝拧紧的那一刻，大家都有些焦虑。终于，门可以随意开关了。

---

13 婕玛（Gemma），意大利语，意为"宝石"。

夫妇俩喜滋滋的。眼看门已经能迅速关上，女主人婕玛兴奋地拍起了手，而我心头却涌起了一脉忧郁的电流。

"看！"她叫喊道，听那颤音就像个女壮士，"看！"

她望着门，眼里闪动着火焰，然后跑上前去想要亲手一试。她急切地、满怀期待地打开门。砰！——门关上了。

"看！"她又大叫，声音仿佛微颤的青铜一般，紧张却又得意。

我也得试一下。我打开门。砰！门重重地关上了。我们都欢呼起来。

接着，"宝琳居"的主人转身面向我，露出了亲切、温和又严正的笑容。他仰起脖子，略微背对着妻子站着，那张奇怪的马嘴正高傲地咧开大笑。这便是所谓的绅士做派。而他的夫人则不见了踪影，好像是被打发走的。然后，房东突然止不住兴奋，执意要我陪他喝酒庆祝。

他要带我参观一下这地方。我已经见识过大宅，所以，我们便从左侧的玻璃门出去，来到了中庭。

这中庭比四周的花圃都要低，阳光透过雕镂的拱门倾泻在石板路上。碧绿的青草长满了大小的缝隙——看来这是一处荒凉、空旷又静谧的所在。阳光下，地上放着一两只盛放柑橘的大桶。

然后我听到一个声音，从那边角落里传来。原来，在粉红天竺葵的花丛间，在艳阳之下，婕玛正坐着和一个婴孩逗笑呢。小家伙才十八个月大，胖乎乎的，可爱极了。婕玛专心看着孩子；那漂亮的孩子头戴小白帽，不动声色，正坐在长椅上采那粉红的天竺葵花。

她大笑着，一向前俯身，黝黑的脸庞立刻就从阴影里露了出来，一束明媚的阳光照在她和旁边的孩子身上。她再次兴奋地大笑起来，一边还哄逗着婴儿。可孩子并不理睬她。于是，她一把将孩子抱至暗处，隐身不见了。婕玛将乌黑的头发紧贴着孩子的羊绒夹克；她正在爬山虎的叶下贪婪地吻着孩子的脖颈。

我早已忘了房东的存在。突然，我转身面向他，露出疑惑的表情。

"那是她侄儿。"他小声说。这解释倒是很简洁，可他却好像有些羞于启齿，又或者十分懊丧。

女人发现我们在看她，便和孩子从阳光下走了过来。她和小侄儿有说有笑，还沉浸在自己的世界里。她并不是来跟我们打招呼的，尽管她彬彬有礼。

彼得罗先生，一匹古怪的老马，怀着莫名的嫉妒和怨恨，冲着孩子又是笑又是嘶叫。孩子被吓得变了脸色，顿时哭了起来。婕玛见状一把抱起他，闪到几米开外的地方，躲着她年迈的丈夫。

"我是陌生人，"我隔着几米的距离对她说，"这孩子怕生吧。"

"不，不，"她辩解道，眼里燃起火光，

"他怕的是男人，见了就哭。"

说着，她手里抱着孩子，边笑边往回走，脸上难掩兴奋之情。她丈夫却独自站着，像是因为被遗忘而有些沮丧。阳光下，女人、孩子和我一阵欢笑。然后，就听老头儿也勉强跟着嘻笑起来。他不想被人忽略，所以总是尽力往前挤。由于懊丧和不满，他变得尖酸又刻薄，拼命想要强调自己的存在，但他的努力全是徒劳。

女主人也觉得不自在。看得出来，她很想离开，很想跟小侄儿独处，尽管那欢愉里掺杂了悸动与苦楚。那是她弟弟的孩子。眼看着夫人对孩子的热爱，一旁的老房东像是完全蔫了。他抬起下巴，沮丧、焦躁，觉得委屈。

他被忽视了。想到这点，我感到很惊讶：仿佛膝下无子，他的存在便无法得到证实；仿佛他存在的目的只是生儿育女。可他偏偏没有子息，所以也就丧失了存在的理由。他是虚无，化为虚无的泡影。他为此感到羞愧，为自己的无用而黯然神伤。

我很震惊，原来意大利的魅力居然藏在这里——阳具崇拜。对意大利人来说，阳具是个体创造力不竭的象征，也是每个男人的神性所在，而孩童不过是神性的证明罢了。

这也正是意大利人迷人、温柔、优雅的秘密，因为他们崇拜肉体的神性。我们羡慕他们，在他们面前自觉苍白、渺小；但同时又自感优越，抱着大人面对小孩的心态。

我们究竟优越在哪里？原因无外乎此：在探求神性和创造之源的路上，我们超越了阳具崇拜，我们发现了自然的力量、科学的奥秘。

我们将大写的人凌驾于每个人内心的那个小我之上。我们追求完美的人性，无瑕、平和的人类意识，完全弃绝自我。而这非压制、约束、解析、毁灭自我而不可得。于是乎，我们便一路高歌猛进，积极发展科技，推行社会变革。

但在这进程中，我们已经精疲力尽。我们找到了丰富的宝藏，却又无福消受。所以我们说："如许宝藏又有何用，不过是一堆俗物、废物罢了。"我们还说："别再往前冲了，回头吧。好好享受这肉体，就像意大利人那样。"可是我们的生活习惯，连同我们的体质，都不具备相应的条件。无论如何，我们不会把阳具视为神明，因为我们根本不信：北方的民族都不信。也因此，我们或者俯首侍奉孩子，将他们称作"未来"，或者自甘堕落，在肉体的自残中寻求快乐。

孩子不是未来，鲜活的真理才是未来。时间与人缔造不出未来，往后退也不是未来。五千万个孩子的成长是无聊的；除了满足私欲，别无他用。这些都不是未来，而只是过去的裂解。未来只存在于鲜活、成长的真理中，存在于不断向前的成就中。

可是没有用，不管做什么，我们都无法逃脱约束自我、成就社会的大意志；一边是条分缕析,一边是机械营造。这大意志主宰着我们全体;除非等到哪天全体瓦解了,否则它仍将大行其道。于是,就在追求完美、无我社会的过程中,在坚持这古老、辉煌的意志中,我们逐渐丧失了人性,变得无法自拔。在追求完美的道路上,我们缔造出庞大的机器社会,可结果却沦为它的附属品。而这庞大的机器社会,因为丧失了自我,所以没有一丝温情。它机械地运转着,碾压我们,它是我们的主宰、我们的上帝。

然而,这现象毕竟已经持续了几百年,现在想完全抽身、断然罢手已经太晚。我们已无法停止对一种无限的追求,无法继续忽视或努力根除另一种无限。所谓无限是双重的,是父与子、明与暗、感官与理智、灵魂与精神、自我与非我、鹰与鸽、虎与羊。人的完善亦是双重的,在于私我,也在于无我。皈返那深陷于感官之中的自我,即黑暗之源,人便可抵达原初的、创造的无限。摒弃绝对感官的自我,学会推己及人，人便可抵达终极的无限、灵里的合一。这是两种无限，两条遇见真神的进路。人必须对两样都有所认识。

但也切勿将其混为一谈，因为这两者当是恒久分殊的。狮子绝不能与羔羊并处。狮子永远都想吞噬羔羊，羔羊永远都难逃被吞噬的命运。人得着肉身的完足、感官的喜悦，那是永恒；若得着灵魂合一的喜悦，那亦是永恒。但二者毕竟是有分别的，切不可混为一谈。将它们等同起来的做法是不可取的，也会令人厌恶。混淆只会导致恐惧和虚无。

这正负两种无限从来都息息相关，却又绝不等同。它们相互对立又彼此勾连。这便是基督教三位一体中的圣灵。它是联结两种无限的纽带，涵容了上帝的两面，只不过我们违背、弭忘、触犯了它。圣父是圣父，圣子是圣子。我可能认得圣子、不认圣父，或者认得圣父、不认圣子。但我不可否认却已否认的倒是圣灵；是它将双重的无限归为整一，让上帝的两面彼此相连又界限分明。[14]硬说两者等同，那不过是欺人之言罢了。而两者所以能够合为一体，正是因着这第三方的居间沟通。

证得圆满的道路绝不止一条，且这两条路又截然不同。可是，连接两者的却像三角形的底边，它是恒常、绝对的，是它缔造了终极的整体。借由圣灵，我认识了两条道路、两种无限、两种圆满。而只有认识了两者，我才能接纳整体。排斥了一方，我也就排斥了整体。所以说，如若混淆了二者，那么一切都将成为徒劳。

"我说，"眼看老婆在逗弄别人的孩子，房东突然从窘境中惊醒，"你——你不是想在我这小地方逛逛吗？"

他这一问倒是挺自然，很有些自卫和宣示的意味。

我们漫步于枝节交缠的藤架下，安享着墙

---

14 可参看《圣经·马太福音》（12 章 31—32 节）。

内的明媚阳光，而墙外唯有绵长的山脉与我们并行。

我说我爱这广大的藤园，问何时能走到尽头。房东一听这话，马上就又得意了起来。他指了指屋外的台地，还有上面紧锁的几间柠檬房。那些都是他的，但他却耸耸肩，谦称："先生，不瞒您说，这只是个小园子，没什么可看的。"我立即反驳说，这园子很漂亮，我特别喜欢，而且占地一点儿都不小。于是他只好勉强同意：或许今天确实很漂亮吧。

"瞧这——天气——实在——实在——太——太好了！"

他说法语词"好"的时候一带而过，犹如小鸟落地般轻巧。

果园的台地层层叠叠，全都朝向日头，沐浴在阳光下，仿佛一只倾斜的酒杯在等待醇厚的佳酿。墙内的我们则淡然而安闲，漫步于浓郁的春光中，从嶙峋的藤架下走过。房东一直喊喊喳喳的，不知道在说些什么，一边还给我介绍各种蔬菜的名字。这里的黑土果然肥沃。

仰望对面的山峦，映入眼帘的是绵延的拱形雪墚。登上几级台阶，能望见湖对面零星的小村。再爬至更高处，则能看到水面泛起的涟漪。

我们趋步来到偌大的一间石屋。我原以为这是户外的仓库，因为外墙的上半截是空的，看得见里面一片漆黑，还有门前角落那方柱白晃晃的，特别显眼。

我冒失地走入暗处，突然一脚踩进一大片水洼，吓了一大跳。只见清澈、暗绿的水正在墙壁之间向下流动，原来这竟然是个蓄水池。房东见状不禁哈哈大笑，他说那是灌溉农田用的。水带着点儿腥气，微微发臭，要不然，跳进去洗个澡该多舒服啊。房东听我这么一说，又像马嘶般哑笑起来。

再往上爬，眼前是堆积如山的落叶。它们贮藏在屋顶下，红黄斑斓，散发着山野的芳香，带着一丝微弱的余温。我们由此穿过，便来到了柠檬园的门口。这是座高大、无窗的建筑，沐浴着阳光，耸立在我们面前。

整个夏天，在这湖滨陡峭的山坡上，一排排立柱拔地而起，周围葱茏的绿林就像是一座座荒废的庙宇。石砌的白色方柱一字排开，组成方阵，各自兀立着，在山腰上随处可见，就仿佛曾有兴旺的部族在此膜拜它们。冬日里，你仍能瞥见它们的身影，挺立在阳光普照的幽僻处，灰暗的一排排，从破墙里探出头来，层层叠叠、高高低低，暴露在天底下，遗世独立。

这些就是柠檬种植园。因为树枝太沉，所以立起柱子来支撑，不想结果倒成了柠檬屋外的脚手架。这些大木屋都没有窗户，外观也很丑，但却足以帮助柠檬树御寒过冬。

到了十一月份，朔风劲吹，大雪满山，人们就从仓库里运出木材。那时节，山间到处回荡着木板落地的铿锵声。后来，我们在山腰的军用公路上俯瞰，发现柠檬屋的房顶上另有细长的杆子连着方柱。两名工人正在铺设杆子；只见他们来回走动，又说又唱，看上去特别惊险。两人脚踏笨拙的木屐，在屋顶上行走自如，虽然那里距地面二三十英尺。不过，山坡因为陡峭反倒显得比较近，头顶的山岩又和天光融在了一起，所以两人肯定没有感到凌空的高度。总之，他们就这么轻松来回于柱顶之间，完全不顾脚下是如何的万丈深渊。然后，耳边又响起了木板的咣当声，从山腰一直传到幽蓝的湖上。一块块木板堆叠成古褐色的高台，从半山腰突出来，俯瞰很像家里的地板，仰视又很像悬空的屋顶。我们从盘山公路上往下看，只见有人自在地坐在那危殆的高台上，一边拿榔头敲敲打打。就这样，捶击声整天回荡在山岩和树林间，微弱而迅疾的震波甚至传到了远处的船上。房顶合上的时候，他们会把门面也装上去——几块做工粗糙的黑木嵌板，塞在白色的方柱之间；间或还有玻璃的，这边几块、那边几块，彼此交叠，连成一长溜的窄窗。于是，山腰上便平白多出了这些难看的庞然大物，像凸出的肚腩，每隔两三个梯层就竖起一座，黑乎乎的，面目模糊，看着就很邋遢。

早晨，我经常躺在床上看日出。这时候，晦暗的湖面弥漫着乳白的氤氲，背阴的山峦仍是一片深蓝，而天际则已开始泛白，并且闪耀着霞光。山梁上的某处，朝阳更是金灿夺目，仿佛都快把岭上的一片小树林熔化了。然后，这熔点摇身一变，乍泄出炽烈、灼热、耀眼的光芒。接着，整个山脉也突然熔化了，晨光步步下移，一点，一块，一片，炫目的光带横扫过迷蒙的湖面，再照到我的脸上。然后，我听见有轻微的门闩声，便侧过头去，心想他们应该是要打开柠檬园吧。这些园子虽然散布在山坡上，却仍相连成狭长的一条，但因为黑咕隆咚的，所以也只有借助褐色的木板和玻璃板才能辨认。

"您想，"——房东伸出一只手，一边向我

弯腰鞠躬——"您想进去看看吗，先生？"

走进柠檬园，只见有三个人好像在暗处闲晃。园子里地方倒是挺大，只不过黑漆漆的，温度又低。高高的柠檬树上果实若隐若现，沉甸甸的枝桠簇拥在一起。它们矗立在晦暗之中，就好像阴间的幽魂，庄严巍然，似有一丝生气，却又只是些幢幢的黑影罢了。我在园里东走西走，发现一根柱子，可它也像是影子，跟平常洁白、闪亮的样子截然不同。在这里我们都成了树：人、柱子、泥土、忧伤的黑路，全被关进了偌大的匣子。诚然，园内有狭长的窗户和空隙，屋子正面偶尔也会透进一束阳光，亲吻柠檬树的叶子和病态、浑圆的果实。然而，这毕竟是个十分昏暗的地方。

"这里头可比外面冷多了。"我说。

"是啊，"房东回道，"这会儿是挺冷。不过晚上——我想——"

我倒是希望白昼马上就变成黑夜，想象这些柠檬树会变得如何温暖、可亲。此刻，它们还在幽冥的世界里。路两旁，柠檬树中间种植了矮小的橘树，几十只橘子恰似火烫的煤球，垂挂在夕阳中。我对着橘子搓搓手，房东就跟着把树枝一根根折断。最后，我竟然收获了一大捧黄澄澄的果实和浓黑的树叶，看着就像一大束鲜花。这冥府般的柠檬屋，还有路旁枝头那红彤彤的橘子，不禁让我想起入夜后湖畔小村的灯火，而颜色虚淡的柠檬则成了天上的星星。空气中弥漫着柠檬花的幽香。后来，我还发现一只硕大的佛手柑，沉甸甸地挂在矮树上，俨然像个绿皮的巨怪。总之，头顶是一丛丛的柠檬，若隐若现，路旁是一大片红彤彤的橘子，此外还有随处可见的大佛手。人行其间，简直如同置身于海底。

路的拐弯处有些灰烬和烧焦的木块，一个个圆形的小堆——夜间寒冷，有人会在屋里烤火。一月份的第二、第三个星期，雪线下移得特别快。我才爬了半个时辰，就发现山路上已是白茫茫一片，橄榄园也完全被大雪覆盖。

房东说，那些柠檬和甜橘全都是从苦橘嫁接的。因为直接从种子培育的植株很容易闹病；相反，先种本地的苦橘然后再嫁接则比较安全。

据学校的老师说——她戴着黑手套教我们说意大利语——本地的柠檬最初是由亚西西的方济各[15]引进的。当年他来到加尔达，在这里兴建教堂和修道院。说起那教堂，当然早已破败，但回廊的立柱上倒还留存了一些精美别致的雕饰：香甜的瓜果、繁茂的枝叶，似可证明方济各与柠檬确有一段渊源。遥想当年，圣人他塞一只柠檬在兜里，周游各处；到了酷暑天，说不定还榨过柠檬汁呢。可真要说到喝的，酒神巴克斯[16]才算是真正的鼻祖。

房东瞅着他的柠檬连连叹气。看得出来，

---

15 亚西西的方济各（Francis of Assisi，1181—1226），天主教圣徒，方济各会的创始人。

16 巴克斯（Bacchus），罗马神话中的酒神，相当于希腊神话中的狄俄尼索斯。

他很恼怒。这些柠檬让他犯愁，因为一年到头都只能卖半便士一个。"可在英国也就这价钱，兴许还更便宜些。"我说。"是啊，不过，"女教师说，"那是因为你们的柠檬都是户外种植，来自西西里岛。而——而我们的柠檬比别处的都好，一个顶俩儿。"

这里的柠檬确实香气扑鼻，但实际是否真有那么夸张，这还是个问题。橘子每公斤卖四个半便士——两便士差不多能买五个，还都是小的。佛手在萨罗[17]一样论斤卖，主要是用来酿制一种叫"柑露"的酒。一串佛手有时能卖一个先令甚至更高价，当然，买的人也比较少。这些数字恰恰表明，加尔达湖区的柠檬种植应该不会维持太久。很多果园已经荒废不用，更多的则已挂出"转让待售"的牌子。

我和房东离开阴森森的柠檬屋，趋步来到山坡的下一层。一到果园的房顶边，我就坐下

---

17 萨罗（Salò），意大利北部城镇，濒临加尔达湖。

了。房东站在我身后，寒酸、孱弱、渺小，脚踩着房顶，头顶着蓝天，全身透着衰败的气息，一如那些柠檬屋。

我们始终和对面山上的雪线位于同一高度。左右两边的山上各有一片纯净的天蓝。刚才起过一阵风，此刻已经消歇。远处的湖岸边腾起绚丽的尘土，大小的村庄全都变成了密密麻麻的黑点。

而在世界的底层，在加尔达湖上，一艘橘色客轮正在湛蓝的水面徐徐而行，所经之处无不泛起细碎的白沫。一个女人领着两头山羊和一头绵羊，正匆忙往山下走去。橄榄树丛里，有个男人在吹口哨。

"你看，"房东无限怅惘地说，"那儿以前也有个柠檬园——瞧那些柱子，就是为搭藤架给截短的。当时的柠檬有现在两倍这么多，可现在只能种葡萄了。想当年，这块地光种柠檬一年就能净赚两百里尔。现在种葡萄，也就八十吧。"

"可葡萄酒还挺赚钱的吧。"我说。

"嗯——是啊,是啊!如果种很多的话。可我——种得——很少很少。"

说完,他突然面露一丝苦笑,几乎是咧着嘴,就像滴水兽的模样。这是真正意大利人的忧郁,深沉而又内敛。

"你看,先生——柠檬呢,一年四季都能种。可是葡萄——也就一茬吧?"

他耸起肩,摊开手,做了个无可奈何的手势,露出一脸苦不堪言的表情,漠然、不变,像猴子一样。没有憧憬,只有当下。其实,有当下也就足够,不然就真的一无所有了。

我坐在屋顶上眺望湖面,只见它美若仙境,就如同天地初开的时候。湖岸上几根残柱茕茕孑立,粗陋、深锁的柠檬园掩映在葡萄藤和橄榄树之间,看似摇摇欲坠。大小的村落簇拥着各自的教堂,一如往昔。它们仿佛都还沉浸在远去的岁月中。

"可这里很美啊,"我争辩道,"在英

国——”

“啊，在英国，”房东惊叫道，脸上再次露出那猴子般无奈的苦笑，外加一丝丝狡黠，“在英国你们什么都有——不虞匮乏——有煤矿、有机器，这你也知道。可这儿呢，我们只有阳光——”

他举起枯槁的手指向头顶，指向艳阳与蓝天，然后微微一笑，很是得意。但这得意却未免有些做作，因为相比于太阳，机器才更契合他的灵魂。他并不了解那些机械的运作，不了解其中蕴藏的巨大力量，人造的非人力量，但他很想了解。至于阳光，那是公共财产，没有人会因为拥有阳光而显出不凡。他想要的是机器、机器生产、金钱、人的力量。他想感受牢牢掌握土地、在土地上驰骋火车、用铁爪挖刨土地、把土地踩在脚下的喜悦。他想要这私我的最后胜利，这最后的约减。他想跟随英国人的脚步，利用在肉体之前就已存在的自然力量，超越自我，进入漠视人性的非我，创造没

045

有生命的创造者——机器。

可是他太老了。机器这个小情人，只能留待意大利的年轻人去拥抱了。

我坐在柠檬屋的顶上，俯瞰脚下的湖水，眺望对面的雪山。古老的湖岸上橄榄树朦胧迷离。那里有一片废墟；古老的世界依然沐浴着阳光，一片安详。我发现，逝去的岁月唯有回望时才显出它的可爱，它的宁静、美丽与温润。

由此我想到了英格兰，想到了人潮汹涌的伦敦，想到了滚滚浓烟中辛劳的中部和北方。这看似非常可怖，却还是胜过了我的房东，胜过了他那古老、猴子般无奈的狡黠。只要是前进，哪怕走错路，也比沉湎于过去、不可自拔强。

而这世界的前景又将如何？伦敦城和那些工业郡县像黑潮般席卷了全球，到处兴风作浪，到处大肆破坏。晴空下的加尔达湖是如此和煦，容不得一丁点儿污染。而在远方，在白雪皑皑的阿尔卑斯山的另一边，在终年不化的坚冰与虹彩之外，有个名叫英国的地方，黑浊、污秽、枯竭，她的灵魂已经衰微、垂死。英国正在用她的机器征服世界，并不惜以破坏自然生命为代价。她正在一步步征服整个世界。

难道还不满足吗？她已经战果累累。自然生命已经毁灭殆尽：外部世界全已占领，人的自我也终于被摧毁。她势将停下脚步，回头转身，不然注定会走向灭亡。

倘若她一息尚存，就该着手将知识建成真理的大厦。她有那么多未经磨砺的知识，那么多机器与设备，那么多构想和办法，可她却无所作为。唯有汹涌的人潮像离魂一般，在其中自生自灭，直到有一天这世界到处是废墟，到处是张牙舞爪的工业机械，一切陷于死寂，人类在追求完美、无我的社会中被吞噬、湮灭。

漂泊的异乡人

◙

到达康士坦茨[1]的那天，整个湖面雾蒙蒙的，压抑得叫人透不过气来。于是，在那平坦、荒寂的大湖上游览也就变得索然无趣了。

所以，我便坐小轮离开康士坦茨，去往莱茵河下游的沙夫豪森[2]。一路上风景都很优美。薄雾依然笼罩着水面和宽广的河滩。日头透过晨曦，在微蓝的雾霭下放射出可爱的黄光；那景象绚丽得有如天地初开。天上有老鹰正在和两只乌鸦相争。老鹰咄咄逼人，乌鸦也不甘示弱，一直翻飞至其上。它们越飞越高，越斗越凶，俨然写在空中的一道秘符，引得甲板上的德国人纷纷抬头观望。

我们的船行驶在树木葱茏的河岸间，时而又从一座座桥下穿过。临水的岸上参差露出人家的屋脊，尖尖的，殷红、斑斓，仿佛古老传说中宁静、悠远的村庄，隐没在微茫的往昔。一切都那么梦幻，就连轮船靠岸、海关人员过来查看的时候，整个村子依然停留在遥远、浪漫的过去，停留在那个童话故事、吟游歌手和能工巧匠的德国。那昔日的怅惘弥漫在氤氲的河上，几欲令人神伤。

这时，有几个游泳的人泅到我们的船边，隐约间，只见白皙的身体在水下打着颤。然后，一个头圆、肤白的泳者仰起脸，伸出一只胳膊，大声跟我们打招呼。他满脸堆笑，嘴上一撇浅色的髭须，很像传说中的尼伯龙人[3]。接着，他白皙的身体在水里打了个转，便以侧泳的姿势游走了。

小城沙夫豪森半是古老，半是摩登；那里居然还有酿酒厂和各种作坊。至于那沙夫豪森瀑布，中游开设工厂，下游经营旅馆，整个就像一帧电影画面，实在不堪入目。

午后，我从瀑布出发，打算徒步穿越瑞士

---

1 康士坦茨（Constance），地处德国西南角，康士坦茨湖的西端，与瑞士接壤。
2 沙夫豪森（Schaffhausen），瑞士最北端小城，毗邻德国，历史悠久，风景秀丽。
3 尼伯龙人（the Nibelungs），德国传奇故事中的矮人。

国境，进入意大利。我至今还记得巴登[4]的这个地区如何潮湿、沉闷，那里的土地如何广袤、肥沃而晦暗。我还记得在火车站路堤附近的一棵树下捡到过苹果和蘑菇，然后我把两样都吃了。接着，我来到一条漫长、寂寥的公路上。路两边是凋萎的枯树，还有广阔的田畴，一群群男女正在地里耕耘。他们看着我沿长路独自走着，孑然一身，仿佛与世隔绝。

记得过边境的时候，村里并没有谁来检查我的行囊，我轻轻松松就进入了瑞士。眼前是大片厚重的土地，寂静、沉闷而无望。

就这样，我一路走到夕阳西下，走到天边姹紫嫣红。这时，我再次从空旷的平原陡然下到莱茵河谷，那样的陡然直落很像是堕入了另一个美妙的世界。

神秘、浪漫的堤岸立于河谷两侧，挺拔犹如山峰，滔滔江水在其间湍流不息。高耸、古

---

4 巴登（Baden），德国西南一地区，以矿泉疗养地著称。

朴的村舍里闪着点点灯火，映照在宁谧的水面上。这里除了汩汩的流水，一切寂静无声。

河上有座精美的廊桥，隐没在夜色里。我走到桥中央，凭栏俯瞰脚下黑暗的水面，凝视人家的灯火，遥望那凌于河上的村庄。由于河谷两岸俱是山峦，于是，这里便成了一片遗世独立的天地，永远停留在了那个吟游歌手走村串户的年代。

然后，我就转身往"金鹿"客栈而去。爬台阶的时候，我闹出了不小的动静。一个女人走出来，我说我要吃饭。于是，她便带我经过一个房间；房间地板上平躺着几只大桶，直径足有三米多长。然后，我们又经过很大一间石头厨房，那里的锅碗全都簇新锃亮，就和名歌手[5]一样古老。接着，我们又爬了几级台阶，来到一间狭长的客厅，只见眼前摆着几张

---

5 名歌手（Meistersinger），即诗乐协会会员，14 至 17 世纪期间德国行业工会从工匠中选拔的人才。他们会吟诗、清唱，甚至创作诗歌，复兴了中世纪吟游歌手的传统。

饭桌。

有几个人正在吃饭。我点了晚餐，在窗口坐下，眺望漆黑的河面与廊桥。对面的山峰笼罩在夜色里，只在山顶还剩下几点灯火。

店家端来面包和丸子汤，我囫囵吃下不少，另外还喝了点儿啤酒，所以一时竟犯起困来。店里只来了一两个村里人，而且很快就离开了。于是，整个地方突然陷入了一片死寂。只有客厅那头的长桌边坐了七八个男人，破衣烂衫，粗鲁放肆——这时，又有一个才刚赶到。老板娘给他们每人一份丸子浓汤、面包和肉，态度似乎有些不屑。八九个人围着长桌坐成一圈，有游民、有乞丐，也有失业工人。他们只管嬉闹，完全不顾及别人。虽然偶尔也会像乌鸦般环视左右，然后咧嘴一笑，露出些许囚犯的畏惧，可是仍旧没把旁人放在眼里。最后，有人突然大吼一声，问晚上睡哪里。老板娘听见喊声，立刻叫来年轻的女佣，让她把这些人都带到楼上的客房。于是，他们便三三两两蹒跚而出，场面极为混乱。时间还没过八点。老板娘把衣物摊在桌上，一边悠闲地做着针线活儿，一边和一个肃穆、古板的大胡子男人攀谈着。

叫花子和流浪汉正要挨个儿往外走，这时，就听有人嬉皮笑脸地说："晚安，房东太太——晚安，房东——晚安，太太。"可老板娘只顾埋头做针线，并没有任何表示；她只敷衍地回了一句"晚安"，也不知道是否在和那些男人道别。

客厅里顿时变得很冷清。老板娘继续做着针线活儿，一边用难听的方言跟那位肃穆的老者聊着天，年轻的女佣则在清理游民和乞丐吃剩的碗盘。

然后，那老者也走了。

"晚安，塞德尔太太。"他对老板娘说；"晚安。"然后顺带也向我道别。

我翻了一会儿报纸，也不知道怎么搭讪，就问老板娘有没有烟。于是，她走到我桌边，我们便聊了起来。

我一向很乐意扮演天涯旅人之类的浪漫角色。老板娘夸我德语说得"还不赖"：虽然只会一点儿，但也足以应付。

我问她刚才坐在长桌边的那些人是谁。她听我问起这个，立刻变得十分拘谨而嗫嚅。

"他们是来找工作的。"她回道，似乎并不怎么想聊这个话题。

"为什么来这儿找呢？而且还这么多人？"我问。

于是她告诉我，那些人其实是要去国外，这里差不多是他们出国前的最后一站。各村的救济官负责向游民每人发放一张免费券，持有人可在指定旅馆享受一顿晚餐、一晚的住宿以及次日早餐的面包，而她这里正好就是该村指定的"游民旅馆"。另外，我还听说，老板娘可以据此向上级领取人均四便士的补贴。

"这可不太够啊。"我说。

"根本不够。"她说。

她其实一点儿都不想谈这话题，只是碍于情面才勉强回我几句。

"不就一帮乞丐、游民和饭桶嘛！"我揶揄道。

"还有失业的人、回乡的人。"她板着脸说。

就这样，我和老板娘聊了一会儿，然后就去睡觉了。

"晚安，老板娘。"

"晚安，先生。"

于是，年轻的女佣又带我爬上很多级石阶，然后来到一座高大、老旧的荒宅。宅子里面有很多客房，每间的门都那么单调、乏味。

终于，我们爬上了顶楼，来到我的房间。房间里摆着两张床，地板上什么都没铺，家具也少得可怜。我俯视河面，眺望廊桥，还有远处对面山顶的灯火，心想怎么会来到这个偏僻的地方，而且还要和游民、乞丐睡在同一个屋檐下。我很纠结，不知道把靴子放门口，会不会被那些人顺手牵羊。但最后,还是斗胆冒了次险。楼梯口静悄悄的,到处都给人一种荒寂的感觉,就连闩门声都听着格外响亮。也不知道那八个人有没有睡着;这房门毕竟还不够安全。可是我直觉,如果自己命该被杀、被抢,大概也不会是这几个游民、乞丐。想到这里,我便吹灭蜡烛,躺到羽绒大床上,开始聆听古老的莱茵河静静流淌。

第二天一早醒来,发现外面天气晴朗,朝阳已经洒满了对面的山峰,只有底下的河水依然笼罩在阴影之中。

游民和乞丐都已经走了:照规定,他们必须在七点前退房。现在,这旅馆就只剩下我、老板娘和女佣。我放眼望去,发现这里到处都那么鲜亮明净,充满了德国早晨特有的朝气,这和南欧大不相同。意大利人一大早就很沉闷、懒散,而德国人则比较活泼、欢欣。

在这明媚的晨光中,俯瞰那湍急的河水、如画的廊桥,还有遥对的江岸与山峰,实在是一件赏心乐事。过了一会儿，就见对面盘山路上下来一列瑞士的骑兵，个个穿着蓝军装。我跑出去观望，但闻幽谷里马蹄声响，甚是雄壮。一伙人骑行穿过廊桥，然后纷纷在村口下马。总之，晨光里到处洋溢着新鲜的喜悦，无论是士兵的到来，还是村民的欢迎。

瑞士骑兵的装备和举止并未透出多少杀气。眼前的这支小分队看着更像一群外出的平民，而非军人。他们都很和善，也没什么架子。为首的军官和战士打成一片，绝不拿权势压人。

战士们彼此也都真诚相待，其乐融融。那和平、安详的气氛，与德国兵的呆板、阴郁真可谓天差地别。

这时，村里的面包师和店伙计一身面粉，抬着一大筐刚出炉的面包赶来了。骑兵队在桥头下了马，像普通路人一样吃喝起来。村民们来问候他们的朋友：有个父亲穿着皮围裙就来了，当兵的儿子见状立刻吻了他的脸颊。这时，耳边突然响起了学校的铃声。孩子们小心绕过马群，集合在一起，然后手拿课本，很不情愿地离开了小街。河水奔流不息，士兵们大口嚼着面包；他们的军装实在太松垮、太随意，简直跟麻袋差不多。年轻的中尉站在桥头，表情凝重，似乎他的军衔仅仅得到了大家的默认。士兵们个个都很严肃、自满，没有半点儿魅力可言。这就像一次马背上的出差，轻松却也无趣。最可笑的就数他们的制服，松松垮垮，完全不合身。

于是，我背上行囊，走过莱茵河上的廊桥，去往对面的山上。

此处的乡间实在是了无生趣。我只记得在路边草丛里捡到过苹果，有几个居然还很甜。可是，除此以外，便只剩下沉闷而枯燥的大地，绵延不断——而那种平庸与乏味几乎是致命的。

在瑞士，除非是山上，你常会有这种感觉：平庸，索然无味的平庸，叫人不堪忍受。

通往苏黎世的一路上都是这样。进城的电车如此，城里的街道、商店、饭馆亦复如此。一切都那么井然而平庸，平庸到肃杀、荒芜。所有的城市美景都那么空洞，就像一个最普通、最平凡、最无趣的人穿了件老气横秋的衣服。这是个令人神伤的地方。

到了城里，我马上下馆子吃饱饭，去码头和市场逛了一圈，然后又在湖边静坐了片刻。经过两个钟头的休整，我毅然坐上轮船，打算离开这里。在瑞士，我总有这样的感觉：唯一能让人心动的就是离开，那份离开后的释然。因为这里充斥着可怕的平庸，没有花开、没有灵魂、没有超越，有的只是无所不在的庸俗与平淡。

我乘船顺流而下，一路上看尽了湖边低矮的苍山。那是个周六的午后，细雨蒙蒙。我心想，自己宁愿跳进熊熊烈火的地狱，也不愿在这沉闷、庸常的生活里久留。

船行至旅程的四分之三处，我在右岸的某

地下了船。此时，天色已暗，但我必须接着赶路。我爬上湖边的一座山，走了很久，才来到顶峰。我俯瞰黑暗的山谷，然后再下到那苍茫、幽深处，进了一座了无生趣的村子。

时间已是晚上八点，我实在走不动了。不如今晚暂且投宿村里，明天再做打算吧。于是，我找了一家名叫"帕斯特"的客栈。

这是个很简陋的小旅馆，只有一大间通铺和几张破桌子。老板娘矮小、敦实，阴沉着脸，看上去特别凶。老板则顶着一头直发，全身上下不住地抖动。

因为店里只剩下煮火腿，所以我只好将就吃了一些，另外还喝了点儿啤酒。总之，就是努力消化瑞士那彻底、冰冷的物质主义呗。

我背墙而坐，茫然望着全身颤抖的老板；他随时有可能口吐白沫。然后，再瞥一眼那凶巴巴的老板娘；她倒是能管住自己的老公。就在这时，店里走进一个黝黑、艳丽的意大利女郎和一个男人。姑娘穿着衬衫、裙子，没戴帽子，头发梳得一丝不苟，十足的意大利风格。那男的肤黑、面嫩，将来或许会变壮，变成卡鲁索[6]的模样，但目前仍是个多情的英俊小生。

两人坐在靠墙的桌边喝着啤酒，于是，店里顿时多了一点异国情调。这时，又进来个意大利人，白白胖胖、慢慢吞吞的，应该是威尼斯人。接着，又来了个瘦小的青年，看着很像瑞士人，只是动作更灵活一些。

但这最后到的反而最先跟德国人打招呼。别人进门都只喊一声"啤酒"，而他却和老板娘聊起来了。

最后，店里总共来了六个意大利人。他们围成一桌，谈笑风生，引得邻座的德国人、瑞士人不时为之侧目。老板也瞪大了眼睛，神经兮兮地怒视着他们。可是，这帮人却自在得很，他们从吧台拿了啤酒，坐下来开怀畅饮，

---

6 恩里科·卡鲁索（Enrico Caruso, 1873—1921），意大利著
　名男高音歌唱家。

就像在冷漠的客栈里燃起了生命的篝火。

喝完酒以后，一伙人鱼贯而出，往后面的过道走去。店堂里突然变得异常冷清，害得我简直有些手足无措。

这时，就听老板在后面厨房里大吼大叫，不停地咆哮，像疯狗一样。可在这周六的晚上，别桌的瑞士客人照样抽着烟、说着难听的方言，一副若无其事的样子。然后，老板娘进来了，很快老板也尾随而至。他穿着圆领衫，马甲没扣上，露出了松弛的喉颈，圆滚滚的大肚子越发显得突兀。他细瘦的手脚颤抖着，脸上的皮肤全垮了下来，两眼放出凶光，双手不住地抖动。那恐怖的模样俨然一幅壁画；可是谁也没搭理他，只有老板娘一脸愠怒。

突然，店后面又传来一阵喧闹声和砰砰的甩门声。屋门一打开，只见漆黑过道的另一头有扇门，门里面透出了亮光。然后，就见那白胖的意大利人又来拿啤酒。

"怎么这么吵?"我憋不住，问老板娘。

"还不是那帮意大利人。"她说。

"他们闹什么呢?"

"在排戏呢。"

"在哪儿?"

老板娘甩甩头:"在后边儿的屋里。"

"我能去看看吗?"

"应该可以吧。"

老板怒视着我走出店堂。我穿过一道石廊,见眼前有间半明半昧的大屋,里面墙边上堆满了表格单子,可能是会议室吧。屋子的一头是个垫高的舞台。舞台上摆着一张桌子、一盏灯,几个意大利人正围着台灯,一边比手画脚,一边嘻嘻哈哈。他们把啤酒杯要么放在桌上,要么搁在舞台的地板上。那瘦小、精明的青年正认真翻阅着手里的文稿,其余人都俯身围着他。

听到我走进门,他们全抬起了头,透过昏暗的暮光远远打量我。他们以为我只是误闯进屋子,马上就会离开。而我却用德语问道:

"可以进来看吗？"

他们还是不愿搭理我。

"你说什么？"小个子问道。

其他人都站在边上望着我，像困兽一般，略有些迟疑。

"我能不能进来看看？"我先说的德语，然后感觉很不自在，便又改口用意大利语说："你们在排戏吧，老板娘告诉我的。"

此刻，在我身后是那空旷的大厅，漆黑一片，而意大利人则站在高处。桌上的灯光照在他们身上，每个人都露出了一副蔑视的表情。在他们眼里，我不过是个贸然闯入的闲人罢了。

"我们也是业余的。"小个子说。

他们想让我走，可我却想留下来。

"可以旁听吗？"我问，"我不想待那儿。"说着，我别了别头，指着外面的店堂。

"可以，"机灵的年轻人答应了，"可我们现在还只是对稿。"

他们开始对我友好起来，接纳了我。

"你是德国人？"有个小伙子问。

"不是——英国人。"

"英国人？那你住在瑞士？"

"不——我打算步行去意大利。"

"步行？"

他们全都瞪大了眼，很是惊讶。

"是啊。"

然后，我就向他们介绍了我的行程。他们很纳闷，不明白我为什么非要步行。可是，当听说我要一路造访卢加诺[7]、科摩[8]和米兰，却又欢欣鼓舞。

"你们打哪儿来？"我问道。

原来，他们都来自维罗纳和威尼斯一带的农村，也都去过加尔达。于是，我就跟他们谈

---

7 卢加诺（Lugano），瑞士南部旅游城市，位于卢加诺湖畔，通行意大利语。

8 科摩（Como），意大利北部城市，位于科摩湖畔，以"丝绸之都"著称。

起了我在那里的生活。

"那些山里的农民啊，"他们立即打趣道，"都没啥文化，野蛮得很。"

我一听这话，马上联想到保罗、"硬汉"，还有房东彼得罗先生。我痛恨这些工人如此肆意评判他人。

然后，我就往舞台边上一坐，开始看他们排戏。约瑟夫，那个精瘦、机灵的小个子，他是带头人。我看其他人念台词都磕磕巴巴的，特别费劲，就好像识字不多的老农，一次只能念一个字，而且，要等念完一段再合起来才知道念的什么。这是一出热闹的情节剧，是票友们专为狂欢节排演的，剧本就印在廉价的小本子上。今天是他们第二次排练。那个黝黑、帅气的家伙见有姑娘在场，格外兴奋，一心想要表现表现，可人家姑娘却跟块石头似的，完全无动于衷。他边念稿边大笑，一会儿又涨红了脸，台词念得七零八落。幸亏有约瑟夫在一旁提词，这才明白自己到底在念什么。那个白白胖胖的慢郎中倒还比较专心，虽然念得挺吃力。而另外两个男的则多少也有些心不在焉。

最好说话的还得数阿尔贝托，就是那个白胖、迟钝的家伙。他的戏份不太重，所以能坐我旁边，陪我聊天。

他说，他们这几个人都在村里的工厂上班——我想，应该是丝厂吧。这里有一大帮意大利人，总共三十来户，都是陆续从国内迁来的。

约瑟夫在村里住得最久。他十一岁就随父母来到这里，上的瑞士学校，所以德语特别地道。他人很聪明，已婚，育有一双儿女。

阿尔贝托自己在这山谷里生活了七年，玛德丽娜十年，而为她羞红了脸的阿尔弗雷多，那个肤色黝黑的男人，他在村里也约莫住了九年——这些男人里面，就他还没有成家。

其他人都娶了意大利人做老婆，住在黄窗子的大宅里，紧挨着机声隆隆的丝厂。这些人群居在一处，都只会说几句简单的德语，只有约瑟夫像个本地人。

　　和这些流落异乡的意大利人在一起，感觉特别奇怪。未婚的黑皮帅哥阿尔弗雷多很传统。可是，连他都胸怀着新的志向，就仿佛有什么更伟大的意志慑服了他，尽管他是个注重感官、不动脑子的人。他仿佛认定了某种超越自身的事物。在这点上，他和"硬汉"不同：他什么都听从老天的安排。

　　我注视着台上的这些意大利人，觉得非常奇妙：他们全都那么温柔、感性、动人，闪耀着光芒，而被围在中间的约瑟夫却始终沉静、含蓄、不动声色。他面露一种专注近于虔诚的神色，所以在众人的拥簇下更显得突出，更像个贞定、永恒的存在。团员之间起了争执，他也不急着插手，而总要等吵到一定程度，才把他们拉回来。总之，只要基本不偏离主线，大体能进行下去，他都不会贸然干预。

　　这些人又抽烟又喝酒，一分钟都没闲着。阿尔贝托是他们的酒保：他不停地把酒杯端出去又拿回来。玛德丽娜喝的是小杯。就这样，一伙儿人沐浴在舞台的灯光里，念稿、抽烟、排练，面对着大厅里空旷的黑暗。他们虽然看似孤立、诡异，但走到一起便成了远离这瑞士荒漠的一片仙境，狭小而卑微的仙境。在古老的传说中，只要搬开巨石就能发现地下的奇境，这我是相信的。

阿尔弗雷多兴奋、羞怯、英俊，然而，他的情愫却是温柔、含蓄的。他摆好姿势，咧嘴傻笑，然后很快进入了角色。阿尔贝托虽然迟缓、费力，却不时有自然、生动的发挥，应答和姿势也算是有模有样。玛德丽娜把头靠在阿尔弗雷多的怀里，其他男人见了全都立刻警醒。就这样，大家专心排练了半个小时。

小个子约瑟夫机灵又活泼，大家一直围着他打转，可他几乎就像个隐身人。如今回头想想，脑海中的他已经面目模糊，反倒是灯下的其他人，一张张脸连同生动的姿态次第浮现。那个玛德丽娜，粗俗、蛮横又可恶，说话很大声，还喜欢挖苦人。她一头倒在阿尔弗雷多的怀里。阿尔弗雷多温柔、多情，反而更像个女人，瞬间满脸潮红，兴奋得两眼发光，直流口水。至于阿尔贝托，他还是那个慢吞吞、很吃力的样子，可是，举手投足间独有一种纯净的简单，而这也在他的臃肿与平凡之外平添了一丝美感。还有另外两个男的，他们腼腆、易怒又愚钝，有时还会表现出意大利人的心血来潮。在灯下，每个人的脸庞都那么清晰，每个人的肢体都那么生动。

只有约瑟夫的脸像一道微光，湮没在众人的满面红光中；只有他的身体像影子一般，稍纵即逝。然而，他的存在却似乎对所有人都有影响，可能只有那个刚硬、倔强的女人除外。所有男人似乎都被这矮小的领导震慑住了，郁郁而不得志。可是，他们或许脾气暴躁，但个性却都非常温柔。

后来，老板娘的小侄女来了，她站在大厅门口朝我们嚷了一声。

"我们得走了，"约瑟夫对我说，"这里十一点打烊。不过，邻近教区还有家旅馆，通宵开放。跟我们走吧，咱们一块儿喝酒。"

"可是，"我说，"我怕会打搅你们。"

不，他们非但没这么想，还硬逼着我和他们同去；他们很想也让我快活快活。阿尔弗雷多红着脸，热情洋溢，非要我喝酒，从他们老家带来的正宗意大利红酒。这些人可都是说一不二的性格。

于是，我就去跟老板娘商量。她说，我必须在十二点以前赶回客栈。

那天晚上天特别黑。马路下面河水奔流不息，河对岸有座大厂，从厂房倾泻而出的微光荡漾在水面上。透过窗口的亮光，可以看见黑魆魆的机器正在运转，而旁边就是意大利人居住的宿舍楼。

我们一行人穿过纷乱、苍莽的野村，下到河边，再翻过小桥，然后爬上了陡峭的山坡——我傍晚来村里走的就是这条路。

终于，我们到达了咖啡馆。这家店和德国客栈果然大不相同，可是，也不太像意大利风格。店里面灯火通明，桌上铺着红白相间的桌布，一切都那么崭新又干净。老板就在店里，还有他女儿，一个漂亮的红发姑娘。

大家立刻亲切地互致问候，就像在意大利一样。但同时，那里面又响起另一个调子，一点微弱而矜持的回声：这些人似乎不太接触外界；他们总是蜷缩在自己的小圈子里。

阿尔弗雷多觉得热，于是脱下了外套。几个人围着一张长桌随意坐下，红发姑娘端来一夸脱的红酒。别桌的人都在玩牌，那种很特别的那不勒斯纸牌[9]。他们说的也是意大利语。于是，这瑞士的寒夜里便多出了一点意大利的热闹与温馨。

"你到了意大利，"他们对我说，"请代我

9 一副那不勒斯纸牌只有四十张，分为酒樽、金币、宝剑、权杖四种花色。

们向她致敬，向太阳和大地致敬。"

说完，大家一起为意大利举起酒杯。他们说出了想要让我捎带的问候。

"意大利的太阳啊太阳。"阿尔弗雷多深情地说道。我发现他早已嘴角湿润，似醉非醉。

这让我想起了恩里科·佩瑟瓦利，还有他在《群鬼》最后那可怕的呼喊：

"太阳，太阳！"

于是，我们便聊了一会儿意大利。看得出来，这些人对故乡满怀着深深的思念，哀伤却又难言。

"你们没想过回去吗？"我想要他们明确回答我，"有朝一日回到故乡？"

"嗯，"他们说，"要回去的。"

可是，听那口气似乎有所保留。我们聊意大利，聊那里的歌曲和狂欢节，聊那里的吃食，玉米糕和盐。他们见我假模假式地用勒线切糕，全都笑坏了，因为这让他们想起了故国的南方，钟楼上悠扬的乐声，耕耘后田间的饮食。

然而，那笑声里却又夹杂着隐隐的伤痛、鄙薄与耽爱。一个人被剥夺了过去及其种种，自然会有这样的感受。

他们热爱那片故土，但却再也不会回去。他们全部的血液、全部的感觉都属于意大利，渴望意大利的天空，渴望那里的乡音，还有感性的生活。没有了感觉，生活很难继续。他们的心智并不发达；理性上，他们仍是长不大的孩子，天真、可爱、近乎脆弱的孩子。但在感性上，他们已经成年，丰富、圆满的成年。

然而，一朵簇新的小花，饱含着新的精神，却在他们的心田挣扎待放。意大利社会的底层向来信奉异教、崇尚感性；其最强大的象征便是性。孩子其实是个异教的象征：它象征人类如何以生殖实现永生的胜利。在意大利，十字架崇拜从来都不那么稳固，属于北方的基督教也从未在这里有过什么地位。

如今，北方正在反思它的基督信仰，试图

将它全盘否定，而意大利人却在奋力反抗那仍在主宰他们的感性精神。欧洲的北方，不论是否痛恨尼采，都在呼唤并践行着酒神的狂欢精神，而南方却在努力摆脱狄俄尼索斯，摆脱生命对死亡的战胜与肯定，摆脱以生殖达致不朽的信仰。

可以想见，这些意大利的儿女永远都不会返回故乡。对于保罗、"硬汉"这样的人来说，当初的逃离只是为了日后的回归。旧传统的势力实在太强大了。爱国精神也好，乡土观念也罢，不管叫什么，都是异教旧思想在作祟，都是对"生殖以致不朽"观念的肯定，都是对基督教"克己、博爱"的反动。

可是，"约翰"和这些流落异乡的意大利人一样：他们都属于年轻一代，没想过要回去，至少不想回到那个古老的意大利。虽然免不了痛苦挣扎，虽然要绷紧每根神经，畏避北欧与美国那冷漠、垂死的物质主义，但他们仍然愿意为了别的向往忍受这一切。由于常年蜷缩在阴晦、苦寒的瑞士山谷，常年在工厂里卖命，所以肉体必然会经历一次死亡，就好比当初"约翰"在街上与地痞搏斗。但这肉体的死亡里，自会生出一种新的精神来。

就连阿尔弗雷多也遵从了这一新的历程。虽然本质上完全属于"硬汉"那一类，但他却是感性的，不注重思想。但因为受了约瑟夫的影响，他又一蹶不振，并且对这新的精神隔膜起来。

很快，大家都喝得微醺。这时，那个约瑟夫开始来找我说话。他心头有一团不灭的火焰，燃烧、燃烧、燃烧，那是心灵的火焰、灵魂的火焰，一种清新、透亮的东西，连温柔、感性的阿尔弗雷多都被它俘虏了，更别说智性较为健全的其他人。

"这位先生，你也知道，"约瑟夫语重心长地对我说；那声音细若游丝，恰似灵魂的低语，"男子汉四海为家。意大利政府与我们何干？政府算什么东西？它只会叫我们替它卖命，剥削我们的工资，送我们上战场——有什么用？要政府有什么用？"

"你当过兵？"我插嘴问道。

他没有，他们都没有；而这也正是他们不能回国的原因。如今，既已知道个中缘由，也就不难解释为什么一说起热爱的祖国，每个人都吞吞吐吐的。他们永远舍弃了故乡，舍弃了父母。

"政府能做什么？他们就知道抽税、养军警、修马路。可是，我们没军队也照样活，没警察自己也能管，没马路自己也会造。政府是个什么玩意儿？谁需要它？只有那些贪赃枉法、图谋不轨的人才需要吧。这根本就是他们为非作歹的工具。

"为什么要有政府？在这个村里，有三十户意大利人。他们没政府管，意大利政府想管也管不到。大家住在一块儿，可比在国内快活。钱赚得多，人也自由，没有警察管，也没有那些破法律。大家互帮互助，没一个受穷的。

"这些政府凭什么总是一意孤行？假如我们都是意大利人的话，昔兰尼加[10]根本就不会打起来。干坏事的都是政府。他们说一套、做一套，完全不顾我们的想法。"

其他人本来喝得醉醺醺的，瘫坐在桌边，可一听到这番话，全都吓得变了脸色，就像不知道做错什么事的孩子。他们开始坐不住了，转过身去，做出近乎痛苦难忍的手势。只有阿尔弗雷多把手搭在我手上，笑得乐不可支。他只要甩一下他那结实的胳膊，就能把政府一拳打翻在地，然后就可以尽情放肆——随心所欲。他看着我笑得十分灿烂。

虽说是酒后吐真言，可约瑟夫却很有耐心。相比于阿尔弗雷多的温润与俊朗，他淡然的明净与美就如同天上的恒星。他望着我，耐

10　昔兰尼加（Cyrenaica），今利比亚东部沿海地区，意土战争（1911—1912）胜利后，意大利从土耳其手中夺取的属地之一。

心地等待。

可我并不希望他继续，也不想回应他的话。我能感受到他身上的那种新精神，独特、纯粹，还略有些惊人。他想跟我要什么东西，可我却给不了。我的灵魂在某处恸哭，无助得像个夜啼的婴孩。我答不上来，我无法回应。他眼巴巴看着我，看着我这个英国人、读书人，似乎想要得到个确证。可我实在无能为力。我知道那思虑的无邪纯净，知道一种真正恒星般的精神在诞生之前要经历怎样的阵痛。可我无法证实他的话：我的灵魂无法回应。我不相信人会日臻完善；我不相信人会和谐无间。这只是他的信仰，他的那颗恒星。

午夜将至。有个瑞士人进来要喝啤酒。几个意大利人又聚拢来，谁也不说话。时间不早了，我得走了。

他们热情地跟我握手，十分真诚。他们对我寄予了无言的信任，把我视为某种高深知识的代表。然而，约瑟夫的脸上自有一种坚定不拔的刚毅，一种执着的信念，即便在失意、受挫的时候。他送给我一份日内瓦出版的无政府主义小报，记得名字就叫《无政府主义者》。我瞥了一眼，发现是意大利文的，简单、幼稚，很有煽动性。原来，这些意大利人都信仰无政府主义。

我在瑞士浓重的夜色里疾行，翻下山，走过小桥，踩着崎岖不平的石子路。我不想思考，也不想知道。我想叫停所有的活动，将一切凝固在此刻，限定在这奇遇里。

我一路跑到客栈门口，正要拾级而上，突然发现一旁暗处有两个人影在晃动。他们轻声互道晚安，然后就分开了。姑娘转身要去敲门，而那男的则已消失在茫茫夜色中。原来，这姑娘就是老板娘的侄女；她刚才是在和心上人说话呢。

客栈的门已经锁了，我和姑娘等候在门外的石阶上。午夜的天一片漆黑，坡下流水汩汩作响。这时，就听过道里有人大喝一声，像气急败坏的呵斥，而门闩还插在门上。

"客人等在外面呐，那位外国来的先生。"姑娘喊道。

门里面又是一通怒骂，那是老板的声音：

"就外面待着吧。这门我再也不开了。"

"人家房客等在这儿呢。"姑娘重复道。

说完，就听里面又有了动静。大门突然洞开，老板一下子冲到我们面前，手里挥舞着扫帚。这情景在半明半昧的过道里看着尤其诡异。我茫然望向门口。老板瞪着我，像中了邪似的，一把扔了手里的扫帚，瘫软下来，可嘴里还在不停地咕哝，疯疯癫癫的，也不知道说些什么。然后，他又捡起地上的扫帚，开始放声大哭。

"你回来晚了，门关上就不再打开。我要报警，让他们来。说好的十二点；十二点关门，过时不候。谁要回来晚了，就别想进门——"

他一直这么咆哮，嗓门越来越大，连厨房

里都听见了。

"回来啦？"老板娘冷冷地问了一句，然后领我上了楼。

这是间临街的客房，收拾得挺干净，只是屋里放了一只盥洗用的大罐子（以前盛装过猪油或者瑞士牛奶），实在大煞风景。不过，好在床铺倒还过得去，而这才是最最要紧的。

我人在屋里，可还是能听见老板在嘶吼。另外，还有个冗长、持续的重击声，砰、砰、砰，也不知从何而来。我因为睡在里屋，得穿过两张床那么宽的外屋，才能走到房门口，所以也不太清楚具体的方位。

但我还是迷迷糊糊睡着了。

第二天早上醒来，在大罐里洗漱完毕。我望见街上几个来往的行人悠闲地徜徉在周日的晨光里，感觉就像回到了英国。然而，这也正是我避之唯恐不及的。街上见不到一个意大利人。一座厂房矗立在河边，粗犷、庞大又阴沉；黯淡的石砌宿舍楼就在近旁。除此以外，整个村子就只剩下一条零落的瑞士小街，几乎完全不受外界的影响。

早上，老板恢复了平静和理性，甚至还更友好了一些。他很想跟我聊天，一开口就问我在哪儿买的靴子。我告诉他是在慕尼黑。他又问花了多少钱。我说，二十八马克。他对我的鞋印象深刻：这么好的靴子，这么柔韧、漂亮的皮革，他已经好久没见过了。

这一说我才明白，原来是他替我擦的靴子。我甚至能想见他一边擦拭、一边赞叹的样子。我其实挺喜欢这老板的。想必，这曾经也是个爱幻想、心思细密的人。可现在，他整天喝得烂醉，早已不成个人样儿。我痛恨这个村子。

早餐他们预备了面包、黄油、一块重约五磅的奶酪，还有鲜甜、大块的糕饼。这些都很美味，我吃了心里非常感激。

这时，店里来了几个村中的年轻人。他们穿着礼拜天的盛装，很是呆板。于是，我又不禁想起礼拜天的英国，也是一样的正经八百，一样的煞有介事。倒是店老板反而敞开马甲坐着，衬衫下面隆起了大肚皮，一张老脸凑到前面，喋喋不休，问东问西。

几分钟后，我重又踏上了旅程。谢天谢地，路上没有一个行人，我总算可以远离人群了。

我不想看到那些意大利人，因为心里堵得慌，不忍再见他们。我是很喜欢他们的，但因为某种缘故，一想到这些人，想到他们将来的生活，脑袋就会跟钟表似的立即停摆。只要一有念想，心就好像被什么神奇的磁力惑住了，动弹不得。

我也不知道为什么。我没办法给他们写信，没办法想念他们，就连他们送我的小报也一直扔在抽屉里。我回意大利都好几个月了，可始终还没认真读过一次。但我时不时会浏览几行，一颗心也常常飞到他们身边，想念他们排演的戏，想念咖啡馆里的红酒，想念那个美好的夜晚。可是，只要回忆一触及他们，我整个灵魂就停摆了，失效了，无法继续。即便今天，我依然无法认真思考这一群人。

　　我不由自主地往回缩，不知道为什么。

归

途

◘

行旅的脚步必须向南或者向西。倘若北上、东进，则必然走进死巷、误入歧途。

自从当年十字军东征凯旋，一直都是这个道理。比如文艺复兴时期，西天也一样被视为通向未来的拱门。至于今天，这仍是我们不二的选择：要么西行，要么南下。

即若由意大利步行至法兰西，一路上亦不免愁苦、伤怀，而向着意大利南行的旅程却总是如此令人开怀。一想到向西走，就算走到康沃尔，走到爱尔兰，精神都会为之一振。仿佛那磁极本就是西南—东北走向的；夕阳下，我们的精神都指向西南，因为那里是正极。穿行在瑞士的山谷中，虽然感觉阴晦、压抑，可是前进的每一步都闪着光和喜悦。

周日的早晨，我告别了意大利人栖居的那个山谷，疾行过河，然后一路朝卢塞恩[1]而去。背上行囊，翻山越岭，出门游历的感觉真好。可是路边的树林太密，我还不能尽享自由。星期天的早上，万籁俱寂。

两小时后，我登上了山顶。狭长的苏黎世湖就在眼底，远处低矮的山丘环抱着平坦的河谷，高低错落，犹如一张立体地图。我不忍心看，因为一切都太袖珍、太虚幻，感觉就像俯视一张巨大的地形图，让人恨不得想把它撕烂。它似乎故意横亘在我与现实之间，让我无法相信这是真的世界。在我眼里，这更像虚构的场景、捏造的伪物，更像在墙上的风景画，呆板的用色与线条掩盖了真实的美景。

我继续往前走，翻到山脊的另一侧，再次举目远眺。只见那边同样山岚缥缈，湖面波平如镜，但山势却要高一些，其中最壮观的当属

---

1 卢塞恩（Lucerne），瑞士中北部城市，以湖山美景著称。

里吉山²。然后，我就下山了。

　　山下农地肥沃，远近各有几处村落。教堂的礼拜刚结束，信众们正走在回家的路上。男人身穿厚呢黑衣，头戴老式的烟囱丝帽，手里拿着伞；女人们握着经书和伞柄，衣着丑陋不堪。街上尽是这些黑衣的男人和呆滞的女人，一切都笼罩在沉闷的周日气氛中。我很讨厌这样。这让我回想起童年的情景：每到礼拜天，大家就装出一副"正经"模样，古板又无聊，像紧箍咒一样束缚着自我。我憎恶这些身穿厚呢黑衣的长者，一脸的平正肃然，满怀虔诚地等着回家吃饭。我憎恶这些村庄给人的感觉，富足、安逸、洁净、稳妥。

　　靴子太紧了，两个脚趾被挤压得隐隐作痛。这是常有的事。此时，我已下到山间的一块宽浅、湿软的平地上。这里距村口约有一英

2　里吉山（Mt. Rigi），瑞士中部著名山脉，素有"山中王后"的美誉。

里之遥。我在溪畔的石桥边坐下，撕开手帕，把脚趾包扎好。就在这时，只见两位黑衣老者腋下夹着雨伞，从村口向我这边走来。

我看到这些人就恼火，于是只得赶紧穿好鞋子，继续赶路，就怕被他们追上。我受不了这些人说话、走路的样子，生硬、世故，还总爱拐弯抹角。

没过一会儿，天竟然下起了雨。我当时正从一座小山上往下走，一看这情形，便索性坐到一棵矮树下，欣赏起枝叶上的雨滴来。而我也确实乐于待在那里，无家可归，无牵无挂，就蜷伏在那路旁的小树林里。我自觉就像那温柔的人，已经承受了地土。[3]几个男人竖起衣领从我眼前走过，雨水打湿了他们的肩头，原本的厚呢外衣因此愈加显得深黑。他们看不见我。我像幽魂一样透明、安全。我吃着在苏黎

---

3 出自《圣经·马太福音》5 章 5 节："温柔的人有福了！因为他们必承受地土。"

世买的食物，一边等着雨停。

这是个湿漉漉的周日下午。我走在丑陋不堪的马路上，目睹来往的电车，还有许多表情呆滞的路人。越接近小镇，那周日的萎靡与荒芜就越让人不堪承受。

湖上烟雾蒙蒙，岸边芦苇丛生。我绕湖走了一圈，突然别进湖畔的一栋小别墅，想讨口茶喝。在瑞士，每户人家的房子都可以叫别墅。

眼前这栋别墅里住着两位老太太和一只娇气的狗——她们不许狗把脚弄湿。我在别墅里很开心，又有美味的果酱，又有特别的蜂蜜蛋糕，喜欢得不得了。倒是两个矮小的老太太忙得团团转，像两片枯叶一直追着狗儿跑。

"怎么不放它出去?"我问。

"这天太潮湿，"两人回道，"怕它到了外面咳嗽、打嚏。"

"是啊，不带块手帕还真不行。"我说。

就这样，我们变成了知己。

"你是奥地利人?"老太太问我。

于是，我告诉她们：我从格拉茨来，我父亲是当地的医生。目前，我正在徒步游历欧洲各国。

我之所以这么说，一来是因为我认识个格拉茨的医生，他总是到处游荡；二来，我想换个身份，不想让老太太知道我是英国人。果然，我们马上变得无话不谈。

老太太的牙全掉了，可她们还是神秘地告诉我不少房客的事。以前有个男的，整天就知道钓鱼，每分钟都在钓鱼，连钓了三个星期，一天都没歇着。可是，有很多天都是一无所获。但他不管，还是继续在船上钓鱼。总之，两人絮絮叨叨，说的全是些琐事。接着，老太太又告诉我，她俩原先还有个妹妹，可惜后来死了。的确，这屋里还萦绕着那怅然若失的气氛。姐妹俩边说边抹眼泪，而我一个格拉茨来的奥地利人，居然也大为感动，甚至还把眼泪滴到了桌上。我替姐妹俩感到伤心，真想给她们一个吻，以示安慰。

"只有天堂才暖和。那儿不下雨，也没有人会死。"我一边说，一边凝视着潮湿的树叶。

然后，我就告辞了。本来是要在这家过夜的：我心里其实挺想。可我现在既然已是奥地利人，这么做恐怕就不妥了。

所以，我只好继续赶路，终于，在城里住进了一家极恐怖、极不堪的客栈。第二天，由山阴处攀上那丑陋的里吉山，在恶劣的旅馆里又住了一宿，然后才下山来到卢塞恩。我在山上遇见一个迷路的法国青年。他不会说德语，也找不到说法语的人。于是，我们就找了块石头坐下来，结交为好友。我保证将来一定去阿尔及尔的军营看望他：我打算从那不勒斯坐船去阿尔及尔。他把地址写在名片上，还说他部队里有朋友，到时候会介绍我认识；要是我愿意待一两个星期，大家还可以在阿尔及尔好好儿玩一玩。

比起里吉山，比起我们坐的这块石头，还有山下的湖水、远处的山峦，阿尔及尔可要真实多了。阿尔及尔很真实，虽然我从没去过；而这青年也将成为我永远的朋友，虽然他的名片我已经弄丢，他的名字我已经淡忘。小伙子是个公务员，来自里昂；这是他入伍前第一次出国旅游。说着，他还掏出"环游门票"给我看。最后，我俩还是分道扬镳了：他要登顶里吉山，而我则必须下山。

卢塞恩和卢塞恩湖——像包裹牛奶巧克力的糖纸——一如既往地令人生厌。我一晚都不能在这里待，于是便跳上轮船，一直坐到终点。下船后，找到一家很好的德国旅店，这可把我给乐坏了。

这店里有个又高又瘦的小伙子，脸膛被太阳烧得通红。我猜他是德国来的游客。这人刚进店，此刻正吃着面包、喝着牛奶。餐室里只有我们两个人。他拿着一份画报在看。

我见窗外轮船在湖上奔忙,一边还喷着蒸汽,于是就用德语问那人:"这船整晚都在这儿停靠吗?"

可他晃晃脑袋,头也不抬,只顾吃着他的面包和牛奶。

"您是英国人?"我问。

只有英国人才会把脸埋在牛奶碗里,才会惊慌得耳根发红、一直摇头。

"嗯,"他说,"我是。"

我一听那伦敦口音,差点儿吓一大跳。那感觉就像突然置身于伦敦地铁似的。

"我也是,"我说,"您打哪儿来?"

于是,他便开始向我娓娓道来,就如同将军讲解作战计划一般。他先翻过了富尔卡山口[4],然后又步行了四五天,真可谓马不停蹄。这人不懂德语,也不了解这一带的山区,但还

---

4 富尔卡山口(the Furka Pass),位于瑞士境内,阿尔卑斯山著名隘口之一,海拔 2 429 米。

是独自一人上路了：他有两周的休假。他一路横渡罗纳冰河[5]，穿越富尔卡山口，再从下游的安德马特[6]步行至日内瓦湖。仅仅这最后一天，他就已经走了三十英里的山路。

"你这么走不累吗？"我惊讶地问。

他其实累坏了。脸被雪光灼得通红，再加上狂风的蹂躏，整个人早已疲惫不堪。在过去这四天里，他已疾行了一百多英里路。

"好玩儿吗？"我问。

"可好玩儿啦。我想走完全程。"他是这么想的，他也的确做到了。可天晓得这么做的意义何在。他打算在卢塞恩待一天，接下来还要去茵特拉肯[7]和伯尔尼逗留一天，然后启程回伦敦。

---

5 罗纳冰河（the Rhône Glacier），位于瑞士境内的阿尔卑斯山区，系日内瓦湖的主要水源之一。

6 安德马特（Andermatt），沟通瑞士东西南北的要冲，位于富尔卡山口的东侧。

7 茵特拉肯（Interlaken），瑞士著名度假胜地，因地处两湖之间而得名。

我真为他感到痛心：都已精疲力尽了，居然还在硬撑，还不服输。

"你怎么光走路呢?"我问，"这山谷里通火车，怎么不坐火车? 值得吗?"

"我感觉挺值得。"他说。

可他实在已经劳累过度：眼圈发黑，视力模糊，就跟瞎了似的。写明信片的时候，他得把脑袋探出来，否则什么也看不见。但尽管这样，他还是没忘把明信片侧过一边，生怕我看见他写给谁。我可没那兴趣；我只是觉得他那些谨小慎微的动作颇像英国人的作风。

"打算几点动身?"我问。

"最早一班轮渡是几点?"说着，他掏出一本带有时刻表的旅行手册。他决定七点左右出发。

"这么早?"我反问。

他必须在预定时间到达卢塞恩，然后在傍晚前赶到茵特拉肯。

"回伦敦总该休息休息了吧?"我说。

他忽然瞥我一眼，态度有些迟疑。

我正喝着啤酒，便问他要不要也来点儿什么。他想了想说，还是再来杯热牛奶吧。老板走过来，问："还要面包吗？"

他摇摇头，因为实在吃不起。他已经穷得叮当响，一分钱都得省着用。老板端来牛奶，问我这英国人什么时候走。于是，我就在他和老板之间帮着协调、沟通。然而，他对我的介入却稍感不适。他不想让我知道他早饭要吃些什么。

我很能体会那台社会的大机器是如何钳制着他。这个人在伦敦辛苦了一整年，每天挤地铁、拼命干，像个木头人似的。然后，凑足两周的假期，重获了自由，于是便带上旅行计划，带上刚好够用的旅费，跑到瑞士来。最后，再用剩下的钱在茵特拉肯买些礼物——小件的雪绒花陶器。我甚至能想见他如何带着礼物回国的情景。

他就这么来了，满怀无比的勇气，带着些

许悲壮，一脚踏上了异国的土地。在这里，他要应付古里古怪的老板，而且除了英语，他什么语言都不通，荷包又实在有限。然而，他就是想要翻山越岭，横渡冰河。他走啊走，像着了魔似的，一直向前。而他的名字好像真的就叫"埃克塞西奥"[8]。

可是，等真的到了富尔卡山口，他竟然只在山脊上走了走，也没翻到山那边，就直接沿老路下山了！我的天呐，真让人受不了。这不，他刚又从山上下来，打算回家了：上船、坐车、上船、坐车、搭地铁，一直回到那大机器里去。

社会的大机器不会轻易放他走，这他很清楚。于是，便有了这残忍的疲劳自虐，这残忍的毅力考验。我用德语问他问题，他居然都低着头喝牛奶，痛苦得不得了。更何况生平第一次出国，第一次独自徒步旅行。那该需要多大

---

8 埃克塞西奥（Excelsior），男子名，有"奋进向上"之意。

的勇气！

他的目光很深邃，眼里像是蕴藏着无比的勇气。可是，明天一早他就回家了。他要回家，他全副的勇气只是为了回家。虽然险些丧命，他还是要回去。为什么不回去？他已经痛苦不堪，就像戴着镣铐生活。但他却甘愿忍受，甘愿那样死去，因为那是他的宿命。

他累得瘫软在桌上，只顾埋头喝牛奶。然而，他的斗志却依然昂扬，依然坚定，尽管身体疼痛、虚弱，已经快撑不下去。我为我的同胞心痛如绞，绞痛直至滴血。

我不忍去体会同胞的处境：他和曾经的我一样，和几乎所有英国人一样，辛苦工作只是为了谋一条生路。他不愿屈服。他要趁假期徒步旅行，一直走，一直走，直到达成他的心愿。无论多么艰辛，他都不会停歇，不会丧志，不会气馁，哪怕一丝一毫。意志的命令身体必须执行，就算必须承受蹂躏与折磨。

在我看来，这完全是愚蠢的行为。我看了

几乎快要潸然泪下。他去睡觉了。我漫步在黑沉沉的湖畔，一边和店里的姑娘攀谈着。这是个很温婉的女孩，正如这舒适、温馨的旅店。住在这里人会很开心。

第二天早上，天气晴朗，湖上碧波荡漾。预计晚间我将抵达这次旅行的巅峰。一想到这里，我就喜上心头。

那个英国人已经走了。我去入住登记里找他的名字。那字迹很端正，一看就知道出自文员之手。原来，他住在伦敦南郊的斯特里汉姆。我顿时有些讨厌他。这固执的傻瓜，居然那么拼死拼活地干。他所谓的勇气难道不正是怯懦的极致表现吗？这是多么顽劣的根性——竟然以自虐为傲，简直无异于下贱的印第安人。

旅店的老板过来找我聊天。这是个心宽体胖、非常客气的人。可是，我必须和颜悦色地把那英国人的事全告诉他；我要他为自己安逸的生活感到羞愧。然而，万万没想到，养尊处优的他居然回了我一句：

"嗯，的确是迈出了一大步啊。"

接着，我也重新踏上旅程，在雪峰的环抱中，向着谷地的高处进发。我仿佛一只昆虫，从幽深、寒冷的谷底向上爬啊爬，仰望山顶，但见皑皑的白雪。

这里早上有个家畜交易的集市，所以此刻路上全是悠游的牛群，有些脖子上还系了铃铛。所有的牛表情恬淡，只在眼里露出一点儿惊讶的神色，而牛角也会随之突然转动。路边、溪畔的草儿青翠碧绿。在我的左右两侧，陡峭的山坡纷纷投下了浓黑的暗影；巍峨、耸峙的雪峰上则是一片高天。

这里的村庄远离尘嚣，宁静、隐秘——遗世独立。正如旧时的英国乡村，它们绝世超尘，十分令人着迷。我在一家小店买了些苹果、奶酪和面包；那里什么都卖，什么气味都有，很有回到老家的感觉。

行行复行行，我渐渐地越攀越高，但怎么

都走不出峰峦的阴影。这时，我便很庆幸还好不在阿尔卑斯山常住。山坡上的村落，还有那里的人们，似乎正在逐步下滑，一点一点，终将全部滚落到山下的河道里，被流水裹挟而去，直到最后汇入大海。那些散落的小村高悬于山坡之上，毗邻湿润、青绿的草甸，背靠茂密的松林，下临万丈深渊，头顶还有峥嵘的山岩。它们就像逼仄的流民安置地，岌岌可危。身处这无边的黑影中，你时刻都能感受到压迫与威胁；唯有偶尔透射进来的一缕阳光，如同打开了窗户——想在这里常住似乎很难。这地方让人感觉一切都是过眼云烟，似乎这里迟早会发生一场巨变，所有的山峰终将在自己的阴影里坠落。那山谷就像深陷的墓穴，而山坡则是崩坍的墙壁。山巅上绝世的白雪熠熠闪光，它仿佛象征了死亡，永久的死亡。

在那迷人的皑皑白雪中，似乎寄寓着死神。它投下层层的暗影，驱遣着滔滔的石流，不断俯冲下来，滚落到平地。所有的山民，坡上也好、谷底也罢，似乎就栖居在这奔腾的洪流之上，等待着死亡、崩坍与毁灭。

而崩坍的源头、死亡的机关正是头顶那巍峨的雪峰。在那里，山巅接引着九天的阴寒，纯白的冰晶不断凝结；这是生死对决的恒定焦点。也正是从那里，从那生死交叠的核心，雪白、闪亮，倾泻出万丈的洪流，奔向生命与温暖。而我们栖居在下面，却无法想象那向上的逆流，从冰雪的针尖奔向那难言的凛冽与死亡。

山下的人们，他们仿佛住在死亡的洪流里，那是生命的最后阶段，诡异、黯然。巨大的阴影笼罩在头顶，冰冷的水声萦回在耳畔，那是挥之不去的死亡。

由于长年生活在阴影中，生活在冰雪的喧嚣里，似乎连人都变得阴郁、污秽、残酷起来。在冷冽的空气里，没有花开花落，有的只是生命的不断繁衍。

然而，你还是很难在此感受到乡土人情。

这里到处是旅馆和外国人，到处是腐食寄生的渊薮。邋遢的山民全都住在山坡上、岩缝中，寻常不容易看见。而在较为宽阔的谷地，人们也都还很怯生。可是，和外国游客接触多了，他们也渐渐学到一种新的腔调。至于城里和镇上，则完全已是生意人的天下。

我缓慢爬行了一整天，起先是沿着公路。只见铁道线迂回曲折，时而出现在头顶，时而又到了脚下。后来，我又走了山边的一条小路——这条路经过零星的农庄，甚至还穿过村里神父的花园。神父正在装饰教堂的拱门。他站在椅子上，沐浴在阳光里，手举一只花环，站着的女佣正在大声说话。

此处的山谷似较宽阔，山脉没有直逼而来，峰峦也更为疏朗。人行其间，感觉颇为愉快。单块石板铺成的小径顺着山势直冲而下；我独坐路旁，心旷神怡。

山谷底下有个小镇，镇上某处竖着长长的烟囱，浓烟滚滚，也不知是工厂、采石场还是打铁铺。总之，我瞬间感觉像回到了家乡。

人类世界的邪恶与粗粝，工业世界的荒凉与残酷，正向着自然世界步步进逼。这一幕着实让人心痛。仿佛工业的普及就如同风化、干裂的过程，不断蔓延、不断破坏。但愿我们早日学会如何心怀天下，而不只是着眼于小处。

我穿过深谷里狭小、邪恶又粗陋的厂区；那里的积雪散发着永恒的光芒。我途经巧克力和旅馆的巨幅广告牌，然后越过山口的最后一段斜坡，终于来到了隧道口。格申恩村就位于隧道口，这里布满了纵横交错的铁轨，充斥着杂乱无章的观光别墅。环顾四周，到处是兜售明信片和车票的小贩，还有长满野草的废弃车厢。没想到，高山之巅竟也如此混乱、贫瘠。这又岂是久留之地！

于是，我便继续向山口进发。大路上、小路上全是形形色色的游客。而镇上来的人，不管走路、开车，全都横冲直撞，一点儿都不守秩序。这时，天色渐渐暗了下来。我缓步独行在恢宏的岩壁间，跨过沉重的铁门，眼前一条公路顺着巉岩峭立的隘谷蜿蜒而下。这里就是山隘的咽喉。关口挂着一块牌子，那是为了缅怀在此阵亡的许多俄国人。

走出阴森的山口，一块平坦的高地映入眼帘。傍晚时分，天色已是铁青，空气中透着寒意。关隘之外，路两旁尽是广袤的荒野。我走在大路上，一步步向着安德马特逼近。

在这阴惨、荒凉的高原上，到处能见到士兵的身影。我路过军营，路过了第一批观光别墅。此刻，夜幕降临，眼前的街道逐渐显出破败、杂乱的面目。安德马特位于苦寒、荒芜的高地，它本是整个欧陆的桥梁。然而，当文明的商队行经此处，民居、旅馆、营房、公寓便都纷纷坍塌、倾覆——好像这里才刚发生过一场灾祸。

我买了两张明信片，在街上清冷的夕阳里填写完毕，然后拦住一名士兵，问邮局在哪儿。他给我指了路。在这里的邮局投寄明信片，感觉跟斯凯格内斯、博格诺[9]倒也差不多。

　　我原想在安德马特投宿一夜，可实在没办法。这整个地方过于原始、单调、杂乱，就像一辆搬运车翻倒在路边，大件家具倾泻而出，可是谁也不来收拾。我徘徊在街头，徘徊在夕阳里，很想找个地方过夜。街上有各种为游客提供食宿的广告，可是都不好。那种地方我进都不想进去。

　　这里街边的房舍每间都低矮、深檐，老旧得摇摇欲坠。无奈之下，我只好弃它而去。来到镇外，眼前又是一片旷野。这里的空气清澄、甘洌。路一旁是平坦的荒原，另一旁则是绵延的童山和深坳，放眼望去，处处点缀着残雪。可以想象，假如圣诞前后地上积起五六英尺的大雪，那时候来这里滑雪、滑雪橇该有多美妙啊。可是，这一切都需要雪。而到了夏

9　斯凯格内斯（Skegness）、博格诺（Bognor）均为英国著名
　　的海滨度假胜地。

天，你若再来看，这里将只剩下冬季残留的碎石与岩屑。

暮色渐沉，虽然积雪映照下的空气依然像玻璃般透亮。一轮明月挂在天空。一辆满载法国游客的大车从我身边驶过。喧哗的水声萦绕在耳畔，缕缕不绝，几欲令人癫狂。仿佛这就是时光流逝的声音，时而幽咽，时而湍急，时而百转千回，但却从不停留片刻。时间在永恒里奔涌，这便是瑞士冰川流动的声音，它嘲讽并摧毁着我们温暖的存在。

我趁着夜色来到某个小村。一座残破的城堡矗立在岔路口，像是被永远冰封了。眼前一条路沿山梁一直通往富尔卡隘口，另一条则绕至山的左侧，避开了戈特哈特隧道[10]。

我必须在村里过夜。就在这时，只见有个女人在门口张望，神色甚是慌张。看得出来，

---

10 戈特哈特隧道（the Gotthard Tunnel）全长 15 公里，1881 年竣工。行经此处的铁路穿过阿尔卑斯山，是沟通欧陆南北的重要国际线。

她在招徕顾客。我继续往前走，来到山上的小街。这里只有寥寥几间房舍，还有一家亮堂堂的旅店，全都是木头房子。一帮外地来的男人正站在门口大声说笑。

此时天色已黑，想在村民家投宿已很困难，况且我也不想打扰别人。于是，我便折回刚才那家旅店。那个东张西望的女人看似十分焦急，巴不得哪位游客能租下她的房子。

这是间干净又漂亮的木屋，足以抵御严寒。而这似乎也就是它唯一的作用：避免房客遭受寒流的侵袭。屋内的陈设十分简朴，除了桌子、椅子、光秃秃的木墙，再没别的东西。人住在里面感觉既温馨又安全，就像度假小屋一样，完全与世隔绝。

那个怯懦的女人迎上前来。

"还有床位吗？"我说，"我想在这儿住一晚。"

"有，还有晚餐！"女人回道，"您要来点儿汤、蔬菜和煮牛肉吗？"

我点点头，坐下来默默地等。这里基本听不到冰川的声音；无声的寂静似已冻结，屋子里空荡荡的。那女人走来走过去，盲目、仓促，像是在本能地对抗着寂静。这凝定的岑寂几乎可以触手感知，正如眼前的墙壁、火炉，还有那铺着白色美国油布的桌子。

这时，她忽然又出现在我面前。

"您要喝点儿什么？"

她眼巴巴地望着我，口气很是谦卑，急促的语调中带着一丝乞求的意味。

"葡萄酒还是啤酒？"她问。

我怕是受不了冰冷的啤酒。

"来半瓶葡萄酒吧。"我说。

我知道她会一直缠着我。

不一会儿，她端来了酒和面包。

"吃完牛肉以后，要不要再来个煎蛋卷？"她问我，"煎蛋卷配干邑白兰地——我做的蛋卷可好吃啦。"

我知道这下得破费了，可还是点点头。不

115

管怎么说，走了这么长的山路，何不犒劳一下自己呢？

说完，她又走开了。我边啃面包，边饮美酒，坐享着纯然的孤绝与静寂。我仔细谛听，耳边只有微弱的溪流声，于是不禁自问，我为什么会在这里？在这阿尔卑斯山的山脊上？在这点了灯的封闭木屋里？我为什么会在这里？

可是，我居然感觉很愉快，甚至有些欣喜：多么寂静、美妙的寒夜，多么澄澈、透明的孤绝。这是一种恒久不破的境界：我身在世界的高处，呼吸着冰冷、滞重的空气，孤身一人，了无羁绊。伦敦远在我的脚下，英国、德国、法国在更遥远的远方——沉沉夜幕下，它们是那么不真实。想来也是一种悲哀，此刻，这底下扰攘的尘世竟也如此虚幻。你在静默中俯视它，仿佛一切都微不足道——广大但却毫无意义。既是如此的尘寰，那么，何不悠游其间？

这时，那女人端来了热汤。我问她，夏天

来这里的人很多吧。不料，她没回答我就被吓跑了，快得就像风中的一片树叶。不过，好在那汤倒是真的很美味，分量也给得足。

过了许久，下一道菜才端上来。只见她把托盘往桌上一放，直视着我，然后又别过脸去，畏畏缩缩地说：

"请您千万原谅——我耳背——不怎么听得见。"

我瞥了她一眼，也有些惊讶。这女人因为自身的缺陷痛苦、畏缩。我疑心她是否被人欺负过，或者只是怕客人会不喜欢。

她摆好碗碟，又在我面前放了一只餐盘，匆忙、紧张，然后像受惊的母鸡一样又溜走了。此刻，疲惫的我真想为这个女人痛哭，为这个由于耳聋而惶恐、怯懦的女人痛哭。这房子里虽然有她，可依然空荡、寂静。又或许，正因为她听不见，所以才多了一分沉寂与凄清。

煎蛋卷端来的时候，我大声对她说："汤

和肉，都很好吃。"她紧张地直发抖，回了一句"谢谢"；就这样，我总算跟她说上话了。这女人和大多数聋子一样，本来好端端的，就因为害怕听不见，反倒畏首畏尾的，失去了自信。

她说话很柔，有外地口音，也许真的就是外国人吧。我问她问题，可她却误解了，而我又不忍心去纠正她。我只记得，她说这旅店冬天经常客满，尤其是圣诞前后。那些人都是来滑雪、游玩的，其中有两个英国姑娘就喜欢住她这里。

一聊到这两位，她就特别动情。可说着说着，突然害怕起来，然后又溜走了。我吃着煎蛋卷，品着好酒，抬头向街上望去。只见外面一片漆黑，夜空里的明星闪闪发亮，我仿佛嗅到了雪的气息。这时，有两个村民打门前走过。我累坏了，不想再出去找旅店。

于是，我便索性投宿在这寂静的木屋里。我的卧房也是木头的，很小、很干净，但也很老旧。屋外溪水潺潺，我躺在松软的羽绒床垫上，仰望满天的星斗，凝视漆黑的四周，就这样，渐渐进入了梦乡。

第二天早上醒来，用冰水洗漱完毕后，我又开心地上路了。喧哗的溪流上笼罩着一层冰雾，几棵瘦弱、稀疏的松树立在路旁。我吃过早饭一结账，发现总共花费七法郎——超支了。可是没关系，只要能在户外就行。

那天的天空特别蓝，早晨的空气也格外清冽，整个村子一片安详。我一路往山上爬，突然看到眼前有块路牌。我望了望富尔卡的方向，又想起那个筋疲力尽的英国人；此刻，他应该正在回家的路上吧。感谢上帝我不必回家，也许，永远都不必了。于是，我走了左边的那条路，开始向戈特哈特进发。

站在山巅，环顾巍峨的群峰，俯瞰山下的村庄和那破旧的城堡，眺望远处旷野上凋敝的安德马特小镇。此情此景，实在令人雀跃。我果真还要下山吗？

这时，我发现有个人也在阔步前进。定睛一看，原来是个小伙子，穿着马裤，戴着登山帽，衬衫外面系着吊裤带。他走起路来虎虎生风，吊在帆布包上的外套跟着一摇一晃。我见状不禁大笑，便放慢脚步等他，而他也马上朝我这边走来。

"你是要去隧道吗？"我问。

"对，"他回道，"你也去那儿？"

"是啊，"我说，"那咱们一块儿走吧。"

于是，我俩在石楠丛生的山岩间觅得一条小路，继续赶路。

小伙子皮肤很白，长了一脸雀斑。他来自巴塞尔[11]，今年十七岁，在一家行李托运公司做文员——记得应该就是贡德朗兄弟公司吧。因为有一周的假期，所以他和那英国人一样，也打算出门环游一圈。不过，这人倒挺习惯走

―――――――

11　巴塞尔（Basel），瑞士西北部城市，位于莱茵河畔、法德两国交界处。

山路：据说，他还参加了运动俱乐部。你瞧他脚蹬厚钉鞋，雄赳赳、气昂昂，迈着大步，毫不含糊就攀上了山岩。

我们伫立在山口之巅，但见开阔的山坡上片片残雪，就像落自明净的高天。峡谷里满是滚落的乱石，溜滑光秃，大如房舍，小若鹅卵。一条马路迤逦其间，悄无声息，穿过这高山上的绝世荒凉，耳边唯有溪水在玎玲作响。天心里，雪坡上，峡谷的乱石丛中，到处洒满了朝晖：这便是一切。我们正默默从北国穿越到南方。

可是，埃米尔就要坐火车回头了：等傍晚过了隧道，他会在格舍嫩[12]继续他的环游。

而我将一路前行，跨越世界的屋脊，从北国进入南国，所以心情特别愉快。

两个人在缓坡上攀行了许久，眼看头顶的

---

12 格舍嫩（Göschenen），位于戈特哈特铁路隧道的北端，系重要的铁路枢纽。

陡坡越变越矮，越来越向后退。天空似乎近在咫尺，而我们就行走在那苍穹下。

自此，峡谷也愈渐开阔，一片空旷之地映入眼帘：那是山口的巅顶。这里也有低矮的营房和士兵。我们听到枪响，于是便驻足观望。只见湛蓝的天幕下，微淡的硝烟从雪坡上腾起，几个渺小的黑影穿过雪地。接着，又是一记步枪的裂响，回荡在山巅的稀薄空气里，听来是那么干燥而不真切。

"太美了。"埃米尔大为赞叹。

"是啊，很漂亮。"我附和道。

"在山顶上射击，在雪坡上演练，这简直太棒了。"

然后，他开始向我讲述士兵生活是如何艰苦，操练任务又是如何繁重。

"你难道不想当兵吗？"我问。

"不，我想。我想当兵，我想服兵役。"

"为什么？"我追问道。

"为了锻炼身体和意志，为了变得更

坚强。"

"瑞士人都很想当兵吗?"我又问。

"是啊——都很想。这对个人有好处,而且还可以团结大家。再说了,前后也就一年时间,挺合适。在德国得要三年,时间拖太长,不好。"

于是,我便告诉他巴伐利亚的士兵是多么痛恨服兵役。

"是啊,"他说,"德国人就这样。体制不同。我们的好很多;在瑞士,当兵是很快乐的事。我很想去。"

就这样,我们眼看士兵像一个个黑点,缓慢爬过高处的雪地,接着,耳边不时传来脆裂而诡异的枪响。

然后,就听有人在吹口哨,士兵们吵吵嚷嚷的。我们打算走平地,再翻过前方的桥。于是,两人加快脚步,从山坡下来,奔向远处那座修道院改建的宾馆。山顶上,湖边芦苇丛生,水面映现着幽蓝、透明的光。这真是一片奇异的荒地：湖水、泥沼、巉岩、山路，在山脊两侧雪坡的环抱里，在触手可及的天幕笼罩下。

这时，那士兵又开始大喊，也不知道喊些什么。

"他说，我们要是不跑，就别想过桥了。"埃米尔解释道。

"我可不想跑。"我说。

于是，我们只好匆忙向前，翻过了桥；只见桥上站着那个放哨的士兵。

"想挨枪子儿吗？"等我们走到近前，他怒斥道。

"不了，谢谢。"我说。

埃米尔脸色凝重。

"要是这会儿没过去，还得等多久？"他见我俩已经安全脱险，于是便问那哨兵。

"得等到一点钟。"对方回道。

"两小时！"埃米尔出奇地兴奋，"本来，咱们得在这儿再等两小时。他很火大，怪我们怎么不快跑。"说着，他哈哈大笑起来。

于是，我们阔步走过平地，来到了宾馆。进门以后，两人各点了一杯热牛奶。我说的是德语，可那俏丽的女侍者气质优雅却很高傲，她还是用法语回答我。她很瞧不起我们，把我们当废物、穷光蛋。埃米尔有些窘迫，可我们还是冲她笑笑。于是她恼了，在吸烟室里拉高嗓门，用法语说：

"Du lait chaud pour les chameaux."

"她说'给骆驼喝的热牛奶'。"我翻译给埃米尔听。小伙子听了又困惑又气愤。

然后，我敲敲桌面，招呼女侍者过来：

"服务员!"

她忿忿地走到门口。

"再来两杯骆驼喝的牛奶。"我说。

于是，就见她一把掳走桌上的杯子，什么话也没说，气鼓鼓地走开了。

然而，这次端牛奶来的却不是她，而是换了个德国姑娘。我和埃米尔见状不禁大笑，那姑娘也只好跟着苦笑。

出了宾馆，我们重新踏上旅程。埃米尔卷起袖管，放下衣领，然后敞开胸口，像是已经受不了了。也难怪，这时候正值晌午，日头特别晒。你别说，他背个大背包的样子，还真挺像那法国女侍者说的骆驼。

我们走的是下坡路。在距离宾馆的不远处，山势陡降，一道巨大的裂缝从山顶的洼地延伸下来。

由南坡下山要远比从北坡上山艰险得多，但也壮观得多。南坡的山岩嶙峋、陡峭，溪水飞流直下。那已不是连绵的水流，而是奔泻、喧哗的瀑布，落入远处黑暗的溪谷。

但在这艳阳高照的南坡上，山路蜿蜒迂回，绕了无数圈，总是又回到起点。爬坡的骡子就像推磨似的，一直在原地打转。

因为埃米尔非要走小路，所以我们便像瀑布般哗啦啦地一直往下冲，从高层跳到低层，只在其间稍事休息。

而且，这一旦开始，就再也刹不住。我们仿佛两块石头，不断颠簸着往下滚。埃米尔简直乐开了花。他一边弹跳，一边挥动着细瘦、白皙的裸臂，胸口渐渐变得绯红。这让他感觉像是回到了运动俱乐部。所以，我们就这样一路颠簸、下冲、腾跳。

南坡上阳光灿烂，荟荟郁郁的树丛、幽幽暗暗的山阴，简直美不胜收。这让我不禁想起歌德，想起那个浪漫的年代：

"你可知那柠檬花开的土地?"[13]

两个人跟随着奔腾的溪流，跌跌撞撞直奔山下的南国而去。然而，这么走终究太累人。我们在溪谷里行色匆匆，两旁全是耸峙的危岩。头顶的岩脊上杂树丛生，脚下的幽谷里林

---

13 出自歌德的成长小说《威廉·迈斯特的学习时代》（第3卷第1章），曾谱为歌曲，广为传唱。

木葱茏。就这样，我们一直向下、向下。

渐渐地，溪谷越来越宽广，终于，开阔的谷口出现在前方。放眼望去，艾罗洛[14]已远在我们脚下，铁路从隧道口逶迤而出，整个山谷恰似一只丰饶而明媚的羊角。

可怜的埃米尔上气不接下气，似乎比我还累。这一路，他穿着大靴子横冲直撞，脚趾不免受伤疼痛。所以，一俟来到开阔的谷口，我们便放缓了脚步。埃米尔不说话了。

这谷口看似温驯而有古风，不禁令我遥想起罗马时代。我很愿意相信，古罗马的军团曾在此安营扎寨，而那啮噬灌木的羊群便是当时的遗种。

但就在这时，瑞士军队的营房却再次映入眼帘；我们再次陷入了枪响与军演的包围之中。埃米尔和我又饿又累，但我们仍然不徐不

---

14 艾罗洛（Airolo），瑞士铁路枢纽，位于戈特哈特隧道的南口。

疾地走着。带的干粮已经吃完了。

非常奇妙的是，这世界的南坡晴朗、干燥又古老，简直与北坡有着天壤之别。或许，牧神潘就栖居在那烈日曝晒的山岩中，在那苍劲、阴翳的树丛里。你知道，这一切都在你的血液里，化为了纯粹而灿烂的记忆。所以，我便悠然向山下的艾罗洛走去。

山下的街道全都散发着意大利的气息。屋外阳光明媚，屋内阴晦幽暗。而且和意大利一样，这里的路旁也栽种着月桂树。可怜的埃米尔突然感觉自己来到了国外。他捋下袖管，收紧领口，重新穿上外套，竖起衣领。他突然脸色发白，神色变得异样，一种陌生感在心头油然而生。

我看见一家卖葡萄的蔬果店，正宗意大利风格，店堂里黑洞洞的。

"这葡萄怎么卖？"这是我到南方开口说的第一句话。

"六十块钱一公斤。"看店的姑娘说。

那葡萄果然好吃，就跟意大利酒似的。

埃米尔和我一边往车站走，一边尝着香甜的黑葡萄。

小伙子已经穷得叮当响，所以我们只好在车站找了家三流的小饭馆。他点了啤酒、面包和香肠，我点了汤、煮牛肉和蔬菜。

饭菜端上来，分量还真不少。我见女侍者正忙着给别桌上朗姆酒咖啡，便趁机给埃米尔也拿了一副刀叉和汤匙，好让他分享我的那份饭菜。那侍者——三十五岁的女人——转身回来，看到这情形，狠狠瞪了我们一眼。我抬头冲她憨笑，于是，她也只好报以会心的微笑。

"呵，看起来不错啊。"埃米尔窃喜道。他这个人就是这么腼腆。虽然那只是一家车站的饭店，可我们俩竟然吃得很开心。

吃完饭，两人往月台上一坐，动也不动，等着火车进站。这地方很像意大利，连等车都那么融洽、愉快；明媚的阳光下，热闹的世间一片祥和、温馨。

我决定花一法郎来趟火车之旅，于是便选好目的地，买了车票。我买的是三等座，票价一法郎二十生丁。过了一会儿，车来了，我起身和埃米尔道别。他一直向我挥手，直到我淡出视线。很遗憾，他必须在此返回，虽然他其实很想继续前行。

火车在提契诺河谷[15]里行驶了十几英里。一路上，我始终迷迷糊糊的，只记得对面坐了两个胖墩墩的神父，都穿着很女气的黑衣。

出了车站，头一回感到这么不舒服。我怎么在这偏僻的地方下车？难道接着要改走那荒凉的公路？我不知道。但我还是开始挪动脚步。晚饭时间快到了。

这些意大利的公路，崭新、规整，完全属于机器生活。世上再没有比这更恐怖的了。从前的马路一路都是好景，到达只是它婉曲的目

---

15 提契诺河谷（the Ticino Valley），位于瑞士南部与意大利接壤处。

的，而眼前的这些新马路却死气沉沉的，比全世界的废墟还要荒凉。

我在提契诺河谷里一路跋涉，朝着贝林佐纳[16]的方向。河谷或许很美丽吧：我不知道。我只记得那条公路，宽阔、崭新，时常与铁道并行，经过采石场、零星的厂房，还有大小的村庄。一路上，满目都是污秽、肮脏，到了不堪设想的地步。而且，这污秽已经渗透到意大利人的生活中，假设此前并非如此的话。

举目四望，到处都是采石场、制造厂，成片的宿舍楼突兀地耸立在路边，高大、灰暗、荒凉。楼前的台阶上，脏兮兮的孩子正在玩耍，脏兮兮的男人在一旁懒散地瘫坐着。一切仿佛都处于重压之下。

走在提契诺河谷的公路上，我再次感受到这新世界的恐怖，感受到它的悄然降临。这感

---

16 贝林佐纳（Bellinzona），位于阿尔卑斯山脚下，提契诺河东岸，以古堡而闻名世界。

觉在郊区、在城市的边缘尤为强烈：随着房屋的步步进逼，土地正在遭受破坏。在英国，情况也是如此。然而，相比于在意大利公路上感受到的恐怖，这都不算什么。你看那些四四方方的建筑，像盲目的庞然大物，从受伤的土地上陡然而起，周身散发着一种恶毒的气息，残害并毁灭着生命。

一切似乎就发生在农民背井离乡、进工厂上班的那一刻。这之后，整个变化便渗透到每个角落。如今，生活已经变成出卖自我的奴工：修桥铺路、采石挖矿，这些都已沦为毫无目的、毫无意义的苦役。每个人只是忙着自己的工作；除了赚钱和摆脱旧体制，再也没有其他目的。

这些意大利的苦工从早做到晚，将生命全部耗费在无聊又粗暴的苦役上。他们是世界的苦工。他们埋头苦干，对周遭的世界全然不顾，对尘土与丑恶熟视无睹。

整个社会架构似乎正在坍塌；在崩解的过

程中，所有人都在不停地盲动，就像奶酪里蠕动的蛆虫。公路、铁道相继建成，石料、矿产大量开采。然而，可怕的是，整个生活的机体、整个社会结构却在以一种风化、腐烂的方式慢慢裂解。似乎，我们最终将只剩下一套发达的公路、铁路和产业系统；与此同时，一个乱世正在这些造物之上孕育诞生。人类亲手打造出一个钢铁的躯壳，然后，便任凭社会的机体在其中破碎、朽坏。这是极为骇人的领悟，而这样的恐惧我在意大利的新马路上感受尤为强烈。

对我而言，提契诺河谷的这段回忆就仿佛一场噩梦。不过，所幸我终于在夜色中抵达了贝林佐纳。站在闹市的中心，你仍能感受到鲜活的传统。因为只有在极端情况下，譬如风干与腐化，传统才会分崩离析。

第二天早上，当我离开贝林佐纳的时候，恐惧感再度来袭：崭新、邪恶的公路，簇拥的四方大楼、躁动不安的苦工。只有看到开车进城的果农，才叫人稍觉安慰。可是，我也惧怕这些人，因为同样的精神也已侵入他们的内心。

在瑞士，我再也快乐不起来，就算品尝美味的黑莓，就算来到洛迦诺[17]，就算欣赏着马焦雷湖[18]的美景。我内心郁积着深沉的恐惧，惧怕那太过残酷的崩坏与分裂。

路过一家小客栈，主人特别好客。他走进自家花园，把时鲜的葡萄、苹果和桃子连叶摘下来，一股脑儿堆在我面前。这是个意大利血统的瑞士人，从前在伯尔尼的银行上班；如今退休在家，买下父亲遗留的房产，过上了逍遥自在的生活。此人年纪五十上下，每天只管莳花弄草，把客栈全都交给女儿打理。

他拽住我，聊意大利，聊瑞士，聊工作，

---

17 洛迦诺（Locarno），瑞士南方小城，地处马焦雷湖北端，居民多以意大利语为母语。

18 马焦雷湖（Lago Maggiore），长 68 公里、宽 3—5 公里，位于阿尔卑斯山南麓，瑞士和意大利的边界。

聊生活。他退休了，自由了。然而，那自由也只是名义上的，只是摆脱了工作的奴役。他深知，自己终于逃离的制度仍将存在，并且会吞噬他的子子孙孙。他自己多少躲进了旧时的生活。可是，当和我一起走上山坡，眺望远方卢加诺的公路，这时他便立刻发现，其实这旧秩序也在一点点破裂、瓦解。

他为什么和我聊这些？好像我满怀着什么希望似的，好像我代表了什么正面的真理，足以抵抗那从山下步步进逼的负面真理。我又害怕起来，于是在马路上加快了脚步，匆忙经过林立的房屋，那灰暗、粗糙、从腐坏里长出的结晶。

我看见有个姑娘裸露着一双美腿，脚踝跟铜片似的在太阳下闪闪发光。她正在葡萄园边上的地里干活儿。我瞬间被她美丽的胴体迷住了，于是便驻足观看。

然后，她开始冲我叫喊，我听不懂那口音，只觉得她是在取笑我、捉弄我。她的声音很沙哑，而且充满了挑衅。我心里发怵，只好继续赶路。

我在卢加诺住的是一家德国旅馆。记得那时坐在湖畔暗处的长椅上，望着树下、路灯下往来的游人漫步于湖滨。我至今仍能想见那一张张脸：英国人、德国人、法国人、意大利人。似乎这里，这个度假胜地，正是一切崩溃的要害、裂解与腐坏的中心。那些在湖滨徘徊的人潮干裂、易碎；那些出入于酒店的男女，看似衣冠楚楚，实则居心不良。普通的访客、闲散的游人、工匠、青年、城里人，大家都在纵情调笑、揶揄。而这简直荒淫、邪恶到近乎下流。

我在这群人中间坐了很久，脑海里一直浮现出那个古铜肤色的姑娘。最后，我起身回到旅馆，在休息厅翻了一会儿报纸。这里和湖滨一样，森然恐怖，虽然感觉没有那么强烈。

然后，我就上床了。这旅馆就建在斜坡的口子上，也不知为何至今未曾发生天灾，将那些山全部推倒。

次日清晨，我沿着湖岸散步，想找艘轮船渡我到终点。要说这卢加诺湖，其实并不美，不过是风景如画罢了。我想，当年罗马人兴许来过这里。

然后，我便坐船来到湖区的下游。上岸后，沿铁道一路走，突然见一帮人在大吼大叫。他们拽住一头浅白、高大的公牛，正要给它钉蹄铁。悬在半空的公牛又是猛踢、又是冲撞，死也不肯就范。只见它那苍白、软滑的躯体奋力挣扎着，刚烈、激愤，不停抽搐，而一旁的男女却用绳索勒住它，拼命往下摁。我觉得这情景实在太诡异。然而，那公牛一直扭动、翻腾，有几个人根本缚不住它。于是，大伙儿只好退到路边；地上剩下一摊滚烫的牛粪。这时，公牛又开始挣扎、扑腾，围观的男子也跟着一起嚎叫，半是得意，半是嘲笑。

我实在不忍心看，只好继续赶路。这段路也到处尘土飞扬，但却没那么恐怖，也许是比较早建成通车吧。

基亚索[19]是座沉闷的小城。我在城里喝了杯咖啡，然后就去海关看那进出的人潮。瑞士和意大利的海关办事处相距仅咫尺之遥，每个人来这里都必须停步接受检查。我走进办事处，把帆布背包打开给工作人员看，随后便跳上有轨电车，直奔科摩湖而去。

电车上多是衣着讲究的女人，时髦却很矜持。她们有的坐火车刚到基亚索，有的则一直在市中心购物。

到了终点站，在我前面下车的姑娘把阳伞忘在了车上。我自知灰头土脸，容易被人当作筑路工。可是，我却忘了该什么时候下车。

"抱歉，这位小姐，"我叫住那姑娘。她回头鄙夷地瞪了我一眼——"呵，原来并不是什么贵小姐啊，"我一瞧她那样子，自言自语

---

19 基亚索（Chiasso），瑞士最南端城市，位于瑞士与意大利的边界。

道——"您把阳伞忘车上了。"

只见她一转身，向座位狂奔而去，跟丢了魂似的！我站在旁边，目睹了她的一举一动。然后，她走到马路上，往树荫下一站，呵，还真是个倔丫头。

我对科摩湖的观感和对卢加诺一样：当年罗马人来到的时候，这必定是个美妙至极的所在。可如今，这里别墅林立，依然美妙的或许只剩下那日出了吧。

随后，我坐船到了下游的科摩，晚上投宿在一家石窟模样的老客栈，那地方很不错，人也非常亲切。第二天一早，出了客栈，到城里逛了一圈。先是那科摩大教堂，祥和与古朴之中依然焕发着昔日的光辉。接着又到了市场，发现有人在批发贩售栗子，一堆堆、一袋袋鲜亮、棕色的栗子，买卖的农民都很起劲。我在想，大概一百年前，科摩这地方就已相当繁华，而如今它更成了国际大都会。于是乎，教堂逐渐沦为古迹，博物馆变成了景点，到处弥

漫着享乐至上的铜臭味。我不敢再冒险步行去
米兰，所以就坐上了火车。周六的午后，闲坐
在米兰的大教堂广场[20]，手捧一杯金巴利苦酒，
旁观周围的意大利城市人纵情地饮酒、谈笑。
我发现，这里的生活依然蓬勃而有生气，但崩
解的力量也同样强大。五光十色的花花世界占
据了人的身体与心灵。然而，一切都在散发着
同样的恶臭：一切都在机械化，人类生活的全
盘机械化。

---

20 大教堂广场（Cathedral Square），位于米兰市中心，系一
   长方形广场，占地 17 000 平方米。广场中央竖立着国王
   厄玛努埃尔二世的骑马铜像，四周有拱廊、大教堂及博
   物馆等重要建筑。

W. S. Maugham

国王陛下的代表

[英] 毛姆 著

唐建清 周成林 译

His Britannic Majesty's
Representative

上海译文出版社

图书在版编目(CIP)数据

国王陛下的代表/(英)毛姆著;唐建清,周成林
译.—上海:上海译文出版社,2018.8
(译文华彩·漫游)
ISBN 978-7-5327-7614-6

Ⅰ.①国…　Ⅱ.①毛…　②唐…　③周…　Ⅲ.①游记—
作品集—英国—现代　Ⅳ.①I561.65

中国版本图书馆 CIP 数据核字(2017)第 206567 号

W. S. Maugham
HIS BRITANNIC MAJESTY'S REPRESENTATIVE

目录

中国剪影

■

女主人的客厅

"我想我完全可以把它改造一下。"她说。

她很快地打量了一下房间，富有创意的想象令她眼睛发亮。

它原先是城里的一座小寺院，被她买下来改造成住宅。它本来是三百年前善男信女们为一位高僧建造，他以无比的虔诚和苦行在这里度过了他的风烛残年。渐渐地，人们由于怀念他的美德，对他的信仰变成了一种崇拜。但随着时光流逝，庙宇也逐渐破落，最后，仅剩的两三个和尚也不得不离开了。它历经风吹雨打，绿色的琉璃瓦上早已长满野草。雕梁画栋上的朱红底色和描金的飞龙都已褪色，但仍不失其优美。但她不喜欢阴暗的屋顶，便用一块帆布挡上，糊了一层纸。为了通风采光，她在一面墙上开了两扇大窗。她正好有两块蓝色窗帘，尺寸也恰巧合适。蓝色是她最喜欢的颜色，因为她有着湛蓝的双眼。她觉得粗壮的深红色圆柱有些压抑，便在上面糊了一层纸。她也正好有足够的纸来糊四面的墙。纸非常漂亮，一点不像中国产的。虽是从当地一家铺子里买来，却很像是桑德森公司的货。用这种漂亮的粉红色条纹纸一装饰，房子给人的感觉就立马欢快多了。房间后壁有一个凹处，原先供着一尊入定的佛像，前面摆着一张很大的上漆香案，历代的香客曾在这里焚香拜佛，保佑今生的吉祥如意，乞求解脱尘世的烦恼。而对她来说，这里放一只美国产的壁炉是再合适不过的了。她只能在中国买地毯，但她精心挑选的地毯让你难以分辨它与英国阿克斯明斯特著名绒毯的区别。当然，这种手工制成的毯子没有英国货那么光滑，但也算是很不错的替代品了。她还设法从一位离开中国去罗马赴任的公使手中买下一套非常好看的家具，并罩上了用鲜艳的、上海产的上等棉布做成的套子。她的艺术品位很高，在房间里挂上几幅画，布置几件结婚礼品和其他一些她自己收集的小玩艺，就让陋室变成了舒适的家。她还需要一架屏风，但在这里是买不到英国货的，她只好买一架中国屏风，不过正如她很巧妙地说的，就是在英国，有一架中国屏风也很不错。她还藏有很多镶着银框子的照片，其中一帧是德国施勒苏益格-荷尔斯泰因公主，另一帧是瑞典女王，两张上都签了名，她把它们放在三角钢琴上，这样屋子里就有了居家的氛围。当一切都布置停当之后，她满意地打量着自己的成果，说道：

"这儿和一间伦敦的居室比起来是差了点，但和英国某个好地方，比如切尔腾纳姆，或威尔士的顿桥，和那些地方的房子比起来，倒也不显得寒碜了。"

内阁部长

他在一间狭长的房间中接待了我。房间朝着一个铺有沙石的花园,低矮的灌木丛中,玫瑰已经凋谢,参天古树也已树叶飘零、了无生气。他让我在一张方桌旁的方凳上坐下,而他自己则坐在我对面。一位仆人端来了花茶和美国牌香烟。他是一个清瘦的人,中等身材,有一双瘦削、优雅的手;他透过金边眼镜望着我,那双又黑又大的眼睛中流露出一丝忧郁。他看上去像个读书人或是幻想家。他笑起来很亲切。他穿一件棕色的缎子长袍,上面罩了件黑色丝绸短褂,头戴一顶宽边低顶毡帽。

他微微地笑着问道:"因为三百年前的满

人是牧民，我们中国人今天都要穿这种长袍，这是不是很奇怪？"

我回答道："如果因为英国人赢了滑铁卢战役，阁下就要戴圆顶礼帽，那才奇怪呢。"

"你觉得那就是我穿长袍的原因？"

"我想这不难解释。"

我担心他那繁复的礼节会妨碍他向我问个究竟，便草草用几句客套话敷衍了过去。

他摘下帽子，望着它叹了口气。我打量了一下整个房间，地上铺一块绿色的布鲁塞尔地毯，上面织有硕大的花朵，靠墙摆着一圈精雕细刻的红木椅子。墙壁上挂着的书法条幅与镶着金色边框的油画相映成趣；那些书法均出自历代名家之手，而那些油画也精美异常，在九十年代[1]这些画作多半会陈列在翰林院。部长本人的办公桌则是一张美式书桌。

他表情忧郁地对我谈起中国的状况。中华

---

1 指 19 世纪 90 年代。

文明，这一世界公认最古老的文明正在被无情地摧毁。那些从欧美留洋回来的学生正在把老祖宗数千年来建造的基业连根拔起，却又找不到东西来替代。他们根本不爱国，没有信仰，对圣贤也毫无崇敬之情。一座座寺庙因没有了香客和信徒而破败，它们昔日的盛况在这个礼崩乐坏的时代只能留存在记忆中了。

他随即摇了摇他那修长的贵族一般的手，把这个话题放在一边。他邀请我欣赏他的艺术藏品。他领着我在室内参观，向我展示价值连城的瓷器、青铜器和唐代的塑像。这之中有一匹从河南古墓中出土的唐三彩马，造型优美，有着希腊雕塑的精致的神韵。在他的办公桌旁，另有一张大桌子，上面摆着不少卷轴。他挑出一卷并拿着一端让我展开。这是一幅前朝的山水画，山间云雾缭绕，在我欣赏画作时，他则在一旁笑眯眯地注视着我。随后他把这幅古画搁在一边，又一幅接一幅地向我展示其他的画卷。我表示不愿意占用他这个贵人太多的时间，而他却毫不在意，仍然拿出一幅又一幅画来。他是一个行家。他还饶有兴味地向我介绍这些画作的年代和流派，以及那些绘画名家的风雅逸事。

"我希望你能欣赏我最珍贵的藏品，"他指着挂在墙上的卷轴说道，"它们代表了中国书法艺术的最高水平。"

"你是不是更喜欢书法一些？"我问道。

"正是。它们的美更为素雅，毫无矫揉造作之处。不过我能理解，一个欧洲人欣赏这种朴素雅致的艺术会有些困难，在我看来，你们对中国器物的趣味有些怪异。"

他拿出一些册页，我翻看着那些书页，画得太美了！出于这个收藏家追求戏剧性的天性，他将最珍贵的一册留在了最后。那是一系列小张的花鸟画，虽只寥寥数笔，却栩栩如生，它们有着多么丰富的联想、多么伟大的自然情感和多么动人的温柔，确实令人叹为观止。几根嫩枝，开出点点梅花，就包含了春天所有鲜活的魅力；几只小鸟，竖着数根羽毛，便表现出生命中的搏动和颤栗。这是一个艺术大师的杰作。

"那些美国的艺术家能画出这样的作品么？"他带着怜悯的微笑问道。

但对我而言，这次见面中最奇妙的事情是，我从一开始就知道他根本就是个恶棍：腐败渎职、寡廉鲜耻、为达目标不择手段。他是一个搜括的高手，通过极其恶劣的手段掠夺了大量财富。他是个虚伪、残忍、报复心强、行贿受贿之徒，中国沦落到他所悲叹的这个地步，他本人也难辞其咎。然而，当他拿起一只天青色小花瓶时，他的手指微曲，带着一种迷人的温情，忧郁的目光仿佛在轻轻地抚摸，他的双唇微微张开，似乎发出一声充满欲望的叹息。

天　坛

　　它向着苍天而立。三层圆形的汉白玉露台，一层高于一层，四道大理石阶梯，分列于东西南北四方。这象征着天球及四个基本方位。天坛被一个大花园围绕，花园又被一道高墙环绕。冬至标志着天时的周而复始。年复一年，冬至之夜，每一朝的天子都会来到这里，庄重地祭拜皇族先祖。斋戒净身之后，皇帝由亲王和大臣陪同，在侍卫的护卫下登上祭坛。王公大臣们各按其位，恭候皇上，乐工和舞者表演着仪式性的乐舞，在巨大火炬昏黄的火光下，官员们的朝服发出暗淡的光亮。在昊天上苍的牌位前，皇帝献上馨香、玉帛、珍馐和佳酿。他虔诚地俯下身子，三跪九叩。[1]

　　就在这个奉承天命主宰大地的君王叩首的地方，魏拉德·B.安特梅耶醒目地题下了他的姓名和家乡：哈斯丁，内布拉斯加[2]。源于他所听到的模糊传说，他试图将自己转瞬即逝的生命附丽于那神圣的缅怀之地。他认为通过这样做，在他死后人们仍能记住他的名字。他希望以这种直率的方式获得不朽。然而人的希望永远是虚幻的，当他刚走下台阶，旁边一个斜倚着栏杆，悠然望着蓝天的中国管理员便走上前去，在安特梅耶写下名字的地方狠狠地吐了口唾沫，又用鞋就着唾沫在上面来回擦拭。片刻之后，魏拉德·B.安特梅耶到此一游的痕迹就荡然无存了。

———————

1　作者这里描写的应是北京天坛主要建筑之一的圜丘，是冬至"大祀"祭天之处。
2　美国一州州名。

客 店

天黑下来似乎很久了，轿子走了有一个钟点，一个苦力在前面打着灯笼。灯笼投下一圈淡淡的光亮，一路走来你隐约看见（犹如日常生活的长河中溅出的美丽浪花）一片竹林、泛着天光的一方水田，或者大榕树漆黑的影子。时而一个晚归的农民，挑着两只沉重的筐子，侧身走过去。轿夫走得更慢了，但一整天下来，他们还是很有精神，快活地聊着天；他们哄闹着，有人唱出一段不成调子的歌来。这时，路面突然陡峭起来，灯笼的光线照到一道粉刷过的墙上：你见到了城墙外路边的第一间难看的房子。再有两三分钟，就到了陡峭的台阶。轿夫们加快了脚步，抬着你进了城门。小街熙熙攘攘，店家依然忙碌。轿夫们粗声粗气地喊让路，拥挤的人群分开来，你通过紧挨着的好奇的人群，如同穿过两排密匝匝的树篱。他们的脸上没有表情，黑乎乎的眼睛神秘莫测地凝视着。轿夫们一天的活干完了，他们快走几大步突然停住，向右拐弯，进了一个院子，到客店了。轿子放了下来。

　　这家客店有一个狭长的院子，部分地方堆放着杂物，两边房间的门向着院子。店里点着三四盏油灯，在近旁投下昏暗的光线，反而使周边的黑暗更为厚重。庭院的前边挤挤地摆着几张桌子，吃饭或喝茶的坐得满满当当，有几个人不知在玩什么游戏。大火炉上，大锅里的水冒着热气，大盆里盛满了米饭。店里的伙计照应着，他们飞快盛上大碗的米饭，沏满不停端来的茶壶。靠里边，两个苦力光着上身，肩宽背厚，正在用热水擦洗。院子的尽头，面对大门，用一道帘子挡住窥视目光的是一间上等客房。

这是一个大房间，没有窗户，踩实的地面，房间相当高，这归功于整个客店的高度，而且没有天花板。墙粉刷过，露着屋梁，如此你会想起苏塞克斯的一间农舍。家具有一张方桌、两把有扶手的木椅、三四张简陋的木床，上面铺着草席，其中一张还算干净，你可以暂且当作卧床。一盏油灯的灯芯发出一丁点光亮。他们拿来了你的灯笼，你等着店里把晚饭做好。轿夫们现在说说笑笑的，他们卸下了肩上的重负，洗了脚，穿上干净的便鞋，吸起旱烟管来。

此时，一本大部头的书是多么宝贵啊（为了行装轻便，你随身只带三本书），你是怎样细细地读，唯恐漏掉每一页上的每一个字，如此你尽可能地拖延着必定读完的那个可怕的时刻！于是，你非常感激那些厚书的作者，在你翻着厚厚的书页，计算你可以读多长时间，你真希望再多出一半的书页来。你不要求书写得清晰明了，这样的书读起来会很快。一个句子需要读两遍才能明白意思的那种复杂的措辞并非不受欢迎；一个含义深广的隐喻，赋予你无限的想象；一个意义丰富的暗示，可满足你认知的快乐，这些都有着不可估量的价值。此外，如果书中的思想得到阐述，并无深奥之处（因为你天亮就上路，一天四十英里的路程一半得用脚走），这种场合下你算是有本好书了。

店里突然一阵喧闹，你看见门外来了许多旅客，一伙中国人坐着轿子到了。他们占用了两边的房间，隔着薄薄的墙，你听见他们大声说话直到深夜。

你全身感受着躺卧的舒坦，得到一种疲劳后肉体松弛的快感；你目光困倦、闲散，浏览着门上精致的木格。院子里微弱的灯光透过糊在门上泛黄的纸张，背光的那一面黑黑的，看不清它的复杂图案。最终一切都沉寂下来，唯有隔壁一个男子痛苦的咳嗽声。这是一种痨病似的反反复复的咳，听他整夜不停地咳，你不禁怀疑这个可怜的家伙还能活多久。你庆幸自己有着强壮的体魄。这时一只公鸡高声啼叫起来，好像就在你耳边；不远处，一个号手吹响喇叭，一声长长的爆破音，随之一阵悲伤的呜咽；客店再次骚动起来；灯点上了，苦力们整好行囊，准备上路。

画

　　我不清楚他究竟是个要到省城办事的官员，还是某个去一家高校就职的学者，更不知什么原因把他羁留在中国那些邈遐的小客店中最不能驻足的一个。也许是因为他的轿夫躲到别处去抽鸦片（这一带鸦片很便宜，所以你得准备你的苦力会给你带来一些麻烦）不见了人影，或者是一场突如其来的暴雨让他不情愿地做了一个钟头的囚徒。

　　房间低矮，伸手就能触及屋梁。泥土墙上，刷过的石灰早已斑驳，肮脏不堪。四周的木板床上铺了稻草，那是为苦力准备的，他们是这儿的常客。只有太阳才能让你忍受这里令人沮丧的污秽。一道金色的光芒从格子窗户照进来，在踩实的泥地上投下一种复杂而缤纷的图案。

为了打发时光，他取出石砚，加了点水，用一块墨研磨了一会，随后他举起那支用来写一手好字的毛笔（他对自己的书法造诣很是得意，他那些写有孔圣人警句格言的卷轴是馈赠朋友的佳礼）在墙上挥毫画了一株梅花，一只小鸟立其上。虽是一挥而就，却游刃有余。我不知是何种好运给了画家这般灵感：鸟儿在枝头雀跃，而梅花娇嫩羞涩。和煦的春风似乎从画中拂面而来，吹进这陋室，而在这一瞬间，你便领悟了永恒的真谛。

国王陛下的代表

他身材比常人略微矮些，有一头坚硬的棕色短发，留着牙刷似的小胡子。透过玻璃镜片，他的一双蓝眼睛直瞪瞪地看着你，有几分变形。他那傲气十足的外貌像是一只好斗的公雀。他请你坐下，询问你所要办的事情，而同时，他又在桌子上零乱的文件中寻找什么，似乎你打扰了他处理重要的公务，给你一种他想方设法要把你打发走的感觉。他公事公办的架势无疑已修炼到家。你不过是所谓的公众，一个躲不掉的小人物，你存在的唯一证明便是照吩咐的去做，不要争辩，也不要拖延。不过就是官老爷们也有自己的弱点，有时碰巧他心浮气躁，完不成公务，便会向你大倒苦水。和他打过交道的人，特别是传教士，觉得他颐指气使，目中无人。而他会信誓旦旦地说，他觉得很多传教士人还是很好的，但也有不少是不学无术，无理取闹的，他不喜欢他们那种态度。他的辖区内住的大都是加拿大人，他私下不喜欢他们，不过你要说他摆出一副瞧不起人的样子（他把夹鼻眼镜夹得更牢了一些），那可是大错特错了。正相反，他是用自己的方式去帮助他们，不过，他从来都是坚持己见而不以他们所想要的方式。听他说话而不笑是很难的，他说的每一个词都会让你觉得，他对那些不幸的手下一定很窝火。他的态度很糟糕。他那种激怒人的本事已发展到登峰造极的地步。总之，他是一个爱虚荣、坏脾气、自以为是、令人厌烦的小人。

革命[1]期间，敌对双方在城中激战，四处

---

1 作者文中所说革命，应指 1911 年中国的辛亥革命。

燃起大火，他为了交涉侨民安全事务前去拜访南方总督。在去衙门的路上他遇见三名囚犯被押往刑场，他拦住行刑队的长官，在得知这三人是战俘后，他强烈抗议这种野蛮行径。那个长官，用我们这位领事的话说，粗暴地告诉他，他必须执行命令。领事火了，他不允许一个可恶的中国官员对他用这样的口气说话。两人随即吵了起来。总督得知发生了什么事后，派人请领事直接去见他，但领事拒绝离开——除非那三个吓得要死的可怜家伙置于他的保护之下。那长官挥手叫他走，同时命令他的士兵举枪瞄准。这时，领事——说到这里我能想象他扶了扶眼镜，愤怒得头发根根竖起——走上前，挡在枪口和三个可怜的囚犯之间，他咒骂那些士兵并让他们开枪。这引起一阵迟疑和骚动。很明显革命军并不想对一个英国领事开枪。我想他们进行了紧急磋商，随后三名囚犯被交给了领事，于是这位矮个子凯旋般地大步走回自己的官邸。

"该死，先生，"他怒气冲冲地说，"我几乎以为那些长着可恶嘴脸的家伙要对我开枪呢!"

英国不乏这样一些古怪的人，如果他们的举止能像他们的勇气一样可嘉，那么他们对自己的评价倒也不是在自吹自擂了。

亨德森

你见了他难免会发笑，因为他的模样就立刻告诉你他是怎样一个人了。你看见他在俱乐部读《伦敦信使报》，或懒洋洋地靠着吧台，一杯杜松子酒或苦啤酒（他不喝鸡尾酒）放在手边，他这种不俗举动会吸引你的注意；但你立马认出他来，因为他正是他那个阶级的一个样本。他的不合常规正是一种优雅的常规。他身上一切都合乎标准，从脚上结实的方头皮鞋到一头零乱的长发。他穿一身宽松、式样有些旧但是做工考究的衣服，低矮的领口露出粗壮的脖子。他总是抽一支木质短烟斗。就抽烟而言，他是很有幽默感的。他是大个子，体格健

壮，有一双好看的眼睛和一副甜美的嗓音。他
能说会道。他的话多半有些不雅，这并非因为
他的心灵不纯，而是他有着平民化的喜好。瞧
他那种神态，你可以猜想（不是事实而是在精
神上）他和切斯特顿[1]先生喝过啤酒，和希莱
尔·贝洛克[2]先生在苏塞克斯高地一起旅行。
他在牛津大学踢足球，但当着威尔斯[3]先生的
面，他又瞧不起这座古老的学府。他认为萧伯
纳先生有些过时，而仍然看好格兰维尔·巴
克[4]。他和席德尼·韦布[5]夫妇作过多次认真的
交谈，他还是"费边社"[6]成员。他每每将这同
一个世界视为轻浮，唯独欣赏俄国芭蕾舞。他
写打油诗，有关妓女、狗、灯柱、感化院、小

---

1 切斯特顿（G. K. Chesterton, 1874—1936），英国作家。
2 贝洛克（H. Belloc, 1870—1953），英国诗人。
3 威尔斯（H. G. Wells, 1886—1946），英国科幻小说作家。
4 巴克（H. G. Barker, 1877—1946），英国剧作家。
5 韦布（S. Webb, 1859—1947），英国经济学家。
6 费边社（Fabian Society），1884 年成立于英国，主张用缓
   慢渐进的方式实现社会主义。

酒店和乡村牧师的住宅。他嘲笑英国人、法国人和美国人，但反之（他不是一个愤世嫉俗者），他听不得说泰米尔人、孟加拉人、卡菲尔人[7]、德国人或希腊人的坏话。在俱乐部，人们觉得他多半是个激进分子。

"一个社会主义者，你知道。"他们说。

然而，他是一家著名大公司的小股东。中国的一个怪现象是，人的地位可以为其行为辩护。一个人名声不好，因为他打老婆，但如果你是一家良好信誉的银行的经理，人们就会对你友善，请你吃饭。所以，当亨德森宣扬他的社会主义观点时，他们笑笑而已。他刚到上海时拒绝坐黄包车。黄包车车夫，跟他一样是人类的一分子，却到处拉着他，这有违他关于个人尊严的思想。所以他走路。他保证说这是一项很好的锻炼，能使他保持健康；此外，走路让他口渴，而他宁愿花上二十大洋来解渴，他

---

7 南非说班图语的部分居民。

也喜欢喝啤酒。但上海天气很热，有时他急于赶路，所以偶尔也不得不使用一下这种有辱人格的交通工具。这使他颇不自在，但无疑十分便利。现在他经常坐黄包车了，但他总是想到这两根车杠中间的伙计是一个人，一个兄弟。

我见到他时，他到上海已经三年了。我们一起在这座中国城市度过一个上午，从这家商店逛到那家商店，黄包车车夫满头大汗，时不时用破手巾擦额头。我们正在去一家俱乐部，快要到的时候，亨德森突然想起他要买伯特兰·罗素[8]的一本新书，这本书刚到上海。他叫车夫停下，要他们往回拉。

"我们不可以午饭后再去买书吗？"我说，"这两个家伙汗出得像水里捞起来似的。"

"这对他们有好处，"他答道，"你不必去关心中国人。你明白，我们在这儿是因为他们害怕我们。我们是统治的民族。"

---

8 罗素（B. Russell, 1872—1970），英国哲学家。

我没说什么。我甚至没有笑。

"中国人总得要有主人，而他们也总是愿意如此。"

一辆汽车从我们中间开过，他再次靠过来时就不提刚才的事了。

"你们这些住在英国的人不知道新书到这儿对我们意味着什么，"他议论道，"我读伯特兰·罗素写的每一本书。你读过他的这本新书吗?"

"《自由之路》? 读过。我离开英国前读过。"

"我看过几篇评论，我认为他提出了一些有趣的观点。"

我想亨德森要进一步发挥了，这时黄包车车夫错过了要拐弯的地方。

"在街口拐弯，你这个该死的蠢家伙。"亨德森叫起来，同时为使他的话更有分量，往车夫的屁股上狠狠地踢了一脚。

长　城

　　巨大、雄伟、令人敬畏的中国长城，静静地耸立在薄雾之中。长城是孤独的，它默默无言地爬上一座座山峰又滑入深深的谷底。长城是威严的，每隔一段距离就耸立着一座坚固的方形烽火台，镇守着边关。长城是无情的，为修建它，数百万的生命葬身于此，每一块巨大的灰色砖石上都沾满了囚犯和流放者的血泪，长城在逶迤而崎岖的群山间开辟出一条黑黝黝的通道来。长城是无畏的，它绵延着无尽的旅程，一里格[1]接着一里格，直到亚洲最边远的角落；它完全不为外界所动，就像它所拱卫的伟大帝国一样神秘。巨大、雄伟、令人敬畏的中国长城，静静地耸立在薄雾之中。

---

1 里格（league），长度名，约为三英里。

江中号子

整条江上你都能听得见高昂有力的号子，那是船夫们发出的。他们在奔腾的急流中奋力地划着，那艘平底帆船被冲击得船尾高翘，桅杆也偏向一边。而更扣人心弦的号子则来自江边的纤夫，他们拼命地拉着船逆流而上，如果是条乌篷船或许只需要五六个人，而要将一艘挂着横帆的漂亮大船拉过险滩则往往要动用几百号人。船正中站着一个人，不停地击鼓来鼓动纤夫们发力，那些纤夫拼尽全力，好像着魔一样，深深地弯着腰，有时气力用至极限，他们甚至四肢爬行，像荒野里的野兽。他们拉呀，拼命地拉，要与无情的激流抗争。他们的头领沿着队伍来回巡视，要是看到谁没有使出全力就会用竹片抽打他赤裸的脊背。每个人都必须竭尽全力，不然就会前功尽弃。尽管这样，他们的歌声依然热切、激昂，那是与汹涌波涛战斗的号子。我不知道该如何形容这号子努力要表达的东西，我想它表达的是绷紧的心弦、撕裂的肌肉和人类战胜无情的自然力量的不屈不挠的精神。虽然纤绳可能断裂，大船摇晃倒退，但最终还是渡过了险滩，而这劳累的一天也将以一顿热腾腾的饭菜，或许还有几管可以让人安然入睡的大烟而结束。然而，最痛苦的号子，是那些把大包货物从船上卸下，再一步一步沿着陡峭的石阶扛到城墙边的苦力们喊出的。他们不停地上上下下，而在举步维艰时发出的有节奏的呼号也是不间断的，"嘿，哟——啊，嗬"。他们都赤着脚，光着上身，他们汗流满面，他们的号子是痛苦的呻吟，是绝望的叹息，是揪心的呼喊。这声音几乎不是人发出的，那是灵魂在无边苦海中有节奏的呼号，它的最后一个音符是人性最沉痛的啜泣。生活实在是太艰难、太残酷了，这是他们最后的绝望的抗议。这就是江中号子。

哲学家

这一个在我看来如此偏僻的地方，竟能发现这样庞大的一个城市，真让人感到惊奇。站在它面向落日的城楼上，你能看到西藏的雪山。城里人口众多，你只有在城墙上才能走得自由自在，一个腿脚快的人走城墙一圈要花三个小时。一千英里内没有铁路，河道很浅，只有载重不大的平底船能够安全航行。坐舢板需要五天才能抵达长江上游。在心神不安的时刻，你会自问：对生活来说，火车和轮船是否是必需的？我们每天使用这些交通工具，我们也认为是必需的；而在这儿，一百万人在成长、婚嫁、生儿育女和衰老死亡；这儿一百万人也忙碌地从事商业、艺术和思想创造。

这座城市里住着一个著名的哲学家[1]，前去拜访是我这次艰苦旅程的心愿之一。他是现代中国儒家学说最为权威的学者。据说他能流利地讲英语和德语。他多年担任慈禧太后的一个大总督的幕僚，但如今过着退隐的生活。然而全年某个星期的几天里，他会敞开大门进行诸如切磋学问、讲授儒学的活动。他有一批门徒，但人数不多，因为比起他那朴素的寓所和严厉的训诫，大部分学生更喜欢外国大学华丽的建筑和洋人有用的科学；而在他看来，这都不值得提起，他也不屑一顾。从听到的所有情况我可以推断，他是一个有个性的人。

当我表示想拜访这位名人时，我的东道主马上答应安排一次会见；但几天过去了，一点

---

[1] 指辜鸿铭（1856—1928），他曾留学英、法、德等国，精通数国语言。曾为张之洞幕僚，辛亥革命后任教于北京大学；推崇儒家学说，反对新文化。毛姆上世纪二十年代初前往拜访。

动静也没有。当我问起时，主人耸了耸肩。

"我送去一张便条让他过来。"他说，"我不知道他为什么没有来，真是个固执的老家伙。"

我不认为以如此傲慢的方式对待一位哲学家是合适的，我也不奇怪他不理会这样的召唤。我设法给他送去一封信，用我想得出的最有礼貌的措辞问他能否同意我去拜访他，不到两个小时，我收到了回复，约定第二天上午十点钟见面。

我坐了轿子去。路似乎长得没有尽头。我经过或拥挤或冷僻的街道，最后来到一条街上，这儿安静而又空旷，在一堵长长的白墙中的一个小门前，轿夫放下我坐着的轿子。轿夫敲敲门，过了好一会儿，门上的一个小窗打开了，一双黑眼睛朝外看，随之是一番简短的通话，最后同意我进去了。一个脸色苍白的年轻人，神情委靡，衣着寒酸，示意我跟他走。我不知道他是一个仆人还是这位大师的一个门生。我穿过一个破败的院子，被引进一间狭长低矮的屋子。这儿几乎没有家具，只有一张美国式书桌、两把红木椅和两张中国式小桌子。靠墙摆着书架，上面有很多的书：绝大多数当然是中文书，但也有许多英文、法文和德文的哲学和科学书籍；还有几百册未装订的学术期刊。在没有被书架占着的墙上，挂着不同风格的书法条幅，我猜想写的是孔子语录。地上没有地毯。这是一间阴冷、空荡，也让人不舒服的屋子。只是书桌上一只高花瓶中的黄色菊花，才使这阴沉的屋子有了些生气。

我等了些时候，那个引我进门的年轻人端来一壶茶、两只茶杯和一听弗吉尼亚牌香烟。他刚出去，哲学家就进来了。我赶紧表示蒙他的好意让我登门拜访。他请我坐下并开始沏茶。

"我很荣幸你想来看我。"他回答我的问候说，"贵国人只是跟苦力和买办打交道，他们以为每个中国人必然地不是苦力就是买办。"

我冒昧地表示异议。但我没有抓住他说话的要点。他将背靠在椅子上，带着一种嘲讽的表情看我。

"他们以为我们可以招之即来。"

我明白我朋友的糟糕的便条还在让他生气。我不知道该怎样解释，我喃喃地表达了对他的敬意。

他是个上了年纪的人，高个子，扎着一条细长的灰辫子，有着明亮的大眼睛和厚重的眼袋。牙齿已经缺损发黄。他很清瘦，长得好看的双手小小的，干瘪得有些像爪子。我听说他抽鸦片。他衣着简朴，穿一件黑色长袍，戴一顶黑色帽子，衣帽都有些旧了，深灰色长裤在脚踝处扎起来。他看着我。他还不知道该以怎样的态度接待我。他有一种戒心。自然，哲学家在关注精神生活的人中间占着一个尊贵的位置，根据本杰明·迪斯累利的权威说法，这种尊贵必须以充分的恭维来供奉。我也有了我应该恭维的对象。现在我感觉到他的举止有了某种放松。他就像这样一个人，正儿八经地摆好了姿势准备拍照，但等快门咔嚓一响就离开，并轻松地恢复他的自我天性。他让我看他的藏书。

"你知道，我在柏林得到了哲学博士学位。"他说，"后来我在牛津大学学习了一个时期。但英国人，如果你允许我这么说的话，于哲学而言不是很有天分。"

虽然他做出这一评论时带着歉意，但很明显，他乐于说一件让人略感不悦的事情。

"在思想界我们不是没有颇具影响的哲学家。"我提醒他说。

"休谟和贝克莱[2]？我在牛津的时候，那儿的哲学教授都想着别去冒犯他们的神学同事。他们并不跟从他们的思想抵达它逻辑上的结论，免得危及他们在大学圈子里的地位。"

---

2 休谟（D. Hume, 1711—1776），英国哲学家；贝克莱（G. Berkeley, 1685—1753），爱尔兰哲学家。

"你研究过美国哲学的现代进展吗?"我问。

"你是说实用主义? 这是那些想要信不可信之物的人的最后庇护所。我对美国石油比对美国哲学更有兴趣。"

他的议论非常尖刻。我们又坐下来喝茶。他开始说得更流畅了。他说一口规范而地道的英语,时不时地用一句德语来表达意思。就一个固执的人所能受到的影响而言,他可能深受德国的影响。德国人的条理性和勤奋给他留下了极为深刻的印象,他们哲学上的敏锐对他来说是显而易见的,尤其当一个治学刻苦的教授在学术杂志上发表一篇文章论及他自己的一本著作时。

"我写了二十本书。"他说,"那是在欧洲出版物上唯一一篇评论我的文章。"

但是,他对西方哲学的研究最终只是有助于他彻底弄明白:智慧说到底只能在儒家经典中被发现。他毫无保留地接受了儒家学说。它圆满地回应了他精神上的需求，反过来，又使西学在根本上显得空洞。我对此感兴趣是因为这证明了我的一个观点：哲学关乎个性，而不是逻辑。哲学家的信念并非依据确实的证据，而是他自己的性情；他的思维活动仅仅用来证明他直觉到的真实是有道理的。如果儒家学说牢牢地控制着中国人的思想，这是因为它解释和表达了中国人的思想，而没有其他的思想体系能够做到这一点。

我的主人点了一根烟。起初他的声音有些微弱疲惫，但随着谈兴越来越浓，他的声音也益发有力。他很兴奋地说着。他身上几乎没有一个智者的沉静。他是一个能言善辩者，也是一个斗士。他厌恶现代个人主义的吁求。在他看来，社会是个统一体，家庭则是社会的基础。他拥护古老中国、传统教育、君主制和僵化的儒家经典。他越来越严厉地、愤愤不平地说起那些新近回国的留学生，责备他们亵渎神圣，摧毁世界上最古老的文明。

"但是你们，知道你们正在做什么吗?"他大声说。"你们凭什么相信你们要比我们高出一筹? 在艺术和学术上你们就胜过我们? 难道我们的思想家不如你们深刻? 难道我们的文明没有你们的文明那么复杂、那么深奥、那么精细吗? 这么说吧，在你们住在山洞里，身上披着兽皮的时候，我们已是一个开化的民族了。你们知道我们在尝试人类历史上独一无二的实验吗? 我们寻求以智慧而不是强力来管理这个伟大的国家。千百年来我们成功地做到了。那为何白种人要瞧不起黄种人呢? 这要我来告诉你吗? 因为白种人发明了机枪。那就是你们的优势。我们是一群没有防御能力的人，你们可以不费力地置我们于死地。你们粉碎了我们哲学家的梦想: 世界能以法律和秩序的力量来治理。如今你们正在教育我们的年轻一代懂得你们的秘密。你们将可怕的发明强加给我们。你们不知道我们学习机械的天才吗? 你们不知道在这个国家有四万万世界上最务实、最勤劳的人吗？你们认为我们得用很长时间才能学会吗？当黄种人能够造出跟白种人同样精良的枪炮并射击得同样准确时，那你们的优势何在呢？你们诉诸枪炮，你们也将会由枪炮来裁决。"

但这时我们的谈话被打断了。一个小女孩悄悄地走进来，依偎在这位老先生身边。她瞪着好奇的眼睛望着我。他告诉我这是他最小的孩子。他抱住孩子，低声跟她说些爱抚的话并温柔地吻她。她穿着黑色外套，裤子几乎够不到踝骨处，一条长辫子拖在背后。她是在皇帝退位、辛亥革命取得成功的那天出生的。

"我曾想，她宣告着新时代之春的来临。"他说，"然而她只是这个伟大国家之秋的最后的花朵。"

他从书桌的一只抽屉里取出些铜钱，交给小女孩就让她走了。

"你看见我留了一条辫子。"他把辫子拿在手里说，"这是个象征。我是古老中国的最后的代表。"

他现在更温文尔雅了，他说起古代哲学家如何带着他们的弟子周游列国，传授一切值得学习的知识。各国王侯召请他们商议国事，让他们成为城市的治理者。他非常地博学，也极富口才，他绘声绘色地给我讲述了他的国家历史上的一些事件。我不禁想他多少是一个悲哀的人物。他觉得自己有治理国家的才能，但没有帝王来赋予他治理国家的重任。他满腹经纶，渴望传授给莘莘学子，这是他精神上所追求的，但只有少数生活不幸、贫寒和资质愚钝的外乡人去听他讲学。

我几次小心地表示我该告辞了，但他不想让我走。最后我觉得必须走了。我站起身。他拉住我的手。

"你来看望中国最后一个哲学家，我要送你一点东西作为纪念，但我是一个贫穷的人，我不知道能送什么才值得你接受。"

我谢谢他的好意，表示拜访留下的记忆本

身就是宝贵的礼物。他笑了。

"在这个衰败的时代，人的记忆是很短暂的，我愿意送你更为坚实一点的东西。我想送你一本我的书，但你不会读中文。"

他带着一种亲切的困惑表情看着我。我有了一个主意。

"送我一幅你的字吧。"我说。

"你喜欢中国书法？"他笑着说，"我年轻时就有人认为我的字体不是一无是处的。"

他在书桌前坐下，取出一张宣纸铺开来。他在砚台里倒了一点水，用墨磨着，又拿来了笔。他活动了一下手臂，开始写起来。我一边看他写字，一边饶有兴味地想起有关他的一些轶事。说是这个老人每当积攒了一些钱，就会胡乱地用在花街柳巷，这是通常对那些地方的委婉说法。他的大儿子是城里一个有名望的人，被他父亲的传闻弄得很没有面子，只是他强烈的孝顺心才避免了对这种放荡行为的严厉责备。我敢说，对做儿子的来说，父亲如此放荡确实令人难堪，但对研究人性的学者而言，这又是可以平静看待的。哲学家倾向于在书房中阐述他们的理论，只是从他们间接了解的生活材料中得出结论，而在我看来，如果他们也面临普通人所遭遇的人生浮沉，那他们的著作会有更确切的意义。我是乐于宽厚地看待老夫子的这种雅好的。也许他寻求的不过是去阐明人之假象的最不可理解的一面吧。

他字写好了。为了让墨迹干得快些，他撒了些粉末在纸上，随后把纸递给我。

"你写了些什么？"我问。

我想他眼神中略微有一丝恶意。

"我冒昧地送你我自己的两首小诗。"

"我不知道你还是个诗人。"

"在中国仍是一个未开化的国家时，"他不无讽刺地回答说，"所有的读书人至少会写几行风雅的诗句。"

我接过纸，看着上面的汉字，这些字在纸上构成了一种好看的图形。

"你愿意给我翻译一下吗？"

"译者即叛徒，"他回答说，"你别指望我出卖自己。请你的英国朋友帮忙吧。那些中国通其实一无所知，但你至少可以找到一个人，能够给你粗略而简单地翻译几行。"

我向他告辞，他特别客气地送我到我的轿子前。后来有个机会，我把诗给我认识的一个汉学家看，下面就是他的译文。[3]老实说，我读诗的时候，多少有点吃惊，这无疑是不合情理的。

你不爱我时：你的声音甜蜜；

你笑意盈盈；素手纤纤。

然而你爱我了：你的声音凄楚；

你眼泪汪汪；玉手让人痛惜。

悲哀啊悲哀，莫非爱情使你不再

_____

3 我应该感谢我的朋友 P. W. 戴维森先生友好的帮助。——原注。

可爱。

———

我渴望岁月流逝

　那你就会失去

明亮的双眸，桃色的肌肤，

还有那青春全部的残酷娇艳。

　那时我依然爱你

　你才明了我的心意。

令人歆美的年华转瞬即逝，

　你已然失去

明亮的双眸，桃色的肌肤，

还有那青春全部的迷人娇艳。

　唉，我不爱你了

　也不再顾及你的心意。

女传教士

　　她肯定有五十岁了，但因为生活中充满坚定的信念，从未被怀疑所困扰，她的脸至今仍很光滑，她眉头舒展，从不因思想的迟疑不决而皱起。她的五官端正大方，颇有阳刚之气，而那坚定有力的下巴也可以证实她的眼睛给你的印象。她那双湛蓝色的眼睛坚定而又平静，而这是透过一副大大的圆形眼镜展示给你的。你会觉得她一定很有领导的能力，在她的所有品德中，慈祥无疑是最重要的，你会确信她无论做什么，善心总是贯穿始终。你可以说她并非没有人类的虚荣心（不过这可以理解为她的优雅仪态），因为她穿了一件绣有许多花卉的紫色绸裙，头上还戴一顶插了不少三色堇花的无边女帽，那帽子要是换个不那么体面的女士戴就会显得不甚雅观。不过就是我那当了二十七年威茨特博教区牧师的叔叔亨利，即使对牧师太太的服饰抱有成见，也从不反对苏菲婶婶穿上紫颜色的衣服，他也不会觉得这位女传教士的服装有何不妥。她谈吐流利，就像打开水龙头流出的平稳水流，她的话语犹如竞选活动即将结束时一个政治家那样令人惊叹地滔滔不绝。你会觉得她思维清晰，也确切地表达了她所要表达的意思（我们中还很少有人能做到这一点）。

"我常想，"她愉快地指出，"当你知道一个问题的两面时，你做出的判断会与仅仅知道其中一面大不相同，但关键在于，如果二加二等于四，你就是争辩一整夜，也不能让它们等于五，你说我说的对不对？"

我连忙肯定她所说的完全正确，虽然我内心对用这一奇特的方式来表述相对论和平行线永不相交这些新理论没什么把握。

"没有人可以既吃掉自己的蛋糕又能同时留着它，"她接着说，并引证了克罗齐[1]的语法来表达并不相干的理论，"一个人必须既能享乐也能吃苦，但正如我常对孩子们说的，你不能指望事事都能顺心如意，人无完人。我常想，如果你期待看到人们最好的一面，你就会看到最好的一面。"

　　我承认我有所犹豫，但还是决定尽我所能申辩一下，这仅仅是出于礼貌。

　　"大部分人生活中都能在困难中看到光明，"我热切地说，"只要你有毅力，你就能做很多你力所能及的事，说到底，有什么要什么总比要什么有什么来得更实际。"

　　当我信心十足地说出这番话后，我觉得她眼中闪过一丝困惑，但很可能那不过是我的幻觉，因为她有力地点了点头。

1　克罗齐（B. Croce，1866—1952），意大利哲学家，提出"直觉即表现"的理论。

"自然，我明白你的观点。"她说，"我们的所作所为不能超越能力所限！"

但我正处在兴奋中，便不顾她的插话继续说道：

"一镑是二十先令，一个先令是十二便士，但很少有人去领会这其中的深奥道理。我相信与其稀里糊涂地撞上一堵墙，还不如看看清楚自己的鼻子尖。如果这之中有一件事是我们可以确信的，那就是整体大于部分！"

她热情地和我握了握手，以其坚定而富有个性的方式，她向我道别说：

"和你说话很有意思，在这样一个远离文明的地方能和一个智慧相当的人交换意见真是难得啊！"

"尤其是借助别人的智慧。"我低声说。

"我一直认为，一个人应该汲取前辈们的伟大思想。"她反驳道，"这表明那些杰出的古人并没有白活！"

这真是雄辩之论。

戏剧学者[1]

　　他送来一张光滑的名片，形状和大小都合乎常规，四边是粗粗的黑框，姓名下面写着：现代比较文学教授。他原来是一位年轻人，瘦小，有一双纤细的手，一个比普通中国人要大的鼻子，戴着一副金边眼镜。虽然这是一个暖和的日子，他却穿着一套厚实的花呢西装。他显得有些腼腆。他说话的声音又高又尖，好像从来没有变过声，那些刺耳的声音给他的话语带来一种我也说不清的不真实的感觉。他在日内瓦以及巴黎、柏林和维也纳读过书，他能流利地用英语、法语和德语来交谈。

　　原来他是个戏剧教师，最近用法语写了一

本论中国戏剧的书。他在国外的学习留给他的是一种对斯克里布[2]的极大的热情，他认为斯克里布可以作为中国戏剧革新的榜样。听他说到戏剧应该激动人心时，你不免感到奇怪。其实，他是要求出色的剧本、精彩的场面、合理的分幕、情节的突兀和戏剧性。中国戏剧有其精妙的象征性，正是我们孜孜以求的观念戏剧；而显然，它也因其沉闷单调渐渐失去生命力。的确，观念不会生长在每一丛醋栗上，它们需要更新以永葆其芬芳，当它们停滞而变得陈腐时，就会像死鱼一般腐烂发臭。

这时，我想起名片上的头衔，便问我的朋友，他向学生推荐读什么书，英语和法语的，以便让他们熟悉当今的文学潮流。他迟疑了片刻。

"我真的说不上来。"他最后说，"你知道，

---

1 有人认为文中所说"戏剧学者"是我国现代戏剧家宋春舫（1892—1938）。

2 斯克里布（E. Scribe, 1791—1861），法国剧作家。

那不是我的专业，我只研究戏剧；但要是你有兴趣，我可以请我的同事来拜访你，他教欧洲小说。"

"那就不麻烦了。"我说。

"你读过《梅毒患者》[3]吗?"他问，"我认为这是斯克里布之后欧洲最好的剧本。"

"你读过吗?"我礼貌地问。

"读过，你知道我们的学生对社会问题很感兴趣。"

不幸的是我对此并无兴趣，于是我尽可能灵活地将话题引向中国哲学，在这方面我倒是杂乱地读了一些。我提到庄子。这位教授张口结舌。

"他生活在很久以前。"他茫然不知所措地说。

"亚里士多德也生活在很久以前。"我低声

3　法国剧作家白里欧（E. Brieux, 1858—1932）写于1901年的一部作品。

和悦地说。

"我从来没有研究过那些哲学家,"他说,"但自然,我们大学有一位中国哲学教授,要是你感兴趣,我可以请他来拜访你。"

和一位教师争辩是无益的,如同海之神灵(在我想来有些自命不凡)对河之神灵谈论一样,于是我顺从地讨论起戏剧来。这位教授感兴趣的是戏剧技巧,他正准备以此为题做一次讲座,他似乎认为这一主题既复杂又深奥。他想恭维我,便问我技巧的奥秘是什么。

"我只知道两点。"我回答说,"一是符合常识,二是紧扣要点。"

"写一部剧本就不需要别的什么了吗?"他带着一丝沮丧的语气问道。

"你要有某种诀窍,"我顺着他说,"但这并不比打台球需要更多的技巧。"

"在美国所有重要的大学里,教师们都在讲戏剧技巧。"他说。

"美国人是一个极其讲求实际的民族。"我

回答，"我相信哈佛大学正在设立一个讲座，指导老奶奶们怎样吸吮鸡蛋。"

"我不太明白你的意思。"

"如果你写不出一个剧本，那就没有人能教你怎样写，而如果你能写出一个剧本，这就像滚一根圆木那么容易。"

此时他脸上现出一种茫然不解的神情，但我想，这只是因为他拿不定主意，滚圆木这种活动应在物理学教授的范围之内还是在应用机械教授的范围之内。

"但要是写剧本如此容易，那为什么剧作家要花这么长时间才能写出一部剧本来呢？"

"他们写不出来，你知道。洛卜·德·维加[4]和莎士比亚以及其他众多的剧作家轻松自如地写了大量的剧本。一些现代的剧本写作者压根儿是文盲，对他们来说，将两个句子放到

---

4 维加（Lop de la Vega，1562—1635），西班牙剧作家，据说一生写有剧本一千八百部。

一起就几乎是克服不了的困难。有一次，一个著名的英国剧作家给我看一份手稿，我看到他写一个句子：'你茶里要放糖吗?'连着写了五遍才写成这个样子。一个小说家要是大体上除了绕圈子就说不出他要说的话，那他就会饿死。"

"您不能说易卜生[5]是个文盲，而众所周知，他写一个剧本花了两年时间。"

"显然，易卜生构思情节时遇到了巨大的困难，他苦思冥想，月复一月，最后他绝望了，无奈只好用他以前用过的同样的情节。"

"你这是什么意思?"教授大声说，他的声音提高到一种尖声喊叫的程度，"你说的我根本不懂。"

"你没有注意到易卜生一而再再而三地用同样的情节吗? 一群人待在一间封闭、令人窒息的房间里，随后有一个人（从山上或海上）

---

5 易卜生（H. Ibsen, 1828—1906），挪威著名剧作家。

来了，他猛地把窗户打开；每个人都清醒过来，于是戏结束了。"

我这么一说，似乎看到教授严肃的脸上一时露出淡淡的笑容，但他皱起眉头，望着空中呆了两分钟。随后他站起身。

"我会记往你的观点，把亨利克·易卜生的作品再细读一遍。"他说。

在他走之前，我没有忘记向他提一个问题，而这是两个研究戏剧的人一旦碰到，其中那个认真的学者总是会对另一个学者提出的问题。我问他，他认为戏剧的未来是什么。我想他是说，"哦，见鬼！"但考虑一下，我又相信他必定喊着"啊，天哪！"他叹了口气，摇摇头，又举起他那优美的双手：一副万分沮丧的模样！我发现所有有思想的人考虑中国戏剧现状时的绝望，丝毫不亚于所有有思想的人考虑英国戏剧现状时的绝望，这确实是一个安慰。

汉学家

他身材高大，有些发福，也许是因为缺乏锻炼，肌肉显得有些松弛，他一头银发，宽阔红润的脸上刮得很干净。他说话语速很快，声音低低的，有一种与体格不相称的腼腆。他借住在城外一间寺庙的客房里，庙里有三个和尚，带着一个小沙弥，管理寺庙事务，张罗仪式。他的房间里藏书很多，家具却少得可怜，很不舒服。天很冷，在接待我们的书房里仅有一个煤油炉供取暖，房间并不暖和。

他比在中国的任何人更通晓中文，他为编纂一部字典已经花了十年时间，他希望这部字典能取代一位著名学者的版本，他和这位学者相识二十五年，但私交不佳。他的工作有益于汉学研究，也借此泄了私愤。他很有大学者的派头，让你觉得他终有一天可以成为牛津大学的汉学教授，那才能让他得其所哉。他比大多数汉学家的知识都要渊博，别的汉学家也懂中文，这一点毋庸置疑，但不幸的是，他们显然除此之外所知甚少；他谈及中国哲学和文学时所体现出来的丰富和多样性是你在汉学家中不常发现的。因为他太沉浸于自己独特的追求，对赛马、打猎没有兴趣，欧洲人就觉得他古怪。他们用看待异类的那种怀疑和敬畏的目光来看他。他们暗示他精神不太正常，还有人说他吸鸦片。这些指责往往针对那些大半辈子致力于了解东方文明的白人。但你只需在他那简陋寒碜的房间里坐上一小会，就会明白这是一个完全过着精神生活的人。

　　但这毕竟是一种很专业的生活。艺术和美似乎并未深及他的内心，当我听他动情地谈论中国诗人时，我不禁问自己，那真正的精华是不是从他的指缝间溜走了呢？他所接触到的真实只是来自书本。荷花的悲剧性娇艳让他感动，那只是因为李白在诗中赞美了它的可爱；娴静的中国少女回眸一笑，令他心动不已，那也不过是有感于一首精美绝伦、字字珠玑的七绝而已。

东南亚纪行

■

蒲 甘

　　我到蒲甘的时候下起小雨，天空乌云沉沉。我老远就看到此地有名的佛塔。晨雾中它们隐约浮现，硕大、遥远而神秘，就像幻梦的模糊记忆。江轮把我放到一处破败村落，距我的目的地尚有几英里，我在细雨中等候，仆人找到一辆牛车载我上路。那是一辆没弹簧的结实木轮车，盖了一层椰棕席子。车内又热又闷，但是雨势渐成倾盆，我庆幸这里可以栖身。我躺下来，累了就盘腿而坐。牛走得小心，慢如蜗牛，它们费力穿过先前车辆留下的车辙，把我摇来晃去。牛车不时驶过一块大石头，令我猛地一颠。到得圆屋，我觉得自己仿佛挨了一顿揍。

圆屋位于岸边，很是近水，周围全是大树、罗望子、菩提树和野醋栗。一截木梯通往用作客厅的宽敞阳台，后面几间卧房，都带浴室。我发现其中一间住了另一位游客。我刚检查完住处，正与司膳的马德拉斯人说话，清点房内的什么腌菜、罐头和酒，这时出现一位身穿胶雨衣头戴遮阳帽还在滴水的小个男人。他脱下湿淋淋的衣帽，过了一会儿，我们坐下来吃该国所谓的早午餐。他是捷克斯洛伐克人，任职于加尔各答一家出口商行，正在缅甸度假观光。他矮个，黑发蓬乱，大脸，鹰钩鼻突出，戴一副金框眼镜，肥胖之躯紧绷绷穿了一件斯丁格衬衫。他显然是位活跃的观光客；因为下雨也没能阻止他一早出门，他告诉我说看了不下七座佛塔。我们吃饭的时候雨停了，随即阳光明丽。饭一吃完，他又出发了。我不晓得蒲甘有多少佛塔；当你站在高处，目力所及四周都是。它们近乎墓地的墓碑那样密密麻麻。大小不等，完好各异。鉴于周围环境，佛塔的密实、尺寸与华丽更为惊人，因为唯有它们留存，显示此地曾有一座人口稠密的繁荣大城。而现在只是一处落伍村落，有大树成行、宽阔而邈遐的公路，一个令人愉快的小地方，席编的整洁房舍住着漆工；因为这是今日蒲甘适度兴旺的产业，昔日风光它已忘却。

但是，所有这些佛塔，只有一座阿兰塔还有香火。这里有四尊镀金大佛，背靠一堵镀金墙壁，立在一所巍峨的金殿内。你穿过一条镀金拱道，一尊一尊看着它们。微明之中，它们莫测高深。其中一尊佛像前，一位黄衣托钵僧尖声颂着你听不明白的经文。别的佛塔却是荒芜了。路上的裂缝间杂草横生，幼树扎根于缝隙。这些佛塔是鸟儿的庇护所。鹰在塔顶盘旋，绿色小鹦鹉在檐上啁啾。它们如同巨大的奇异之花变为石头。其中一座，设计者以莲花为范，就像史密斯广场圣约翰教堂的建筑师采用安妮女王风格的脚凳，有一种巴洛克式的铺张,让西班牙的耶稣会教堂显得素朴而传统。它很乖谬,所以让你含笑而视,但其繁盛又有魅力。它太虚幻,拙劣而奇异,设计者的狂想令你惊愕。它看似印度神话中某位任性的神明用无数只手一夜之间织成的布料。塔内的佛像坐而冥想。巨像上的金叶早已剥蚀,塑像化为尘土。守门的怪狮在基座上腐朽。

此地奇异而忧郁。但我的好奇心因为寻访五六座佛塔而满足,我不愿因为捷克斯洛伐克人的精壮与自己的怠惰而蒙羞。他把佛塔分门别类,按其特征做了笔记。他自有理论,在他心中,它们各有标签,用来证明某一理论或了结某一论争。他认为没有什么地方荒废得不值得热心端详;为了研究砖瓦构造,他像山羊爬上断垣残壁。而我宁愿闲坐圆屋阳台观赏眼前景色。正午时分,太阳把地上的一切色彩烤焦,从前人来人往的闹热之地,疯长的树木与低矮灌木一片苍白;但是一日将尽,仿佛磨练性格的某一情感暂被世事淹没,各种色彩悄然回转，林木再度一片葱郁。日落彼岸，西天一片红云倒映于静静的伊洛瓦底江。波澜不兴。恍若止水。远处有孤舟渔夫劳作。那边稍远一点，最美的一尊佛塔尽收眼底。落日之中，它呈米色与灰黄，柔和如博物馆的古旧绸衣。它有一种悦目的匀称；每一角的小塔彼此呼应；华丽窗户与下方的华丽门扉相互唱和。这些装饰有种大胆的狂暴，仿佛它在致力攀登精神的奇妙巅峰，而在生命与灵魂参与的拼死争斗中，它不能有缄默与品味之想。但是，它彼时又有一种恢宏，它立于其中的孤独有威严之势。它似乎以一副过于重大的担子压在大地身上。细细想来，它矗立这么多个世纪，漠然俯瞰着伊洛瓦底江的明媚弯流，真是令人慨然。鸟在树间鸣叫；蟋蟀唧唧，青蛙呱呱，呱呱，呱呱。某处，一位少年用简陋的笛子吹着忧伤的曲调，院子里，土著叽叽喳喳大声聊天。东方并不静默。

就在这时，捷克斯洛伐克人回到圆屋。他

又热又累，满是尘土，但很开心，因为他什么也没遗漏。他是一座知识宝库。夜渐渐包围那尊佛塔，它现在看上去很单薄，像用木板与石膏筑成，所以，要是在巴黎博览会的殖民地风物馆见到它，你不会感到意外。在那美妙的乡村景色中，它是一座不可思议的复杂建筑。捷克斯洛伐克人告诉我它建于何时及哪位国王治下，然后，他讲起蒲甘历史。他记性好，事实梳理精确，讲得很流利，就像一位讲师讲着重复太多的课程。但我无意了解他的所述。哪些国王在位、他们打了哪些战役、征服了哪些土地关我何事？我只满足于见到他们出现在寺庙墙上的长列浮雕之中，姿态庄严，坐在宝座上，接受属国使臣的进贡，或是出现在长矛纷然、兵车疾驰的两军混战之际。我问捷克斯洛伐克人，他得来的那些知识准备用于何处。

"做什么？啥也不做。"他答道，"我喜欢真相。我想了解事件。每当我去什么地方，我都要阅读关于该地的一切。我研究它的历史，动植物，民风习俗，我让自己对该地的文学艺术了如指掌。我去过的每一个国家，我都可以写本权威之作。我是一座知识宝库。"

"我也这么想。但是对你没意义的知识有什么用呢？为知识而知识，就像一截楼梯通向一堵光秃秃的墙壁。"

"我不同意。为知识而知识，就像你捡起一根别针别到衣服的翻领上，或是解开一条绳子放进抽屉而不是把它割断。你根本不晓得它什么时候有用。"

为了表示他的比喻并非随心所欲，捷克斯洛伐克人翻起他的斯丁格衬衫（没有翻领），给我看了别得整整齐齐的四枚别针。

曼德勒

曼德勒首先是个地名。有些地方由于历史的某一偶然事件或适当关联而得名，独有一种魔力，但智者多半从不访谒，因为它们唤起的期盼几乎不能实现。地名自有生命，虽然特雷比松[1]可能只是一处赤贫村落，但对于所有心智健全的人，这一名称的魅力必定为它罩上帝国服饰；至于撒马尔罕[2]：谁要是写下这一地名，脉搏难道不会加快，心中难道没有期望不得餍足的苦痛？伊洛瓦底这一名字，就以其浑浊巨流使人敏于想象。曼德勒的街道多尘拥挤，沐浴艳阳之下，宽阔而笔直。有轨电车载着一众乘客隆隆驶过；他们挤满座位与通道，密密麻麻站在踏板上，就像苍蝇群集一枚烂熟的芒果。带阳台与走廊的房子，有遭逢不幸的西方城镇之大街房舍那种邋遢外表。此地既无窄巷也无曲径，可让想象悠游以寻意外事物。但不要紧：曼德勒还有名字；这一嘉词的降调，在其周遭汇聚了浪漫传奇的明光暗影。

但是曼德勒还有城堡。城堡围在高墙内，高墙围在濠沟内。城堡有宫殿，还有现已拆掉的热宝王朝官署与官邸。每隔一段墙，就有用石灰刷成白色的大门，每道门的顶上都有一座望楼，就像中国庭园内的避暑山庄；棱堡上面是柚木亭，形状之奇特，令你觉得它们或曾用于战事。墙用晒干的巨砖砌成，颜色灰紫。墙脚大片草地，密植罗望子、肉桂与金合欢；一

1　特雷比松（Trebizond），濒临黑海的土耳其海港。13 世纪为拜占庭帝国一个部分，贸易兴盛，现存拜占庭教堂与中世纪城市遗迹。

2　撒马尔罕（Samarkand），位于乌兹别克斯坦，为世界最古老的城市之一，始于公元前 3000 年或更早。

群棕色绵羊固执前行，慢吞吞然而专心啃着甘草；在这里，晚上可见缅甸人穿五彩裙戴明丽头巾三两漫步。他们皮肤棕色，矮小结实，脸上略有蒙古人的特征。他们故意走得就像这块土地的业主与耕者。他们毫无路过的印度人那种目空一切与不以为然的典雅；没有他那精致的容貌，也没有他的懒洋洋和女人气。他们易于微笑。他们幸福，快乐，友好。

城濠水面宽广，清晰倒映着玫瑰色城墙、浓密树木和衣着明丽的缅甸人。水很静，但并非死水，安宁驻足水面，就像一只天鹅头戴金冠。清晨或将日落，水色有着粉笔画温和疲惫的柔弱；这些颜色有油彩的半透明，但少了那分固执的明确。光仿佛一位魔术师，游戏般涂抹着刚刚调好的颜料，并将用其随意之手再度抹掉。你屏住呼吸，因为你相信这一效果转瞬即逝。你心怀期望看着它，就像吟诵一首有点复杂的格律诗，倾耳等候延迟已久前来合韵的韵脚。但是到了日落，西天红云绚烂，墙、树、濠沐浴一片霞彩；月圆之夜，那些白门渗着银光，夜空映出门上望楼的剪影，你的官能被冲得落花流水。你试图有所戒心，你说这不实在。这并非让你不知不觉意外感知、取悦和抚慰你受伤的灵魂之美，这并非你可掌握、据为己有而且熟知之美；这种美把你击伤，让你晕眩，叫你喘不过气来，它既无冷静也无克制，它像火，突然把你吞噬，而你奇迹般生还，浑身赤裸，颤抖不已。

勐拱的尼姑

　　我虽然不是百折不挠的观光者，还是去了阿玛拉普拉——从前的缅甸都城，今天的散乱村庄。这里的道路两旁，罗望子树高高耸立，树荫下面，丝绸织工忙忙碌碌。罗望子树茂盛庄严，树干粗糙多节，苍白如顺流而漂的柚木，树根则像地上剧烈扭动的巨蛇；它的叶子呈花边状，如同蕨类植物，树叶尽管精美，但因为太厚而树荫浓密。它就像老农之妻，饱经风霜，然而粗壮矍铄，披了一件不相称的绒绒棉纱。绿色鸽子栖息在树枝上。男人女人坐在小屋外纺纱或绕丝线，他们的眼光柔和而友好。孩子们在大人周围玩耍，野犬睡在道路中央。他们像是过着适度勤勉、快乐与安宁的生活，而你心中掠过一丝念头，就是这些人至少找到了解答生存之谜的一种方法。

我接着去看勐拱的大钟。这里是座尼庵，我站着正看，一群尼姑把我围住。她们穿的袍子跟和尚一模一样，但并非和尚那种漂亮的黄色，而是脏兮兮的暗褐色。这些矮小老妇没牙，脑袋剃光，但头上盖了一层薄薄的灰白发茬，年老的小脸皱纹很深。她们伸出枯瘦的双手要钱，用空洞苍白的牙床喋喋不休。她们的黑眼睛警觉而贪婪，她们的微笑很是顽皮。她们很老，无牵无挂。她们像是以一种富于幽默感的冷嘲热讽看待人世。她们历经种种幻灭，带着恶意与含笑的轻蔑存活。她们不宽容人的愚行，也不迁就人的弱点。她们对世事全无依恋这一点，有些东西隐约令人惊恐。她们不再有爱，她们不再有分离之苦，死亡对她们来说不再可怕，除了笑声，她们如今一无所剩。她们撞响大钟让我听：咚，咚，它响着，一声长长的低音沿河而下慢慢回响，钟声庄严，似乎召唤着躯壳中的灵魂，提醒它虽然万物皆为幻象，但是幻象之中还有美；随着钟声，尼姑们爆出一阵粗俗的咯咯笑声，嗨，嗨，嗨，这是模仿大钟的声音。蠢人，她们的笑声说，蠢人和傻瓜。只有笑声才是真的。

萨尔温江

　　清晨出发，我见到下露，因为露珠很沉，天灰灰的；但是不久，太阳穿云而出，现在一片蓝天，而积云就像在北极周围静静戏耍的白色海怪。乡野人烟稀少，道路两旁都是丛林。有几天，我们走一条宽路，穿越景色优美的山地，路上没铺碎石，但很硬，地面有牛车经过的深辙。我不时看到一只鸽子或乌鸦，但鸟很少。离开空旷地带，我们途经僻静山岗与竹林。竹林是个优雅之地。它有魔幻森林的气氛，你可想象在那绿荫之中，一则东方故事的女主角，公主和她的王子情人，正在此经历他们令人惊叹的奇遇。当阳光照进，微风拂过雅致的竹叶，真是如梦似幻：它的美，并非自然之美，而是戏剧之美。

我们终于到达萨尔温江[1]。这是源自西藏高原的大河之一，布拉马普特河，伊洛瓦底江，萨尔温江，湄公河，它们平行南下，洪流注入印度洋。我很是无知，到了缅甸才听说它，而即使那时，它对我也只是一个名字。它不像恒河、台伯河、瓜多基维河[2]等河流，令人永远有所联想。只因我沿江而行，它对我才有意义，才有意味深长的神秘。它是测量距离的一种方法，我们距萨尔温江还有七天，还有六天；它似乎非常遥远；在曼德勒，我听大家说：

"罗杰他们不是住在萨尔温江吗？你过江得去找他们。"

"哦，我亲爱的朋友。"有人告诫道，"他

---

1 中国境内称为怒江。
2 西班牙南部一条河流。

们是住在暹罗边境的，三个星期的旅程，他是去不到他们那里的。"

我们遇到路上罕有的旅人时，我的翻译或许跟他聊过，就会过来告诉我，此人三天前过了萨尔温江。水位很高，但正在下降；遇到坏天气，过江并非易事。"萨尔温江的那一边"听来激动人心，而乡野似乎模糊并且漠然。我把一个又一个琐细的印象加起来，一个彼此分离的事实，一个字，一个称呼，还有记忆中一本旧书的一幅版画，我用联想让这一名字丰富多彩，就像司汤达书中的情人用想象的珠宝装扮他的所爱，很快，萨尔温江的念头令我沉醉于幻想。它成为我梦中的东方之河，一条宽阔之河，深沉而隐秘，流经林木茂盛的山岗，它有着浪漫传奇，有着幽黯的神秘，让你难以相信它四处奔流注入海洋，它应该像个永恒的符号，起源于未知之地，最终迷失于无名之海。

我们距萨尔温江还有两天；还有一天。我们离开大路，走上一条多岩石的小道，它蜿蜒出没于丛林山间。浓雾密布，两旁的竹林鬼影憧憧。它们就像大军的苍白幽灵，殊死搏斗于人类漫长历史的开端，而现在，它们萎靡不振，在不祥的静默中等候，守望不为人知的事物。但是，巨大的树影不时浮现，笔直而且壮观。一条看不见的小溪潺潺流淌，此外则是一片寂静。没有鸟鸣，蟋蟀也不出声。你似乎蹑足而行，仿佛此地不关你事，而危险将你包围。幽灵像是在看着你。有一次，一截树枝断裂坠地，声音尖锐，出人意料，就像手枪一声枪响，令人大吃一惊。

不过，我们终于出到阳光下，很快经过一座邋遢村庄。突然，我看到萨尔温江在我前面泛出银光。我本来准备像勇敢的柯特兹[3]在其巅峰时期那样感受一番，并急于带着狂想来打量这片水域，但是，它予我的激情我已耗尽。

---

3 柯特兹（Hernan Cortez, 1485—1547），西班牙探险家，为阿兹特克帝国的征服者。

比起我的期盼，它更为寻常，不那么壮观；实际上，它不比彻西桥下的泰晤士河宽。它没湍水，流得很快，无声无息。

筷子在河边（两个独木舟系在一起，上面铺了竹子），我们开始卸下骡子驮的行李。有一头骡子突然受惊，向河里冲去，大家还没来得及截住，它已跳进河中。它被冲走了，我从未想到这条混浊迟缓的河流会有如此力量；它被河水裹挟，急速而去，骡夫大叫，挥动手臂。我们看到可怜的畜牲拼命挣扎，但它注定要溺毙，好在一条河湾遮住视线，让我看不到它。当我带着我的小马和个人物品过了河，我以更多敬意看着这条河，因为我觉得筷子似乎不太结实，到得彼岸，我倒也不感到难过。

平房位于河岸顶端。草地和鲜花环绕四周。一品红的鲜艳使房子更显漂亮。它少了些公共工程处平房通常所有的简朴，我很高兴选择这个地方逗留一两天，让骡子和我疲乏的四肢得以休息。从窗户望去，群山环抱的河流，看似一条经过装饰的水流。我看着筏子来来往往运送骡子与行李。骡夫兴高采烈，因为他们就要歇歇了，而我之前给了工头一点钱，他们可以好好吃一餐了。

随后，他们完工了，仆人们把我的东西拿了出来，安宁降临，河流空空，复归朦胧的遥远，仿佛从未有人在其弯曲的河谷历险。万籁俱寂。白昼消逝，宁静的河水，宁静的山林，宁静的夜晚，三者美妙无比。日落之前某一时分，那些树木似乎从暗黑的丛林中分离出来，成为单独一员。然后，你分辨不出林中树木。当此奇妙时光，树木似乎获得一种新的生命，所以，不难想象树精栖息其间，趁着暮色，它们将有能力变换自己的位置。你感觉某一未定时刻，它们会有奇事发生，它们会奇妙地改变形状。你屏住呼吸等待奇迹，这一想法带着一丝惊恐的期盼，令你内心激动。但是夜幕降临；这一刻过去了，丛林再度收回它们，就像尘世收回年轻人，他们内心以为年轻就是天赋，但是濒临一次伟大的精神奇遇，他们在刹那间踟蹰不前，于是被周遭吞噬，沉回茫茫人海。树木再度成为丛林一员；它们静止不动，即便不是一团死寂，也只是过着郁闷倔强的丛林生活。

这地方如此可爱，平房及其草地与树木如此温馨安宁，有一阵子，我不禁想在这里不止住上一天，而是一年，不止住上一年，而是一世。这里到火车站要十天，我与外界的唯一联系，就是偶尔来往东枝与景栋之间的骡队，我唯一的交往，则是河对岸邋遢村落的村民，我就这样过上很多年，远离尘世的骚动、嫉妒、苦痛与怨毒，连同我的思考、我的书、我的狗、我的枪，还有我周围那些广袤、神秘与茂盛的丛林。但是，唉，生活不止由年份组成，还有小时，每天有二十四个小时，并非自相矛盾，这比过上一年还要艰难；而我知道，一个星期之后，我不安的灵魂就会驱我上路，不是去往想好的真实目标，而是如枯叶般被一阵风吹得没有目标地乱飞。但是身为作家（非诗人也！不过一介小说家），我可以让别人过自己过不了的生活。此地适合上演年轻恋人的牧歌，我让自己的想象漫游，想出一则故事来配衬这片宁静可爱的风光。但是，不知为什么，我摆脱不了美总是包含一些悲剧东西的这一窠臼，我的虚构陷入乖张模式，我贫弱的想象遭逢失败。

突然，我听到院内一阵喧哗，我的噶喀仆人这时端了一杯苦金酒进来，我习惯用这个来打发即将过去的一天，我问他怎么回事。他的英语讲得还可以。

"淹死的那头骡子，他回来了。"他说。

"死的还是活的?"我问。

"哦，他活得尚好。赶骡的家伙他狠狠打了骡子一顿。"

"为什么?"

"教他不要卖弄。"

可怜的骡子！摆脱了重负与磨着它身上痛

处的鞍子，看到眼前宽阔的河流与河对岸的青山，它兴奋得都快疯了。啊，为了撒撒野！不过是这些天来单调劳作之后的放纵，感受一下四肢活力的快乐。冲入河中，然后被不可抗拒的水流带走，拼死争斗，气喘吁吁，对死亡突生惧怕，而最后去到几英里外的下游，挣扎上岸。沿着丛林小路奔跑，随后夜色将至。好，它撒过野了，它觉得这样更好，现在，它可以悄悄回到院内，别的骡子都在这里，它准备第二天或第三天再次负重，在队伍中安安静静走它的路，鼻子对着前面骡子的尾巴；而当它回来，历险之后高高兴兴，安安心心，他们却打它，因为他们说它一直都在卖弄。就好像它很在乎他们，所以才费劲卖弄一番似的。唉，好吧，该打。哎哟，可怜！

赶　集

集市什么都找得着，从吃的到穿的，到简朴的掸人必需的家庭用品。有来自中国的丝绸，中国商贩安详地吸着水烟，穿着蓝色的裤子与黑色的紧身外套，头戴黑色的绸帽。他们并不缺少优雅。中国人可谓东方贵族。印度人着白裤，一袭白衫紧紧贴住他们的单薄身躯，头戴圆形的黑绒帽。他们卖肥皂，钮扣，薄薄的印度丝绸，一卷卷曼彻斯特棉布，谢菲尔德出产的闹钟、镜子和刀子。掸人售卖周围山区的部落民带下山来的货物和自己的简易产品。到处都有一小众乐人占据一个摊档，一群人站在周围悠闲地聆听。其中一众乐人，三人敲锣，一人击钹，另一人打着跟他一样高的一面鼓。在那堆声音之中，我无知的听力无所分辨，只觉得一种直率与并非不令人愉快的粗野之情；但是，再往前走一点，我遇到另一队乐人，他们不是掸人，而是山民，吹着长长的竹管乐器，乐声忧郁而颤抖。在那含糊的单调之中，我似乎不时捕捉到带着渴望的一些音符。它给你某种非常古老的感觉。它不再有猛烈的诉说，不再激发有力的反应，只剩下可资想象的柔和暗示，并在某种程度上提及心中深埋的期望与绝望。你感觉这是游牧部落晚上的营火旁沉思默想的音乐，他们正从世代居住的草原迁徙，令丛林与沉默的河流哗哗有声；在我的想象中（按照作家的方式，我的想象充满难以控制令我激动的词语），它令人想到置身陌生与敌对环境的人之困惑，他们不知从何处来，也不知往何处去，它是他们发出的一阵悲伤与质疑的哭喊，是他们同唱的一首歌（就像海上遇到暴风雨，为了驱除狂风巨浪带来的不安，大家彼此讲起淫秽故事），以此借助人类友情的神圣慰藉，让自己恢复信心去对抗世间的孤寂。

但是，挤满市街的人群之中并无愁苦悲凉。他们快活、健谈而轻松。他们来不只为了买卖，还为了闲聊，跟朋友打打招呼。这里不仅是景栋，也是方圆五十英里整个乡间的聚会场所。他们在此得到消息并听到最新传闻。这些就跟一出戏一样精彩，毫无疑问，比多数戏曲还有趣得多。很多部落的成员穿着特有的服装，漫步在占据多数的掸人之中。他们三五成群，在这陌生的环境里感到胆怯，仿佛害怕彼此分开。对他们来说，这里肯定像一座人很多的大城，而他们不与人交际，怀着乡下人对城里人又是敬畏又是鄙视的古怪情感。这里有傣人，寮人，固人，巴朗人，佤人，还有天晓得别的什么人。对这些事情很精通的人将佤人分为野蛮与开化两类，但是，野蛮一类并不离开自己的山寨。他们猎取人头，但不像迪雅克人¹那样出于虚荣，也不像曼布韦乡民那样为了美感，而是纯粹因为保护庄稼的实用目的。一副新鲜的头盖骨将会保护谷物并使之生长得更好，所以，春季将临，每个村子都有一小队男子外出寻找合适的陌生人。寻找生人是因为他不熟悉乡间的道路，他的灵魂不会跑出躯壳。据说狩猎期间，那些地方人迹罕至。但是，开化的佤人和善可亲，他们的外表虽然很有野性，可的确别有风味。固人与众不同，因为他们体形优美，肤色黝黑。然而，权威人士声称，他们肤色黝黑多半是因为他们不喜欢用水。女人戴着缀满银珠的头饰，好像一顶头盔；她们的头发中分，垂到耳朵上面，就像欧仁妮皇后²的画像所见，中年妇女有着令人好笑的皱纹小脸，很是滑稽。她们穿一件短外套、一条有褶的短裙并且系着绑腿；外套和

1　加里曼丹或沙捞越的土著。
2　欧仁妮皇后（1826—1920），法国皇帝拿破仑三世的皇后，三度摄政，后逃亡英国。

短裙之间有很大的空隙；而我留意到，显露肚脐的女人，看上去是多么的独特。男人着深蓝衣服，戴头巾，后生则把万寿菊插在头巾上，表示他们是单身汉，想要娶妻。我的确很想知道，这些花是一直插在那儿，还是他们一时冲动才插上的。因为，大概没人想在一个霜冻的早晨结婚。我看到一个后生的头巾上插了五六朵花。他的意图明白无误。他快活得意，出尽风头，但我得承认，他对姑娘们的注意似乎多过姑娘们对他的留意。或许，她们认为他的热切太夸张了，而他，我想，可以说已在报上登了广告，乐得到此作罢。他是个讨人喜欢的家伙，黑黝黝的皮肤，大大的黑眼睛，目光大胆而明亮，他站着的时候背稍稍拱起，仿佛全身肌肉都在用力颤动。卖鸽子的农民在人群中穿行，鸽子站在栖枝上，腿上拴了一根细绳，你可买来放生积功德，也可买来作为第二天的咖喱餐。一位年轻固人经过，显然是个乱花钱的家伙，突然一阵冲动（从他表情多端的脸上，

你看出他的这个念头是多么出乎意料），买了
一只鸽子。当他拿到鸽子，他用双手将它握住
片刻，那是一只胸脯粉红的灰色斑尾林鸽，然
后，他以赫库兰尼姆[3]的青铜男孩那样的姿势
猛地举起两臂，把鸽子高高抛向空中。他看着
它疾飞而去，飞回它的森林家园，他英俊的脸
上一阵孩子气的微笑。

---

3 维苏威火山脚下的古罗马城市，公元 79 年因火山喷发
　被毁。

景 栋

　　我在景栋过了将近一周。天气晴和，圆屋
整洁宽敞。经过这么多天的路途艰辛，没有多
少事情做，想起床才起床，穿着睡衣吃早餐，
拿本书闲散一个上午，真是令人愉快。因为，
你要是以为不赶火车不上路赴约就是自由，那
就错了。你做这做那的时间，就像你住在城市
每天早晨得去上班那样明确。你的行动并非由
自己的心血来潮决定，而是取决于行程的长短
与骡子的耐力。你虽然会觉得早半小时或迟半
小时抵达当日终点没什么要紧，但早晨总是赶
着起床，忙着准备，急着动身，不要有所
耽搁。

我对景栋的感受并不意气用事。这是一个村庄，比我路上经过的要大，但仍是一个村庄，有宽敞的木屋，有宽阔的泥土街道，而我经由它们去发现自己感兴趣的目标。不赶集的日子，这里空空如也。大街上只有几条瘦骨嶙峋的野犬。一两家店内，一个女人抽着方头雪茄闲坐在地板上；她不会想到这样的日子还有主顾；另一家店里，四个中国佬蹲着赌钱。寂静。灰扑扑的路上有很深的车辙，晴空艳阳将它晒得热辣。三个小女人头戴有趣的大帽突然出现，排成一列经过；她们用竹担挑着两个篮子，她们膝盖弯曲，走得很快，好像要是走慢一点，她们就会被担子压垮。空荡荡的街上，她们稍纵即逝。

寺院也是寂静。景栋可能有十来所，站在圆屋所在的小山望着城镇，可以见到它们高耸的屋顶。寺院都在院子里，院内很多坍塌的佛塔。大殿就像一间谷仓，里面是趺坐的巨佛，周围有八尊或十尊别的塑像，几乎跟佛像一般大小，但是，大殿屋顶由镀金或髹漆的粗大柚木柱子支撑，木墙与椽子也是镀金或者髹漆。佛祖的生平画得粗陋，挂在屋檐上。殿内幽黯庄重，但薄暮之中，莲花巨座上的那些佛像，就像好景不再无人理睬却又漠然处之的神明，在他们的镀金与镶嵌图案那衰败的堂皇之中，继续沉思着苦难与离苦、无常与八正道[1]。他们的超然几乎令人害怕。你踮起脚尖走路，以免打扰他们的冥想，当你把雕花镀金的大门阖于身后，再度出到温暖的日光下，你松了一口气。你觉得自己就像一个人偶然误闯某幢房屋里的一个派对，一旦明白自己犯错，就马上逃走，并且希望没人注意到自己。

---

1 八正道为佛教基本教义，指八种通往涅槃解脱的修行方法，即正见，正思，正语，正业，正命，正精进，正念，正定。

暹　罗

　　我在暹罗从容下行。乡野赏心悦目，空旷明媚，散布着整洁的小村庄，每个村用一道栅栏围住，院内长着果树和槟榔树，令这些村子有股迷人的小康气息。路上交通繁忙，但是，就像人烟稀少的掸邦靠骡子，这里靠牛车。平地种着水稻，丘陵则栽柚木。柚木是漂亮的树种，叶子大而光滑；柚木林不很浓密，阳光可以照进。在明亮、优美、通风的柚木林中骑行，你感觉自己就像一则古老传奇里的骑士。客栈整整洁洁。这段旅程，我只遇到一位白人，他是法国人，正往北去，住进我过夜的平房。房子是一家法国柚木公司的，他是该公司雇员，而他似乎觉得这很自然，即像我这样一个陌生人，在这里本应无拘无束。他很热情；这一行法国人不多，这些人经常去丛林中督导本地劳工，过得比英国的护林人还要孤独，所以，他很高兴有人说说话。我们一起用餐。他是个体格强壮的人，有一张肉敦敦红扑扑的大脸，嗓音热烈，像是用一层柔软华丽的声音之布裹着他的流畅话语。他刚在曼谷休了个短假，带着法国人的天真信念，即你对他有多少风流韵事的印象，比知道他有几顶帽子还要深刻，他讲了很多自己在那儿的性事。他是个粗鲁的家伙，没教养，愚蠢。但是，他瞥见桌上有本破旧的平装书。

"唷[1]，你在哪儿找到这个的?"

我告诉他是在平房找到的，自己一直在

---

1 本节的楷体字表示原文皆为法文。

翻。这是魏尔伦那本诗选，卷首有加利哀[2]雾蒙蒙的插画，但是，他的这幅肖像并非无趣。

"我很奇怪哪个家伙能把它留在这儿。"他说。

他拿起书，随手翻着，给我大致讲起不幸诗人的种种故事。这些我都不新鲜了。然后，他看到一行他熟悉的诗句，开始念道：

瞧这枝，这叶，这果，这花

还瞧这儿，我心叩动只为您。[3]

念的时候，他的声音变了，眼泪流出来，流下他的脸。

"哦，妈的，"他叫道，"这叫我哭得像头蠢牛。"

他扔下书，笑着，一阵抽泣。我倒了一杯

---

2 欧仁·加利哀（Eugene Carriere, 1849—1906），法国画家，以肖像画闻名，善用家居场景。加利哀的个人风格之一，是将色彩减至一片雾蒙。《魏尔伦像》（1891）是其代表作之一。

3 这是魏尔伦诗作《绿》的起首两句。

威士忌给他，因为让一个人平静或至少能够忍受此刻那种悲痛，没有比酒精更好的东西了。然后，我们玩皮克牌。他一早就上床了，因为他要赶路，拂晓出发，等我起床，他已走了。我再没见到他。

但是，当我在阳光下骑行，就像纺车旁闲聊的女人那样忙碌快捷，我想起了他。我想，人比书更有趣，但有个缺点，你不能跳读；为了发现精彩一页，你至少得浏览全书。你不能把它们放到书架上，等你想读的时候才拿出来；你必须趁机阅读，就像流通图书馆的一本书，需求如此之大，你必须等到自己这轮，而它在你手里不会超过二十四小时。这时，你可能没心情读，或者匆忙之中，你也许错过了它们要给你的最好的东西。

现在，平原带着一种庄严的宽广伸展开来。稻田不再是由丛林那里辛苦得来的一小块，而是一大片。单调的日子一天接一天，其中有些东西又令人难忘。在城市的生活中，我们只意识到时日的诸多片段；它们本身没有意义，只是我们处理这样那样事情的时间之一部分；我们开始于某一时间，而那时它已在进行，我们继续某一时间，并不顾及它的自然终结。但在这里，时间是完整的，你看着它们从黎明到黄昏庄严展开；每天都像一朵花，像一朵玫瑰，含苞，盛开，没有懊悔而是接受自然进程那般凋谢。而沐浴在阳光下的这一辽阔平原，正是上演这一不断重现的戏剧之恰当场地。诸位明星，就像徘徊于某一重大事件现场的好奇之人，譬如刚刚发生的一次战役或地震，先是一个一个怯生生地出现，然后是一众人，站在裂痕周围，或是找寻过往事件的踪迹。

路变得又直又平。尽管到处都有深深的车辙和横过道路的泥泞溪流，但是大段路程可以坐车穿越。当你骑着小马沿着山路而行，每天走上十二或十五英里固然很好，但是，当路又宽又平，这种旅行方式就很考验你的耐性了。

我上路已经六个星期。似乎永无止境。然后，突然，我发现自己身在热带。我想，一点一点，就像日复一日的平淡日子，景色一直在变，但它变得很慢，我几乎察觉不到。一天中午，我骑马来到一个村子，就像遇到一位出乎意料的朋友，我感到了浓烈绚丽的南国气息，我高兴得猛吸一口气。浓厚的色彩，脸颊触到的热气，令人目眩然而奇怪遮掩起来的光线，人们不一样的步伐，他们懒洋洋的姿态，寂静，庄重，灰尘——这都是真的，我疲惫的精神为之一振。村里的道路两旁种着罗望子树，它们有如托马斯·布朗爵士[4]的文句，华丽、庄严而镇定。院子里栽着大蕉，堂皇而蓬乱，变叶木炫耀着它那厚重的阴郁色调。一头乱发的椰子树，就像又高又瘦的老人突然从睡眠中起身。寺院有一小片槟榔林，很高很细，有着

---

4 托马斯·布朗（Thomas Browne，1605—1682），英国医生与作家，作品文辞华丽。

一组警句憔悴的精确以及不加修饰、准确无误而且聪明睿智的直截了当。这就是南国。

我们现在得尽早走完每日行程，东方悄悄现出第一道灰白光亮，我们就出发了。太阳升起来了，照在背上很是温暖，但一会儿就变得猛烈，到了十点，它就令人受不了。对我来说，似乎从太初开始，我就一直沿着这条宽阔的白色道路骑行，而它还在我的前方无限伸延。然后，我们来到一个漂亮的村子，村公所的所长是位整洁的暹罗人，笑容满面，很有礼貌，请我到他宽敞的家里安顿；当他带我去到他的院子，我看到棕榈树下洒满斑驳阳光等着我的，是一辆坚实耐用且不招摇的红色福特车。我的旅行结束了。它不事张扬，静静结束，有如一出结尾平淡的戏剧；翌日拂晓，凉意飕飕，我把骡子与小马留给丘卓，我出发了。碎石路还在铺，无路可行的地方，福特车就走牛车道；我们到处溅过浅流。我东摇西晃，前仆后撞；可它依然是条路，一条汽车路，我以每小时八英里的速度飞跑。这是那条路上有史以来行驶的第一辆车，田里的农民惊奇地看着我们。我很想知道他们是否有人想到，他们从中看到了一种新生活的象征。它标志着他们自古以来的一种生活之结束。它预示着他们的风俗习惯将有一番革命。它是气喘吁吁来到他们中间的变化，带着一个略为扁平的轮胎，但却吹起蔑视一切的号角：变革。

将近日落，我们抵达火车站。站上有家漆得鲜艳的新客栈，几乎可以叫做酒店。有间浴室，带个浴缸，你可躺进去，阳台有躺椅，你可懒洋洋靠在上面。这就是文明。

曼 谷

几小时后,我到了曼谷。

审视东方这些人口稠密的现代都市,不可能没有某种不快。它们都一样,笔直的街道,拱廊,电车道,灰尘,耀眼的阳光,到处中国人,密集的交通,永无休止的喧嚣。它们没有历史没有传统。画家不画它们。用思古幽情来美化断垣残壁的诗人,也不赋予它们本身没有的忧郁之美。它们自己过活,没有交往,就像一个没有想象力的人。它们硬邦邦光闪闪,就跟歌舞喜剧的一幅幕布那样虚幻。它们什么也没给你。但是当你离开它们,你觉得自己错过了有些东西,你不禁以为它们对你隐瞒了某个秘密。你虽然有点无聊,还是渴望回想它们;你确信,你要是待久一点或是换个情形,它们终究会给你有些你能吸收的东西。因为,把一件礼物送给不能伸手来接的人没有用。但你要是回去,这个秘密依然令你困惑,你问自己,说到底,它们唯一的秘密,是否就是笼罩着它们的东方魅惑。因为它们叫做仰光、曼谷或西贡,因为它们位于伊洛瓦底江、湄南河或湄公河,那些浑浊的大河,它们似乎有着古老与传说中的东方令富于想象的西方着迷的魔力。一百个旅行者可以从中寻求一个问题的答案,这个问题他们说不出来,却又折磨着他们,结果只有失望,而另一百个旅行者还会继续追问。谁能如此描绘一座城市,像是要给它描出一幅意义重大的图画?对于住在其间的每一个人,它是迥然相异的地方。没人可以说出它究竟是什么。也无关紧要。对我来说,唯一重要的事情,是它对我有何意义;当放债人说,你可拥有罗马,就他来说,他说了关于这座不朽之城

106

要说的一切。曼谷。我把我的印象放在桌上，就像一位园丁放下他剪的一大堆鲜花，留给你来整理，我问自己，我能从中拼出何种花样。因为，我的印象如同一条长长的饰带，一幅模糊的挂毯，我的职责就是从中发现一种雅致同时也很动人的装饰。但是给我的素材却是灰尘、酷暑、嘈杂、白色以及更多的灰尘。新马路是城中要道，全长五英里，两旁为又矮又脏的房屋，还有商店，卖的东西多半欧洲货与日本货，陈旧而邋遢。一辆有轨电车塞满乘客，悠然驶过整条街道，车掌的喇叭按个不停。马车和人力车铃声阵阵，来来往往，汽车鸣着高音喇叭。人行道上都是人，行人踩的木屐咔嗒个没完。他们橐橐走着，声音就像丛林中的蝉鸣持续而单调。这里有暹罗人。暹罗人长得不好看，头发短硬，穿着帕朗，即把一幅宽布折成一条宽松舒适的马裤，但他们年纪一长则与众不同；他们不是长胖，而是变瘦甚至憔悴，不是秃顶，而是头发灰白，他们饱经风霜皱纹密布的黄脸上，一对黑眼炯然凝视；他们走路很好看，身子笔挺，但不像多数欧洲人那样从膝盖打伸，而是从臀部挺直。这里有中国人，穿长至脚踝的黑、白、蓝裤，数也数不清。这里有阿拉伯人，高个子，浓胡须，戴白帽，样子就跟鹰一样；他们走得不慌不忙，从那放肆的目光，你看得出他们对受其剥削的种族之蔑视，对一己精明的自豪。这里有缠头巾的印度人，黑皮肤，有着雅利安血统纯净敏感的容貌；如同在印度之外的东方各地，他们似乎有意格格不入，小心翼翼穿过人群，仿佛他们走的是一条偏僻的丛林小道；所有那些莫测高深的面孔，要数他们的脸最为费解。太阳照得热辣，路是白的，房子是白的，天是白的，除了灰尘和酷暑的颜色，什么色彩也没有。

但你要是离开大路，就会发现自己置身纵横交错的小街，幽黯，荫凉，肮脏，还有铺着卵石的曲折小巷。朝街而开、招牌艳丽的无数商铺里，勤劳的中国人忙于一座东方都市的种种营生。这里有药房、棺材铺、钱庄和茶楼。沿着街道，负重的苦力喊着粗嘎的中国话飞快地蹦跳，小贩挑着食担售卖热气腾腾、你忙得来不及在家吃的饭菜。你仿佛身在广州。中国人在这里过着独处的生活，对于暹罗统治者致力将这座奇怪、单调与混乱之城变为西式都城，他们漠不关心。统治者的用心体现在宽阔的大道，灰扑扑的笔直马路，有时候顺着一条运河而开，并用这些将一堆破烂街道围住。它们美观、宽敞而堂皇，并有树木遮荫，是一位雄心勃勃的国王设计的一座大城之精心装饰；但是它们并不真实。它们有些做作，所以，你觉得它们更适合王室庆典而非日常使用。这些路没人走。它们像是等候典礼与游行。它们就像一位倒台君主的园囿中那些荒芜的林荫路。

吴 哥

令访问吴哥成为异乎寻常的重大事件的一个原因——让你做好适合如此经历的心理准备——乃是去到那里非常艰难。因为，你一旦到了金边——它本身就少有人去——你必须乘一艘汽船，沿着湄公河一条沉闷迟缓的支流上行一长截，直到一个大湖；你换乘另一艘汽船，那是平底船，因为水很浅，坐上一整夜；然后，你经过一条狭窄河道，进到另一大段平静的水流。当你到达这一程的终点，又是夜晚。随后，你坐上一条舢板，在丛丛的红树林间，上行于一条弯曲的水道。月圆之夜，两岸树影明晰，你穿越的似乎不是真正的乡野，而是影绘艺人的奇妙国度。终于，你来到船夫居住的一个小小荒村，而船屋就是他们的居所。上了岸，你驱车河边，穿越椰子、槟榔和大蕉林，河流现在是条浅浅的小溪（就像儿时那条乡村溪流，星期天你常去捉小鱼，然后把鱼装进果酱罐）。直到最后，月光中巨大的黑影隐约出现，你看到吴哥窟的座座高塔。

　　但是，由于本书写到这里，我感到沮丧。我从未见过世间有什么东西比吴哥的寺庙更为奇妙，但我不知道究竟要怎样以白纸黑字来描述它们，让即使最为敏感的读者，对于它们的壮丽，也可得到不单是混乱模糊的印象。当然，对于语言大师来说，他们以文字的声音及其纸上的形态为乐，这将是千载难逢的良机。对于华美感性、变化多端、庄严谐和的散文，这是何等的机会；对于这样的一个人，在他的长句中再现那些建筑长长的线条，在他的均衡段落中表现它们的对称之美，在他的丰饶词汇中呈现它们富丽的装饰，这将是何等的快乐！

找到恰当的词汇，把它放在适当的位置，就像他见到的一大片玄武岩那样，令文句具有相同的节奏，这将令人陶醉；偶然发现不同寻常、发人深省的词语，将只有他才有天赋见到的色彩、形状与奇妙转化成另一种美，这将是一大成功。

唉，这类事情我一点天分也没有，而且——毫无疑问，因为我自己做不到——我很不喜欢别人这样。有一点点我就够了。我可以愉快地读一页罗斯金[1]，但十页只会令我厌倦；当我读完沃尔特·佩特[2]的一篇随笔，我知道他从鱼钩取下一条鳟鱼的时候它的感觉如何，还有它躺在岸上，在草里摆着尾巴。我钦佩佩特的这一才智，他用一小块一小块的玻璃，拼

---

1 罗斯金（John Ruskin, 1819—1900），英国作家与艺术评论家。

2 沃尔特·佩特（Walter Pater, 1839—1894），英国散文家与评论家。"为艺术而艺术"一语即出自他的著述。佩特的享乐主义哲学对王尔德影响甚大。

成了自己的风格镶嵌画，但它令我厌烦。他的散文就像二十年前美国常有的那些房子之一，全是热那亚丝绒与雕刻的木头，你拼命东张西望，想找一个角落安放你那块空白玻璃。这种堂皇文字若是我们的前人所写，我比较能够忍受。庄严的风格与他们相称。托马斯·布朗爵士的富丽堂皇令我敬畏；它好比住在一所帕拉第奥[3]式的宏伟宫殿里，顶上有维罗纳人的壁画，墙上则是挂毯。与其说它素朴家常，不如说它令人难忘。你不能想象自己在这样威严的环境里处理日常琐事。

　　年轻的时候，我费尽心机想要拥有一种风格；我常去大英博物馆抄下珍宝之名，以便自己的散文可以华丽，我常去动物园观察一只鹰是怎样看东西的，或是流连于出租马车的车站，看一匹马如何咀嚼，以让自己有时可以使

3　帕拉第奥为 16 世纪意大利建筑师，他设计的宫殿、别墅与教堂强调和谐与对称之美。帕拉第奥的《建筑四书》令其建筑风格扩散于欧陆与英国。

用一个精彩的隐喻；我开列不常见的形容词，以让自己可以用在出人意料的地方。但是，这一点用处也没有。我发现自己并无这类天赋；我们并非依照自己的希望，而是依照自己的能力来写作，我虽然无比尊敬那些有幸具备这类遣辞用语天赋的作家，但我自己早就甘于尽量写得平实。我的词汇很少，我设法以此应付，恐怕，这只是因为我看事物不太细微。我想，或许我是以某种激情来观察，令我有兴趣形诸文字的，不是事物的外表，而是它们予我的情感。但是，我要是能像拟一则电文那般简要直接，把这些写下来，我就心满意足了。

吴哥的最后一天

　　我在吴哥的最后一天到来了。要离开它，我感到痛苦，但我现在知道，不论你待多久，这是那种离开的时候总会难受的地方。这天，我又看了我看过十来次的东西，但以前从未有过如此的伤感；当我沿着那些长长的灰色走廊漫步，不时透过一道门瞥见森林，我看到的一切都有了新的美感。寂寂的庭院有种神秘，让我想在这里再流连一会儿，因为我觉得自己就快发现某一奥秘；空中仿佛有一段旋律在颤动，但是声音很低，根本听不见。寂静就像一个幽灵，似乎住在这些院子里，你要是转过头去就可见到。一如最初，我对吴哥的最后印象仍是一片寂静。看着紧紧围绕这一大堆灰色建筑的鲜活森林，阳光下茂盛明快的丛林，一片色调丰富的绿色海洋，知道我的周围曾是一座人口稠密的城市，我有一种难以名状的奇异感觉。

当晚，一众柬埔寨舞者在寺庙的露台跳舞。我们沿途有手擎百支火把的后生相伴。空气中满是用做火把的树脂那辛辣惬意的芳香。火把形成一个大圆圈，在露台上闪烁不定，圆圈中央，舞者踏着奇异的舞步。藏在黑暗中的乐师吹笛击鼓敲锣，奏出一段含糊而有节奏的音乐，令人心神不宁。我的耳朵带着一种震颤，等候我不习惯的和声到来，但却从未听到。舞者穿着色彩鲜艳的紧身衣，头戴高高的金冠。要是白天，她们看上去当然不中用；但是，在那出人意料的光线之下，她们却有一种你在东方难以见到的华美神秘。她们表情漠然，粉面苍白，有如面具。她们凝固的表情不容情感与游思搅扰。她们的手很美，十指纤细，跳起舞来，她们精巧复杂的手势令其更显优雅。她们的手就像珍稀兰花一样。她们的舞姿并不放纵。她们姿态如僧侣，动作如典仪。她们好似神灵下凡，但依然充满神性。

而那些手势，那些姿态，正与昔日雕匠刻在寺庙石墙上的舞姬相同。它们千年不变。在每一所寺庙的每一堵墙上重复不已，你会看到完全一样的纤指扭转，完全一样的娇躯拱曲，就像眼前活生生的舞者那般悦目。怪不得，她们承受着列祖列宗的重负，在金冠之下这么凝重。

舞蹈结束了，火把熄灭了，一小众人慢慢散入黑夜。我坐在一道矮墙上，最后望一眼吴哥窟的五座高塔。

我回想起一两天前我看过的一座寺庙。它名叫巴戎。它令我吃惊，因为它不像我看过的其他寺庙那样单一。它由很多重叠对称之塔组成，每座塔都是一尊破坏之神湿婆巨大的四面头像。它们里里外外围成一圈，神的四张面孔上面，是一顶雕饰的王冠。正中是座高塔，重叠的面孔直到塔尖。它饱经日月风雨，长满爬藤与寄生灌木，所以，初次见到，你只看到一堆不成样子的东西，只有稍微凑近，这些沉默、严肃、漠然的面孔，才会从凹凸不平的石头中隐现。然后，你周围到处都是这些面孔。它们与你相对，它们在你身旁，它们在你身后，一千双看不见的眼睛盯着你。它们似乎是隔着太古时代的遥远距离看着你，而在你的周围，丛林疯长不已。所以，农民经过这里时，他们会突然高歌来吓跑鬼魂，也就没什么好奇怪了；因为将近夜晚，这里静得令人毛骨悚然，而那些平静却又不善的面孔异常可怕。当夜幕降临，那些面孔隐入石头，除了一堆奇形怪状、遮遮掩掩的塔楼，你什么也看不见。

但我不是因为寺庙本身而描述它——我虽然下笔踌躇，但已经描写得够多了——而是为了其中一条走廊里成列的浮雕。它们雕得不是太好，雕匠显然没什么形式感或线条感，但尽管如此，它们还是很有趣，让我记忆犹新。因为它们表现的是当时的日常生活，煮饭，烹饪，捉鱼，捕鸟，村里店铺的买卖，看医生，总之，一个淳朴民族的方方面面。令人吃惊的是，他们的这种生活千年以来少有变化。他们依然用同样的器具做着同样的事情。舂米脱粒的方式完全相同，村里的店家用一样的盘子售卖一样的香蕉和一样的甘蔗。这些刻苦耐劳之人扛在肩上的担子，跟他们世代以前的祖先所肩负的一模一样。多少世纪过去了，却没给他们留下痕迹，要是十世纪某位睡着的人，在现今一座柬埔寨村庄醒来，他会非常习惯这一朴实的日常生活。

而且，在我看来，在这些东方国度，最令人难忘、最令人惊叹的古迹，既不是寺庙，也不是要塞，也不是长城，而是人。那些依循古老习俗的农民，属于一个比吴哥窟、中国长城或埃及金字塔远为古老的时代。

西贡与土伦

在小河河口，我再度乘上平底汽船，越过又宽又浅的湖泊，改乘另一艘船去到另一条河。最后，我到了西贡。

尽管法国人占领该国以来，这里成了一座中国人的城市，尽管土著在人行道上闲逛，或是头戴蜡烛熄灭器一般的宽草帽拉着人力车，西贡却完全具有法国南部一座乡下小城的氛围。它铺着宽阔的街道，并有漂亮的树木遮荫，街上熙来攘往，跟东方的英国殖民地城市那种熙攘大不相同。这是一个轻松愉快的小地方。有家歌剧院，面向一条林荫大道，白色光鲜，依照第三共和国的华丽风格而建；还有簇新的市政厅，非常宏伟，装饰华美。酒店外面是露台，喝餐前酒的钟点，那里挤满留着胡须比着手势的法国人，喝着他们在法国喝的甜腻饮料、苦艾黑醋栗酒、比赫和奎宁杜博尼酒，并用米迪[1]的卷舌口音说个不停。与当地戏院有点关系的快乐小妇人衣着时髦，涂脂描眉，给这个迢遥之地带来几分矫揉造作的欢快气氛。商店里有马赛来的巴黎时装和里尔来的伦敦帽子。两匹小马拉着维多利亚马车飞驰而过，汽车的喇叭嘟嘟叫。晴空艳阳高照，荫凉处又热又闷。

西贡是个可以闲散几日的惬意之地；对于散漫的旅行者，生活在这里很是轻松；坐在大陆酒店露台的凉篷下，当头一顶吊扇，面前一杯清饮，读着本地报纸有关殖民地事务的激烈论争与邻近地区要闻，可谓非常愉快。能够安安稳稳将报纸广告读一遍，且无自己是在浪费

1　即法国南部。

时间的不自在，可谓非常有趣，而在这样的细读之中，不能随时找到骑着一匹木马畅游时空的机会，那你肯定是位无趣之人。但是，我只待到赶上往顺化的船即止。

顺化是安南的首都[2]，我去那儿是要看皇宫举行的中国新年庆典。不过顺化靠河，往顺化的港口则为土伦[3]。就在那儿，凌晨两点，法国轮船公司的客轮把我放了下来——那是一艘洁净舒适的白色客轮，够宽敞，够通风，够冷饮，适合热带旅行。客轮泊在湾内，距码头七八公里，我上了一条舢板。船员包括两名女

---

2 顺化为阮氏王朝旧都（1802—1945）。1883 年，法国人占领该城，将其变为法属安南的首都。1945 年争取独立的八月革命，共产党人与民族主义者联手夺取顺化，迫使阮氏王朝末代皇帝退位。1954 年，越南分为南北两个国家，顺化归属南越，但因靠近北方，成为双方激战之地。1968 年，北越和南方民族解放阵线占领顺化达二十五日。在美军和南越军队夺回顺化的战役中，该城有一万人死于战火，城内有名的历史遗迹"紫禁城"（应该就是毛姆后文提到的皇宫）严重损毁。

3 即今越南港市岘港，距顺化很近。

子、一个男人和一个小孩。海湾很平静，头上星光灿烂。我们的船划进黑夜，码头的灯火似乎很远。船进了很多水，其中一名划桨的女子不时停下来，用一个空煤油罐往外舀水。好像要起风了，不久，他们扯起一张竹编的大横帆，但是风太小，帮不了太多忙，这一程看来要走到拂晓。在我看来，它可能永无休止；我躺在竹席上，抽着烟斗，不时沉入假寐，当我醒来，重新点燃烟斗，火柴光短暂照亮蹲在桅杆旁的两名女子棕色的胖脸。掌舵的男人简短说了一句什么，一名女子搭着腔。然后，又是一片寂静，只有我躺的甲板下微弱的水声。这天晚上很暖和，我虽然只穿一件衬衣和一条卡其裤，却不觉得凉，空气柔和得如同花朵。我们抢风在黑夜中走了一大程，然后慢慢驶向河口。我们经过下锚停泊的渔船和悄悄出港的船只。河岸很黑，神秘莫测。男人一声吩咐，两名女子将笨重的船帆降下，又开始划起桨来。到了码头，水太浅，我不得不让一名苦力背我上岸。这类事情我总是觉得既害怕又不体面，我抱住苦力的脖子，非常清楚这副模样跟自己很不相称。酒店就在街对面，苦力扛着我的行李。但才凌晨五点，天仍然很黑，酒店的人还在睡觉。苦力捶着门，终于，一位睡眼惺忪的仆役开了门。其他仆役则躺在台球桌和地上酣睡。我要了一个房间和咖啡。面包刚刚烤好，经过跨越海湾的漫长之旅，我的咖啡加牛奶还有热呼呼的面包卷很是令人愉快，这样的一餐，我可不是常有好运吃到。我被带到一个肮脏的小房间，蚊帐又脏又破，我不知道床上的被单自从上次洗了之后，有多少商务客和法国政府的官员睡过。我不在乎。我觉得自己从未以这样浪漫的方式抵达任何地方，我不禁以为，这肯定是一段难忘经历的开端。

但是，有些地方，到达就是唯一目的；它们向你保证会有最美妙的精神奇遇，可给你的只是一日三餐和去年的电影。它们就像一张脸，满是令你好奇和激动的特征，但是稍微一熟，你发现那只是庸俗心灵的一副面具。土伦就是这样的地方。

我在土伦花了一个上午参观藏有高棉雕塑的博物馆。读者可能还记得，我写到金边时，提到在那儿看到的一尊雕像，我奇怪地变得很有口才（就一位不太喜欢他人滔滔不绝而且羞于夸张之人来说）。那是一尊高棉雕像，我现在可以提醒读者（或是告诉像我一样的人，因为没来印度支那以前，我从来不知有高棉人或高棉雕塑），这是一个强大的民族，他们是印度支那原住民与来自中亚高原的入侵种族之后裔，而后者曾经建立了一个辽阔而强大的帝国。来自东印度的移民将梵文、婆罗门教和本土文化带到这里；但是高棉人强健活泼，具有创造本能，能将外来文化为己所用。他们建造了宏伟的寺庙并饰以雕塑，当然是以印度艺术为范本，但却充满东方别处所没有的充沛活力、鲜明风格、丰富多彩与奇思妙想。金边的哈里哈腊[4]雕像证明了他们的伟大天赋。它是优雅的奇迹。它令人想起古希腊的雕像和墨西哥的玛雅雕塑；但是，它自成一格。希腊那些早期作品有着晨露般的清新，可它们的美略显空洞；玛雅雕像有些原始的东西，与其说令人赞叹，不如说叫人敬畏，因为它们依然还有早期人类在阴暗的洞穴凹壁作画的痕迹，他画有魔力的图画，为的是镇住他害怕或捕猎的野兽；但是，在哈里哈腊雕像之中，你看到的却是古老与精细奇特和神秘的结合。文明人的复杂使得原始人的率真焕发活力。高棉人将久远的思想遗产用于令他突然着迷的这一工艺。这好比伊丽莎白时代的英国，油画艺术出人意料陡然兴盛；画家心中装满莎

---

4 毛姆原注：法国当局给这尊雕像代表的神祇所起的名字，令我有些困惑。我总觉得哈里和哈腊就是通常所说的湿婆与毗湿奴，而把一位神祇唤做哈里哈腊（Harihara），很像把一位可敬之人叫做 Crosseandblackwell。但是，因为我猜想专家比我知道得多，所以我始终用他们的命名来提及这尊雕像。

士比亚戏剧、宗教改革时期的教派冲突和西班牙无敌舰队，开始用契马布埃[5]的双手来作画。金边那尊雕像的雕匠，必定也有类似心境。它简洁有力，线条优美，但也有着极其动人的精神特质。它不仅美，而且明慧。

当你想到散布于丛林中的那几所荒寺和散落博物馆里的那几件残雕，它们就是这个强大帝国与这个躁动民族留下的一切，这些伟大的高棉雕塑就会令人异常心酸。他们不再有力量，他们四散而去，成为挑水劈柴之流，他们杳无踪迹；而现在，他们剩下的人被征服者同化，他们的名字只存留于他们如此奢华地创造的艺术之中。

---

5 契马布埃（Giovanni Cimabue, 1240? —1302?），意大利佛罗伦萨画派画家，其作品结合意国拜占庭与文艺复兴早期风格。估计他曾为乔托的老师。

顺 化

顺化是个惬意小城，有些英格兰西部教堂城的悠闲风味，虽是国都，但不堂皇。它建于一条大河两岸，一座桥梁横跨其上，而酒店则为世上最差之一。它极为肮脏，食物很糟糕；但它又是杂货铺，供应殖民者所需的种种，从露营设备和枪支、女帽和男式成衣到沙丁鱼罐头、肥鹅肝酱和伍斯特辣酱；所以，饥饿的旅行者可以用罐头食品来弥补菜谱的不足。到了晚上，城里的居民来这里喝咖啡饮利口白兰地，要塞的军人来玩台球。法国人不怎么考虑气候与环境，为自己建造了相当惹眼的结实大屋；它们看似退休的杂货商在巴黎郊区的别墅。

　　正如英国人将英格兰带去英国殖民地，法国人也将法兰西携往法国殖民地；在这件事情上，因为岛国特质而遭责难的英国人，可以理直气壮答道，他们并不比邻国来得特出。但是，即使最肤浅的观察者也看得出，这两个国家对待属国土著的方式大不相同。法国人深信人人平等四海一家。对此，他有点不好意思，为免你取笑，他赶紧自嘲；但他就是那样，他不能不那样；他不能不让自己将黑色、棕色或黄色皮肤的土著看成跟他一样的人，有着同样的喜怒哀乐，他无法自认为仿佛属于不同的人种。他虽然不容自己的权威受到侵犯，坚决对付土著想要减轻束缚的任何企图，但在日常事务中，他对他们友好和善，既无屈尊俯就，亦无高人一等。他向他们灌输他特有的成见；巴黎是世界的中心，每一个安南青年的抱负，就是一生之中至少看它一眼；你很难遇到一个人不深信法国之外既无文学艺术亦无科学。但是，法国人会跟安南人坐在一起，跟他一起吃饭、喝酒与玩耍。在市场里，你会看到俭省的法国女人臂挎篮子跟安南主妇推推撞撞，讲价讲得一样厉害。没人喜欢让别人占有自己的房子，即使那人操持得更有效率，比房主还会维修保养；就算主人给他装了一台电梯，他也不想住在阁楼；我并不认为安南人比缅甸人更喜欢陌生人占有他们的国家。但是，我应该说，缅甸人只是尊敬英国人，安南人则是钦佩法国人。有一天，这些民族必然重获自由，令人好奇的是，到了那个时候，这些情感之中，不知道哪一种会结出更好的果实。

安南人看上去讨人喜欢，个子很小，黄脸饱满，黑眼明亮，衣着非常整洁。穷人的衣服是沃土的棕色，一件两侧开衩的长衫和一条长裤，系着一条苹果绿或橙色的腰带；他们头戴一顶扁扁的大草帽，或是缠着一小方折得很规整的黑头巾。富人缠同样整洁的头巾，穿白色裤子与黑色绸衫，外面常常套一件黑色的蕾丝上衣。这一装束甚是优雅。

　　但是，虽然在这些国度，人们穿的衣服因其独特而吸引我们的眼光，可单独看来，人人穿得都一样；他们穿的是一种制服，虽然常常很趣致，而且总与气候相合，却很少容许个人喜好；我不禁想到，一位东方国家的土著到访欧洲，看到周围令人困惑与变化多端的装束，他肯定会大吃一惊。一群东方人就像花农的一畦黄水仙，明丽然而单调；但是，一群英国人，譬如你站在逍遥音乐会[1]的楼上透过一层薄薄的烟雾俯瞰所见，却像一束各式各样的鲜花。无论在东方何处，你都见不到像皮卡迪利某个晴天那样明快多姿的装束。真可谓千变万化。军人，海员，警察，邮差，信使；男人有穿燕尾服戴大礼帽的，有穿西装戴常礼帽的，也有穿灯笼裤戴便帽的，女人身着各色丝绸、

---

[1] 逍遥音乐会（Promenade Concert），演奏古典音乐，但部分听众站在门票较为廉宜、没有座位的区域聆听。

棉织与丝绒衣服，头戴各式各样的帽子。除了这些，还有不同场合与从事各种运动穿的衣服，有仆役、工人、车夫、猎人和侍从的装束。我想，这位安南人回到顺化，他会觉得自己的同胞穿得非常单调。

海防的老同学

我打算在此结束本书，因为我在河内没有发现令我很感兴趣的东西。它是东京[1]的首都，法国人告诉你，这是东方最迷人的城市，但你问他们为什么，答案是它跟法国城镇如蒙彼利埃或格勒诺布完全一样。我为了乘船往香港而去到的海防，则是一座乏味的商业城市。诚然，从这里可以往访亚龙湾，它是印度支那一大名胜[2]，但是名胜我看厌了。我安于坐在咖啡馆，因为这里不是太热，我很高兴不用穿热带衣服，读着过期的《插图杂志》，或是为了锻炼沿着宽阔笔直的街道漫步。海防有运河贯通，我有时看看多彩迷人的风景，其中有着各式各样的生活，以及水上各种类型的本地小艇。有条运河有着优美的弯道，两岸为高高的中式房屋。房子刷成白色，但已变色并有污迹；灰色屋顶与苍天相衬，形成惬意的构图。这一图画有着一幅老旧水彩画褪色的优雅。你看不到哪里有明显的色调。它柔和，略显疲惫，令人感到一丝忧郁。不知为什么，这令我想起年轻时认识的一位老处女，一位维多利亚时代的过来人，她戴黑色丝织手套，为穷人织披肩，送给寡妇的是黑色，送给已婚妇女的为白色。她年轻的时候受过苦，但是否因为健康状况欠佳或是单恋某人，则是没人清楚。

可是，海防有份地方报纸，邋遢的一小张，字体粗短，油墨脱落，粘你一手，它登些政论文章、无线电讯、广告和本地消息。编辑显然急着想有东西报道，把来去海防的人名都

---

1 东京（Tonkin），越南北部一个地区的旧称。
2 德文，sehenswürdigkeiten。

登了出来，欧洲人，本国人，中国人，而我的名字也在其中。我坐的船往香港的前一天早晨，午餐前，我正坐在酒店的咖啡馆喝杜博尼酒，侍者进来说，有位先生想见我。我在海防谁也不认识，遂问那人是谁。侍者说他是英国人，就住此地，但他不能告诉我他的名字。侍者只能讲一点法语，我很难明白他说些什么。我迷惑不解，但告诉他请客人进来。不一会儿，侍者带着一位白人返来了，并把我指给来客看。那人看了我一眼，向我走来。他个子很高，足有六英尺多，很是肥胖，有张刮得光滑的红脸，眼睛纯是淡蓝。他穿着非常破旧的卡其短裤和领口敞开的斯丁格衬衫，头戴一顶破旧盔帽。我立刻断定他是个束手无策的流浪汉，来找我要钱，并纳闷自己能有多少机会脱身。

他走上前来，伸出一只红红的大手，指甲破裂而肮脏。

"我想你不会记得我。"他说，"我叫格罗

斯利。我跟你在圣托马斯医院待过。我一看报上的名字就知道是你，我想我要来拜访一下你。"

我一点也想不起他了，但我还是请他入座，请他喝一杯。从他的外表看，我起初以为他会跟我要十个皮阿斯特[3]，而我可能给他五个，但是现在，他似乎更有可能要一百，要是给五十能够令他满足，我就应该觉得自己很幸运了。要钱老手要的总是比他指望的多两倍，他要多少你就给多少，只会令他不满，他随后会不高兴自己没有要得更多。他觉得你骗了他。

"你是医生？"我问。

"不，我在那个该死的地方只待了一年。"

他摘下遮阳盔帽，露出一头很需要梳理的灰白乱发。他脸上有些奇怪的斑点，他看来并不健康。他的牙烂得厉害，嘴角那里都是空

3 应为安南的货币单位。

的。侍者过来写单，他要了白兰地。

"拿一瓶来。"他说，"一瓶[4]，明白吗？"他转向我。"我在这里住了五年，但我的法语不知怎么还是没长进。我讲东京话。"他仰靠椅子，看着我，"我记得你，你知道的。你以前常跟那对双胞胎出去。他们叫什么名字来着？我想我的变化比你更大。我最好的日子是在中国过的。气候恶劣，你知道的。对人不好。"

我还是一点也想不起他。我想最好这样问问。

"你在那儿跟我是同一年？"我问。

"对。九二年。"

"那可真是很久以前的事情了。"

每年，大约六十名年轻人进入那家医院；他们多数腼腆，对新的生活感到困惑；很多人以前从未来过伦敦；至少对我来说，他们好比

---

4 原为法文。

莫名其妙经过一张白纸的影子。第一年，有些人因为这样那样的原由离开了，第二年，那些留下来的人逐渐有了自我。他们不只是他们自己了，而是大家一起听过的讲座，是在同一张午餐桌上吃过的烤饼与喝过的咖啡，是在同一个解剖室同一张解剖台上做过的解剖，是在夏夫茨伯里戏院的后座一起看过的《纽约佳丽》。

侍者拿来一瓶白兰地，格罗斯利，如果他真的叫这个名字，给自己倒了一大杯，既不兑水也不加苏打，一口喝了下去。

"我受不了行医。"他说，"我不干了。家里烦了我，我去了中国。他们给了我一百镑，要我自谋生路。我可以告诉你，出去我太高兴了。我想，我烦他们就跟他们烦我一样。后来我再没怎么烦他们。"

然后，从我记忆的某个深处，一丝线索溜进了可以说是意识的边缘，就像涨潮的时候，海水冲上沙滩然后退却，并以下一波更大的浪头推进。我开始隐约想起上了报纸的某桩小丑闻。随后，我看到一位少年的面孔，往事慢慢浮现；我现在记得他了。我相信他当时不叫格罗斯利，我觉得他的名字是单音节，但我不敢肯定。他是个很高的小伙子（我看得愈来愈清楚了），很瘦，有点佝偻，只有十八岁，但很早熟，有一头拳曲发亮的棕发，五官相当粗大（现在看去没那么粗大了，或许因为他的脸又胖又肿），肤色特别鲜嫩，粉粉白白，就像女孩子的皮肤。我想，一般人，尤其是女人，会觉得他是个非常英俊的少年，但对我们来说，他只是个笨手笨脚的家伙。我记得他不常来听课，不，我记得的不是这个，课堂里有很多学生，我记不清谁来谁没来。我记得解剖室。在我旁边的另一张解剖台上，他有一条腿要解剖，他几乎没碰过它；我忘了解剖其他部位的那些人为什么说他做事马虎，我猜他们不知何故觉得他碍事。那些日子，关于此人有很多闲话，隔了三十年，我想起了其中一些。有人说起格罗斯利是个浪荡儿。他喝酒如牛饮，很会玩女人。那些年轻人多数很单纯，他们带到医院的观念都是在家里和学校养成的。有些人很古板，吓着了；其他人，那些努力工作的，瞧不起他，质疑他怎能指望通过考试；但是，他令很多人兴奋并且欣羡，他做的，正是他们若有勇气也想做的。格罗斯利有他的仰慕者，你常常可以看到一小帮人围着他，目瞪口呆，听他讲自己的冒险经历。我脑子里现在都是回忆了。很快，他不再腼腆，而是装出一副老于世故的样子。就一个脸蛋光滑、皮肤粉白的小子而言，这副样子看上去肯定可笑。男人（他们自以为是）常常彼此讲述自己的胡作非为。他简直成了一位人物。当他经过博物馆，看到一起认真温习解剖学的两个学生，他会出语刻薄。他在附近的酒馆混熟了，跟女侍应很随便。回想起来，我觉得他刚从乡下出来，离开父母和老师的看管，他是被自己的自由和伦敦带给他的兴奋迷住了。他的胡闹全无恶意。它们只是因为青春期的冲动。他昏了头了。

但是，我们都很穷，不知道格罗斯利怎样设法支付他的花天酒地。我们晓得他父亲是个乡村医生，我想我们都很清楚他每个月给儿子多少钱。这点钱是不够他给在亭子的舞会勾搭的妓女和在标准酒吧请朋友喝酒的。我们语带敬畏彼此谈论，他肯定负债累累。当然，他可以典当东西，但我们凭经验知道，一台显微镜不过换得三镑，一副骨骼模型只有三十先令。我们说，他一个星期肯定至少要花十镑。我们想的并不是太多，对我们来说，这是最大限度的奢侈了。终于，他一位朋友揭开了谜底：格罗斯利找到了一种绝妙的生财之道。我们都觉得有趣而且印象深刻。我们没人想出这么机灵的主意，即使想到，也没胆量去试。格罗斯利去了拍卖行，当然不是克里斯蒂拍卖行，而是在斯特兰德道和牛津街的私家住宅，在那里买了些便宜的小东西。然后，他拿去当铺，当个十先令或一镑，比他买的价钱要多。他一周赚四五镑，他说自己打算放弃学医并以此为业。

我们没人赚过一文钱，大家都很钦佩格罗斯利。

"哎呀，他真聪明。"我们说。

"他生来就这么精明。"

"这才是百万富翁的料。"

我们都很世故，十八岁的时候，对于生活中我们不知道的东西，我们相当肯定不值得了解。遗憾的是，当考官问我们一个问题，我们太紧张，答得常常不假思索，当一位护士让我们寄封信，我们面红耳赤。众所周知，院长把格罗斯利叫去训了一顿。他威胁他如果依旧做事马虎，会有各种各样的处罚。格罗斯利愤愤不平。他说这种事情他以前在学校受够了，他不会让一个马脸太监把他视为毛头小子。见鬼，他快十九岁了，你没什么可以教他了。院长说他听闻格罗斯利酒喝得厉害。胡说。他跟他的所有同龄人喝得一样，上星期六他醉了，下星期六他还打算醉，有人要是不喜欢，他可以去做别的事情。格罗斯利的朋友们很是同意他的话，一个男人不能让自己受到那样的侮辱。

但是不幸终于降临，我现在记得很清楚它给我们所有人带来的震惊。我记得我们两三天没见到格罗斯利了，不过，他来医院的时间愈来愈没个准，所以，我们要是有所想法，我觉得大家不过说他又去找乐子了。他一两天后会再度露面，脸色苍白，但会精彩地讲起他勾搭的某个女孩子以及跟她在一起的时光。解剖课是上午九点，我们匆匆忙忙准时赶到那里。那天，大家没怎么听讲，因为课堂内很多兴奋的耳语，一张报纸悄悄传来传去，与此同时，讲师显然沉浸在自己清晰明白的语言与令人钦佩的口才之中，正在描述我不知道是人体的哪一部分骨骼。突然，讲师停了下来。他挖苦起人来文绉绉的。他假装不知道学生叫什么。

"我怕是打扰这位读报的先生了。解剖学是一门非常乏味的科学，我很遗憾皇家外科医生学会的规章责成我要求您专心致志以能通过相关考试。然而，哪位先生要是觉得受不了，他完全可以到外面继续阅报。"

那可怜的小子听了这番训斥面红耳赤，尴尬之际，他试图将报纸塞进口袋。解剖学教授冷冷看着他。

"先生，这张报纸放进您的口袋怕是大了些。"他说，"或许劳驾您把它传给我？"

那张报纸被一排一排传到教室的讲台上，这位有名的外科医生拿着它，并不满足于他给那可怜家伙带来的慌乱，问道：

"我可以问问是报上的什么东西令这位先生如此兴趣盎然吗？"

给他报纸的那位学生不发一言，指着我们一直在读的那一段。教授读着，我们默默看着他。他放下报纸，继续讲课。报纸的标题为"一位医学生被捕"。格罗斯利因为将赊来的货物典当而对簿治安法庭的法官。看来这是一桩刑事案，法官将他还押监房一个星期，并不准保释。看来他在拍卖会买东西然后典当的生财之道，最后并非如他指望的那样，是个稳定的收入来源，他发现典当自己不花钱赊来的东西更为有利可图。刚一下课，我们就兴奋地谈论此事，我得承认，我们自己没财产，对于财产的神圣不可侵犯缺乏认识，大家都不觉得他罪行严重；不过，出于年轻人喜欢把事情想得极坏的天性，几乎没人不以为他会被判两到七年的劳役。

不知为什么，我似乎一点也不记得格罗斯利是怎么一回事了。我觉得他可能是在一个学期快完的时候被捕的，而当我们都去休假，他的案子可能又开始审理了。我不知道是治安法庭的法官处理的，还是去到审判。我有一种感觉，他被判处短期监禁，可能六个星期，因为他的非法交易颇为广泛；不过我记得，他从我们中间消失了，没多久，就没人再想起他。奇怪的是，经过这么些年，这件事情的很多地方我竟然记得这么清楚。这就好比翻阅一本旧相册，我突然看到自己完全忘掉的一张照片。

当然，从这位头发灰白、红脸斑斑的肥胖老人身上，我是决不会认出那个双颊粉红的瘦长后生的。他看来有六十岁，但我知道他肯定要年轻得多。我很想知道这些年他都做些什么。看起来他好像不是太得意。

"你在中国做什么？"我问他。

"我是海关的港口稽查。"

"哦，是吗？"

这不是很重要的职位，我小心翼翼，不让自己的语调露出任何诧异。港口稽查是中国海关的雇员，其职责是登上停靠各个通商口岸的轮船与帆船，而我觉得他们的主要工作是防止鸦片走私。他们多半为皇家海军的退役水手和退伍军士。沿着扬子江上行的时候，我在很多地方看到他们登船。他们跟领航员和机师很谈得来，但船长对他们就有点简慢。他们的中国话说得比多数欧洲人流利，并且常常娶中国女子为妻。

"离开英国的时候，我发誓要挣到大钱才

146

回去。但我从没挣到。那些年，无论找到谁做港口稽查，他们都高兴得很，我的意思是无论哪个白人，他们什么也不问。他们不在乎你是谁。找到这份工作我太高兴了，我可以告诉你，他们雇用我的时候，我差不多一文不名。这份工我本来只当做权宜之计，但我留了下来，它适合我，我想挣钱，而我发现要是港口稽查知道怎样行事，他可以大赚一笔。我在中国海关待了二十五年，当我离开的时候，我敢断定很多长官有我这笔钱会很高兴。"

他狡黠地看了我一眼。他的意思我略知一二。但是有一点我乐意确认：他要是问我要一百皮阿斯特（这笔钱我现在认了），我想我只好马上接受这一打击。

"我相信你留着这笔钱。"我说。

"我当然留着。我把所有钱都投在上海了，离开中国的时候，我全部投进美国铁路债券。安全第一是我的座右铭。我太了解那些骗子了，我不会冒险。"

147

我喜欢这话，所以我问他能否留下来与我共进午餐。

"我恐怕不行。午餐我吃不了多少，而且家里还等我吃饭。我想我得走了。"他站起来，在我上方耸立。"但是听我说，你今晚何不到我那里看看？我娶了一个海防姑娘。还生了个小孩。我不是常有机会跟人谈谈伦敦。你最好别来吃饭。我们只吃本地的食物，我不觉得你会喜欢。九点左右来，好吗？"

"好。"我说。

我已告诉他第二天离开海防。他向侍者要来一张纸写下他的地址。他的笔迹看上去很吃力，就像一个十四岁的少年。

"让门童跟人力车夫说在哪里。我住二楼。没门铃。敲门就行了。好吧，一会儿见。"

他走了出去，而我去吃午饭。

吃了晚饭，我叫了一辆人力车，并让门童帮忙告诉车夫我要去的地方。我很快发现他带我沿着弯弯曲曲的运河前行，两岸的房屋我觉得很像一幅褪色的维多利亚水彩画；他在一幢房屋前停下来，指了指门。这房子很破旧，周围很脏，我踌躇不前，想他是否走错地方了。格罗斯利似乎不太可能住在这么本地的街区和这么破烂的房子里。我让人力车夫等着，我推开房门，看到前面有道黑黢黢的楼梯。四周无人，街道空空。就跟凌晨一样。我划了一根火柴，摸索着上了楼梯；到了二楼，我又划了一根火柴，看到前面一道棕色大门。我敲了敲门，很快，一个小小的东京女人拿着一支蜡烛开了门。她穿着草根阶层的土褐色衣服，头上紧紧缠了一条小黑巾；她的嘴唇及其周围的皮肤都被槟榔染红，当她张嘴说话，我看到她的牙齿和牙床都是令这些人变得很难看的黑色。她用土话说着什么，然后，我听到格罗斯利的声音：

"进来吧。我正想你不会来了。"

我经过一间又黑又小的前厅，进到一个面朝运河的大房间。格罗斯利躺在一把长椅上，当我进去，他站起身来。借着身旁桌上的一盏煤油灯，他正在读香港报纸。

"坐吧。"他说，"把你的脚放上去。"

"我没理由坐你的椅子。"

"快坐。我坐这个。"

他拉过一把餐椅坐在上面，把脚对着我的脚放着。

"那是我老婆。"他用拇指指着跟我进来的东京女人说，"小孩在那边角落里。"

我顺着他的目光望去，看到一个小孩正在睡觉，他靠着墙，躺在竹席上，盖了一床毯子。

"醒了是个活泼的小家伙。我希望你能看到他。她又快生了。"

我看了看她，显然如他所说。她很瘦小，小手小脚，她的脸是扁的，皮肤灰暗。她看起来闷闷不乐，但可能只是害羞的缘故。她走出房间，不一会儿，拿来一瓶威士忌、两个玻璃杯和一瓶苏打水。我打量着四周。后面有道未上漆的暗色木隔板，我猜是隔开另一个房间，隔板当中钉了一幅报上剪下的约翰·高尔斯华绥像。他看去严肃，温和，一副绅士派头，我很纳闷他在这儿做什么。另一面墙刷成白色，但又黑又脏。墙上钉着《图画》或《伦敦图画新闻》的画页。

"我贴的。"格罗斯利说，"我觉得这些画让这里看上去像个家。"

"你为什么贴高尔斯华绥？你读他的书？"

"不，我不知道他写书。我喜欢他的脸。"

地上有一两个破旧的藤垫，一个角落里放了一大摞《香港时报》。家具只有一个脸盆架，两三把餐椅，一两张桌子，一张本地式样的柚木大床。房内阴沉邋遢。

"这小地方不坏，不是吗？"格罗斯利说，"很适合我。我有时候想搬，但我现在不想了。"他轻声一笑。"我到海防本来只待四十八个小时，但我在这儿已经五年了。我其实是顺道去上海的。"

他沉默下来。我无话可说，也不出声。然后，东京小女人对他说了句什么，她的话我当然不明白，而他回答着。他又沉默了一两分钟，但我觉得他看着我，仿佛想问我什么话。我不知道他为什么犹豫。

"你在东方旅行的时候，有没有试过抽鸦片？"他终于随意问起。

"有，我抽过一次，在新加坡。我想看看是怎么回事。"

"结果呢？"

"说实话，不是太令人兴奋。我觉得自己会有最美妙的感觉。我期待着幻觉，就像德·昆西那样，你知道的。我唯一感到的是一种身体的安乐，就跟你洗了土耳其浴躺在冷却房里的感觉一样，然后头脑特别活跃，所以想什么事情似乎都极为清晰。"

"我明白。"

"我真的觉得二加二等于四，这绝对不容置疑。但是第二天早晨——哦，上帝！我头昏脑涨。我太不舒服了，一天都不舒服，吐得一塌糊涂，吐的时候，我痛苦地告诉自己：还有人说这很有趣。

格罗斯利靠在椅子上，郁闷地低声笑了笑。

"我想是货色不好。要么你抽得太猛了。他们见你是个生手，给你抽过的残渣。这足以让任何人呕吐。你现在想再试试吗？我这里有些好货。"

"不，我想一次对我来说足够了。"

"我要是抽一两筒你介不介意？这种气候你是需要它的。它让你不得痢疾。这个时候我通常会抽一点。"

"你抽吧。"我说。

他又对那女人说话，她抬高嗓门，声音沙哑喊着什么。木头隔板后面的房间传来一声应答，过了一两分钟，一位老妇拿着一个小圆盘出来了。她干瘪年老，进来的时候，有着污渍的嘴巴对我讨好一笑。格罗斯利站起身，跨过去上床躺了下来。老妇将盘子放在床上；盘里有盏酒精灯、一杆烟枪、一枚长针和一小圆盒鸦片。她蹲坐在床上，格罗斯利的妻子也上了床，把脚蜷在身下坐着，背靠着墙。格罗斯利看着老妇，她把一小粒药丸穿在针上，拿到火上烧得噎噎响，然后把它塞进烟枪。她把烟枪递给他，他长吸一口，把烟憋了一小会儿，随后喷出一道灰白的浓雾。他把烟枪还给她，她又开始烧另一筒。没人说话。他接连抽了三筒，然后躺了回去。

"的确，我现在感觉好些了。我刚才觉得累极了。这个老巫婆，她的烟烧得真好。你真的不来一口？"

"真的。"

"随你。那喝点茶吧。"

他跟妻子说了，她溜下床，走出房间。不一会儿，她拿来一个小小的瓷茶壶和几个中式茶杯。

"这里很多人都抽，你知道的。你要是抽

得不过量就没坏处。我一天抽的从不超过二十到二十五筒。你要是给自己限定这个量就可以持续很多年。有些法国人一天抽到四十或五十筒。这太多了。我从不那样做，除非有时我想放纵一下。我敢说我从未觉得有什么坏处。"

我们喝着茶，茶很淡，略有香味，口感清爽。然后，老妇给他烧了一筒又一筒烟。他妻子回到床上，很快就蜷在他的脚下睡着了。格罗斯利一次抽两三筒，抽烟的时候，他似乎心无旁骛，但一会儿又很健谈。我几次暗示要走，可他不让我走。时间慢慢过去了。他抽烟时，我有一两次在打瞌睡。他告诉我他的一切。他讲个不停。我只是为了暗示他才出声。我没法把他告诉我的用他自己的话讲出来。他翻来覆去。他很啰嗦，他给我讲的故事杂乱无章，先是后面一小段，然后是之前一小段，所以我得自己排列顺序；我发觉，有时候他害怕自己说得太多，将有些事情隐瞒起来；有时候他撒谎，我得从他的微笑或眼神来猜测真相。

他没什么语言来描述自己的感受，我得透过俚俗的暗喻和老一套的粗话来推测他的意思。我不断问自己他究竟叫什么名字，它就在我的嘴边，恼火的是，我想不起来了，虽然我也不知道这跟我有什么关系。他一开始有些怀疑我，我觉得他在伦敦的胡闹与他蹲监狱的事情，这些年来是个令他苦恼的秘密。他总是害怕有人迟早会发觉。

"有趣的是，即使现在，你竟然还想不起来我在医院。"他说，机灵地看着我，"你的记性肯定糟透了。"

"真该死，差不多三十年了。你要想到那以后我见过成千上万的人。我没理由比你记得我还要记得你吧。"

"那是。我想也是。"

他似乎安心了。终于，他烟抽够了，老妇给自己烧了一筒烟抽着。然后，她去到小孩躺的竹席上蜷在一旁。她一动不动，我猜她倒床就睡着了。当我终于离开，我发现人力车夫蜷

156

在人力车的踏板上睡得很熟，我只得把他摇醒。我认得路，我想透透气活动一下，所以给了他几个皮阿斯特，告诉他我想走一走。

我带走的是个奇怪的故事。

格罗斯利讲他在中国的二十年，我听得有点惊恐。他挣到钱了，我不知道有多少，但从他说话的样子，我应该想到大概有一万五到两万镑，对于一个港口稽查来说，这是一大笔钱。他不可能老老实实挣到这笔钱，他的交易具体如何我所知甚少，但我从他的突然沉默，从他会意的一瞥和暗示猜测，他要是觉得值得的话，卑鄙的交易他也不会犹豫。我想没有比走私鸦片更让他有利可图的事情了，他的职位给了他机会来安全地获利。我相信他的上司经常怀疑他，但从未找到可以用来处置他的渎职证据。他们满足于把他从一个港口调到另一个港口，但他不受干扰；他们盯着他，可他太机灵。我看得出来，他既害怕告诉我太多他的丑事，又想夸耀自己的精明。他很得意中国人信任他。

"他们知道可以信任我。"他说,"这让我有机可乘。我一次也没有出卖过中国佬。"

他以自己是个老实人而沾沾自喜。中国人发现他喜欢古玩,他们常常送他一些,或是把东西带来让他买;他从不过问来历并廉价买进。当他买得够多了,他就送到北京去卖个好价钱。我想起他是怎样靠买拍卖品然后典当来开始商业生涯的。二十年来,凭着卑鄙手段和小聪明,他一镑一镑累积,他赚的每一分钱都投到上海。他过得悭吝,把一半薪水攒起来;他从不休假,因为他不想浪费自己的钱,他不愿和中国女人有什么关系,他想让自己免于纠缠;他滴酒不沾。他一心想着一个目标,攒够钱就可以回英国,过他少年时代想过的生活。那是他唯一想要的东西。他在中国仿佛梦游;他不关心周围的生活;它的多彩与奇妙,它可能有的乐趣,对他来说毫无意义。他的眼前总是有伦敦的幻影,标准酒吧,他站着,脚搁在栏杆上，帝国与亭子的舞会，勾搭来的妓女，综艺戏院里半庄半谐的演出，快活剧场的歌舞喜剧。这才是生活、爱情与冒险。这才是浪漫。这才是他一心向往的东西。这些年来他过得像个隐士，想着可以再过庸俗生活的那个目标，这的确令人印象深刻。他的性格由此可见。

"你瞧。"他对我说，"即使可以回英国休假，我也不愿回去。我想一劳永逸地回去。然后，我想过时髦生活。"

他看到自己每晚穿着晚装钮扣眼里插一朵栀子花出门，他看到自己身穿大衣头戴棕帽肩挂一副歌剧眼镜去看德比赛马[5]。他看到自己打量那些女人并挑出一己所好。他决心在抵达伦敦的那晚喝醉，他二十年没醉过了；他的工作让他醉不起，他得保持清醒头脑。他要小心别在回国的船上喝醉。他要等到了伦敦才喝。

———————

5 德比赛马（Derby）为英国传统赛马之一，每年六月举行。

他将有一个多么美好的夜晚！他想了二十年了。

　　我不知道格罗斯利为什么离开中国海关，要么这地方他待不下去了，要么他的工作到期了，要么他攒够钱了。不过，他终于启程了。他坐的是二等舱；他打算到了伦敦才开始花钱。他在哲麦街[6]住了下来，他一直想住那儿，他直接去到一家裁缝店，给自己定做了一套衣服。一流。然后，他在城里转了转。跟他记得的不一样了，交通更繁忙了，他觉得困惑，有些茫然。他去了标准酒吧那里，发现他常常闲坐饮酒的酒吧不见了。莱斯特广场有家餐馆，他有钱的时候常在那儿吃饭，但他找不着；估计拆掉了。他去到亭子，但那里没女人；他很烦，又去帝国，发觉舞会也没了。这简直当头一棒。他不是太明白。唉，不管怎样，二十年的变化他必须有所准备，要是做不了别的事

────────────

6　哲麦街（Jermyn Street），多男士用品店，声名远扬。

情，他还可以醉酒。他在中国得过几次热病，因为气候的变化又复发了，他感觉不太好，四五杯下肚，他乐得上床睡觉。

这个第一天不过接踵而来的很多事情之一斑。一切都不对劲。当格罗斯利告诉我一桩又一桩事情如何令他失望，他的声音变得愤愤不平。老地方没了，人不一样了，他发觉很难交上朋友，他异常孤独；他从未想到在伦敦这样的大城市会是这样。问题在于伦敦变得太大，不再是九十年代早期那个快活宜人之地。它四分五裂了。他勾搭了几个女子，但她们不如他以前认识的那么好，她们不像从前那么有趣了，而他隐约感到她们觉得他是个古怪的家伙。他不过四十出头，她们却把他看成老人。当他试图跟站在酒吧周围的很多小子交朋友，他们却不睬他。不论如何，这些小子并不知道怎样喝酒。他愿意喝给他们看。他每晚都喝醉，在那个该死的地方，这是唯一可做的事情，但是，啊，他第二天很不舒服。他觉得那是因为中国的气候。他做医学生的时候，每晚可以喝一瓶威士忌，早晨依然精力充沛。他开始常常想起中国了。他想起自己从未觉得有所留意的种种事情。他在那儿过得不坏。或许他远离那些中国女子太傻了，她们有些人小巧可爱，她们不像这些英国女子那样装腔作势。你只要有他这笔钱，就可以在中国过得很快活。你可以养个中国女子，加入俱乐部，会有很多不错的朋友一起喝酒、玩桥牌和打台球。他想起中国的商店，吵闹的街道，负重的苦力，停着帆船的港口，还有岸上耸立着宝塔的河流。有趣的是，他在那儿的时候从未怎么想过中国，而现在——好，他心里放不下了。他念念不忘。他开始觉得伦敦不是一个白人待的地方。它简直没落了，就是这样，有一天他想，或许他回中国是件好事。当然这很傻，为了能在伦敦过上好日子，他像奴隶一样工作了二十年，而去中国住却很荒唐。有他这笔钱，他应该哪里都可以过得快活。但不知为什么，除了中国，别的事情他没法考虑。有一天，他去看电影，看到上海的一个场景。事情就这样定了。他烦了伦敦。他恨它。他要离开，而这一次，他会一去不复返。他回国一年半了，对他来说，这比他在东方的二十年还要长。他坐上一艘法国船从马赛起航，当他看到欧洲的海岸沉入大海，他松了一口长气。到了苏伊士，他感受到了东方的第一阵气息，他知道自己走对了。欧洲完了。东方是唯一去处。

他在吉布提上过岸，在科伦坡和新加坡也上过岸，但是，船虽然停靠西贡两天，他却留在船上。他一直都喝得很多，觉得有点不舒服。不过，船到海防要停四十八个小时，他想还是上岸看看的好。抵达中国之前，这是最后一站停留。他要去上海。到了那里，他打算住进一家酒店，到处看看，然后找个女人，并给自己找个住处。他要买一两匹马来参加赛马。他很快就会交到朋友。人在东方，不像在伦敦那样死板冷淡。上了岸，他去酒店吃饭，吃完饭，坐上一辆人力车，告诉车夫他想找个女人。车夫带他去到我坐了好几个小时的那所破旧房子，里面住着那位老妇和那名女子，现在则是他孩子的母亲。过了一会儿，老妇问他想不想抽烟。他从未抽过鸦片，他总是害怕这东西，但现在他觉得不妨一试。那晚他觉得很愉快，那女子惹人怜爱；她很像中国女人，小巧可爱，就像一个玩偶。好，他抽了一两筒，他开始觉得很快活很舒服。他待了一夜。他没睡觉。他只是躺着，感觉很平静，想着事情。

"我在那儿一直呆到我的船去香港。"他说，"船开了，我还待着。"

"那你的行李呢?"我问。

我这么问，或许因为我对于人们如何将切实的细节与生活中理想的一面结合起来有着不应有的兴趣。在一本小说中，当不名一文的情侣驾驶一辆又长又快的赛车翻山越岭，我总想知道他们怎样设法支付这笔钱；我经常问自己，当亨利·詹姆斯笔下的人物剖析自己的处境之余，他们怎样应付自己的生理需求。

"我只有一箱衣服，我从来不想多买衣服，我和那女人坐人力车去拿箱子。我只想呆到下一班船到来。你瞧，我在这儿离中国很近，继续往前之前，我想我要等一等，习惯一下，你应该明白我的意思。"

我明白。最后这句话泄露了他的想法。我知道到了中国门口，他没勇气了。英国令他这么失望，他现在害怕把中国也拿来接受考验。要是这也令他失望，他就一无所有了。多年来，英国就像沙漠中的海市蜃楼，但是当他屈从这一诱惑，那些闪亮的池塘、棕榈树和绿草都是空的，只有起伏的沙丘。他有中国，只要他不再见到它，他就拥有它。

"不知为什么，我留下来了。你知道的，你会惊讶日子过得有多快。我似乎没时间做我想做的一半事情。我在这里毕竟很舒服。这老太婆烟烧得真好，而她则是个可爱的小女人，我女人，然后有了小孩。一个活泼的小家伙。

你要是在某个地方过得快乐，去别的地方有什么好呢？"

"你在这儿快乐吗？"我问他。

我打量着这间又大又空的破屋。房内毫不舒适，没有一件小小的私人物品令人觉得可以给他家的感觉。格罗斯利原封不动住进了这间暧昧的小公寓，它本是幽会之所和欧洲人吸鸦片的地方，并由那位老妇打理，而他与其说是居住，不如说是暂住，仿佛第二天他还会打点行李离开。过了一会儿，他回答了我的问题。

"我一生从没这样快乐。我常想，总有一天我要去上海，但我觉得我不会去了。老天在上，我再也不想见到英国了。"

"有时候你会不会很孤独，想找人说话？"

"不会。有时候，一个中国流浪汉跟一位英国船长或一位苏格兰技师来这里，然后我去船上，我们聊聊从前。这里有位老兄，是个法国人，在海关做过，他讲英语；我有时去看看他。不过，我其实不太需要谁。我想很多事情。有人打岔，我会心烦。鸦片我抽得不多，你知道的，我只是早上抽一两筒安安胃，但我要到晚上才真正抽。然后我会想事情。"

"你想些什么呢?"

"哦，什么都想。有时候想伦敦，我小的时候它什么样子。但多半是想中国。我想我有过的好日子，我是怎样挣钱的，我想我从前认识的人，还有中国人。我有时很险，但总是平安无事。我想知道我可能有的女人是什么样子。小巧可爱。我现在后悔自己没养一两个。中国这国家了不起;我喜欢那些商店，有个老头蹲着抽水烟，还有那些店招。寺庙。的确，那才是一个人住的地方。那才是生活。"

幻影在他眼前闪耀。幻觉将他抓住。他很快乐。我很想知道他最后会怎样。当然，这还没完呢。或许，他一生中第一次将现在掌握在自己的手中。